中国断代专题文学史丛刊

清诗史（下）

严迪昌 著

人民文学出版社

第三编 "升平盛世"的哀乐心声：
清中叶朝野诗坛

引　　言

（附"文字狱案表"、"乾嘉诗坛达官行年表"、"分类表"）

爱新觉罗氏皇族挥师入关，君临天下，历顺治、康熙、雍正三朝，政局趋于稳固，经济渐见复苏，"文治"亦随"武功"而日益强化，宋明理学重新成为整肃人心的统制教义，以为整饬社会秩序服务。经过将近一个世纪的起伏消长，作为大文化范畴的高层精神领域，清代诗歌也随着历史的推移，已然由"变"返"正"，儒家传统诗教再次被确立为"一尊"，诗坛从整体上看在"雅"化的历程中行进，从而氛围亦雍容而沉闷。

清诗从变调而重被纳入正音，其完成时间在康熙中期，玄烨五十"万寿"即康熙四十二年（1703）时的"上谕"可视为诗文化被统入"御览"的一个标志。据《圣祖仁皇帝实录》，康熙帝玄烨在其"圣诞"之日口谕群臣说："朕素嗜文学，尔诸臣有以诗文献者，朕当留览焉。"玄烨足称为一代雄主，于文学艺术均有甚高修养。作为帝王也应有嗜好的自由，问题是他视诗文更高于玉宝百器，晓喻群臣当于此道尽"忠爱"进献之心，乃因为玄烨深知此系"治"世之不容轻忽的教化一策，特别是在已由"马上得天下"之后。早在这年"万寿节"前，他已不知多少次训示过："文章以发挥义理，关系世道为贵！""凡其指归,务期于正",等等。"义理"之大莫过于纲常,纲常之首则是忠君兴邦、肝脑涂地而不悔；"世道"所系,即皇统秩序下的现实存在的运行之道。"发挥义理","关系世道",无疑应百川归海,一趋于"正",任何有悖于这"指归"的行径均属不驯不雅以至忤逆。

清代诗歌从那时起已总体进入这样的运动轨迹,"清雅"、"醇正"之风正荡涤或消解被视为不合"指归"的一切变徵变雅之调。由雍正朝进入乾隆"十全"盛世后,这种趋势走向在更为严酷的文字狱的威劫下,以及一大批新一代更能体察圣意的文学侍从、乡会试考官、学政督使甚至封疆大吏的八面鼓动导扬中,进一步得到推进。必须注意的是,由于学政命官和封疆大吏的愈趋于风雅化,诗人与朝廷名宦的密合为一,诗界的贵族化、缙绅化倾向必更加严重。他们的"嘉惠士林",极一时诗酒流连之盛,对心态处于惊悸和抑郁之中的才士们也确实构成别样的温馨感,从而既多少淡化了一些文字大狱造成的恐怖氛围,又必圆融入更见浓重的清真雅醇风调。乾嘉诗坛的褎衣大袑之气和以"学"为诗、以诗饰世等风尚无可避免地急剧涌起。然而,事物的发展和历史的演进又总是不尽按某种意志单向前行,包括诗在内的文学艺术作为心灵的记录,并不因为"卿大夫恒以官位之力胜匹夫"而锐减其本体功能。诸如风雅大吏的消解肃杀气氛既不能抚平心灵的种种创痛和积郁,文网的惨酷也未见得威劫掉所有风云悲怆之气；岁月的流逝、社会的潜变、生活的无定规、人心的多灵动,这一切一切无不深层潜在地涌动着一股与上述统制于"正"的诗潮相逆向的波流。于是,赵执信所说的"文章乃归于匹夫"的现象再次出现,换句话说,清诗发展到中期,真诗、见心灵的真情文字,大抵又复出之于"匹夫"笔端；挣脱羁缚,一展抒情主体个性精神的吟唱重归于布衣、画人以及为"世道"所屏弃而遁迹草野、息影山林的谪宦迁客群中。

前辈论清代诗曾说,乾嘉之际"以量言则如螳肚,而以质言则如蜂腰"(缪钺《黄仲则逝世百五十年纪念》)①,旨哉此言。这确是个吟客如蚁、诗集汗牛充栋的时期,"螳肚"之证,只须以王昶辑《湖海诗传》为例。该书收录自康熙五十一年(1712)到嘉庆八年(1803)之间,王氏"揽环结佩",曾"以诗文相质证"的师友门生的作者就达六百余人,选诗四十六卷。他在《自序》中称:"视《感旧》、《箧衍》二集,多至一倍有奇,亦云富矣。"事实如此,当年王士禛堪称交游广多、门下林立,但其《感旧集》也只十六卷,录人三百三十三人而已,陈维崧的《箧衍集》尚未及此数。这是同类性质的诗选相比,已见其时数量之惊人。

至于质如"蜂腰"之说,则内涵似较复杂。从数量与质量关系言,后者较之于前者,因基数庞大,故比例诚如蜂腰状,细少之甚;以名位声望言,则历来熟称之大名头诗家每实不符名,量与质反差太大;加之传统习惯,好因循陈言,审视范围多有局囿,草野细民类多轻忽,确如新罗山人华嵒题画诗中所呼喊的:"谁识英雄在布衣?"何况清人诗总集未成,真也难探底蕴。再如,以之与前代诗家相较而言"蜂腰"态势,则时空不同,人心各异,实难作等量权衡,心灵之史从来无重复或可取代者。所以,乾嘉诗史上,相对言之,恢宏巨制、金石之音或风云之气诚略少,然置之于特定政治文化背景以审察之,或当深为这"蜂腰"之势而起崇仰之思,那散处夜空、焕耀异彩的细微星群甚或孤星丽天之景,实在构成之不易呵!

是的,"谁识英雄在布衣",实系一种悲慨痛苦的呐喊,但这又是坚韧自信的声音。在进入清代中期诗歌史实的探讨前,极有必要先借助年表和诗坛人物类型系列归纳方法来展示整体背景和态势,始能认辨诗界群星的坐标。

---

① 《冰茧盦丛稿》第二二〇页,上海古籍出版社1985年版。

第一表　文字狱案表(此表以"诗狱案"为主,重点在乾隆朝,且大抵与遗民事相关者):

(一)康熙五十年(1711)戴名世《南山集》案。

此案到康熙五十二年(1713)始结。戴名世斩,方孝标戮尸。汪灏、方苞革职入旗。方氏子裔方登峄、云旅、世樾等遣戍黑龙江。诸人皆皖籍。

(二)雍正六年(1728)吕留良《文选》案。

此案到雍正十年(1732)结案。吕留良、吕葆中父子戮尸,吕毅中斩立决,孙辈遣宁古塔为奴。留良弟子严鸿逵亦戮尸枭示,孙辈发往宁古塔为奴。鸿逵弟子沈在宽斩立决。其他罹案而处以斩监候、流徙、杖责者数以百十计。以上案犯皆浙籍。

(三)雍正八年(1730)屈大均《翁山诗外》、《文外》案。

此案到乾隆时期又重发,至乾隆四十年(1775)始结讫,连绵几达半个世纪。后裔幸免。

(四)乾隆二十年(1755)胡中藻《坚磨生诗钞》案。

此案当年十月结。胡中藻,江西新建人,乾隆元年(1736)进士,九年(1744)任陕西学政。以多悖逆讥讪语定谳,处斩;其原座师鄂尔泰,被撤出"贤良祠"。此狱牵涉八旗大臣。

(五)乾隆二十六年(1761)阎大镛《俣俣集》案。

阎氏为沛县监生,因"抗粮拒差,诬官逃走",拿获后究出所著集文字"或愤激不平","不避庙讳","更有狂悖不经语"。朱批"如此可恶,当引吕留良之例严办"。案狱决情未详。大镛疑为阎古古后裔。

(六)乾隆三十三年(1768)李绂诗文案。

李绂(1673—1750),字巨来,号穆堂,江西临川人。康熙四十八年(1709)进士,官至工部右侍郎。雍正朝屡为田文镜所攻讦,几死。乾隆初召起,累官至内阁学士。著有《穆堂类稿》等。是案未酿成大狱,显属派系政斗之举。

(七)乾隆四十年(1775)澹归和尚《遍行堂集》案。

事连作序人高纲,纲系高其佩之子,汉军旗籍,逮系高纲诸子。

(八)乾隆四十三年(1778)徐述夔《一柱楼诗集》案。

徐述夔戮尸,其孙徐食田、食书斩监候。沈德潜曾为之作序,时已故,撤其谥号,仆御笔题碑。

(九)乾隆四十三年(1778)陶汝鼐《荣木堂文集》及陶煊、张灿《国朝诗的》案。

陶汝鼐(1610—1683),字仲调,号密庵,湖南宁乡人。清初遗民。其集罹案起因于《诗的》。陶煊是汝鼐之孙,《诗的》共六十卷,刻于康熙末,分省为卷。其违碍处因选入屈大均、吕留良等诗作,此外又有钱谦益诗,时弘历正严斥牧斋,故勒毁版查禁,祸及《荣木堂文集》。唯陶氏祖孙已故,未株连后裔。

(十)乾隆四十四年(1779)李驎《虬峰集》案。

时李驎亡故已七十年,仍剖其棺"锉碎其尸,枭首示众"。毁板焚所著。李驎诗事见前遗民诗史编。

(十一)乾隆四十四年(1779)石卓槐《芥圃诗钞》案。

此案次年五月结。石氏湖北黄梅人,监生,被凌迟处死。

(十二)乾隆四十五年(1780)戴移孝《碧落后人诗集》案。

戴移孝兄弟及其父戴重诗事均见前。此案并连移孝子戴昆《约亭遗诗》一集。移孝父子戮尸,戴昆之子戴用霖及孙子世法、世得均监斩,另一孙戴世道因是乾隆九年(1744)刻本主持人,立决斩首,妻子给功臣为奴。案情极惨。

(十三)乾隆四十五年(1780)王仲儒《西斋集》案。

仲儒与李驎同乡,亦江苏兴化人。其狱情亦同。

（十四）乾隆四十七年（1782）卓长龄等诗文集案。

卓氏家族祸及的诗集有卓长龄《高樟阁诗集》、卓慎《学箕集抄》、卓敏《见山堂学箕集抄》、卓徵《学箕集抄》、卓轶群《西湖杂录》等，前后四代。卓长龄等戮尸，长龄之孙卓天柱、卓天馥斩决，曾孙卓连之亦斩决。杭州卓氏之狱最为惨酷。

从以上十四例文字狱看，案狱高峰在乾隆二十年后，而又以四十三年起的五年间为极端，其重点则是自康熙朝起玄烨祖孙始终酷治着的东南地域江、浙、皖三省。可以想像，终乾嘉之世，文化氛围将是怎样的肃杀！据李祖陶《迈堂文略》卷一《与杨蓉渚明府书》说："今人之文，一涉笔唯恐触碍天下国家……人情望风觇景，畏避太甚。见鳝而以为蛇，遇鼠而以为虎，消刚正之气，长柔媚之风，此于世道人心，实有关系。"李祖陶，字钦之，号迈堂，江西上高人，嘉庆十三年（1808）举人，寿至八十三岁。作为一个时代的见证人，李氏的描述有着真实的权威性。从蔡显《闲渔闲闲录》中的"莫教行化乌肠国，风雨龙王欲怒嗔"诗句的劝戒"莫谈国是"，免忤时忌，到李祖陶氏的感叹刚正气消，柔媚风长，人们完全可从不同角度感受到真气剥蚀、生气浇漓的景象。乾隆帝不是也提到"关系世道"么？从统治者角度言，正需要此样的格局，李氏的"此于世道人心实有关系"的议论则不免书生气。

就在上列文字狱悸撼士子心魂时期，大规模的编纂典籍，以示"稽古右文"、一代之盛的活动同时铺开。规模最大而有代表性的当然是《钦定四库全书》的纂辑。"四库"馆开自乾隆三十八年（1773），到乾隆五十二年（1787），历时十五载，初就全帙，又经六年时间校核、审订、增补，在五十八年（1793）全工程结束。对照一禁毁一编纂，软硬两手，足见文网的细密。而尤值得重视的是，到乾隆时代，文学侍从和各类钦命特使以至督抚大臣等"文治"干才，不仅数量扩大，而且能量骤增。作为人才的吞吐港湾和心绪的调整园地，较之王士禛、宋荦、曹寅等来，这新一代所撒开的网络要宽阔得多,乾嘉时期诗人别集中几乎都能发现这样一些"沙龙"式的活动处所:翁方纲的"小石帆亭"、"苏米斋";王昶的"春融堂"、"兰泉书屋"、"蒲褐山房";朱筠的"椒花吟舫";阮元的"定香亭"、"掌经室"、"琅嬛仙馆",而他在杭州创立的"诂经精舍"和在广州兴办的"学海堂"更称人才蓄养库;此外,毕沅的公署,曾燠的"邗上题襟馆",同样是著名的雅集中心。不仅如此,八旗诗人中也开始涌现新一代的有凝聚力人物,如铁保、法式善等。他们和前期的岳蕴等朱邸诗群不同,已不只是在宾客幕僚中周旋,而且是深深地介入社会诗群,或者说是介入诗的社会,其中尤以法式善的"梧门书屋"和"诗龛"名声为大,交游遍及大江南北。

达官大僚以权势、才学、名望、财力等诸种因素综合而成的优势广揽人才,"结佩"相交,并非只是一种纯文学的风雅韵事。在具体历史条件下,他们所起的作用是使"务期于正"的指归得以贯彻于实践,从而净化着高层次人才圈的氛围。这仍可举王昶为例,江藩《国朝汉学师承记》卷四有一则专记《王兰泉先生》的文字说:

> 藩从先生游垂三十年,论学谈艺,多蒙鉴许。后先生因袁大令枚以诗鸣江浙间,从游者若鹜若蚁,乃痛诋简斋(按即袁枚),隐然树敌,比之轻清魔。提倡风雅,以三唐为宗,而江浙李赤者流,以至吏胥之子、负贩之人,能用韵不失黏者,皆在门下。嘉庆四年,藩从京师南还,至武林,谒先生于万松书院,从容言曰:"明时湛甘泉,富商大贾多从之讲学,识者非之。今先生以五七言诗争立门户,而门下士皆不通经史,粗知文义者,一经盼饰,自命通儒,何补于人心学术哉!且昔年先生谓筠河师太邱道广,藩谓今日殆有甚焉。"默然不答。是时,依草附木之辈闻予言,大怒,造谤语构怨,几削著录之籍,然而藩终不忍背师立异也。

关于江藩的经学家的正直而又颇迂的举止且不说它。王昶与袁枚"隐然树敌"既不是纯粹的"提倡风雅",也不能简单视为"争立门户"。门户问题明代已盛,清初重又出现;但明人的门户,尚未曾有以文学直接承旨王命的,在清代,门户演化则明显反映出某种御用属性。王昶的"树敌"、"争立"就是这种性质,是地盘和人才的争夺。嘉庆四年(1799)已是袁枚卒后二年,也正当昔年随园弟子纷纷倒戈之际,与一个已死而失势的人有什么可"争立门户"的?所以,事情实质很清楚。而江藩的叙述还简捷地让后人知道,在王昶之前,朱筠(字竹君,号笥河)也是"太邱道广",广罗门下弟子的一个,这非常耐人寻味,于史实的把握很有助益。

正是从这样的角度言,排列一下乾嘉时期主持风雅的达官贵人型代表人物的行年,从而相观照于第一表即文字狱年份,对把握和辨认乾嘉时期诗界的走向和格局是有意义的。

第二表　乾嘉诗坛达官行年表:

乾隆元年(1736)

　　山东卢见曾任两淮盐运使。

　　于次年落职,乾隆五年(1740)戍伊犁。

　　沈德潜等"鸿博"落榜。

乾隆四年(1739)

　　沈德潜成进士。

　　八年(1743)超擢起居注官。

　　九年(1744)湖北乡试正考官。

　　十二年(1747)上书房行走。

乾隆十三年(1748)

　　朱珪成进士,官至体仁阁大学士。

　　沈德潜充会试副考官。

乾隆十七年(1752)

　　翁方纲成进士。

　　沈德潜三年前休致,在籍食俸。仍得乾隆帝优渥之宠。

乾隆十八年(1753)

　　卢见曾复任两淮盐运使。

乾隆十九年(1754)

　　朱筠成进士。

　　王昶成进士。

乾隆二十二年(1757)

　　毕沅以举人为内阁中书,军机处行走。

　　沈德潜加礼部尚书衔。

乾隆二十四年(1759)

　　翁方纲充江西乡试副主考。

乾隆二十五年(1760)

　　毕沅殿试中一甲第一名。

乾隆二十七年(1762)

　　翁方纲充湖北乡试副主考。

乾隆二十九年(1764)

　　翁方纲任广东学政,凡三任。

乾隆三十三年(1768)

　　朱筠任侍读学士、日讲起居注。

乾隆三十五年(1770)

　　毕沅任陕西按察使。

　　朱筠充福建乡试正主考。

乾隆三十六年(1771)

　　毕沅升陕西布政使。

　　朱筠任提督安徽学政。

乾隆三十八年(1773)

　　毕沅升陕西巡抚。

乾隆四十二年(1777)

　　王昶擢大理寺卿。

乾隆四十四年(1779)

　　翁方纲充江南副主考。

　　王昶擢都察院副都御使。

　　朱筠任福建学政。

乾隆四十五年(1780)

　　王昶任江西按察使。

乾隆四十六年(1781)

　　曾燠成进士。

　　翁方纲迁国子监司业,洗马。

乾隆四十八年(1783)

　　翁方纲充顺天乡试副主考。

　　王昶任陕西按察使。

乾隆五十年(1785)

　　毕沅升河南巡抚。

　　王昶升陕西布政使。

　　翁方纲为少詹事。

乾隆五十一年(1786)

　　毕沅升湖广总督。

　　翁方纲督学江西。

乾隆五十四年(1789)

　　王昶擢刑部右侍郎。

　　曾燠任军机章京。

　　法式善、伊秉绶同年成进士。

　　阮元亦于是年成进士。

乾隆五十七年(1792)

　　王昶充顺天乡试副主考。

　　曾燠任两淮盐运使。

　　翁方纲在山东督学任。

乾隆六十年(1795)

  毕沅再任湖广总督,二年后卒。

  阮元任浙江学政,迁内阁学士,礼部侍郎。

嘉庆四年(1799)

  翁方纲任鸿胪寺卿。

  阮元擢浙江巡抚。

嘉庆十七年(1812)

  阮元任漕运总督。

  曾燠在广东布政使任。

嘉庆二十年(1815)

  曾燠擢贵州巡抚。

嘉庆二十一年(1816)

  阮元擢湖广总督。次年转两广总督,兼广东巡抚。

道光二年(1822)

  曾燠再次任两淮盐政。

道光六年(1826)

  阮元任云贵总督。

道光十五年(1835)

  阮元拜体仁阁大学士,兼管刑部事务。

综观上列年表,可得如下若干认识:

一,从卢见曾、沈德潜到曾燠、阮元,这十数名世称风雅总持者前后承续,整整主盟着乾嘉二朝以至道光前期长达一个世纪的诗坛文苑。他们不仅是一批宦途显要,生前名高,而且几乎都年登大耋,从而对构成绵延不断的系统和持续的影响力,无不具有充裕的条件。他们的年寿分别为:

  沈德潜九十七岁

  卢见曾七十九岁

翁方纲八十六岁
　　王昶八十三岁
　　曾燠七十二岁
　　阮元八十六岁

　　其中毕沅稍逊，也享年六十八岁，朱筠仅得中寿，为五十三岁，但朱珪得年七十六岁。如果再加上纪昀的八十二岁，铁保的七十三岁，那么以上十一人平均年寿是七十七点七岁。

　　二，在乾隆朝文字狱最为严酷的时期，上表中的大部分人物均正值腾达之际，翁方纲并曾参与乾隆二十年（1755）胡中藻《坚磨生诗集》案的会审事。

　　三，上述人物全都充任过乡会试正副主考或各省学政，是直接调动科举考试机制这一杠杆作用以广收门生、制约诗坛文苑的代表人物。不仅如此，除却京师中枢地外，他们还是以江浙的扬州、苏州、杭州三个文化中心作为长期活动基地的文学与学术领袖，影响遍江东，后期更远及岭外，以至云贵边陲。合之于上述第一条同观，时间绵历百年，空间网络全国，其"文治"之力从时空两个方面都显示有柄权左右的态势。因而言乾嘉诗史，毋论就顺向或逆向言，都不能不观照由他们组构而成的人文背景，不然必不合知人论世之道，难以不陷入抽象浮泛甚或孤立割裂的窠臼。

　　四，上表开列的人物，不仅有督抚疆臣，阁部大僚，而且有朝野皆知为肥缺的漕总和盐运使。总持风雅，须有足够财力。编刻诗集或操主选政，既获高誉，广通声气，更能获诗人才士的向慕，具有特殊的凝聚力。试略作巡视，卢见曾等刊刻了多少诗的总集、选集：

　　　　卢见曾：于乾隆二十三年（1758）辑刊《国朝山左诗钞》六十卷，得人六百二十余家，诗五千九百多首，附见诗一百二十首。

又于乾隆十七年(1752)为王士禛《感旧集》补传重编,刊成十六卷。

毕沅:于乾隆五十年(1785)前后编刊《吴会英才集》二十卷,选录十二家诗。法式善《陶庐杂录》说"其宾佐之"①。此实为普遍现象。十二家诗是:

方正澍《伴香阁诗》二卷;

洪亮吉《附鲭轩诗》一卷;

洪亮吉《卷施阁诗》一卷;

黄景仁《两当轩诗》二卷;

王复《树萱堂诗》二卷;

徐书受《教经堂诗》二卷;

高文照《阘清山房诗》一卷;

杨伦《九柏山房诗》一卷;

杨芳灿《吟翠轩诗》二卷;

顾敏恒《笠舫诗稿》二卷;

陈燮《忆园诗钞》二卷;

王嵩高《游梁集》一卷;

杨揆《桐华吟馆稿》一卷;

徐嵩《玉山阁稿》一卷;

石渠《翠苕馆诗》一卷;

孙星衍《雨粟楼诗》一卷;

王采薇《长离阁诗》一卷。

曾燠:于乾隆五十八年(1793)始陆续付刻《邗上题襟集》及续集、后续集。均系幕养文士及友好唱酬之作。又于嘉庆九年(1804)刻成《江西诗征》九十五卷,本朝占二十卷,二百

---

① 《陶庐杂录》卷三:"《吴会英才集》二十卷。尚书毕沅辑。其宾佐之。诗名篇秀句,往往在在。作者十二人,多为余旧识。各有专集行世,此皆其少作。"

二十余家。后又从中选出陈允衡、王猷定、曾畹、帅家相、蒋士铨、汪轫、杨垕、何在田刻《国朝江右八家诗选》。

阮元:于嘉庆六年(1801)得法式善襄助编刊成《两浙辅轩录》四十卷,得人三千一百三十三家,诗九千二百四十首。又辑《淮海英灵集》二十二卷,汇钞扬州一郡之诗。

至于沈德潜编纂几朝诗《别裁集》,世人皆知,不必更言;王昶的《湖海诗传》已见前述,他还有《青浦诗传》三十四卷,亦系乡邑文献之属。在当时,能和这般大吏比财力刊刻诗集特别是同人之作的,只有大富豪兼诗人的宛平查为仁,如他在乾隆五年(1740)刻过《沽上题襟集》八卷等。此外则就是本属盐商大贾的扬州马曰琯、马曰璐兄弟这一类型的由贾而儒、亦商亦文的出版家了。

五,由沈德潜到王昶,由翁方纲到阮元,恰好都是清代中叶诗界"格调说"和"肌理说"、"学人诗"两派诗学体系交替行进的宗师。参照前面几点认识,对这两个体系所构成的诗风的弥漫力,当可不言而喻,从而始能更深切地感受到"谁识英雄在布衣"这声音中的苦涩味。在那样的背景下,独特个性的才人将面对怎样一种压抑,将被视为不自检束、狂怪轻佻、放荡不羁等等,原是"题中之义",未足为奇的。

在上列年表以及简略辨析后,再来列举某些以个体性格和情性著称的诗人状况,两相观照,态势益明。下表无以为名,分类型列出,不予论断,以待后文详述。

第三表　分类表:

(一)乾隆十三年(1748)

　　袁枚三十三岁,自动解职,退居随园。后虽曾一度再任,仅一年复辞归。

乾隆十八年(1753)

　　郑燮六十一岁,以请赈事忤大吏罢官。

乾隆三十二年(1767)

王文治三十八岁,被劾自云南临安知府任罢官。

嘉庆四年(1799)

洪亮吉五十四岁,上书论时事,语侵嘉庆帝颛琰,免死而戍伊犁。一年后放归,编管于地方。

嘉庆十七年(1812)

张问陶四十九岁,与上官龃龉,从山东莱州知府任辞官,流寓苏州。

(二)黄景仁,卒时仅三十五岁。

汪中,五十一岁时暴卒。

黎简,卒年五十三岁。

舒位,年五十二岁卒。

彭兆荪,年五十三岁卒。

以上四人均仅得中寿。

(三)黄景仁,诸生,毕沅"奇其才",助资援例捐得县丞,待铨而卒。

汪中,拔贡生,未与朝考。

黎简,诸生。

舒位,乾隆五十二年(1787)恩科举人,九赴礼部试,均落榜。

彭兆荪,诸生。

龚自珍《己亥杂诗》第一百十四首专论舒位与彭兆荪二家诗,中有"如此高材胜高第"句,以"高材"目舒、彭,固是,上述诸人莫不是高材。

高第可得高位,兼得高名,然并非定属高材。即若高材而得高第,亦未必定能高其位,袁枚、王文治等岂非高材?然官仅知县、知府,复难安其位。洪亮吉虽亦曾督学贵州,非不清要,可是稍陈己见,几乎丧命,"性褊急"更定评于史册。凡此种种无不表明着一

603

点:这是一个不需要个性的时代,更难容有个性的高材。于是,"英雄在布衣","文章乃归于匹夫",真正的诗人多在草野,自是必然的事。

时势运行至此,乾嘉诗史应作如是观。

第一章　耆儒晚遇的沈德潜

乾隆三十四年(1769)九月,沈德潜以九十七岁大耋之寿病卒。一个月前还密谕两江总督高晋去沈氏家"委曲令其缴出"倘还收藏着的钱谦益《初学》、《有学》等集的乾隆帝弘历,闻耗旋即下谕:"沈德潜积学工诗,耆儒晚遇,受朕特达之知。嗣以年高引退,特许归里,俾得颐养天和,为东南搢绅领袖。前者屡次南巡,见其精神强健,叠沛恩施。年来复时予存问,方冀寿跻百龄,益承优眷。今闻溘逝,深为轸惜!着加恩赠太子太师,入祀贤良祠。"并赐祭葬如例,谥文慤。以上俱见载《清史列传》卷十九"大臣画一传档正编十六"。弘历当时还有悼诗一首云:

平生德弗愧潜修,晚遇原承恩顾稠。
寿纵未能臻百岁,诗当不朽照千秋。
饰终宣命加优典,论定应知有独留。
吴下别来刚四载,怅然因以忆从头。

在中国诗歌史以至文化史上,作为文学侍从,而且主要是以诗获"主眷特隆",不仅一再受赐"御制诗",先则曰"我爱德潜德,淳风挹古初",继则曰"朋友重唯诺,况在君臣间"云云;并且还史无前例地应沈德潜"恃宠以请",为《归愚集》御笔作序,说:"德潜老矣,怜其晚达而受知者,唯是诗。余虽不欲以诗鸣,然于诗也,好之习之,悦性情以寄之,与德潜相商榷者有年矣,兹观其集,故乐俞所请而序!"诸如此类,均属空前绝后之事。所以,沈德潜以六十七岁晚暮之年得此殊遇,其于感恩戴德之馀,献尽一切颂恩炫宠之辞,均不为过,不能简单地凭这一行径而苛责之。同样,在"御制"悼诗的九年之后,当徐述夔《一柱楼诗集》诗狱事发,检查得有沈德潜为徐氏作的传时,弘历发怒,撤其谥号,仆其墓碑,并下谕说,对沈氏往日"恩施至为优渥",他"理宜饬躬安分,谨慎自持,乃竟敢视悖逆为泛常,为之揄扬颂美,实属昧良负恩!""玷辱搢绅!"这也合乎情理,不算暴暖暴寒式的反复无常,不得以此而佐证"伴驾如伴虎"现象。

因为,弘历和沈德潜之间所构成的蒙有一层"朋友重唯诺"色调而迹类师友的特殊君臣关系,就其本质言,是一种历史性相互选择,是后期封建社会的统治发展到极致时期特有的文化现象。弘历与沈德潜之间存在的联系,其情结始终未游离于强化文化统制的共识上,沈氏的存在和认识意义也全体现于这一点。因而弘历在严责已死的这位老人时说:"伊自服官以来,不过旅进旅退,毫无建白,并未为国丝毫出力,众所共知!"这话不能说不是事实,沈德潜除了"唯是诗"之外,凭什么位跻六部大臣之列?但过了一年,即乾隆四十四年(1779),御制《怀旧诗》又列沈氏于所怀五位旧臣之列,诗中历数其过错甚至"其罪实不细"之后,笔又一转说:"设曰有心为,吾知其未必!"还是宽宥的。为什么宽恕他呢?你听弘历说:"东南称二老,曰钱沈则继。并以受恩眷,佳话艺林志。"钱指钱陈群,嘉兴名诗人钱载的从叔祖。显而易见,"佳话传艺林"的沈德潜仍然具有典型的符号意义,而这佳话的内涵就是"恩眷",圣恩优渥!作为一个符号,沈德潜的一切影响都将负载着这"恩眷"昭示天下:圣主是奖惩不爽的,天下种种文人才士当应知晓!凡统治者中堪称雄主者,天下无不是其股掌上之物,何况区区文化人。如此权术机深的圣上,热衷仕进的科举之士能不入其彀中?由此而言,对接近古稀之年"晚遇"的沈德潜似也毋须深论苛求。

所以,作为推促诗文化进一步纳入统治机制却以"恩眷"为

"佳话"者,一个对清诗发展起着重大影响的诗坛领袖,沈德潜值得研究的不只是其人以及"格调说"的功过是非,而首先当应辨认是怎样的契机将其推向乾隆朝诗史的前列?正如考辨王渔洋如何能够领袖一代诗坛一样。不然,纷纭繁杂的现象和论评均难以理得清。

第一节　沈德潜的诗歌生涯及其"时世"契机

沈德潜,字确士,号归愚,江苏长洲人。出生于康熙十二年(1673),比查慎行仅小二十三岁,与赵执信生年只差十一年。其祖父沈钦圻,字得舆,系明末颇有成就的诗人,与徐波等有深交,入清以遗民终,著有《晤书堂诗稿》。据沈德潜自订《年谱》说:"年五岁,初识字,先祖教以平上去入之声及反切谐声会意转注。"六岁时,其祖父称誉说"是儿他日可成诗人,赐五言律一首",可知沈钦圻到康熙十七年(1678)还在世。这不仅表明他自幼所受家教情事,还证实家庭的背景使他具有与吴门著名文学家如尤侗(1618—1704)、尤珍(1647—1721)父子等交接和酬应的条件,并得以在康熙三十七年(1698)从学于叶燮(横山)。康熙三十七年,沈德潜二十六岁,叶燮则已七十二岁,五年后叶氏即病故。

沈德潜在康熙四十六年(1707)三十五岁时,已活跃于吴门诗界。先与张锡祚(永夫)、张景崧(岳未)、徐夔(龙友)、陈睿思(匡九)等结"城南诗社",十年后又有"北郭诗社"之举。康熙五十五年(1716)他已刻成《竹啸轩诗钞》十八卷,次年与陈树滋合辑《唐诗别裁》,先编成十卷;又二年,《古诗源》编就。雍正九年(1731)著《说诗晬语》,次年又与周准合辑《明诗纪事》十二卷。至此,"推论历代风雅源流"并深有心得,沈德潜六十岁时其实已是成就很高的诗人和诗学家。然而,科场淹蹇,到乾隆元年(1736)他被荐举应清朝第二次"博学鸿词"试时,六十四岁的沈归愚还只是个廪生而已。

问题就在这里,一个在康熙后期到雍正一朝已深于诗学的"横山门下"的高弟子,何以要到乾隆朝始享大名,并且不几年即位重中枢?

爱新觉罗弘历生于康熙五十年(1711),齿稚于沈德潜三十八岁。胤禛驾崩,弘历出承大统时年仅二十五。历史似乎难以捉摸,造化于人诚太微妙,命运恰恰作此安排,要等到归愚老人六十七岁时始造就一场"晚遇"的惊喜剧!

然而在这看似偶然性的殊隆之遇中,实在寓有一种历史的必然性。据郭则澐《十朝诗乘》说:"沈归愚未第时,高宗于《南邦黎献集》中见其诗,即赏之。"《南邦黎献集》系满洲诗人鄂尔泰(1677—1745)刻于雍正三年(1725)的一本诗选,共十六卷。鄂尔泰是雍正元年擢江苏布政使的,到十年(1732)授保和殿大学士,兼兵部尚书,办理军机事务。乾隆接位,命其同庄亲王允禄、果亲王允礼及大学士张廷玉总理事务,旋为军机大臣兼理侍卫内大臣,封三等伯,后又加太傅,卒谥文端。此人称"一代名相",后因胡中藻文字狱案牵连而撤出"贤良祠",但在乾隆四十四年(1779)御制《怀旧诗》又列诸五阁臣中,有"遵诏命配享,旌善垂不朽"之句,这且不予细论。弘历读《南邦黎献集》当是还在朱邸时的事,所赏识的是哪些诗,已难加考查。但在鄂尔泰开藩吴中之时,沈德潜以老秀才而得到垂注,诗入选《黎献集》,其必须为鄂氏器重乃是前提。鄂尔泰有《西林遗稿》六卷,沈氏《别裁集》称誉为:"生平不欲以诗自鸣,而意格自高。""意格",正是所以能沟通的共识。《随园诗话》说鄂氏"好贤礼士",诗句有"文章报国科名重,洙泗寻源管乐轻"云。训勉语似也不俗(上述《十朝诗乘》所载沈氏先期受知弘历事,袁枚亦已记叙),但温柔敦厚之意格亦可得而按之。

雍正元年(1723),沈德潜时年五十一岁。《说诗晬语》尚未著,《古诗源》之编已初就,正值结"北郭社"为诗群骨干之际。当时沈氏之能有社会影响,并得大吏垂青,似并非因他是叶燮的门人。横山弟子甚多,何以独归愚见赏?细究之实在与当年王渔洋的推许归愚极有关。最直接的依据是沈氏的一组五言律,题目很长:《王新城尚书寄书尤沧湄宫赞,书中垂问鄙人云:"横山门下尚有诗人。"不胜今昔之感。末并述去官之由云:"与横山同受某公中伤。"此新城病中口授语也。感赋四章,末章兼志哀挽》。"新城尚书"即王渔洋,"沧湄宫赞"即尤珍。《自订年谱》:"(康熙)四十二年癸未,年三十一。秋,横山先生卒。先是,先生以所制诗古文并及门数人诗,致书于王渔洋司寇。至是,渔洋答书极道先生诗文特立成家,绝无依傍;诸及门中,以予与张子岳未、永夫不止得皮得骨,直已得体①。又谓河汾之门,讵以将相为重?滔滔千言,惜先生不及见矣。"观照诗题和《年谱》,排比一下有关人氏的行年,沈德潜获得赞誉的时间便可考知。

王渔洋罢官是在康熙四十三年(1704)秋九月;据《渔洋山人年谱》知其病发辗转床褥在康熙四十九年(1710),次年(1711)卒。故诗题中说的"寄书尤沧湄"时应在卒前不久,而其《自订年谱》中

---

① 张景崧,字岳维,一作岳未。吴县人,康熙三十七年(1698)师从叶燮称入室弟子。康熙四十八年(1709)成进士,官乐亭知县。诗主明丽新鲜,王士禛比之为韩门张籍。著有《锻亭集》二卷,今存。事迹参见《苏州府志》、《吴县志》。

张锡祚,字永夫,一字偕行,长洲人。亦康熙三十七年从叶燮学。所居屋不过三楹,笫履书卷外无长物,经年卧病,半以药石为餐。终日苦吟,诗作以生新为宗,后一归于平淡。卒年五十三岁。著有《锄茅遗稿》二卷、《咉蔗轩诗》不分卷,均不见传。沈德潜《国朝诗别裁集》收横山同门如张景崧诗五首、张锡祚诗十五首,张钱诗二首。关于张锡祚,《筱园诗话》卷二有一则文字,颇有意味:"吴中布衣黄子云,泰州布衣吴嘉纪,昆山布衣徐兰,长洲布衣张锡祚,四人均负诗名,其诗卓然可传,各成家数,可谓我朝四大布衣。""独张之诗集,世无传者,想未刊木,所以失传,仅于各选本中略见一斑而已。张字永夫,吴门高士,亦畸人也。寒饿终身,遗集竟泯,惜哉!""尚书(按:指沈德潜)以主持风雅自命,方舟(按:指浙中诗人沈用济)、永夫皆故人也,何不为方舟、永夫刊刻遗集传世,听其泯没,又不多录入选本,以表彰幽潜,岂非负亡友乎!"

所说王氏"滔滔千言"的复信在康熙四十三年(1704)秋后,叶燮"不及见"。沈氏的诗是这样的:

　　三百年来久,风骚让此贤。
　　惭无水曹句,辱荷尚书怜。
　　千里吴云隔,双鱼汶水传。
　　野夫承下讯,惆怅倚江天。

　　横山全盛日,请业遍门墙。
　　一老嗟沦没,群愚故谤伤。
　　闲云封讲席,古柳卧书堂。
　　故友悲今昔,青青墓草荒。

　　虎豹天关踞,云房未许窥。
　　漫教尤众女,只自怨蛾眉。
　　历下挥谈麈,汾湖把钓丝。
　　后先同放弃,恰遂白云期。

　　又见文星暗,缘知岁在辰。
　　济南无作者,海内失诗人。
　　虚附青云士,难赓《白雪》春。
　　虞翻同感泣,此意向谁陈?

　　这组诗至少提供了以下几点信息:
　　一,"风骚让此贤"云云,是沈德潜对王渔洋的崇仰之评。以为"三百年"以来渔洋始称风骚领袖,当是其时很普遍的舆论,足见渔洋影响深远。渔洋病故,"海内失诗人";诗的风骚之统呢?沈归愚说"虚附青云士,难赓《白雪》春!"意为包括众多的王门弟子在内的"青云"之士,实在后继乏人,诗统难继!"此意向谁陈"

五字言外之意甚明,归愚隐隐陈述了"赓《白雪》春"的雄心和自信。

二,"一老嗟沦没,群愚故谤伤",是说叶燮亡故后,横山"门墙"萧索,论敌势盛。作为横山弟子,需要援引之力,"历下"与"汾湖"的并提,且以王氏病中之语为引证,正是谋求援助之举。原是叶燮弟子的沈德潜,既然在康熙四十三年(1704)时被渔洋称为"不止得皮得骨"的一个,六年后又为王渔洋"垂问",单独被誉为"横山门下尚有诗人",这知遇之感当然引起激动。从师于叶燮其实只五年时间,渔洋的宏奖倒跨时六七年,沈德潜私淑之心能不兴起勃跃?再从"海内失诗人"句与"横山门下尚有诗人"八字之赞对看,这个"尚"字特有意味,内涵甚多,益能佐证上述一中的雄心和自信问题。

郭麐《灵芬馆诗话》说:"归愚少问业于叶星期先生,传其诗学。新城尚书寄友人书有云:'横山门下尚有诗人。'归愚见之,窃喜自负。新城亡,为诗哭之,实未见新城也。前辈宏奖之心,与感知之意,均可想见也。""窃喜自负"四字很切中当年沈德潜心态。而朱庭珍《筱园诗话》的"迹其生平,门户依傍渔洋",语虽率直,但也是事实。

康熙四十九年(1710),三十八岁的沈德潜需要这种向大有力者的依傍。这种心仪和依傍从深层潜在看已开始微妙地局部神离于横山诗学①(只是局部,说见下文),从而在"中正和平"、"不悖于正"的走向上日渐发展。这无疑是一种契机,导致他先则得鄂尔泰器重,并经鄂氏中介为弘历见赏,最终获致殊恩之宠。

弘历一生处处以其祖玄烨为式范,而时势的推移,又必然尤重"文治"以胜乃祖。对于在康熙朝倡导"神韵"体以淡化商声"变"

---

① 这不是说背离"横山门下"。事实上直至乾隆十二年(1747),沈德潜仍笃念师门,见其所作《二弃草堂燕集序》。按,二弃草堂者,叶燮之故居也。

调的王渔洋,弘历无疑耳熟能详,何况渔洋弟子入乾隆朝称庙堂闻人者仍多,如黄叔琳(昆圃)在乾隆十六年(1751)还得"温谕"曰:"原任詹事黄叔琳以康熙辛未探花,年臻大耋,重遇胪传岁纪,洵称熙朝人瑞!着从优加给侍郎衔。"叔琳子黄登贤还官至副都御史。"文治"有许多要办的事,诗则其中之一项。尽管他自称"不欲以诗鸣",可是正如赵翼《簷曝杂记》所述:"上或作书,或作画,而诗尤为常课,日必数首。"①在他的"懿行"推动下,如鄂尔泰等八旗大臣也一边说"平生不欲以诗自鸣",一边扬扢风雅,所至无不以诗事业为建树之一项。帝皇和贵戚权臣何以好诗如此?正面的训辞有时每不易窥其深心,弘历有首《咏络纬》诗非常适合移来探其真意。诗前小序说:"皇祖时,命奉宸苑使取络纬种,育于暖室,盖如温花之能开腊底也。每设宴,则置绣笼中,唧唧之声不绝,遂以为例云。"络纬,俗称纺织娘,叫哥哥一类鸣声清越的秋虫。弘历的诗云:

> 群知络纬到秋吟,耳畔何来唧唧音?
> 却共温花荣此日,将嗤冷菊背而今!
> 夏虫乍可同冰语,朝槿原堪入朔寻。
> 生物机缄缘格物,一斑犹见圣人心。

"圣人"的"格物",在帝皇运用中一概应是"却共温花荣此日"。这里用得上一句杜甫诗:"葵藿倾太阳。"一切事物都应为皇权的代表圣驾服务,愉悦耳目,是服务;训化民风,也是服务,其性质同。试看乾隆帝视僧道为何物而以宽容政策对待的,他在回答

---

① 见卷一,赵翼于"圣学一"条中曰:"上圣学高深,才思敏赡,为古今所未有。御制诗文如神龙行空,瞬息万里。""圣学二"条又曰:"或作书,或作画,而诗尤为常课,日必数首,皆用朱笔作草,令内监持出,付军机大臣之有文学者,用摺纸楷书之,谓之诗片。遇有引用故事,而御笔令注之者,则诸大臣归,遍翻书籍,或数日始得;有终不得者,上亦弗怪也。"按,此可供考知乾隆文学侍从之供奉情状。

御史"沙汰僧道"的建议时写了首诗：

> 颓波日下岂能回？二氏于今亦可哀。
> 何必辟邪犹泥古？留资画景与诗材！

和尚道士让他存在，至少也可充为一种景观和诗料用，诗和诗人又何尝不能"共荣温花"，成为一种快乐的饰物，为"盛世"鼓而鸣？

但是，"却共温花荣此日"，恰是为了"将嗤冷菊背而今"！"冷菊"作为一种意象，正是"秋者悲之为气也"的诸类情绪的概括。盛世只需"春温"之音，绝不容忍"秋肃"之声。从这一点出发，弘历有时又斥诗为无用物、可厌事。"离忠孝而言诗，吾不知其为诗也！""诗者何？忠孝而已耳！"在严责沈德潜《国朝诗别裁集》选次未当，命重加去取后弘历作序又说："今之所选，非其宿昔言诗之道也。"沈氏"宿昔言诗之道"为何？当然也就是"忠孝而已耳"！遗民诗为什么可恶，不合"千秋之公论"？因为"居本朝而妄思前明者，乱民也，有国法存焉"，这"乱民"即不忠于本朝之人。贰臣又为什么可恶？"身为明朝达官，而甘心复事本朝者，虽一时权宜，草昧缔构所不废。要知其人则非人类也。"行为可以理解，德性则不容于世。初一看，弘历所论逻辑似颇怪诞，忠于前明的不合他认为的"千秋公论"，是"乱民"；甘心仕清的又不合"千秋公论"，不是"人类"，岂不矛盾？不，他的意思很清楚，"乱民"与"非人类"不同。"乱民"尽管要绳以国法，但尚属"人类"，贰臣则不齿于人类！说到底，他这种有点各取所需的逻辑推论，归根到底是要一个"忠"，即现时所需要的对本朝绝对忠的品德。"春温"式的共荣之音即合时的"忠孝而已"的韵语，"冷菊"型的则是"背而今"的悖逆声腔。特别鞭挞贰臣，其目的也正是鞭尸以训活人，不得有二心，而"乱民"毕竟已不多，即使还有，可绳以"国法"。所以，谁要误会了弘历的话，把遗民与贰臣重新等同视之，或援引弘历的

"朱谕"来反证贰臣尚可甄别,均将会搅乱是非而又未能揭示这位乾隆大帝的机心。

总之,乾隆盛世是个进一步需要"却共温花荣此日"的诗歌的时代。弘历自己固然可以用"宸翰"、"御制诗"来鼓导风气,但如李调元《雨村诗话》所记载的那样,他一般酬和范围也只是在鄂尔泰、于敏中、嵇璜、汪由敦、裘曰修等阁相、六部九卿大僚和随侍的文学从臣之内;即使有所谓"济南贡生张廷璁之孙永清,才五岁,能背诵《乐善堂全集》"这类古怪得肉麻的事,御制《乐善堂全集》终究领导不了一代诗风,皇帝不会去做诗坛宗师的。他需要有一个代理人,在诗的领域里能顺应"朕意"而又有权威性的总管。沈德潜无论从诗教修养、年资名望以及谦恭冲和等哪个方面讲,都符合"相知见始终"(《侍郎沈德潜以能诗受知,因命编校御极以来诗集……》)的条件,于是,被渔洋誉为"横山门下尚有诗人"的三十年前早孚诗名的"清时旧寒士,吴下老诗人"(同前)被超擢为总理"诗"务大臣。至于"行歌非杜误,晚达胜郊穷"所起到的另一种感化作用,即沈德潜"晚遇"隆眷的事实很像一个标本似的存在着,表明诗不一定"穷而后工",更不"穷"人;诗人的穷通与否,全看你自己是否"背而今"了! 这样的示恩示威的认识意义在当时无疑是不小的。

第二节　叶燮《原诗》与沈德潜
"格调说"异同辨

乾隆十二年(1747),即叶燮逝世第四十五个年头的正月,沈德潜和昔日横山门下的同窗举行了一次纪念活动。在《二弃草堂燕集序》中,沈氏说:

> 时先生辞世四十五年,门下士存者九人咸在列:叶太史长扬年八十一,顾处士嘉誉年七十九,张处士钺年七十六,德潜

年七十五,谢征士淞州年七十一;并年六十九者沈征士岩、李征士果,年六十七者为薛征士雪,周太学之奇年最少者,亦六十五。

《序》又说:

> 兹九人皆向时请业于二弃草堂者。讨术业之渊源,合通门之情好,横山一脉,犹在人间。……于时登小山,穿桂丛,抚琴尊,寻故简,阐先生《原诗》上下篇之议论。

这次"燕集"上距《原诗》成稿并刊刻已六十一年,而沈德潜其时正"请假归葬"在里中。返里前弘历赐诗饯行,即有"我爱德潜德,淳风挹古初"之褒语。"燕集"后三月,有旨"命在上书房行走",六月假满赴职不久,即由内阁学士擢为礼部侍郎。上述纪念活动有两点值得注意:一,这九个晚存的横山老门生中,六个是布衣,"征士"者,曾被荐举应"鸿博"试而未取或不赴者,虽有名誉称号,实与"处士"即布衣身份同。一个是国子监学生员,称"太学",秀才(诸生)之一种。叶长扬(1667—1751后)稍清贵,他字尔翔,号定湖,吴县人,系晚明理学家叶时章(稚斐)之孙,据《吴中叶氏宗谱》知长扬为第二十七世,按辈分乃叶燮本家族孙。康熙五十七年(1718)的进士,官翰林院编修,后缘事牵连被劾归,闲老以终。概言之,当年"二弃草堂"出身的除了沈德潜外,大多弃仕途科举之求而处于野,李果、薛雪、张钺三人则是以诗著称的名布衣。二,毋论布衣抑或朝贵,"横山一脉"所联系的"通门之情好"在这班老人之间犹存。至少是到乾隆十二年(1747)时沈德潜仍未忘自己是"横山门下",老同窗们也并不认为他有背师门,有悖师教。为什么当时连同请业的师兄弟们也没有视沈德潜为"横山"诗学的背离者,而后人特别是晚近以来多有指责?这不能不引人深思。

叶燮的《原诗》是一部体大思精的诗学专著,其理论成严密体系,远胜于历来的诗话之作,这是肯定无疑的。可是誉称为"横山

615

门下尚有诗人"的沈德潜却成为"格调说"的宗师,赞之者以为"扫芜响,振古音,文惹之力也","海内风气为之一变"(如《国朝正雅集·寄心盦诗话》);诋之者甚至说是"本朝诗学,沈归愚坏之,体貌粗具,神理全无。动以'别裁'自命,浅学之士,为其所劫,遂至千篇一律,万喙雷同"(文廷式《琴风余谈》)。究竟应如何认识这种反差悬殊之说,怎样辨识叶、沈师弟之间诗学观的异同,既是理清清代中叶诗史走向的需要,也是恰如其分地评估《原诗》所必须。

叶燮(1627—1703),字星期,号已畦,又号独岩,晚年退居吴县横山,人称横山先生。吴江人,补诸生时学籍隶于浙江嘉善。嘉善与吴江隔汾湖而属江、浙,为紧毗邻县。某些史籍和专著或误称其籍为嘉善、为吴县,均失考①。叶燮乃叶绍袁第六子,谱名世倌,其家世见前"逃社"一节有关介绍。康熙九年(1670)进士,到十四年(1675)始铨选为江苏宝应知县。宝应位处运河之畔的高(邮)宝(应)湖滨低洼地区,其时又正值"三藩"之乱,军务旁午,自然灾害与劳役赋税双重痛苦,民不聊生。叶燮勉力措置县治,心力为瘁,最不易应对者为上司的颠顸与聚敛,被当时人视为褊急性格的叶氏,不愿谄媚悦上,终于在康熙十五年(1676)冬,即其农历九月二十六日五十初度后两个月,被弹劾罢官。

家世和少年时代的遭际在叶燮心上本有不小创伤。其父叶绍袁抗志守节,僧服流亡,十九岁的叶燮随父同行,转徙于江浙之交的荒谷野寺间,那是乙酉(1645)年的事。他是在这一年春天补的

---

① 《清史列传》为此讹误之最,卷七十"文苑传一"径作"浙江嘉兴人"。后此沿袭之者甚多。其尤者如敏泽《中国文学批评史》下册第二十二章谓叶燮"原为浙江嘉兴人,由于晚年定居吴江横山讲学,世称横山先生,亦作吴江人。"(见人民文学出版社1981年版八五五页)他如书目文献出版社1990年版《诗源·诗美·诗法探幽——〈原诗〉评释》(吕智敏撰)亦同敏泽氏之说,而又或谓"定居于江苏省吴江县之横山",或谓"在吴县的横山脚下筑起一座草堂,命名为'二弃堂'。"

嘉善诸生,所以算是弘光朝的秀才。后来叶绍袁病死,叶燮的兄弟们也均在顺治朝先后亡故。到康熙五年(1666)他应乡试中举,这之前二十年生活行迹现已难详。以"兼济天下"的儒家思想来解释其出仕的话,那么,遇上上述宝应县任上的现实和际遇,叶燮的心情之复杂、痛苦与愤懑应可想见。只需从他罢官后在吴县横山脚下,取鲍照《咏史》诗句"君平独寂寞,身世两相弃"之意,筑"二弃草堂";又以杜诗"独立苍茫自咏诗"句意,垒石构成"独立苍茫处"石室这些举止,便可以考知其心绪。叶燮又取号已畦,并名其诗文集为《已畦集》,在《已畦记》中说:

> 余山居以来,既无所短长于世,凡世间万事万物皆付之可以已矣!……余既无所不已矣,而独不已于畦,若曰"此畦终其身所已处也"。其于畦勤勤而不已者,正以见其无不已也云尔。命之曰已畦,殆夏忘其病,冬忘其寒者矣。

一曰"弃",世弃己,己弃世,二者"两相弃"也;再曰"已",已就是结束、终了,也即忘弃一切而归之田野。他的那种被时势剧变的颠簸波谷抛而弃之,从而转为与"世间万事万物"均割断缘分的不合作心理,显而可见。

这是特定时代陶铸成的心态和变异性格。有文献载述叶燮晚年随着生活的诸多不幸,脾性愈发古怪和褊急,颇似心理变态,应属可信。对此一性格特点的认识很重要,若与沈德潜相比较,一为动荡历史时期的弃客,一乃"文治"盛世之顺民,他们原属时代际遇迥异的两代人,人生观以至审美观的大反差,乃属必有。

"独立苍茫自咏诗",对杜甫最为崇拜的叶燮在"二弃草堂"赖以打发岁月("夏忘其病,冬忘其寒")的只有诗,诗的园地就是他的"畦","此畦终其身所已处也"。于诗,他更着力的是"原"的讨探,即对诗的本原的研究,这种探究远较创作更用功,从历史角度言,其贡献也以此为巨大,《原诗》是他生命的一座丰碑。在《二弃草堂记》里他总结过两句人生体验的话:"若予者以弃而得全者乎?则余之自幸亦未尝不以弃也。""全",从天年讲,他享年七十七,是兄弟七人中最高寿的,其他六位或未及冠即夭,或英年非命而死,没有一个活过五十岁的。但是,倘若平庸地活着,就是年至大耋,也无甚"自幸"可言,叶星期的"全"而"幸",正赖一部《原诗》的存传于天地间耳!尽管在当时《原诗》其实并无大影响。是的,在叶燮生前,《原诗》和他的遭际一样,落寞无闻。这不奇怪,那原是个靠大有力支持、鼓吹和推誉始能不胫而走天下的年代。叶氏的形象,康熙二十八年(1689)孔尚任的《叶星期过访示〈已畦〉诸集》诗描述得很生动:

> 江上诗名知最先,逢君垂老貌颀然。
> 匆忙罢吏蓬双鬓,潦倒逢人袖一编。
> 未解深心扶古雅,若为刻论吓时贤。
> 少陵已化昌黎朽,谁能探奇拨雾烟?

孔尚任此诗见《湖海集·已巳存稿》。这时叶燮六十三岁,即《原诗》撰成后三年。而沈德潜等从师于他,则是近十年后的事,以此而言,横山门下诸弟子尚不称势利,也未为"刻论"(惊世骇俗、不趋时势的理论)所吓倒,应是很难得的了。

他的"深心扶古雅"的《原诗》著成于康熙二十五年(1686)。需要提醒的是,这一年沈德潜是十四岁,所以,叶燮撰写此书的潜在心绪,绝非沈氏在几十年后所能审视,或者说敢于面对的。《原诗》的卓特处,在于虽不乏微观地谈诗,然主要地是从宏观上探求诗的本原,而且是从诗体的特质和诗人先后天之才具两个方面分合兼论。尤其是当其论述诗的"正"与"变"和时势的关系时,叶燮是深微地渗透着一己无穷的感受和感慨的,许多有感而发的人生体验全部隐之于诗学论述形态里。所以说,《原诗》也可谓是"发愤著史"的一种具体表现,事实上,循末穷本,沿流讨源,它原有鲜明的史的发展意识贯串全书,从这意义上说,这是一部名副其实的诗的"史论"型巨作。要详尽地阐释《原诗》,需有一部专著,或纳入"诗论史"列为专编,本书仅能择其要旨略述,并着重于辨其与沈氏诗学观异同而举其要。《原诗》的精粹大抵集中在以下几点论述:

一,"变"——关于诗的发展与变化。如《内篇(上)》说:

> 诗有源必有流,有本必达末;又有因流而溯源,循末以返本。其学无穷,其理日出。乃知诗之为道,未有一日不相续相禅而或息者也。……非在前者之必居于盛,后者之必居于衰也。

如果认识到这是叶燮针对明代中叶以来种种贵古贱近、宗唐祧宋、夹缠不清的诗论而发,那么就能看出他高屋建瓴的理论气势,从而不会去挑剔他是否带有循环论倾向。以下是他在上述"变"的总体观念指导下的一些具体论述:

> 盖自有天地以来,古今世运气数,递变迁以相禅,……此理也,亦势也,无事无物不然,宁独诗之一道胶固而不变乎?……其不能伸"正"而诎"变"也明矣!

> 从来豪杰之士,未尝不随风会而出,而其力则尝能转风会。

> 且夫《风》、《雅》之有正有变,其正变系乎时,谓政治、风俗之由得而失,由隆而污,此以时言诗,时有变而诗因之。时变而失正,诗变而仍不失其正,故有盛无衰,诗之源也。吾言后代之诗,有正有变,其正变系乎诗,谓体格、声调、命意、措辞、新故、升降之不同。此以诗言时,诗递变而时随之。故有汉、魏、六朝、唐、宋、元、明之互为盛衰,唯变以救正之衰,故递衰递盛,诗之流也。

这最后一段论诗之"源"、"流"的话极深刻。"时有变而诗因之",诗既不能不变,因而也就无正与变的高下可争;至于"以诗言时",只是体格之类的变化,是"流"。既是"流",就必是"源"的分派形态,所以,一切诸如唐宋之争,均无意义。"源"、"流",从理论上分析之,是一种研究的需要;从创作实践言,没有"源","流"自何来?"以诗言时"无非是"以时言诗"的发展过程中形态;"时有变而诗因之"方是考察审视诗的历史的首要准则。于是,叶燮以八面迎敌的气概,驳斥两种倾向上的本末倒置,批评徒从形态体格上角雌雄的习气:

> 尊盛唐者,盛唐以后,俱不挂齿。近或有以钱、刘为标榜者,举世从风,以刘长卿为正派。究其实不过以钱、刘浅利轻圆,易于摹仿,遂呵宋斥元。又推崇宋诗者,窃陆游、范成大与元之元好问诸人婉秀便丽之句,以为秘本。昔李攀龙袭汉魏古诗乐府,易一二字,便居为己作。今有用陆、范及元诗句,或颠倒一二字,或全窃其面目,以盛夸于世,俨主骚坛,傲睨千古,岂唯风雅道衰,亦可窥其术智矣。

叶燮所批评的是尊唐、宗宋风气中两边存在的鄙陋现象,其可鄙陋的原因是一致的:摹仿剽窃。后来沈德潜给《已畦集》作序时,只强调叶氏针对后一种陋习,在《国朝诗别裁集》中又一次说:"先生初寓吴时,吴中称诗者多宗范、陆。究所猎者,范、陆之皮毛,几于千篇一律、万喙雷同矣。先生著《原诗》内外篇四卷,力破其非。"这是随意性为己所用的片面阐释,与其师的原意不符,可是从来论者每以沈氏所论为据,加以引申,显然都是为"尊唐抑宋"的观念张目。

作为一个审美主体,叶燮有权利褒贬各家并有所心师;但作为一个诗学家,他坚持不在心目中存有或唐或宋的偏嗜。其原则一如其为吴之振《黄叶村庄诗集》作的《序》所说:"古人之诗可似而不可学。何也,学则为步趋,似则为吻合。""似古人之诗则古人之诗亦似我，我乃自得。""似"实即"变"："能得其因而似，其善变也"；"变"就是"各因时为用而不相仍"。所以，他一贯认为："诗自三百篇及汉魏、六朝、唐宋元明，唯不相仍，能因时而善变，如风雨阴晴寒暑，故日新而不病！"要反对的是"仍"，即亦步亦趋，因袭摹仿。指出学宋诗中的弊病，绝不等于贬抑宋诗；"仍"于宋诗，固然大谬，"见诗之能变而新者则举之而归之学宋，皆锢于相仍之恒而不知因者也"，那是学唐之徒的痼习。可见，叶燮思路明晰而严密，而且深谙辩证关系。唯其如此，《原诗》在"外篇"中既肯定"宋诗则能事益精，诸法变化，非浓淡、远近、层次所得而该，刻划掉换，无所不极"的特点，同时又反对那种"晚唐之诗，其音衰飒"的论断。这是叶氏很著名的一段精辟之论：

  然衰飒之论，晚唐不辞；若以衰飒为贬，晚唐不受也。夫天有四时，四时有春秋。春气滋生，秋气肃杀。滋生则敷荣，肃杀则衰飒。气之候不同，非气有优劣也。使气有优劣，春与秋亦有优劣乎？故衰飒以为气，秋气也；衰飒以为声，商声也。俱天地之出于自然者，不可以为贬也。又盛唐之诗，春花也。桃李之秾华，牡丹芍药之妍艳，其品华美贵重，略无寒瘦俭薄之态，固足美也。晚唐之诗，秋花也。江上之芙蓉，篱边之丛菊，极幽艳晚香之韵，可不为美乎？夫一字之褒贬以定其评，固当详其本末，奈何不察而以辞加人，又从而为之贬乎！则执"盛"与"晚"之见者，即其论以剖明之，当亦无烦辞说之纷纷也已。

叶氏此论的精辟并不只在于为晚唐诗甄别，视"秋花"与"春花"同美，更重要的是他在此以具体史实进一步论证"时变而失正，诗变而仍不失其正，故有盛无衰，诗之源也"之要旨。晚唐是衰世、乱世，晚唐之诗因"时变"而变，表现了时代之衰飒，岂非正是诗的生气强劲的征候，有何可贬？在衰世点缀"盛世"的花是纸花,唱"盛世"调是伪声,而晚唐之诗随时而变,"出于自然",这"秋花"无愧国色之一种,其"衰飒以为声"的"商声"恰恰是真诗,焉能贬之?

不仅如此,如果以叶燮此论观照晚明诗史,对比那些斥竟陵钟谭"楚风"为衰飒之声、亡国之音的论调,是非当尤清楚,"无烦辞说"。叶燮也是不满竟陵诗风的,但他只是反对"溺于偏畸之私说。其说胜,则出乎陈腐而入于颇僻,不胜,则两敝",所说很公允,见《原诗·内篇》开卷第一则。如果再进一步深思之,叶燮对易代之际以至顺康之交的现实,作何认识?是"春气滋生",抑是"秋气肃杀"?倘是世值"春温",他何以心陷"二弃",身仅"独不已于畦"而"世间万事万物皆付之可以已"?所以叶燮论诗,著《原诗》,这行为本身就是"系乎时"的一种实践,这"时"既指对的是当时诗界现实,又是"系乎"包括诗界在内的特定年代的世会时势。而这一点是沈德潜所不可能承传以继替,也不敢予以阐发的;可是,这恰恰是叶燮诗学理论中的灵魂!纲领!

二,"以在我之四,衡在物之三"——关于诗的抒情主体和表现对象。"在物之三"是理、事、情,"在我之四"是识、才、胆、力。叶燮对前者是这样说的:

> 自开辟以来,天地之大,古今之变,万汇之颐,日星河岳,赋物象形,兵刑礼乐,饮食男女,于以发为文章,形为诗赋,其道万千。余得以三语蔽之:曰理,曰事,曰情,不出乎此而已。

他认为,只要"揆之于理而不谬","征之于事而不悖","絜之于情而可通",诗就获得表现力和价值功能,不必去求"死法"。因为得上述三者,"则自然之法立","法在神明之中,巧力之外,是谓变化生心"。他是从言之有物,只要不悖于理、事、情的角度,讨论"辞达"问题,以屏弃一切支离破碎或大言欺人的死法。叶氏又说:

> 曰理,曰事,曰情,此三言者足以穷尽万有之变态,凡形形色色,音声状貌,举不能越乎此。此举在物者而为言,而无一物之或能去此者也。曰才,曰胆,曰识,曰力,此四言者所以穷尽此心之神明,凡形形色色,音声状貌,无不待于此而为之发宣昭著,此举在我者而为言,而无一不如此心以出之者也。以在我之四,衡在物之三,合而为作者之文章。大之经纬天地,细而一动一植,咏叹讴吟,俱不能离是而为言者矣。

识、才、胆、力,四者以"识"最为首要,因为"中藏无识,则理、事、情错陈于前,而浑然茫然,是非可否,妍媸黑白,悉眩惑而不能辨,安望其敷而出之为才乎?"所以,"识以居乎才之先","识为体而才为用"。又,"唯有识,则是非明,是非明,则取舍定",从而就可根除"中且馁而胆愈怯,欲言而不能言,或能言而不敢言"之类的软弱性,故曰"识明则胆张,任其发宣无所于怯,横说竖说,左宜而右有,直造化在手,无有一之不肖乎物也。"关于"胆",叶氏特强调之,如说:

> 昔贤有言:"成事在胆。""文章千古事",苟无胆,何以能千古乎?吾故曰:无胆则笔墨畏缩。胆既诎矣,才何由而得伸乎?唯胆能生才。但知才受于天,而抑知必待扩充于胆邪!

"胆能生才"四字,无疑是感慨之言。是对默守成法、窒息心智以及"工邀誉之学,得居高而呼者倡誉之,而后从风者群和之,以为得风气"等等,叶氏视为"诗亡矣"的现象的痛加针砭,也是对抒情主体的个性精神的振奋激扬。他对"力"的诠释同样围绕着这一主旨:"立言者,无力则不能自成一家。"力,简言之,即"神旺而气足,径往直前,不待有所攀援假借"。综四者之关系,叶燮作了如下概括:

> 内得之于识而出之而为才;唯胆以张其才,唯力以克荷之。

对抒情主体先后天素质、修养、识见的剖析以及相互关联的深层机因的抉示，叶燮的深刻性和透辟力都超越了前人。其所以作如此的探讨，目的乃为在"变"中自见其"创"，用他的话来说，即：

> 大抵古今作者，卓然自命，必以其才智与古人相衡，不肯稍为依傍，寄人篱下，以窃其余唾。……故宁甘作偏裨，自领一队，如皮、陆诸人是也。乃才不及健儿，假他人余焰，妄自僭王称霸，实则一土偶耳。生机既无，面目涂饰，洪潦一至，皮骨不存。而犹侈口而谈，亦何谓耶？

《原诗》的要义自不止上述二点，但如此集中、如此着力，又如此深透地言"创"言"变"，即已是诗歌史应大书一笔的了。它实际为清诗发展在总结"五十年前"及五十年来的经验教训基础上指出一条新变的路，叶燮是个卓具"史识"的诗论家。然而，由于历史的惰性和他本人的落魄言轻，终竟"未昌诗教"。甚至如谭献《复堂日记》所说："门下得沈文悫，负朝野重望，乃横山体储洁，而归愚多渣滓，则过求平宽之流弊耳。""一传而后，遂苦陈腐，或者滥觞于其师之主张理与事邪？不必然矣。"在晚近诸多评论《原诗》的学者中，谭复堂是眼光冷静的一个。诗史上的论争或创作实践的分歧，自明代中叶以来，说到底是重情性还是重体格的争执。沈德潜作为横山门下"一传"即"苦陈腐"，除了沈氏自身的历史动因外，叶燮诗学观中确实也有其不彻底性所留下的缺口，"理、事、情"三者并举，而且还是"情"居第三位，不能说不是传统诗教的羁缚未脱尽的表现。说叶燮不主情，《原诗》中大量相关文字可以例证不符事实。可是，他的言情与言"胸襟"密合一起，而且是"有胸襟，然后能载其性情、智慧、聪明、才辨以出，随遇发生，随生即盛"。结论是"诗之基，其人之胸襟是也"。抽象地看，这绝对不错，但是抒情主体的人决非抽象物，所以"胸襟"与那个"识"都是具体的,无不受人生观、道德观直至哲学思辨所支配。

叶燮"唯有识,则是非明"的"是非"标准,未越出"忠爱"原则,"千古诗人推杜甫"的反复论述即可为明证。由此推衍,对"诗教",即使他有所改造,但无法彻底抛开,最现成的例子是"温柔敦厚"的阐释。有论者以为他是用"变"的观点改造了这"诗教",可是他明白地说,只是不泥其辞,并非弃其意:

> 不知"温柔敦厚",其意也,所以为体也,措之于用,则不同;辞者,其文也,所以为用也,返之于体,则不异。

虽然他反对"相同一定之形"的"温柔敦厚",主张"神而明之",但这"诗教"仍不曾弃离的。凡此之类,都留下一个有弹性的缺口部,他的创变意识仍可以被拉回到"伸正诎变"的位置上去。因为叶燮只能为"变"争一个不背乎"正"、等同于"正"的地位,而不能彻底地取消"正变"从概念到名辞的相对存在,他心中仍抹不去一个"正"的标准。可是,"正"犹如历史惰性投下的阴影,只要存在一天,"变"总归带有"另册"痕迹,难以堂堂正正站到历史前沿来。

沈德潜的"一传"即"腐",恰恰是在叶燮留下的缺口和不彻底性上,迎合世会运转的需要而渐渐回溯上去的。譬如《说诗晬语》中他同样也讲"有第一等襟抱,第一等学识,斯有第一等真诗";他特别花气力阐释《诗经》中的"正理"和"婉道"之词,强调"温柔敦厚,斯为极则"等等,也是可从《原诗》中找到渊源。又因为叶燮强调"理"和"事",《晬语》开宗明义就说"诗之为道,可以理性情,善伦物,感鬼神,设教邦国,应对诸侯,用如此其重也","然必优柔渐渍,仰溯《风》《雅》,诗道始尊"。诗道,重新高高举起。"道"高"情"必抑,诗之情性退,则诗之体格必尊;尊体格就主气象,主气象,又必讲究诗法,以援尺于格调而去求气象。由此而言,沈德潜的以格调说作为他诗学归宿,乃是必然事;而其与师说的貌有合而神渐离,也只是从局部始,并且是"渐渍"地相离。唯其如此,所以在乾隆朝,没人认为他背离了师门。

沈德潜与叶燮之间,师生诗学观的渐趋歧异,有个过程。他的《说诗晬语》作于雍正九年(1731),五十九岁时。顺便指出,这年袁枚只十六岁,所以郭绍虞《中国文学批评史》第六十七节说《说诗晬语》中"张文昌、王仲初乐府专以口齿便利胜人,雅非贵品"之语是"隐隐对袁枚讲的"云云,乃未核年序的失考之论。事实是《说诗晬语》作于叶燮卒后二十八年,上距前述渔洋的赞赏也已二十年,其时又正当受鄂尔泰的器重不久。"春温"之感固与其师横山的"秋肃"之心迥异,渔洋诗说则已被有所接受,后来袁枚在《再与沈大宗伯书》中"先生最尊阮亭"云,一点没说错。作为沈德潜诗学观念的演变过程中的一个标志,《说诗晬语》上卷论白居易的文字最可移来佐证受王渔洋影响而与叶燮异议的:

> 大历十子后,刘梦得骨干气魄,似又高于随州,人与乐天并称,缘刘、白有《倡和集》耳。白之浅易,未可同日语也。萧山毛大可尊白诎刘,每难测其指趣。

《原诗·外篇》则如此评白:

> 然(白)有作意处,寄托深远。如《重赋》、《不致仕》、《伤友》、《伤宅》等篇,言浅而深,意微而显,此风人之能事也。……人每易视白,则失之矣。……白俚俗处而雅亦在其中,终非庸近可拟。

"人每易视白",王渔洋即最轻视白乐天,见前章,不赘。比较中可以见出,叶氏的赞肯白居易,正从"可以观、可以怨"的视角,意在讽世;而沈德潜则无视或回避这一点,嫌其格调"浅易"即直露,不"温柔敦厚",纯属退"变"进"正"的论调。

沈德潜成为高层文学侍从后,其恪守诗教、鼓吹温柔敦厚,无疑更益严重,至此,可说与《原诗》距离愈远。最生动也最有趣的是袁枚《答沈大宗伯论诗书》(《小仓山房文集》卷十七),简直近似以《原诗》论旨驳沈氏,大有代其师训斥之意味,而从中又正可看到沈德潜的"陈腐"味,兹节录之以结束本节:

> 先生诮浙诗,谓沿宋习、败唐风者自樊榭为厉阶。枚,浙人也,亦雅憎浙诗。樊榭短于七古,凡集中此体,数典而已,索索然寡真气,先生非之甚当。然其近体清妙,于近今少偶。先生诗论粹然,尚复何说?然鄙意有未尽同者,敢质之左右。尝谓诗有工拙,而无今古。自葛天氏之歌至今日,皆有工有拙,未必古人皆工,今人皆拙,即《三百篇》中颇有未工不必学者,不徒汉晋唐宋也。今人诗有极工极宜学者,亦不徒汉晋唐宋也。然格律莫备于古,学者宗师自有渊源,至于性情遭际人人有我在焉,不可貌古人而袭之,畏古人而拘之也。……天籁一日不断,则人籁一日不绝。……唐人学汉魏变汉魏,宋学唐变唐,其变也非有心于变也,乃不得不变也。不变则不足以为唐,不足以为宋也。……先生许唐人之变汉魏,而独不许宋人之变唐,惑也。……故枚尝谓……变唐诗者宋元也,然学唐诗者莫善于宋元,莫不善于"明七子"。何也?当变而变,其相传者心也;当变而不变,其拘守者迹也!鹦鹉能言,而不能得其所以言,夫非以迹乎哉?
>
> 大抵古之人先读书而后作诗,后之人先立门户而后作诗。唐宋分界之说,宋元无有,明初亦无有,成、弘后始有之。其时议礼讲学,皆立门户以为名高,"七子"狃于此习,遂皮傅盛唐,扼掔自矜,殊为寡识。……
>
> 至(先生)所云"诗贵温柔,不可说尽,又必关系人伦日用",此数语有褒衣大袑气象,仆口不敢非先生,而心不敢是先生。……

第三节 沈德潜的诗·"吴中七子"·毕沅·曾燠

一 沈德潜诗略说

从一代诗史整体发展过程看,作为一种现象,沈德潜的诗歌生涯空前地带有"仰体圣意"的御用性,对诗这一运载心灵的事业损大于益,实无多可称处,特别是其晚期。之所以需要强调其"过在晚期",意在给予一个公允的历史评价,因为特定的历史性人事相互选择,是有非个人意志所能自持的客观性。事实上,沈德潜以诗事圣上,恭谨唯慎,生前固获殊荣,名位日尊,诗坛声望益高,俨然一代宗主;然而从历史的考评言,此种大幸实乃大不幸。以归愚老人之才学,终究只是成为御座左右一弄臣,岂不可悲?何况身后复成为主子施行威劫的另一种工具,夺谥仆碑,以示"惩前毖后"。

几乎长达八十年的诗歌创作活动的沈德潜,上述历史评判并不等于对其一生诗歌成就的评价。十八卷《竹啸轩诗钞》以及《归愚诗文钞》中卷帙繁多的诗作,也仍不乏佳作。尽管他重"法"轻"意",求格调而寡深情,但这总体倾向的发展有个过程。"晚遇"的特殊经历,恰恰也因有过未遇时"清苦"境地激活的诗心。如果以放宽的尺度绳衡之,即从乾隆二十二年(1757)沈德潜七十五岁加礼部尚书衔划出一个大断限,那么,前此的诗作中应有可予肯定的篇什。

需要强调的是乾隆二十二年(1757),这是清王朝重新在科举考试中恢复自北宋熙宁年间(1068—1074)停试的"试帖诗"的年头。关于重行加试中断了七百年的"试帖诗"对清代中后期诗歌发展的消极影响,后文将有详说。沈德潜称"大宗伯"时已告老在乡,似不应追究其作用。他在中枢时诚写过大量"奉和"之诗,然在供职内廷前等因奉此的"赋得"或"同题酬唱"的作品毕竟尚未泛滥,所以"本朝诗学,沈归愚坏之"之评稍嫌苛责,比较起来,他比翁方纲等似要略胜一等的。在其"中正和平"为总基调的《诗钞》中,亦时有反映民瘼之篇。如《江村》的清寒风调,语诚挚而辞清朴,抹去作者名,决不会以为乃归愚之诗:

> 苦雾寒烟一望昏,秋风秋雨满江村。
> 波浮衰草遥知岸,船过疏林竟入门。
> 俭岁四邻无好语,愁人独夜有惊魂。
> 子桑卧病经旬久,裹饭谁令古道存。

《百一诗》写江南赋税之重,胥吏盘剥之酷,民受深害,其五首之三曰:

> 丁粮盛苏松,难与他郡较。
> 供赋民力疲,况复增火耗。
> 每两五六分,七八渐稍稍。
> 近者加一余,官长任所好。
> 捉轻兼捉青,官夺吏乃剽。
> 争先植其私,百私益尤效。
> 赢余囊橐充,正供逋欠告。
> 缅昔康熙初,大臣秉钧要。
> 政简民力肥,黍苗阴雨膏。
> 云何四十年,万室困凌暴。
> 充腹尚不给,焉能顾庸调。
> 天家阙财赋,朘削竟何效。
> 官司惧失职,加耗议哗噪。
> 救焚用膏脂,炎炎看原燎。
> 善政利渐复,积弊期迅扫。
> 阊阖一何高,排云听谁叫?

629

说康熙初"政简民力肥",当然不尽符合事实,否则当年叶燮也不致弄得焦头烂额。但沈德潜毕竟写了"云何四十年,万室困凌暴"的事实,时当在康熙之末。"救焚用膏脂"云云是讽喻,提醒不要惹得"炎炎看原燎",此即所谓温柔敦厚之意,"致君尧舜上"之心。

沈归愚小诗多有清丽不俗之作,如《过许州》:

到处陂塘决决流,垂杨百里罨平畴。
行人便觉须眉绿,一路蝉声过许州。

《画菊》一绝,自写"晚遇",在自怜中犹自庆幸,调侃味里又不无自傲之情,表现了诗人晚期"这一个"的典型心态:

淡墨疏疏写晚香,此花开日即重阳。
东郊桃李俱前辈,怜尔枝头带晓霜。

二 "吴中七子"述略

沈德潜于乾隆十四年(1749)解京职告老归吴门,十六年(1751)主紫阳书院,一时有"海内英隽之士皆出其门下"(《国朝汉学师承记》)之誉,其中有称"吴中七子"者名最著。吴中七子按年齿排序是:王鸣盛(1722—1797)、吴泰来(1722—1788)、王昶(1724—1806)、赵文哲(1725—1773)、钱大昕(1728—1804)、曹仁虎(1731—1787)以及黄文莲。沈德潜曾主持汇选七人诗,刻《吴中七子集》,王豫《群雅集》载述说:"外裔土酋争为购求,视正(德)嘉(靖)前后七子、江左十五子、佳山六子、燕台十子有过之无不及也。"

七子从归愚学诗而得盛名时均系二十来岁青年人,不几年相继登第及擢选入仕途。后来王鸣盛等以经史"朴学"称大师,不专以诗名,赵文哲、曹仁虎仅得中寿,唯王昶被誉为一代"通儒",主盟坛坫,可谓归愚老人宗统一脉继传者,于诗界关系较深。兹择要

述说于后:

王鸣盛,字凤喈,号西庄,又号礼堂,晚称西沚,江苏嘉定(今属上海)人。江藩《汉学师承记》说他:"诗宗盛唐,中年出入于香山、东坡,晚年独爱玉溪生,谓少陵以后一人。"著有《耕养斋集》《西沚居士集》,诗有二十四卷。王鸣盛是乾隆十九年(1754)进士,官内阁侍讲学士,左迁光禄寺卿,即告归,在仕只五年。后深研经史,以《蛾术编》百卷及《十七史商榷》享名天下。于诗虽非专门家,清词丽句亦为时人所称。王鸣盛编过两种地方诗总集,应该一提,一是乾隆二十九年(1764)刊的《江左十子诗钞》二十卷,这十人是:顾宗泰、刘潢、施朝干、范云鹏、徐芗波、任大椿、叶抱崧、诸廷槐、王鸣韶、王元勋。其中如任大椿为兴化人,著名音韵学家;施朝干乃仪征人,学者兼诗人。他们的诗集流传未广,赖此选存世不少。另一种为《江浙十二家诗选》,人各二卷,成于乾隆三十一年(1766)。十二家是:李绳、汪棣、姜宸熙、蔡忠立、王廷魁、张梦喈、顾鸿志、高景光、廖景文、薛龙光、吴璃、赵晓荣[①]。这十二家诗大抵诗风近南宋"江湖派",可见王鸣盛诗美情趣较通脱,不板不泥,不属陈腐。从他和钱大昕的以学术大师而作诗不尽落"学问"窠臼,也能说明他们的才识高于一般。"七子"不全同调。

钱大昕是又一位汉学大师,他字晓徵,号辛楣,晚号竹汀,亦系嘉定人。乾隆十六年(1751)举人,授内阁中书,十九年(1754)进士,官至广东学政,乾隆三十九年(1774)为河南乡试主考,次年辞归。嗣后潜心著作三十年,《二十二史考异》《十驾斋养新录》《疑年录》成就最卓荦。有《潜研堂诗集》及续集共二十卷。晚年

[①] 法式善《陶庐杂录》卷三:"《江浙十二家诗选》,十二家者,李绳勉百、汪棣铧怀、姜宸熙笠堂、蔡忠立企闻、王廷魁冈龄、张梦喈凤于、顾鸿志学逊、高景光同春、廖景文琴学、薛龙光少文、吴螭赤玉、赵晓荣陟庭也。人各二卷。王西庄鸣盛采录,书成于乾隆三十一年。选刻俱不及宋商邱本。"

诗佳者较前期多,一种略带苦涩味的解脱感,是深谙世事后的别有一番滋味上心头。如《续集》卷七的《耳聋》诗云:

> 无端聩聩学聋丞,对面招呼辄不应。
> 万籁都空唯有我,六根渐断已如僧。
> 蚁床牛斗干谁事?蚓窍蝇声任尔秾。
> 除却加餐酣睡外,商量此老更何能!

《探梅》七绝更别有意味:

> 古瘦曾夸第一流,冰霜过后弄和柔。
> 梅花也学娇桃杏,不肯冲寒更出头。

连傲霜斗雪的梅花都不肯冲寒出头,风骨的销铄真是已到了"万马齐喑"的临界线。不管钱大昕是否有此意,诗却有着如此的客观认识意义。在咏梅诗中,这是一首很有个性特点的作品。

赵文哲是"七子"中被视为"诗笔最健"的一个,这与他从军生涯得山川之助有关。赵文哲,字升之,一作损之,号璞函,又称璞庵,上海人。乾隆二十七年(1762)高宗弘历南巡召赐举人,授内阁中书,入值军机处。后坐纪昀、王昶泄漏卢见曾贿案情事而被撤职。旋从军征大小金川,以功擢户部主事。殉职于木果木战役,年四十九岁,恤赠光禄寺少卿。工于词,诗有《娵雅堂集》等。

在"七子"中,赵文哲较深于抒情,才力也足称,故王鸣盛最推挹他。后从军西南,诗名《娵隅集》,为其子整理,《梧门诗话》说:"风俗之俶诡,山川之险怪,可惊可愕,每于诗传之。"其实赏其诡怪景物之写,是因少见而善之,赵氏诗的长处是生活阅历增

632

深了其凄凉情思,故独具面目于"七子"间。如《军中夜起简俭堂》①:

> 冻云忽卷乱山层,中夜支筇感不胜。
> 独倚悲歌刀作响,倦偎病骨被生棱。
> 林霜暗入三更柝,崖雪晴飘万帐灯。
> 欲就故人话尊酒,醉来还恐涕沾膺。

长夜悲歌,欲哭不敢,一种抑郁心态与凄寒病骨相映,一扫在台阁时的雍容腔调,此亦所谓不得不变之诗境。小诗《次猛拱得家书》亦属此种心境:

> 荒江欹枕薄疴余,人与秋虫共一墟。
> 茅草盖头飞瘴雨,自吹炊火读家书。

《冒雨行道中听啼猿满山》亦属当时不可多得的有真气的诗:

> 一峰十万树,一树四五猿。
> 一猿千百声,杂以风雨喧。
> 一日十二时,一程三十里。
> 二军六千人,尽在猿声里。
> 尔猿有何悲?子啼续母啼。
> 尔本断肠物,不关生别离。
> 三朝复三暮,一鸣更一跃。
> 好似征夫苦,翻唱《从军乐》。

征战苦人唱着《从军乐》,"断肠"之猿倒一片悲啼声,这种反差相

---

① 俭堂是查礼(1714—1783)之号。礼字恂叔,别署铁桥,直隶宛平(今属北京)人,查为仁弟,天津水西庄查氏昆仲别墅名闻天下。著有《铜鼓书堂遗稿》三十二卷,中诗二十四卷。礼兼擅丹青,尤善写梅。谭正璧《中国文学家大辞典》失收。查氏兄弟为清中叶文化名人,关系甚大。拙著《明清文化世族史》将作专章论列。

衬写法,自然中出匠心,质朴的笔端溢有真情。数目字的叠用,予人从视觉、听觉诸方面同时强化着感受,尤见才力。

当时与赵文哲同称能诗的曹仁虎,字来殷,号习庵,嘉定人。乾隆二十八年(1763)进士,官至侍讲学士。著有《宛委山房集》、《蓉镜堂稿》等。其诗工于造句,追求高华气象,但新意少,馆阁气浓。《北江诗话》说他的诗"如珍馔满前,不能隔宿",就是贬之为陈熟,终其生未能出沈德潜那个路子。此外,黄文莲,字星槎,上海人,官至知府,著有《听雨楼集》,以精于地志碑版称,诗平平。吴泰来,字企晋,号竹屿,长洲(今苏州)人。乾隆二十五年(1760)进士,官内阁中书,未赴,后应毕沅之邀主关中、大梁二书院。工于词,并以藏书富精著名。有《砚山堂》等集,诗存十卷。其诗据《蒲褐山房诗话》称:"才情明秀,尤嗜征君(按:指惠栋)所注《精华录训纂》,故作诗大指一本渔洋。吴中数十年来,自归愚宗伯外,无能分手抗行者。"吴泰来可作为沈德潜与王士禛之间一脉相承处的一个实证现象。唯其如此,其诗句多清秀,情则浅淡,即使哀生悼死之题,也轻飘飘无沉郁情思。如《挽李客山征君》是悼念诗人李果的,诗云:

  少微星掩碧天空,耆旧凋残此日中。
  一代文章传倚马,百年心迹寄冥鸿。
  身藏人海何妨隐,名列儒林未是穷。
  怅望青山埋骨地,要离冢畔起秋风。

王昶是"七子"中名头最大,禄位最显者。他字德甫,又字琴德,号兰泉,晚号述庵,江苏青浦(今属上海)人。乾隆十九年(1754)进士,二十二年(1757)弘历南巡,召试一等,赐内阁中书。在礼部江西司郎中任上,卷进纪昀为卢见曾通风报信案,革职,从军于阿桂部下效力。后以功擢拔,累官至刑部右侍郎。著有《春融堂集》六十八卷,又编成《湖海诗传》等。

王豫《群雅集》说:"自文恪后,以大臣在籍持海内文章之柄,为群伦表率者,司寇一人而已。"丹徒王豫(1768—1826),字应和,号柳村,除著有《种竹轩诗钞》外,还编有《群雅集》三十九卷,《二集》二十二卷,《京江耆旧集》十三卷,更是卷帙浩大的《江苏诗征》一百八十三卷的编纂者,是清代中叶著名的编辑出版家,遍交天下诗人,他对王昶的评断是可信的①。王昶退归邑里后,筑"三泖渔庄",继续成为诗文活动的中心,通过《三泖渔庄图》的题咏唱和,联系着四海文人,最以"爱才好士"称。

关于王昶的诗,李慈铭《越缦堂诗话》有较细致的分析,也恰如其分:

> 其诗分《兰泉书屋集》、《琴德堂集》……共十二集二十四卷,计二千余首。自《兰泉书屋集》至《述庵集》,虽气稍弱,而醇雅清切,律绝尤有风致。盖皆其未仕以前所作,得于山水之趣者为多。《蒲褐山房集》至《闻思精舍集》,则召试官中书直军机房后所作,已不免尘滞杳冗。《劳歌集》三卷乃罢官后从征缅甸、金川时所作,戎马阅历,滇蜀烟云,多入歌咏,诗又较前为胜。《杏花春雨集》以后,则凯旋晋秩,自此扬历中外,致位九卿,老于颓唐,可取者少矣。

---

① 阮元《揅经室二集》卷八《江苏诗征序》云:"岁丙寅、丁卯间,伏处乡里,见翠屏洲王君柳村储积国朝人诗集甚多,而江苏尤备,柳村欲有所辑,名之曰《江苏诗征》。余乃岁资以纸笔钞胥,柳村遂益肆力征考,于各家小传、诗话,尤多采辑。尝下榻拥书于焦山佛阁中,月色江声,与千百诗人精魄相荡。铁冶亭制府,闻而异之,因题其阁曰'诗征阁'。柳村选诗谨守归愚别裁家法,虽各适诸家之才与派,而大旨衷于雅正忠节孝义。布衣逸士,诗集未行于世者,所录尤多,可谓撼怀旧之蓄念,发潜德之幽光者矣。丙子岁,辑成五千四百三十余家,勒为一百八十三卷。"又,《揅经室三集》卷五《王柳村种竹轩诗序》中谓:"读是诗至子夜,叹其体裁正,情性真,才雄气静,……洵有异于时俗之所为也。王君身处蓬茅,名满海内,布衣而老,必为传人"云云。《清史列传》卷七十三有王豫小传,并参见《丹徒县志》等。

李越缦的论断归结起来就是:宦途否泰与诗艺成就正好成反比、逆向。《复堂日记》干脆说白了:"兰泉宦成,诗学日退。"

宦途亨通,门墙如林,而诗艺告退,何以称"通儒",持"文柄"呢?这就是清代中期诗歌的一个独特现象。这个时期诗坛称盟主者愈益以官位声望为恃,及门弟子依的是"权",为人师者"奖掖"以"力",诗艺诗学的高明与否已可勿论。所以《清稗类钞·文学类》所载的沈德潜一系的"受业者",诸如"再传弟子"、"私淑弟子"一直囊括尽至"乾隆后三家"、"岭南四家"等,是不足为据的。尤其是从"吴中七子"一代如王昶开始,人们以"有公一代持风雅,愧我千秋附简编"之类语言称颂为法门宏开者,绝非是纯粹诗学艺术的渊源。这里有科场座主与门生型的师弟关系,有幕下供养或招邀以陪清玩、修类书的师生相称,种种不一,均归之于权势渊薮。

王昶的诗以近体较有可取之作,绝句又胜于律诗。这是因为短诗少些裦衣大裕腔,多少有点清灵气和自在味。如《张布衣玉川画子颖诗意册索题》一组中有:

> 万山青到马蹄前,此景分明似剑川。
> 可惜不曾摹雪岭,层层玉笋接云天。

前二句似还存有陈语痕迹,但后半篇注入了自己对往昔军幕生涯的回想,诗也就不至于萎顿少生气了。又如《过昭阳湖》中的两首,写出了南人由北向南,家乡渐近的喜情,很有诗味:

> 湖山重叠淡于烟,斜掩篷窗自在眠。
> 风外谁惊清梦断,数声渔唱夕阳天。

> 蓂丝卢叶绿茸茸,蟹簖鹅阑几曲通?
> 未到故乡先一笑,分明清景似吴淞。

三 毕沅、曾燠

最后兼论毕沅和曾燠。

毕沅(1730—1797),字纕蘅,一字秋帆,号灵岩山人,江苏镇洋(今太仓)人。乾隆二十五年(1760)进士及第一甲一名,累官至湖广总督。有《诗集》三十二卷。王昶《传》说:"公少孤,资性颖悟,十五岁能诗。从沈宗伯德潜、惠征君栋游,学业益邃。"毕沅十五岁时,归愚尚未解京职。其实他先已受诗法于舅父张凤孙(1706—1783),凤孙字少仪,青浦人,是个学者兼诗人,著有《宝田诗钞》、《邵武府志》等。又经张少仪的推荐,从莲池书院学者张叙(1690—1775)学,张叙字滨璜,亦太仓人,著《易贯》、《诗贯》、《凤冈诗钞》等。但他在《过吴祭酒旧宅》诗中又说:"我是娄东吟社客,瓣香私淑不胜情。"所以毕沅诗虽宗唐法,清灵隽雅,已不为"格调"所限。在清中叶主持风雅的大僚中,这是个并不恃高位以召天下才士而属颇有才情的一个。尤以"爱才"而喜招致"寒士无力者"入幕为世人"感荷",其中有穷秀才余少云、布衣邓石如等,而黄景仁客死晋陕,也是他资助归葬,这都为他赢得高名。

毕沅诗气势盛而不局促,故板滞之弊较少。长篇歌行有佳作,近体则以七律取胜。兹举其《荆州述事》组诗十首中的两首,写水灾祸害颇得真情:

> 云梦苍茫八九吞,半皆饿口半游魂。
> 鲛绡有泪珠应滴,鳌足无功极恐翻。
> 救急城填成死劫,劈空刀落得生门。
> 若非帝力宏慈福,十万苍灵几个存?

> 江水茫茫烟霭深,纸钱吹满桂枫林。
> 冤埋鱼腹弹湘怨,哀谱鸿鸣写楚吟。
> 南国郑图膏雨逮,西风潘鬓镜霜侵。

> 莫嗟病骨支离甚,康济儒生本素心。

大吏诗最令人生厌者是伪饰山林气,毕沅的这类诗直写"帝力"、"康济儒生",不失身份,倒给人以真实感。《赠方铁门》是写给桐城方潮的,方氏系毕沅幕客,虽似应酬却不空泛:

> 日落辕门鼓角雄,短衣匹马独从戎。
> 书生自有封侯骨,不羡陈琳草檄工。

爱才语气出之居高临下口吻,激励仕进又有惜其时运不济之意,无不显出封疆大吏的固有的气度。

曾燠(1759—1830),字庶蕃,号宾谷,江西南城人。乾隆四十六年(1781)进士,出毕沅之门,后官至贵州巡抚。其任两淮盐运使为时甚长,被称为王士禛、卢见曾之后,扬州风雅使节的又一人。王昶《蒲褐山房诗话》说:二十几年来扬州"觅船投辖,地主无人,每有文酒寂寥之叹。宾谷开东阁之樽,集南都之产,予门下士被其容接者尤多。"钱泳《履园丛话》卷八《谭诗·以人存诗》叙述更具体:

> 南城曾宾谷中丞以名翰林出为两淮转运使者十三年。扬州当东南之冲,其时川、楚未平,羽书狎至,冠盖交驰,日不暇给,而中丞则旦接宾客,昼理简牍,夜诵文史,自若也。署中辟"题襟馆",与一时贤士大夫相唱和,如袁简斋、王梦楼、王兰泉、吴穀人、张警堂、陈东浦、谢芗泉、王䓕町、钱裴山、周载轩、陈桂堂、李啬生、杨西禾、吴山尊、伊耐园及公子述之、蒲快亭、黄贲生、王惕甫、宋芝山、吴兰雪、胡香海、胡黄海、吴退庵、吴白庵、詹石琴、储玉琴、陈理堂、郭厚庵、蒋伯生、蒋藕船、何岂鲍、钱玉鱼、乐莲裳、刘霞裳诸君时相往来,较之西昆酬倡,殆有过之。

曾宾谷是清代扬州最后一个影响广被东南的风雅使节,上面这张名单集中了乾隆后期到嘉道之际的文化名流。在本章的引论里,曾经谈到清代诗界的一种倾向,即风雅每由大吏总持,官位与诗名、政界与诗坛一而二、二而一地被打通。这种倾向由前期向后期趋进时愈来愈明显,但经中期后浓重的思想文化统制色彩却又渐趋隐潜并淡化,风雅沙龙式的情调增强。这是因为文士对官宦势力的依附性已稳固,经过几代人的经营,"梅花也学娇桃杏,不肯冲寒更出头"的文化心态和政权格局已非轻易能逆变。所以,到曾宾谷的年代,无论是"九峰园"秋禊,还是"赏雨茅屋"雅集,缙绅诗人或一部分寄食的寒士似显得很放松,"风流不让永和年";其实,这乃一种近乎麻木的放松或实属空虚的闲逸。时过境迁,镜花水月,在历史上几乎没留下什么痕迹。功利、好名和乞食、攀附相互为依存,艺术心魂何从寄托?最终能不似水东流?对此,《履园丛话》有一段向来不为论者注意的很深刻的论述,引来可作为对这类诗史现象,包括对曾燠在内的风雅吏的评断:

> 诗人之出,总要各公卿提倡,不提倡则不出也。如王文简之与朱检讨,国初之提倡也。沈文悫之与袁太史,乾隆中叶之提倡也。曾中丞之与阮官保,又近时之提倡也。然亦如园花之开,江月之明。何也?中丞官两淮盐运使,刻《邗上题襟集》,东南之士,群然向风,唯恐不及;迨总理盐政时,又是一番境界矣。官保为浙江学政,刻《两浙輶轩录》,东南之士,亦群然向风,唯恐不及;迨总制粤东时,又是一番境界矣。故知琼花吐艳,唯烂漫于芳春,璧月含辉,只团圞于三五,其义一也。

钱泳说得含蓄,其意实即:依恃高位大势,凭借权柄财力者,必弹指间流逝,难有心魂永驻的凝聚力。随着时空转移,一切兴隆景象将烟消而云散。这里有规律性,曾燠和阮元是那个历史阶段的最后一次"琼花吐艳"、"璧月含辉"景观的主持人。

曾宾谷自作诗有《赏雨茅屋诗集》二十二卷，外集一卷。曾氏才气和诗学功力均不逊于毕沅，张维屏《听松庐文钞》说他"时有热官冷做之称"，意为于歌吟一道尤多醉心。"热官冷做"是一种特有心态，构成这种心态的基因乃是宦海中人对时势运会的潜在感知。曾宾谷已是具体生活到道光前期的人物，如果说他并非自觉意识到衰世的到来，所以才"热官冷做"的话，那末，至少对当年座师毕沅在身后的被抄家惩处，不能不有感于心。世故，有时是渗透着许多惨酷教训的处世自保之法，与钻营原亦有别。曾氏的《流水》一诗寄慨乎言外，有人生体验升华的哲理，类似这样的作品是他整日歌酒盘旋、风雅酬应生活的另一面的精神世界，值得一读：

　　　　流水到今日，古时经几何？
　　　　影留青嶂在，春送落花多。
　　　　桥板年年换，舟人续续过。
　　　　争如坐磐石，风雨一渔蓑。

这表现的是局内人作局外冷静体察，流水、桥板、舟人，这组意象内涵很丰富，桥板而用"年年换"来表现，诗人对一种工具性事物的认识和联想，是睿智的锐敏感知。唯其如此，身为"桥板"式的角色，与其"热"，不如"冷"！所以从深层心态审视之，曾氏此种"热官冷做"并不是前人"雅志东山之意"的重复，而是特定群体的个中人对现世的渐失自信的曲折体现。也许曾宾谷自己尚未想得很清楚，但是言为心声，心所呼吸的时代气息是会自觉或不自觉地透发出来。与其前辈相比较，已可感受到一点衰飒之音，这是一位临近封建末世终结点的风雅东道主人。

第二章　翁方纲及其"肌理说"

第一节　"肌理说"的文化机制
（附说"试帖诗"）

清代诗史上纱帽气和学究气融汇为一,并被推向极致,从而使诗的抒情特质再次严重异化的代表人物是翁方纲。

翁方纲(1733—1818)虽比袁枚(1716—1797)小十七岁,但他于乾隆十七年(1752)二十岁即成进士,二十四年(1759)已出典江西乡试,乾隆二十九年(1764)起连任广东学政,前后达八年。离开广东时年未四十,已著成《石洲诗话》六卷,成为名满南北的诗界总持。袁枚最终退出仕途是乾隆十八年(1753)辞去任职未及一年的秦中县令,随园治成,移家入居则在二十年(1755)。正当袁枚与退老吴中的沈德潜辩难诗学观之际,翁方纲已开始继替沈德潜成为以京苑为中心的馆阁诗群的领袖。乾隆四十年(1775),四库馆开,翁氏与朱筠(竹君)"并称北方之雄,记问淹博。朱讲经学,不长诗文"(《筱园诗话》语),翁则独以诗统自承。这时袁枚在南方固也名声高扬,然到四库开馆之年,他始自订诗文集六十卷。而《随园诗话》的编成并初刊,则须俟乾隆五十一年(1786)毕沅任湖广总督兼署兵部尚书之后,此可据《随园诗话续编》卷四:"余编诗话,为助刻资者,毕弇山尚书、孙稻田(慰祖)司马也"为证。乾隆四十三年(1778)沈德潜遭仆碑削谥号,而翁方纲则于次年典江南乡试,四十七岁的他已挟官位以为重而高临诗坛。

641

所以,在惯以官位之力左右诗界的当时,翁方纲的声望与影响均先于袁枚,而且绵延时间也长于随园老人。

这种年序后先的排比,还不仅仅是依据二人的行年行迹得之。此中更重要的是乾隆二十二年(1757)恢复"试帖诗"这一事实,而"试帖诗"的再行实施于科举考试,乃是诗坛纱帽气和学究气进一步汇合而流延的一个关键性契机。清代诗歌中后期愈益普遍呈现萎顿少生气,其沉瀹之源此乃其一。

试帖诗原名"试律"。后来之所以通行称为"试帖",商衍鎏《清代科举考试述录》第七章有一简切的介绍:

> 按唐明经科,裁纸为帖,掩其两端,中间唯开一行,以试其通否,名曰试帖。进士亦有赎帖诗,帖经被落,许以诗赎,谓之赎帖,试帖诗之得名,殆由于此。并以其诗须紧帖题意,类于帖括之帖经也。

对这种八股文的联体怪胎,商先生有本质性的剖析:

> 试律虽原于近体,但近体与试律实不相同。古近体义在于我,试帖义在于题;古近体诗不可无我,试帖诗不可无题,此其所以异者。

试帖诗从唐代施行到北宋神宗熙宁年间(1068—1077)终止,至清代已有七百年不试于科举场中。乾隆二十二年重新恢复,在乡试、会试中增入五言八韵诗一题。此后各地"童试"须考五言六韵一首,生员例行岁考、科考以及考贡生、复试朝考等,均用五言八韵一题加考。官韵只限一字,所谓"得某字",用平声;诗内不许有重复的字等,成为定制格式。出的题目必有出处,或用经、史、子、集语,或用前人诗句。

弘历何以要恢复中断了七百年的试帖诗之考,将八股制义重新引入诗的领域?当然不是以诗化育人才,意在造就更多的诗人。只须审视以"我"与"题"的有无消长,即可明白清廷最高统治者的意图。这绝非唐宋旧例的简单重复,而是新的历史时期文化统制、钳制才思的特定需要。从以下一个例子又可足证,乾隆大帝将诗纳入文字游戏式的范畴,除却用以配合钝化人心外,也是弘历玩弄文人骚客于其股掌上的手段。据文献载述说:乾隆四十九年(1784),弘历第六次南巡(俗称下江南)时,例行"召试",即特试,由"钦命"题目,取列一等者,原为进士、举人的授内阁中书,遇缺即补;贡监、生员者特赐举人,授内阁中书学习行走。这年弘历出的试帖诗题目是"南坍北涨",是即兴式的,指当时海塘塘工情状。还有更随意的,如"灯右观书",是因弘历观书之际,宫监适将灯置于其右边而有碍目光,故次日以此命题。"钦命"所裹的是一颗极不严肃的轻侮士子之心,然而这种要求"言必庄雅",杜绝"纤佻",不容阑入丝毫"闺房情好,里巷忧愁"之字的试帖诗风,自二十二年重行应制后,很快在多个层面上渗透着诗界。尽管不少诗人并不真认为此种诗体是艺术,但将此类文字刊之于诗集之首的大有人在;而且因为此乃科举进身所必须擅具的手段之一,所以犹如八股文法一样,布局、起结、裁对、炼格、琢句、运转之类程式化的诗法,迅捷地侵袭着一代士子,潜移为一种惯性,何况大批由名家所作的"范本"纷纷刊刻问世,影响自更深远。例如王芑孙选有《九家试帖》,均系乾隆末年京城会课时诗稿,九家是:吴锡麒《有正味斋诗》、梁上国《芝音阁诗》、法式善《存素堂试律》、王芑孙《芳草堂试律》、雷维霈《知不足斋试律》、何元烺《方雪斋试律》、王苏《桑寄生斋试律》、李如筠《蛾术斋试律》、何道生《双藤书屋诗》。此中如吴锡麒(谷人)、法式善(梧门)、王芑孙(惕甫)、何道生(兰士),均系乾嘉之间名诗人。后来又添进汪如洋(云壑)的试帖诗称"十家"。继之又有"七家试帖"之选,到道光年间又有"后九家试帖"等,蜂拥而出。

在"九家"之前,试帖诗恢复后最早编选此种诗例的是纪昀和翁方纲,纪氏有《唐人试律说》、《我法集》,翁氏则有《复初斋试律说》。纪昀成进士迟于翁方纲二年。特别是翁在乾隆二十四年（1759）即"试帖诗"重行后二年时已出典江西乡试。"试帖诗"恢复在乾隆二十二年的"丁丑科"会试中，二十四年"己卯"乡试则是紧接丁丑会试的下一届"庚辰科"前一年事。翁方纲可说是乾嘉诗坛名宿中第一个"奉旨"以"试帖诗"取士者，风气经他而炽盛，此点绝不应轻忽。

　　翁方纲的诗学理论被称作"肌理说"。历来人们都以为"肌理说"是乾嘉考据学派，具体说是"汉学"学派兴盛时期的产物。其实，这不准确，最多只能说是与考据学派同步的一种诗学现象，而事实上，"肌理说"的形成早于"汉学的兴盛期"。

　　"汉学"的兴起，在雍、乾之际以吴门惠栋（1697—1758）与徽州江永（1681—1762）为标帜，但真正鼎盛则要到他俩的弟子辈时。乾嘉"汉学"称大师或名学者与翁方纲同时代的，成进士固均在翁氏后，其中大部分专事学术著述则更在罢归或辞官之后。下列年表可供一览：

　　　　钱大昕：乾隆十九年（1754）进士。

　　　　王鸣盛、王昶、朱筠同上。

　　　　戴震：乾隆三十九年（1774）特科进士。

　　　　金榜：乾隆三十七年（1772）进士。

　　　　武亿：乾隆四十五年（1780）进士。

　　　　卢文弨：乾隆十七年（1752）进士。

　　　　程晋芳：乾隆三十七年（1772）进士。

　　其中，只有卢文弨与翁方纲为同年进士，其余均迟，俟"皖派"大师戴震等供职"四库"时，翁氏早已执诗坛牛耳。特别需要指出的是，"汉学"考据学派，并非思想体系、哲学观念尽同的派别，"吴派"与"皖派"即在核心基质上有差异。关于两派的差别，王鸣盛作为"吴派"成员，是这样认识的："方今学者，断推两先生：惠君之治经求其古,戴震求其是。"(洪榜《初堂遗稿》卷一《戴先生行状》引述)"求古"与"求是"是两种不同倾向,前者复古,后者求"真"。章太炎《訄书·清儒第十二》总结两派特点说:"吴始惠栋,其学好博而尊闻;皖南始戴震,综形名,任裁断,此其所以异也。""(吴派)皆陈义尔雅,渊乎古训是则者也",而"戴学数家,分析条理,皆缜密严瑮,上溯古义,而断以己之律令,与苏州诸学殊矣。""皖派"后起,但其优异于"吴派"是无疑的。

这种优异,从基质讲,是哲学观念的优异。以戴震言,他最值得肯定的是批判程朱理学的彻底程度已站在当时的最前沿。他的人性论和理欲说是对"存天理,灭人欲"、"惩忿窒欲"观念的有力否定。《孟子字义疏证》是戴震在哲学方面的代表作,其中有对理学家假仁义、伪"真理"的揭露、批判,足称入木三分:

> 尊者以理责卑,长者以理责幼,贵者以理责贱,虽失谓之顺。卑者、幼者、贱者以理争之,虽得谓之逆。

> 上以理责其下,而在下之罪,人人不胜指数。人死于法,犹有怜之者,死于理,其谁怜之?

> 后儒不知情之至于纤微无憾,是谓理。而其所谓理者,同于酷吏之所谓法。酷吏以法杀人,后儒以理杀人,浸浸乎合法而论理,死矣!更无可救矣!

> 后儒冥心求理,其绳以理,严于商韩之法,故学成而民情不知。天下自此多迂儒,及其责民也,民莫能辨。彼方自以为理得,而天下受其害者众也。

这些言论在当时应该说有如长夜撞钟,惊世骇俗,够大胆够尖锐的。以"理"与"法"相提而同视为权柄者的屠刀,显然与"梅花也学娇桃杏,不肯冲寒更出头"的世故哲学迥然不同。在《孟子字义疏证》的"理十五条"、"性九条"、"仁义礼智二条"、"权五条"中诸如此类的论述备足审察。

戴震不专于诗,谈诗的文字也少,但段玉裁定本《戴震文集》卷十一有篇《董愚亭诗序》,可以见出其在"求真"、崇"情"观念映照下对诗的看法:

> 先生肆力於古人也久,故为诗愈就平淡,而其味愈永。敛其光华,以归醇朴,而发诸情性,谐于律吕者,备体而底于化。其中家居怀旧之作,十居四三,又以知先生情笃交友也。读斯刻者,固以其人重其诗,抑于诗中如接其人。孔冲远所云:"哀乐之感,冥于自然。"使人求诸诗理之先。

很清楚,诗如其"人",诗中有其"人",感于哀乐,发乎自然,就是"诗理之先"的特质。

戴震的学说和思想引起许多人愤怒和不满,翁方纲至少是不满者之一,《复初斋文集》卷七《理说》云:

> 近日休宁戴震,一生毕力于名物象数之学,博且勤矣,实亦考订之一端耳!乃其人不甘以考订为事,而欲谈性道,以立异于程朱!

翁方纲这段文字表明,他不是个朴学家,或者说不是"皖派"汉学的同路人。对程朱理学,翁氏有浓重的卫道者气味,而且对考订也并不视为很神圣,口吻不无轻慢。所以,说"肌理"诗论是朴学兴盛时期的产物,是失察的判断。

如果说翁方纲与"汉学"有点渊源,那只是指"吴派",指与惠栋有某种潜在联系,而且不是关于考据的,而是诗学观的渊源。这渊源,正是共同维系于王渔洋一脉。

惠栋著有《王文简公精华录训纂》二十四卷,又为《渔洋山人自撰年谱》作"注补",自称小门生,因为其祖父惠周惕曾以诗列渔洋门下。而翁方纲呢?他则是王士禛门人黄叔琳(1672—1756)的小门人,黄叔琳字昆圃,大兴(今北京)人,与翁氏同乡。翁氏《新刻王文简古诗平仄论序》中自述:"方纲束发学为诗,得闻绪论于吾邑黄詹事。"黄氏曾官詹事府詹事,故称。

综上所述,翁方纲的"肌理说"诗学观构成背景当已明晰。"肌理说"诗学渊源,导自渔洋"神韵说",其昌言"士生今日经学昌明之际,皆知以通经学古为本务,而考订训诂之事与词章之事,未可判为二途"(《蛾术集序》),把诗与考据训诂并视为一,抹煞诗的抒情特质,也就是抽却抒情主体的个性精神,这并非"汉学"考据风气的产物,而恰恰是顺应"试帖诗"重行的孪生形态。如果说乾嘉考据学派是清王朝统治者高压威劫下被动地形成的,以紧裹心灵,淡远于世事;那么,"肌理说"则是在诗界销铄抒情个性的过程中表现出来的一种迎合的主动性。至于其身体力行数十年,把"学问"——主要是金石考据引入诗中,一方面因他本人原是一位成就很高的金石学家、书法家,另一方面则是实践其诗学理论而需要一个载体外壳。金石考订、题图题画题拓本,既淡化了诗的抒情性格,又不失其高雅的古色斑斓形态。

"肌理说"作为"神韵说"的金石改造版本的出现,正好说明渔洋诗学影响是深远的。名称的新变,只是补弊救罅,以适应转换了的时空所需,其诗的真性情被侵蚀则是一致的。但在此同时,人们又可以看到,"神韵说"影响的持续,已不是凭恃其诗的审美力量,而更多地有赖于"纱帽"权威的施行。

第二节　翁方纲的诗学观及其诗作

关于翁方纲的诗学观,他的大兴同乡,乾隆四十五年(1780)进士陆廷枢的《复初斋诗集序》可作为一个提要看:

> 自渔洋先生取严沧浪以禅喻诗,谓诗有别才,非关学也,于是格调流于空疏,神韵沦于寥阒矣。吾友覃溪盖纯乎以学为诗者欤!然近日如厉樊榭之沉博,而其神理若专熟南宋事者,亦平日精诣所到,流露于不自知也。而覃溪自诸经传疏,

以及史传之考订,金石文字之爬梳,皆贯彻洋溢于其诗。虽服膺在少陵,瓣香在东坡,而初不以一家执也。然今媚学嗜古之士往往辄讥渔洋,以为利趋妍好耳,而覃溪独不敢贬渔洋,其于《带经》、《石帆》之书,窃附于著录之列,盖其虚怀师仰前辈又如此。

翁方纲字正三,覃溪是他的号。陆廷枢这段文字门面语不多,抉出了很切实的几点:一,以学为诗;二,承衍于王渔洋;三,与厉鹗为代表的"浙派"中期诗风不同,厉氏等的以学问入诗乃一种不自觉为之的创作形态,翁方纲则是有意识地"贯彻洋溢"。此外,对"格调流于空疏"的不满,又正是与沈德潜诗学观的分歧处。兹择要辨析之。

先说"肌理"说的涵义。《复初斋文集》卷四《志言集序》对此有个明确的提法:

> 士生今日,经籍之光盈溢于世宙,为学必以考证为准,为诗必以肌理为准。

而对"肌理"二字,在该文中作了如下的断语:

> 义理之理,即文理之理,即肌理之理。

"理"是"肌理"之魂,他说:

> 理者,民之秉也,物之则也,事境之归也,声音律度之矩也。是故渊泉时出,察诸文理焉;金玉声振,集诸条理焉;畅于四支,发于事业,美诸通理焉。

这里,作为"秉",作为"则",作为"归"与"矩"的"理"似乎很抽象,其实就是上文戴震所深恶痛绝的以上凌下、以尊驭卑的"理"。"文理"、"条理"、"通理"则是趋服、附从"理"的具体行为表现形态。

早在康熙时,玄烨就不止一次提出:"朕向来研求经义,体思至道。"帝王们要臣民"研求经义",途径是读经。所以,翁氏说"士生今日,经籍之光盈溢于世宙"云云,是半个多世纪来他们这层面上的人沦肌浃髓地仰体圣意的自觉认识。一切为了"义理",考证也是为弄明白经籍中的"义理",诗亦不该例外。所以,诗之"肌理"与文之"文理"以至考订训诂等等,在翁方纲看来,当然全是一样,差别是表现形态而已。正是以此来言诗,他有一段对唐以后诗歌发展史程及清初诗史程的回顾和论析,《神韵论·下》云:

> 诗自宋金元接唐人之脉而稍变其音。此后接宋元者全恃真才实学以济之。乃有明一代徒以貌袭格调为事,无一人具真才实学以副之者。至我国朝文治之光乃全归于经术,是则造物精微之秘衷诸实际,于斯时发泄之。然当其发泄之初,必有人焉先出而为之伐毛洗髓,使斯文元气复还于冲淡渊粹之本然,而后徐徐以经术实之也。所以赖有渔洋首唱神韵以涤荡有明诸家之尘滓也。其援严仪卿所云:镜中之花、水中之月者,正为涤除明人尘滓之滞习言之。即所谓"诗有别才非关学"之语,亦是专为务博滞迹者偶下砭药之词,而非谓诗可废学也。须知此正是为善学者言,非为不学者言也。司空表圣《诗品》亦云"不著一字,尽得风流",夫谓不著一字,正是函盖万有也,岂以空寂言邪?

这段论述的要旨在"至我国朝文治之光乃全归于经术"。翁方纲执"理"以言诗,所以他谈诗学每每变为谈政治、谈思想文化。"文治之光"是对前明的种种文化形态的淘洗和否定,意即一切从新朝开始。他的深入之处,更在于以一个馆阁文化的新一代领袖对王士禛作出了符合史实的崇高评价,可以说,还没有一个诗学家在他之前如此准确地论述过王渔洋。翁氏说:王渔洋的功绩是为"我国朝文治之光"的"发泄之初"建立功勋的代表,这功勋简言之即:破"旧"立"新"。有二个短语极形象而深刻:"为之伐毛洗髓。""使斯文元气复还于冲淡渊粹之本。"前者是改造,脱胎换骨,洗伐尽异己之心与情;后者是归于"一尊",还复到"正"之根本。"冲淡渊粹",是过渡阶段净化思想和心绪的一剂药石,翁方纲对王渔洋的认识是把握准的。更可注意"务博滞迹"四字,这是指"杂驳"而不"醇正",在非"义理"性学识上流连忘返!事实是,谁能说晚明以来,鼎革之际的诗人学者们"无一人具真才实学"?现在用一个标准来贬之以"务博滞迹",即不规范化,是极能以辞达意的。翁方纲的立场无一时游离于"理",并以之论诗、论诗史现象,极其清楚。所以,尽管"肌理"二字有时阐释起来近乎抽象玄虚,其实并不复杂。

这样,同时也就关涉到"肌理说"的渊源问题,即他对渔洋"神韵说"的评估。

"神韵说"牢笼诗界半个世纪以来,其弊病是显然的,"空寂",即没真意、无生气,在"冲淡渊粹"的外壳之内,没有深沉的哀乐感。但是翁方纲持绝然不同意见,认为"神韵"不空寂。在《神韵论》中翁氏先以自己的理解,给"神韵"作出多层面的辨认,最后的归结是"神韵"无所不在,无所不包括:

> 神韵无所不该,有于格调见神韵者,有于音节见神韵者,亦有于字句见神韵者,非可执一端以名之也。有于实际见神韵者,亦有于虚处见神韵者,有于高古浑朴见神韵者,亦有于情致见神韵者,非可执一端以名之也。此其所以然,在善学者自领之,本不必讲也。

神韵经翁方纲一说,更增添了神秘色彩。无所不是神韵,岂非等于没有神韵?可是,翁方纲在一番迷离惝恍的论述后,却说那是不懂神韵的人误解了"神韵说",所以需要来澄清它,并为了不致再发生偏差,需要来补充它:

> 今人误执神韵,似涉空言;是以鄙人之见,欲以肌理之说

实之。其实肌理亦即神韵也。

"以肌理之说实之",如何"实"呢?"理"的问题,已如前言,"肌"又是什么?怎样体现"肌"之实,以补神韵之"虚"呢?那就是以"学"来"实之"。

"学"以济"虚",以"学问"来激活神韵是翁方纲的诗学方法论。

这就涉及第三个问题:学宋人诗,主要是学黄庭坚。

翁方纲自署书斋为"苏斋",以示崇拜苏轼,曾撰有《苏诗补注》八卷。其实他心仪的还是黄山谷,在《黄诗逆笔说》中有赞山谷语:"以古人为师,以质厚为本。""质厚"是一种境界,翁方纲以"学"济"虚",就是意在谋求"质厚"。基于这种追求,他对宋诗提出自己的认识。《石洲诗话》卷四说:

> 唐诗妙境在虚处,宋诗妙境在实处。初唐之高者,如陈射洪、张曲江,皆开启盛唐者也。中、晚之高者,如韦苏州、柳柳州、韩文公、白香山、杜樊川,皆接武盛唐,变化盛唐者也。是有唐之作者,总归盛唐。而盛唐诸公,全在境象超诣。所以司空表圣《二十四诗品》,及严仪卿以禅喻诗之说,诚为后人读唐诗之准的。

这是在论宋诗前的铺垫,同时也表明着与"神韵"宗统的承续未断。这些话事实上与渔洋等人的说法如出一辙,毫无创辟处。紧接着他说:

> 若夫宋诗,则迟更二三百年,天地之精英,风月之态度,山川之气象,物类之神致,俱已为唐贤占尽。即有能者,不过次第翻新,无中生有,而其精诣,则固别有在者。宋人之学,全在研理日精,观书日富,因而论事日密。如熙宁、元祐一切用人行政,往往有史传所不及载,而于诸公酬答议论之章,略见其概。至如茶马、盐法、河渠、市货,一一皆可推析。南渡而后,

> 如武林之遗事,汴士之旧闻,故老名臣之言行,学术、师承之绪论、渊源,莫不借诗以资考据。而其言之是非得失,与其声之贞淫正变,亦从可互按焉。今论者不察,而或以铺写实境者为唐诗,吟咏性灵、掉弄虚机者为宋诗。所以吴孟举之《宋诗钞》,舍其知人论世、阐幽表微之处,略不加省,而唯是早起晚坐、风花雪月、怀人对景之作,陈陈相因。如是以为读宋贤之诗,宋贤之精神其有存焉者乎?

这真是一段道地的取己所需、混淆视听的宋诗论。第一,时空在转换,事物在发展,各个感受者均有自己的心灵之感,所以不可能一切主客观对象都被"唐贤占尽"。第二,诗可补史,别具价值,但诗又不是史,不是笔记、随札,这之间有着本质的区别。宋人在唐诗高峰前自觅出路,决不是如翁方纲所说,用史来代替,以考据来写诗。"借诗以资考据"不等于作者以考据作诗。第三,既不容许"实境"入诗,又排斥"性灵"于诗外,那还剩下什么呢?翁方纲说得头头是道,说穿了是为自己以学问考订作诗料的"肌理说"找根据。他的抬高宋诗是为抬举自己,全段话的要点只是八个字"研理日精,观书日富"。

事实上,翁氏对宋代诗人,自梅尧臣到杨万里,包括江西诗派中人,均有非议,至若江湖诗人等更不在论列中。他对吴之振《宋诗钞》的诘难,正表明其与"浙派"的歧异。切不可因为都说学宋诗就以为是一路的。

他对宋人诗的评价最后落实在:

> 宋人精诣,全在刻抉入里,而皆从各自读书学古中来,所以不蹈袭唐人也。然此外亦更无留与后人再刻抉者,以故元人只剩得一段丰致而已,明人则直以格调为之。

从这个结论看,翁方纲与沈德潜的意见相左太甚。选有唐诗、明诗和"国朝诗"《别裁集》而独不选《宋诗别裁》的沈德潜是认为"宋诗近腐"的,"元诗近纤,明诗其复古也",见《明诗别裁集序》。他还认为明诗如"七子"是"古风未坠","接踵曩哲","取其菁华,彬彬乎大雅之章"也。力主"诗教",以为诗应是"理性情,善伦物,感鬼神",从而达到"设教邦国"目的的沈德潜,特别反对宋诗,更是因为他视宋诗不"温柔敦厚"。他在《清诗别裁集序》中说:"唐诗蕴蓄,宋诗发露。蕴蓄则韵流言外,发露则意尽言中。"而"发露"最易违反"怨而不怒"原则,那么翁方纲难道不讲"诗教"吗?

不是。翁方纲崇扬宋诗,如上所述,他崇的是"研理日精,观书日富",扬的是从"各自读书学古中来",当他借用这个旗号而一旦落实在"肌理"的具体实践中,既舍弃了"史传所不载"的人事,也无"知人论世"的遗事旧闻,主要的只存留"考据"。他说宋人"精诣"是"固别有在者",在诗歌创作实践中他自己也有"固别有在者"的"精诣",这就是"题图题画题拓本已居十之七八",几千首诗中大部分是记述金石、法书、文物以及它们的流传过程。凡此之类,既无"怨"可言,焉有"怒"情生出?虽不言温柔敦厚,但"盛世"右文胜况的呈现,岂不是另一种"设教邦国"?刘承干《重印复初斋诗集序》有一段话说的正是这种效果:

> 每诵先生古近诸作,一时文物声明方兴未艾。凡某善某经传,某善某文学,某善某艺能,皆夙所心藏心写,愿见不得者。今若晤对一室,奉手承教,风采謦欬焉奕纸上。读先生诗,中心愉快为何如,不必论其逼肖眉山也已……追念乾、嘉盛日,扶轮承盖,实大有其人。

这就是"肌理说"的效果,其与"格调说"在"扶轮承盖"的功能上是异曲同工的。比较起来,沈归愚太迂,沿袭"七子"余脉,较难悦人,而且文学侍从的味道太浓;而翁石洲则多一层学者色调,金石气使他古朴清雅,更易为后生敬服。所以尽管被袁枚讥为"误把抄书当作诗",但影响仍很广深。加之早登甲科,入词垣,为学政,又享高龄,留予他的时间也远较沈德潜从容优裕。

《复初斋诗集》四十二卷存诗二千八百余首,据史传及符葆森《国朝正雅集》征引的文献说,一生诗作多至六千左右①。翁方纲的诗,洪亮吉在一首误闻其病故而作的悼诗中说:"最喜客谈金石例,略嫌公少性情诗",十四字可以定论。他的那些谈金石、校经史的"学问诗",前有序、题、注,诗句中又有夹注,如《汉建昭雁足灯款拓本为述庵先生赋并序》、《汉石经残字歌》、《成化七年二铜爵歌》等等,读之令人厌倦。作为史料不失为有用,但作为诗,真是"死气满纸"(《筱园诗话》语)。他游踪遍南北,写有不少山水纪游之作,本亦应有可读佳篇,可是恰如其《李南涧至都,茝谷、书仓、小山、竹厂集鱼门斋同用南字》诗所说:"到处访碑将石柱",山水秀灵之韵也大多转化成石刻碑版古残气息。在他或者是"质厚"之求,事实却是艰涩板滞,灵动全无。应予指出的是,这种习尚在后来部分"同光诗人"中仍有承沿,确是诗之一厄。

翁氏诗要讲功力,即才力、学问和诗法的综合表现,当然是五七古长篇,尤以七古有规模。律诗则如陈衍《诗评汇编》所说,"常以翰林院试帖诗科律律古近体诗",故近体带"试帖"气最严重。绝句中稍有清丽篇什,如《韩庄闸二首》写微山湖一带景色:

秋浸空明月一湾,数椽茅店枕江关。

微山湖水如磨镜,照出江南江北山。

---

① 《石溪舫诗话》:"覃溪师……全集多至五六千首,尝命余校定卒业,余请分编为内外集,性情风格气味音节得诗人之正者为内集,考据博雅以文为诗者曰外集。吾师亦以为然。"按《石溪舫诗话》系吴嵩梁所著,嵩梁(1766—1834),字子山,号兰雪,江西东乡人。嘉庆五年(1800)举人,由内阁中书历官至贵州黔西州知州,著有《香苏山馆诗钞》等。他在中国与高丽二国诗文化交流史上有重要地位。又,《国朝正雅集》共一百卷,收辑乾隆、嘉庆、道光三朝诗,有咸丰六年巾箱本、光绪七年补刻本。编者符葆森(1805—1854),原名灿,字南樵。江苏江都人,师事姚莹、周济,为咸丰元年(1851)举人。自著有《寄鸥馆诗录》等。

> 门外居然万里流,人家一带似维舟。
> 山光湖色相吞吐,并作浓云拥渡头。

然而在乾嘉之际,也是作为诗界总持的领袖式人物翁方纲,只有一些小诗尚能传诵,岂非亦很可悲吗?

第三节 附论——从李文藻、桂馥到阮元

与翁方纲诗风近似的,同时有李文藻(1730—1778),文藻字素伯,号南涧,一作南㵎,又号茝畹,山东益都人。乾隆二十六年(1761)恩科进士,历官广西桂林府同知,著有《岭南诗集》。李氏是个学者,长于经文注疏,在两广从学者甚多,著名的有冯敏昌、张锦芳、胡亦常等,冯氏亦系翁氏门生。李文藻诗不多作,以工稳称,诗中谈学,记文献,类似翁诗。

桂馥(1736—1805)是又一个"学问"诗人,名气较李文藻大。桂氏字东卉,号未谷,山东曲阜人。乾隆五十五年(1790)进士,官云南永平知县。著有《东莱草》、《南征草》等。桂氏亦为小学家,唯较通脱,能曲,有《后四声猿》之作。在以考据闻于世的诗人中,桂氏较真挚,虽写了不少题图、题砚之类诗作,但有很实在的作品,如《悔过》;又如《乡试中式戏题》,是对自己五十四岁中举的自嘲自苦:

> 蛾眉十五嫁王孙,老女妆成独倚门。
> 莫诵乐游原上句,夕阳空自怨黄昏。

际遇不同,心境不同,诗也会不同,同类型中见异趣是可能的。当然这是中期以前的作品,后此则少情味情趣了。

此外,孔继涵(1739—1783)也是当时学人诗的健者,惜年仅中寿。继涵字㴉孟,号荭谷,曲阜人,乾隆三十六年(1771)恩科进

士,官户部主事。著有《红榈书屋诗集》,能词,有《斫冰词》。继涵系孔子六十九世裔孙,与侄儿孔广森均系著名的朴学家。继涵擅长咏物,少时以《咏兰》诗得名,后又有《烟草诗千一百字》,详考烟草历史、形态、性能、流传等。

翁方纲门下如刘台拱、凌廷堪等亦以学人而兼能诗,其中凌廷堪(1755—1809)的《校礼堂诗集》颇传"肌理"一脉。凌氏是著名的音韵学家,字次仲,安徽歙县人,长期生活在海州(今连云港),乾隆五十五年(1790)进士,官宁国府教授。《北江诗话》评其诗如"画壁蜗涎,篆碑薛蚀",意其有古奥味,也就是李慈铭所说的"时证发经谊",诗中谈经谈子,略同其师。

清代中期学人诗最后一位宗师是阮元,但阮氏并不标称"肌理"之义,而是兼容格调、神韵,甚而不绝对排斥性灵诗。这不仅是因为阮元系历乾隆、嘉庆、道光三朝的名臣,体现出一种"福慧双修阮相公"(林昌彝《海天琴思续录》论诗语)的气度①,而且也是因为到他晚年时,无论格调、抑或肌理,众说均弊病显见,难持宗统。加之阮元自身学术湛深,识人既广,门下称弟子者尤多,时势运转到道光中期,已不是恪守门户所能高踞诗界文苑了。所以尽管阮元的诗仍多以学问入篇,但已非复乾嘉"盛世"时优游柔濡态势,他实是缙绅诗群、学人诗群的总结性人物。由此而言,到晚清又复一度呈现的"学人诗",只能说是一种回光返照式的现象,无论就文化背景或诗体自身的生命历程看,均属病态景象。在一个

---

① 《海天琴思续录》卷八有《论本朝人诗一百五首》,其论阮元云:"福慧双修阮相公(朱文正赠阮文达有"福慧双修谁不羡"之句),文章当代望衡嵩。论诗不俟张旗鼓,风格微云细雨中。"附注云:"相国诗力除'客气',其论诗有取资于'微云细雨'之品。"又,林昌彝论翁方纲一首亦可资参酌:"眩目何为绣色丝?西江宗派竟多师(覃溪北人,诗效西江)。词章经术难兼擅,徒博徐凝笑恶诗。"附注云:"覃溪诗患填实,盖长于考据者,非不能诗,特不可以填实为诗耳。以填实为诗,考据之诗也。""覃溪经学非其所长,至考订金石,颇有可取。"

不是能够静处书斋、鉴赏古碑文玩的年代,仍在诗中炫耀学术,岂不反常?

阮元(1764—1849)字伯元,号芸台,江苏仪征人。乾隆五十四年(1789)进士,官至体仁阁大学士,加太傅衔,卒后谥文达。著有《揅经室集》共七集六十三卷,其中诗有二十二卷。又辑有《广陵诗事》十卷、《淮海英灵集》二十二卷①等。学术巨著有《经籍纂诂》、《畴人传》诸种,足称一代大师。

阮元登第后,不到十年即督学三齐两浙,并迅跻"开府"之位,是个"早受主知,近来所罕"(王昶《蒲褐山房诗话》语)的达官显贵,所以其诗以"真厚和雅"为审美追求,应是正常现象。他在《群雅集序》中表达了自己的诗学观:

> 昔归愚宗伯订《别裁集》,谓王新城执严沧浪之意,选《唐贤三昧集》,而于少陵"鲸鱼碧海"或未之及,此宗伯独亲风雅之旨。其实新城但于《三昧集》持此论耳。其裁伪体,与宗伯固无歧趣也。近今诗家辈出,选录亦繁,终以宗伯去淫滥以归雅正为正宗。与其出奇标异于古人之外,无宁守此近雅者,为不悖于三百篇之旨也。

这是平衡调和"神韵"与"格调"之说,虽然他仍力持"雅正为正宗",但已无力创新论,即使位为方面大臣。此乃时势之必然,馆阁、缙绅以至一切"纱帽"体格均已盈满转亏,难有良药。阮元的"心平气和"式的协调倾向,甚至对内心不无非议的"性灵"诗也颇

---

① 据阮元手订《凡例》所云,《淮海英灵集》计划前十集,编未完全。"十集尚虚己、庚、辛三集。缘数年搜辑,难得大略,而高人秘籍未经人见,及人在近代反未得诗者,正复不少,或俟今人补遗,或俟后人续录,庶几十集,勒为完书。"阮元此语道出汇编总集之甘苦,具规律性认识意义。道光六年(1826),阮元之弟阮亨,得王豫协助,编刻成《淮海英灵续集》十二卷,即阮元所虚缺之己集四卷、庚集五卷、辛集三卷。按,阮亨字仲嘉,号梅叔,幼作《蕉花曲》,传诵京城,有"阮蕉花"之称。长期随兄幕。著有《珠湖草堂诗钞》等。

宽容。《揅经室三集》卷五《孙莲水春雨楼诗序》是很有典型性的论诗文字。孙莲水即孙韶（1752—1811）①，江苏上元（今南京）人，为袁枚诗弟子，嘉庆四年（1799）与杭州诗人陈文述等同在阮元幕下，嘉庆七年（1802）孙氏离去，此《序》即写在这年夏天，其时袁枚已死数年。阮氏《序》说：

> 上元孙君莲水之诗，盖出于随园而善学随园者也。莲水从随园游，奉其所论所授者以为诗，而本之以性情，扩之以游历，以故为随园所深赏，有"一代清才"之目。而莲水亦动必曰"随园吾师也"，不敢少昧所从来。谓莲水之诗非出于随园不可，然随园之才力大矣，门径广矣；有醇而肆者，亦有未醇而肆者，使学之者不善，益其所肆者而肆焉，以为出于随园，而随园不受也。即不敢肆其词，而遗其醇焉，以为出于随园，而随园亦不受也。

这是平正公允之论，与当时种种攻击袁枚于身后的文字有异。阮元的认识意义就在这里，他颇有"醇儒"雅量，是个欲和衷共济而又不失所持的封建末世的诗文学术总持人。在《灵芬馆二集诗序》中更表现出某种泯去"唐宋"界限的观念，对诗的本体功能也认识得较明晰，从而"纱帽气"和"学究气"在诗领域居高临下之态势似乎宣告消歇。历史的发展常有难以预测之处，确实耐人寻味。阮氏说：

> 灵均之骚，类性体物，无所不有。唐宋人诗各成流派，即以为同出于《骚》，亦无不可。吾读《灵芬馆诗二集》，而益有悟于此。吴江郭君频伽，臞而清，如鹤如玉，白一眉，与余相识于定香亭上。其为诗也，自抒其情与事，而灵气满天，奇香扑

---

① 孙韶，字九成，号莲水居士。诸生，著《春雨楼诗略》七卷，嘉庆九年刊，今存。其早年以"春雨"诗为时人所赏，人称"孙春雨"。他是乾隆六十年（1795）识阮元於济南，嘉庆四年（1799）入阮氏幕。

地,不屑屑求肖于流派,殆深于骚者乎?

郭麐的诗如何评价是另一回事,阮元的"益有悟于此"云云,表明他在面对乾嘉以来诗界现实时,是在思考、在探寻前景问题的。传统诗歌体裁,自清初以来,历经近二个世纪的史程,有识之士不能不企求一点新悟,以求出路。阮元作为一大批"纱帽"诗人、"大臣"群体的殿末宗主,不失其清醒警悟之心,是值得注意的。他不迂腐以至专横,清代诗史应给予他特定的位置。

阮元写有不少题图和金石考订的诗。虽然《晚晴簃诗话》称其"不因考据伤格,兼覃溪之长而祛其弊",但那些作品毕竟诗味太少。诸如《咏铁柱杖》则诚如"负九霄骨,披一品衣"者的表现,前人多赞语,是"因人论诗"的泛语,其实不是可读的佳品。阮元有颇清丽秀灵、富于情韵的作品,如《雨后泛舟登汇波楼》:

急雨才过水上楼,门前齐解木兰舟。
垂杨小屋菰蒲岸,不听凉蝉已觉秋。

湖里荷花百顷田,湿香如雾绿如天。
会须尽剪青芦叶,顿放花光到客船。

纯以感受运用白描手法,将季夏大明湖风光如画的景致显于笔端。类似作品还可举《山花》一组,写浙东山间野花景观,色彩丰润却无富贵气,于情趣中又能让人感受到与山林闲逸气体迥异,是阮元这个大员特有的情调:

括苍山外看春来,嫩蕊残英次第催。
记取年年三月里,青桐花落柚花开。

等闲樵斧向山中,割得娇花与草同。
几日春风又春雨,杜鹃依旧映山红。

  蒙茸草树蝶交飞,但觉薰衣香气微。
  忽见山风披绿叶,一枝白破野蔷薇。

  小树黄花似马缨,紫葳蕤间碧珑琳。
  野花多少不曾识,一笑四山相对青。

  阮元素以爱才称,并不嫌弃清寒之士,这组《山花》诗在写景中似亦寄有此种意念。《修曝书亭成题之》是阮元重建圮芜的曝书亭时,对朱彝尊一生的评价和身后萧条之况的概述,诗工稳而又自然,情、事、景交相融汇,一气流转:

  久与坨南订旧铭,江湖踪迹发星星。
  六旬归筑三间屋,万卷修成一部经。
  绣野滩头秋芉熟,落帆亭畔古槐青。
  笛渔早死双孙老,谁曝遗书向此亭。

  朱彝尊之子朱昆田(1652—1699),字文盎,号西畯,工诗早卒,著有《笛渔小稿》,附于《曝书亭集》后。"双孙"是指朱彝尊的两个孙子:稻孙、桂孙。朱稻孙(1682—1760)字稼翁,尤有名,通经义,诗多佳,书法亦自成一家。著有《六峰阁诗集》。阮元此诗传人传事,均是口语,一无僻典,亦无须自加长注,与诸多学人诗格调有别。

  开府疆吏中得阮元殿后,堪称留一豹尾,较之毕沅犹胜一筹。

第三章 袁枚论

第一节 "袁枚现象"的诗史意义

如果说诗史上曾经有过本来意义上的"专业"诗人,即以毕生心力集注于诗的理论和实践,持之为唯一从事的文学文化事业的话,那么袁枚就是这样的专业诗人和诗学理论家;而且,至少在清代他是唯一全身心投入诗的事业者,整个清代二百七十年间的所有大家、名家诗人中找不出类似袁枚的第二个。

袁枚在嘉庆元年(1796)秋,他八十一岁作的《再示儿》可说是其一生文化生涯的自我总结:

> 山上栽花水养鱼,卅年沈约赋郊居。
> 书经动笔裁提要,诗怕随人拾唾余。
> 三代文章无考据,考据之学始于东汉。一家人事有乘除。
> 阿通词曲阿迟画,都替而翁补阙如。余不作词,不能画。

袁枚"不作词"非不能也,乃不为也。何以不为呢?《随园诗话》卷十一第二十六则说:

> 余不耐学词,嫌其必依谱而填故也。然爱人有佳作。

"不耐"于"依谱而填",就是不耐于制约;制约,与任情自在正好各难相容。袁枚的这种"不耐"之性格,表现在仕途上则或被动或主动地丢弃进身之阶以至"乌纱"。他缘"不耐"于习满文,结果是"强学佉卢字,误书灵宝章,改官江南学趋跄"(《子才子歌示庄念农》),从翰林院这"玉堂"外放到江南当知县;又因"不耐"于"趋跄",讨厌持"手板"参拜上司,"书衔笔惯字难小,学跪膝忙时有声"(《谒长吏毕归而作诗》),干脆辞官退隐。在封建时代,一个二十岁时被推荐应"鸿博"试,二十四岁中二甲第五名进士,本可青云扶摇的人,因"不耐"于束缚,连仕宦前程都能不要,那还有什么制约能使其甘心的?袁枚八十岁时写了这样一首绝妙小诗:

　　诗人八十本来希,挥翰朝朝墨染衣。
　　越是涂鸦人越要,怕他来岁此鸦飞。

诗题同样绝妙:《余幼不习书,每有著作倩人作代,海内所知也。不料年登八十,眼昏手战,而来索亲笔者如云,我知其意,戏吟一绝》。且不说他善解人意,甚而以世故应对世故,单从"幼不习书"看,他的"不耐"性格有他先天性基因。摆脱一切羁缚,在尽可能的时空条件下,任性骋情而为所欲为,此乃袁枚个性精神的主要特质。

　　但"不耐"又不全同于不喜欢,如"不作词"不等于不"爱人有佳作"。词是又一种抒情体,"佳作"者富于情致或情趣,一句话,有真情、真哀乐。他的《诗话》中就选录了不少词,是按他的眼光认为属"佳作"篇什。不仅如此,"不作词"的袁枚,一生中却偏偏填了一阕词,《诗话》卷十一紧靠上引一则之后,坦率地记述了所填的唯一的一首《满江红》。如果人们不忙于去指摘袁枚的行为,而是从破例的角度,特别是从"情"的反制约"不耐"性格这一命题上去审视反常现象的本事,那么,这破例有特殊的认识价值。袁枚说:

　　乾隆戊辰,李君宗典,权知甘泉,书来,道:女子王姓者,有事在官,可作小星之赠。予买舟扬州,见此女于观音庵,与阿母同居,年十九,风致嫣然,任予平视,挽衣,掠鬓,了无忤意。欲娶之,而以肤色稍次,故中止。及解缆,到苏州,重遣人相访,则已为江东小吏所得。余为作《满江红》一阕云。……

乾隆戊辰是乾隆十三年(1748),正当袁枚辞江宁知县归随园的三十三岁时,为"情"所遣,"不耐"填词者竟填了一阕,那么,"灵犀一点是吾师",终生依之为心灵之窗的诗,袁枚焉能不为之争一泓"情"之脉泉,争一份生气活力呢?

袁枚之所以以诗为其唯一的文学文化事业,维系不舍的正是这个"情"字。唯其如此,要戒也戒不去。乾隆五十二年(1787),已是七十二岁的老人,尽管早说过"人老莫作诗",可他在《戒诗》中说:

> 戒诗如戒酒,屡戒复屡开。
> 又如茹素人,欲炙涎流腮。
> 蚕丝一以抽,金刀不能裁。
> 始知性所昵,一旦难相乖。
> 江淹才已尽,白傅兴方来。
> 诗中有冯妇,叟其自号哉!

袁枚的视诗如命,还不只是局限在自己的实践,其难以割舍者实乃一项事业,他痴爱的是负载着"情"的韵语美文。所以,他的随园既成了南北诗人自在聚集的诗的"沙龙",而且还办起一个规模巨大的"诗廊"。袁枚是嘉庆二年(1797)以八十二岁高龄病逝的,去世前三个月,他写了《诗城诗》,序曰:

> 余山居五十年,四方投赠之章几至万首。梓其尤者,其底本及馀诗无安置所,乃造长廊百余尺,而尽糊之壁间,号曰"诗城"。

这真是一次壮举,远较"诗冢"之类有意义,诗为四首:

> 十丈长廊万首诗,谁家斗富敢如斯?
> 请看珠玉三千首,可胜珊瑚七尺枝!

推襟送抱好词章,四海风人聚一堂。
不待恭王来坏壁,早闻丝竹响官墙。

不用乌曹砖一片,不须伯鲧造成功。
但教诗将文房守,四面云梯孰敢攻? 刘文房号"五言长城",
又赠某云"遥闻诗将会南河"。

城下梅花千树栽,罗浮春到一齐开。
参横月落群仙降,定与诗魂共往来。

诗史上有谁如袁枚这样以"情"养诗,并于诗情深一往,魂牵梦萦的?作为一种现象,其执著而且自信,痴绝而又清醒,是空前的。一个垂暮将离去人世的耄耋之人,难道仍在为通声气、广招徕而经营?前人曾多有此非议。即使如此,他也并非领有"钦命",以乌纱压人。他的目的是明确通告:"但教诗将文房守,四面云梯孰敢攻?"筑诗城,垒起诗的城堡,以保卫诗的命脉。

"宛与骚坛作保障",这是陆应宿(小云)在和《诗城歌》中的一句诗,袁枚的深情诗事的非个人偏嗜而是属于社会性事业这一点,在当时得到特定层面的确认,由这七字可见。事实上,一旦将袁枚现象置于具体时空的诗坛背景前,其特性和意义就愈益映现可见。

作为历史的——特定时空间的情感心态的载体,中国古典诗歌之所以能历劫不衰不亡,除了历史行程的封建阶段尚未告终,也就是封建社会的体制犹未到彻底解体之时,因而封建文化与之紧相关联,有着千丝万缕血脉纠结的诗歌形态自也不会消亡这一主导原因外;更与诗的本体生命力不断地在"因"与"变"的相互磨砺中得到更替、补益,并一再地振颓起衰有其密切关系。

从《诗大序》的阐述"诗言志","诗者,志之所之也,在心为志,发言为诗。情动于中,而形于言"起始,历代诗人和诗论家们对诗的功能观、价值观以至创作论、批评论、方法论等诸多方面作了无数的探讨寻觅,切磋争辩,在各个历史时期谋求诗的生命的维持、鼓扬、激活、振起,以期完美地骋情述志,载运心灵。

然而,儒家诗教一旦形成,诗被纳入封建秩序并强化其为统治制度服务的工具性能后,诗的言志和缘情的自在性便面对一个天敌。言志固被改造,被规范化;缘情也在"温柔敦厚"、"怨而不怒"等教义制约束缚下萎缩枯槁了自我特性,而且"缘情"实际上是被"言志"蚕食了。于是,诗歌史上"诗言志"和"诗缘情"二水分流的界限被折腾得模糊不清,前者消纳后者而独占主导走向,"致君尧舜上"的忠爱情志被推尊为"重"而"大"的正宗法统。

当封建社会尚处于上升和发展时期时,政斗尽管已然残酷,但社会统治的昏暗混浊度还未臻极致。权力和才情在那时还未构成矛盾冲突、互不相容的两端,政权既不惮于诗文的逆反离心作用,也并不以为必须有赖其来收拾人心。封建鼎盛时期的统治自信性,辐射出一种宽博容宏气度,所以诗的情性特质尚未面临致命的威劫。宋之往后,政治愈趋黑暗,人心的整肃渐见严重,权力因素日益渗透入具体的文化领域,诗作为高层精神文化形态概莫能外。特别是明代的门户党争引入诗坛,理学观念不断地影响诗的审美取向,官位与桂冠,互为消长;于是,以宗唐、复古、台阁、阵垒种种形态为外观的侵蚀诗的抒情性特质和戕害自在心灵的格局严重构成。即使诗艺的探讨、诗格的辨认,也无不陷进背后受制于权力的泥淖,或者钻进已堵塞出路的死胡同。而在"正宗"的标尺前,一切背离倾向均被视为"邪说",或斥之为"轻"、"滑"、"浮"、"佻"。诗的生命力被挟裹,将随着一个封建王朝的全面解体而趋向危亡衰败之境。

公安、竟陵是应劫而生的诗潮流派。公安三袁中的袁宏道的一系列言论并不是无端而来,他在《叙小修诗》中所说:"情与境会,顷刻千言,如水东注,令人夺魄。"在《答李元善》一信中提出:"文章新奇,无定格式。只要发人所不能发,句法字法调法,一一从自己胸中流出,此真新奇也。"①等等,都是一种发自补诗天之缺漏的愿望所引发出的。

公安、竟陵诗群,特别是公安三袁中的袁中郎,其所面对的只是一种风气,一种倾向,前后"七子"等并非御前的文学侍从而兼诗坛领袖,权力与诗文化之间还有空隙。作为诗人,而且是名士风流型的闲雅文化人,袁中郎没有陷进如李卓吾这样的灭绝危境。统治势力毕竟仍未严重到视诗为必须统管、规范、制约的程度。但即使如此,公安派很快遭到排挞、蔑视,而竟陵"楚风"则被冠以"亡国之音",谳之为祸国殃民。

袁枚面临的诗界景象远较前朝先辈严酷。"神韵"、"格调"、"肌理"以及形形色色羁缚才思、窒息情性的诗观念、诗批评、诗创作现象已捆紧诗文化近百年,而且愈捆愈紧。何况这些景观背后树有权力大纛,科举试帖和文字案狱交织的迷彩和阴影正裹胁着千千万万的士人心。齿晚于他半个多世纪的同乡龚自珍都还没有脱尽"避席畏闻文字狱,著书全为稻粱谋"的心态氛围,遑论乾隆"盛世"! 可是,袁枚却痴爱于诗,不仅以诗为生命,而且还意在拯救诗的生命。他公开提出固诗城"守情",垒筑诗的新界,无所忌惮地以"笔阵横扫千人军"的雄辩手口,一方面"和而不同",另一方面"当仁不让",掉头自行,占据"先生原是诗中霸"(其弟子李宪乔诗语)的位置,表现出一副心安理得的态度。这无疑须拥有极大的胆力和识见,而且更需要绝顶的聪明机智。袁枚有许多行为遭到论敌指摘和攻击,二百年来余音未绝,其实此中有许多属于他机智应对世道的手法,属于以迷彩对迷彩的类乎游戏的嘲弄和反

---

① 《叙小修诗》见《袁宏道集笺校》第一八七页;《答李元善》见同书第七六三页。上海古籍出版社 1981 年版,钱伯城笺校。

拨,这容后文辨析。此处仅举一例,以见其八面迎敌而又先占地步、利用并撑开保护伞的非凡智力。《随园诗话补遗》卷三第五则是他著名的论断之一:

> 孔子论诗,但云"兴观群怨";又云:"温柔敦厚",足矣。孟子论诗,但云:"言近而指远",足矣。不料今之诗流,有三病焉:其一,填书塞典,满纸死气,自矜淹博。其一,全无蕴藉,矢口而道,自夸真率。近又有讲声调而圈平点仄以为谱者,戒蜂腰、鹤膝、叠韵、双声以为严者,栩栩然矜独得之秘。不知少陵所谓"老去渐于诗律细",其何以谓之律?何以谓之细?少陵不言。元微之云:"欲得人人服,须教面面全。"其作何全法?微之亦不言。盖诗境甚宽,诗情甚活,总在乎好学深思,心知其意,以不失孔、孟论诗之旨而已。必欲繁其例,狭其径,苛其条规,桎梏其性灵,使无生人之乐,不已慎乎!

"生人之乐",即包括七情六欲的情性自在,不受教规约束的人生乐趣,此乃人的最基本的欲望和权利。袁枚在鼓导"生人之乐"的诗学观、人生哲学观时,妙的是打的也是孔、孟之牌。你们用圣人之教来紧束性灵,桎梏生人之乐,我也请孔孟出场,以"宽"、"活"相济。文中两个"但云"、"足矣"之间,盎然显见着袁枚的智慧。他完全通晓透彻世事、世故,对论争对手手中有几张牌明明白白,以子之矛攻子之盾,岂不妙哉?你们讲"学",我不反对"好学深思";你们讲"古",我也讲"不失孔孟论诗之旨",这最够古,也最正宗。但我请孔、孟出来是为松绑,是为激活"生人之乐"!

袁枚在极其艰危的时势环境中,靠着这样的胆识和机智,要为诗歌进一剂续命汤。他承继自前代以来,特别是明中叶公安诗学以至前半个世纪的赵执信等的论诗精义,然而远较前辈彻底。他从"生人之乐"的追求出发,一扫所有牵丝攀藤、拖泥带水的诗学夹缠,用最明白无歧义的语言不断申述:

667

> 不矜风格守唐风,不和人诗斗韵工。
> 随意闲吟没家数,被人强派乐天翁。

(《小仓山房诗集》卷二十六《自题》)

> 独来独往一枝藤,上下千年力不胜。
> 若问随园诗学某,三唐两宋有谁应?

(《诗集》卷三十三《遣兴》之六)

破"唐宋"界限,破门户"家数",独来独往,"随意闲吟",是真正谋求诗的特性回归的良好妙药,特别是在那个具体历史条件下。而这也正是"袁枚现象"的诗史认识意义所在。

所以,完全应该这样确认:袁枚是清代诗史,也是整个中国封建诗史上最后一个全身心挽救诗的生命力的诗学改革家,而且是卓有建树,助益后世甚巨者。如果以他的作于乾隆四十六年(1781)的《仿元遗山论诗绝句》算起,那么正好六十年后中国的封建社会陷沉为半殖民地社会;而在他卒后六十年则是太平天国军攻进南京,严重摇撼了封建王朝的基石。继他之后,古典诗歌或称旧体诗的仍不时有所改良,但大趋势固难逆转,在诗界引起的波澜也微细无力。从这个意义说,随着袁枚生前身后被攻击和诽谤,以至渐趋汩没,恰好如同封建制度被自己蛀空一样,旧体诗也在卫道者们手中似玩古董、似坐青楼听卖笑声一般终于只留存一片斑斓古锈或没骨媚音,从总体框架上已无法整合。

因此,在封建历史行将出现决定性更变的前夜,作为新旧交替界碑前的一个诗学家,袁枚无愧于老树着花之喻。尽管历史的和自身作为特定时空一员所无法把握、逃免、更变的命运,使他成为颇带一点轻松剧色彩的人物,尘埃的混浊之气也不时冒突于其心头笔底,但是,他那不惜投注一生心血,拚力想充当报春第一燕的现象和精神,决不应低估以至抹煞。人们惯以龚自珍为近代文化包括诗文化的开山,然而龚定庵潜在性格中正有着袁随园的隔代熏陶。①

袁枚现象是一个历史信号，它预示着一个诗的大变革的不可逆转，也证明了"正宗"法统其实虚弱无能，略略接火，就溃不成军。

第二节 "袁枚现象"的文化内涵及其构成过程·附表四种

袁枚(1716—1797)，幼名瑞官，字子才，号简斋，晚号随园老人。浙江钱塘(今杭州)人。乾隆元年(1736)以广西巡抚金珙荐举，应"博学鸿词"之试，时年仅虚龄二十一，为"征士"中齿最稚者。"鸿博"未取，馆于后来官至大学士的嵇璜家为塾师，乾隆三年(1738)中顺天举人，次年成进士。改庶吉士，入翰林院，习满文不合格，故于七年(1742)散馆时外放为江苏溧阳知县，三年间转调江浦、沭阳二地县令，十年(1745)移知江宁县。十三年(1748)，两江总督尹继善推荐其为高邮州知州，遭吏部驳回。遂以亲老乞养辞官，于南京买旧"隋园"于小仓山，改建名"随园"，这时袁枚年仅三十三岁。乾隆十七年(1752)一度铨官陕西知县，未及一年，

---

① 随园与定庵之关系研究，实系近三百年来文化史、文学史一大命题，应另撰专著深探。兹先提出话题于此，并钩稽袁、龚二氏姻亲网络之一端，以备参资。据《平阳汪氏迁杭支谱》载知，袁枚、龚自珍与此一支由安徽黟县迁杭，于乾嘉年间以"振绮堂"名于世之汪氏，同为联姻密切之家族。如袁枚嗣子袁通(达夫)娶汪鹏飞(大统谱第八十八世、平阳迁杭分支第七世)之第九女；袁通子袁祖恩娶汪鹏飞子汪瑚之第三女(汪瑚之配钱氏，名林，字昙如，系钱琦女)；龚自珍长子龚宝琦(念匏)娶汪远孙(字久也，号小米)之第四女。远孙为汪氏第九十一世(迁杭平阳分支第十世)。以上为汪氏长房。又，袁通另一子袁祖惠娶汪日章(第八十七世)子汪贤书(字献廷，号雨香)之第四女，是为次房。而定庵至友汪琨(字宜伯，号忆兰)则为汪日孜之孙，属第八十九世，均为迁杭分支之次房。至于振绮堂汪氏与陈文述之姻亲关系则世人耳熟能详，不赘述。以振绮堂汪氏与袁、陈、龚三家之关系言，已足可供研究深人之参考。

复归。从此,一直到老死,四十五年"赋闲居"。《小仓山房诗集》卷十有《喜终养文书部复已到》诗,可知乾隆十九年(1754)吏部是准其正式辞退的。《病起六首》说:"想为文章传尚早,故蒙天意死教迟。"袁枚在这年的一场大病中始彻悟世事:"此中便了幽人局,门外浮云万事虚。"于是"消闲无物仗诗多",而且他很快就在《题庆雨林诗册》中对朋友们宣称:"自无官后诗才好!"

乾隆二十四年(1759)的《改诗》一章虽似谈改诗细节,实际上是他决意以诗为事业,经五年左右时间的沉思后揭示的宣言:

　　改诗难于作,辛苦无定程。
　　万谋箸不下,九转丹难成。
　　游觉后历妙,阵悔前茅轻。
　　抽丝绪益引,汲井泉弥清。
　　妆严绝色显,叶割孤花明。
　　如探海岳胜,人到仙不行。
　　如奏钧天律,鸟哑凤始鸣。
　　脱去旧门户,仍存古典型。
　　役使万书籍,不汩方寸灵。
　　耻据一隅霸,好与全军争。
　　吹角不笑徵,涂红兼杀青。
　　相物付所宜,千灯光晶荧。
　　宁亢不愿坠,宁险毋甘平。
　　动必拔龙角,静可察蝇蝇。
　　选调如选将,非胜不用兵。
　　下字如下石,石破天方惊。
　　岂敢追前辈,亦非异后生。
　　常念古英雄,慷慨争功名。
　　我噤不得用,藉此鸣匉訇。
　　尽才而后止,华夏有正声。

> 凡彼小伎艺,传者皆其精。
> 奚可圣人教,饱食忘经营?
> 止怒莫如诗管子语,歌之可怡情。
> 多文以为富,拥之胜百城。
> 既省丝竹费,兼招风月听。
> 上鸣国家盛,下使群贤赓。
> 纵死见玉皇,犹能献《韶英》。

可以看出,在他后来著的《续诗品》和《随园诗话》等论著中关于"性灵"说的一系列关键问题,在这篇《改诗》诗中其实均已露其端倪,思虑也臻成熟、周密,态度甚为严肃。所以,"消闲无物仗诗多"云云实乃愤激心出之以轻松语,恰恰相反,袁枚所表述的是:诗与"功名"同可成为英雄事业!他就是以此而要"经营",而且"耻据一隅霸",志在"好与全军争"。争什么呢?争"正声",诗中"尽才而后止,华夏有正声"十字掷地作响,他要以才情、性灵争立"华夏正声"。袁枚几乎运用了儒家"修、齐、治、平"的整套观念,按其自己的理解施行于诗的事业。这不能不说是自康熙朝以来历经一百年的御用诗文化"经营"的反"经营"。特别值得注意的是,诗教法统力主"怨而不怒",袁枚则运用管子语说"止怒莫如诗"。"怨而不怒"是规定不应"怒",不准"怒";袁枚却说:"无情何必生斯世?有好都能累此身。"(《诗集》卷十一《书怀》)"怒"既是七情六欲之一,焉能不准就没有"怒"?诗的妙用则最善"止怒"。怒能否止住,是另一回事,既谓"止怒莫如诗",那么"怒"的客观存在便无法否认它。此五字皮里阳秋,殆同"愤而作史"论,实是"愤怒出诗人"的另一种表述。"怒"被"止"日,也即诗之成时!事实证明,"止怒"诗激"怒花生",《诗集》卷二十四《全集编成自题四绝句》的前二首恰好回应了这一点:

> 不负人间过一回,编成六十卷书开。

莫嫌覆瓮些些物,多少功勋换得来!

几年学道敛心情,几度删除仗友生。
到底难消才子气,霜毫触处怒花生。

袁枚的放浪不羁,甚至时有油腔滑调口吻,那只能说是透示于他"这一个"诗文化现象中的某一侧面表象,更是以他成为典型的那种文化现象得以构架的社会历史背景的必然反映。但就其基核本质讲,袁枚是严肃的,甚而在某种程度上是痛苦的,一种教养与经历、宗法与气质、理想与实践之间的反差所构成的深潜于意识中的痛苦。在《小仓山房续文集》卷三十一有篇《江西督粮道省堂沈公传》,这是袁枚为他的亲家沈荣昌所作的传文(省堂是沈氏的号),他与沈荣昌少时同学,后成同年,其子袁迟与沈女全宝又都是"年过六十所生",于是他与湖州竹溪望族沈家联了姻。在《传》末有段《赞》:

> 《汉书》称苏桓公好教督人,人多相畏,及其不见则又思之。君诲人不倦,晚年尤甚,有桓公之遗风焉。君风趣与余绝不相似,而心契交深。尝戏余曰:"子但能欺人,不能欺天!"余惊问:"何也?"曰:"子性傥荡,口无择言人也,是风流人豪耳。及省其私,内行甚敦,与外传闻者不符,岂非欺人乎?然而造物暗中报施不爽,使子衰年有后,终身平善,岂非不能欺天乎?"呜呼,君之知我,胜我自知,然而君之行事居心,即此亦可想见矣!

如果弃去"造物报施"之类不论,沈荣昌的话正可供后人对袁枚包括行为和心态在内的整体现象的认识作参酌。他在传主赞语中专写这一则,慨乎言之"君之知我胜我自知",足证看似一生过着"看书时是看花时,两事商量割爱迟。只好折花书案供,也闻香气也吟诗"(《折花》)生涯的"人豪",其内心实在很怅惘。事实上,还在

乾隆四十二年(1777),即他晚生的独子袁迟出世前一年,一首《自忏》诗就早透露了他的愤懑的情怀:

> 仙人九障名居一,上士关防口最先。
> 安得四禅天上住,一生风不到窗前!

名声日高又"口无择言",在正统派人士看来其实是信口雌黄,名教罪人。袁枚何尝真正"终身平善"过?一个反传统言行中渗有刺人耳目的异教徒气味的人,不可能风平浪静,卫道士们容忍不了这种异变现象,这有案可稽。

但是,古道方正的沈荣昌眼中的"欺人"行径,在袁枚其实是不欺人的"真","不能欺天"同样不是作假弄虚。所以,卫道派的攻击甚至要驱逐其出境,不能说是无中生有,无事生非,而袁枚的"君之知我,胜我自知"的怅惘也不是矫言。他的一生成为一个"也闻香气也吟诗"式的人物,实在是一半由"人"、一半由"天"铸造而成的,可说连他自己这个登科时狂喜高吟"信当喜极翻愁误,物到难求得尚疑"(《举京兆》)的热衷仕进者也是始所未料的。

是的,尽管不应排除个性天赋的因素,然而作为一种社会属性的历史现象,袁枚的人生变异原系特定的时代机制所导致。他和他的论敌以至于要惩治他的顽固分子之间的矛盾冲突,都不是个人的恩怨表现,而是历史将他和他们一起推到了舞台前沿。

袁枚原不是个与生俱来的封建秩序的异己分子。虽然到他父叔这一辈,家道已中落,父亲袁滨是个刑名师爷,与弟袁鸿都游幕为生,远出楚、粤等地;但家世曾经清华过,他的曾祖袁茂英做过布政使。对这门楣光耀的历史,袁枚在向堂弟袁树以及外甥陆建(豫庭)等进行教诲时,从未遗忘过,一直到他们分别成人,已在科举道路上有进展之日,仍不断提醒。这在《诗集》中可以找出许多例证来。事实是,当袁枚年少得志,成庶吉士入翰林院之际,根本没有"笼中野鹤少高唳,篱外寒花多久香"的想法,也不会认为"耕桑也是报明时"(《挂冠》)。他本来企盼和实践的原是封建士子视为"正途"的常规门径。按他的才学和登第的既顺且早,袁枚完全有可能成为一个前程可观的高级文学侍从。

袁枚心态急剧转化始自翰林院学习期满,"散馆"外放为县令这一沉重打击。照当时习惯说法,这种翰林院出身的知县叫"老虎班",身价高过一般。可是袁枚认为这是从"玉堂"天府下落凡尘,失落感严重之至。出京前后,牢骚满腹,怪话连篇,如《改官白下留别诸同年》四首中的"三年春梦玉堂空,珂马萧萧落叶中。生本粗才甘外吏,去犹忍泪为诸公"、"顷刻人天隔两尘,难从宦海问前因"等等。一路上,《良乡雾》则说:"前程原似梦,何必太分明。"《次日雾更大》又说:"此际群仙高处看,可知下界有人无?"《抵金陵》干脆唱出"才子合从三楚谪,美人愁向六朝生"。以谪官迁客自居了。后人看来其自怨自艾得最称才气漾溢的是十五首《落花》七律,试看第一首:

    江南有客惜年华,三月凭阑日易斜。
    春在东风原是梦,生非薄命不为花。
    仙云影散留香雨,故国台空剩馆娃。
    从古倾城好颜色,几枝零落在天涯。

散馆放外任,并非偶然事,当时亦不是他一个人遭此安排,何至于要如此失路彷徨?这中间无疑有袁枚无法摆脱的俗气。因为"金榜题名,洞房花烛"曾使他陶醉过,袁枚是"翰林归娶"的人生大乐事的享受者,"杏花偏拂少年人",他又是怎样"傲诸同年"的呵!但在诸种现象背后,也已隐伏着一种个人情性和封建体制的不协调的本质在。从直接理由看,袁枚之所以"三年春梦玉堂空",是因为习满文考试不合格。然而,从礼部到吏部的大僚们似已对他的言行早有成见,后来吏部驳回尹继善推荐其为高邮知州,似不是一般的理由,因为从他历任县令的政绩看,并未有什么訾

议,根子或可从他的《诗话》卷一中的一则记述约略审视一二:

> 己未朝考,题是"赋得因风想玉珂"。余欲刻划"想"字,有句云:"声疑来禁院,人似隔天河。"诸总裁以为语涉不庄,将置之孙山。大司寇尹公与诸公力争曰:"此人肯用心思,必年少有才者,尚未解应制体裁耳,此庶吉士之所以需教习也。倘进呈时,上有驳问,我当独奏。"群议始息。余之得与馆选,受尹公知,从此始。未几,上命公教习庶吉士。余献诗云:"琴爨已成焦尾断,风高重转落花红。"

袁枚将此往事载入《诗话》首卷,固然是表示不忘恩师的知遇,那确实是对他的一次大挽救,不然"置之孙山",岂非哀哉?但有一点幽默,曾经考过"鸿博"特科,又应顺天乡试,接着会试礼部,三四年间连续几次大考,说他"未解应制体裁",恐怕只是庇护人找的理由。袁枚才兴涌来,想入非非则是事实。他与任何带"制约"的事总格格难入,轻狂、轻佻之名当由来久矣。"朝考"何等关键,袁枚竟类乎做"艳体",岂非不自觉地在嘲弄"应制体裁"?所以,散馆外放与会试后"朝考"的险些落榜,其实只是五十步与百步之差别,袁枚心底深层对这种遭际应是感受潜知的。

乾隆八年(1743)袁枚改知沭阳县。这是个"白草黄沙一望宽"的穷僻之邑,灾祸连天,他到任正逢罕见的大旱。心情凄凉,却又听得同榜进士沈德潜等"廷试高等,骤迁学士"的消息,袁枚"喜赋"一章说:"殿上几回歌《白雪》,诗人俱已到青云。"这反差太以巨大,其《春归》诗可谓写尽了他的刺激,进一步深化和强烈的刺激:

> 春留三月动征程,从此炎凉逐渐生。
> 一夜落花飞似雪,莫嫌来去不分明。

什么叫炎凉从此生?即"宦海烟波逐渐分":一边是"俱已到青云",他这边则是如《迎大府归戏作》所描述的"望见旌麾拜下风","蹒跚两足跪难禁"。迎送高轩,还有催科、征漕、督工修渠、筹钱供幕府,处处"烂额焦头",能不怨而厌?

正当宦情日薄,"独对关山烛不红"(《除夕泊淮上》)之际,另一种契机却悄然降临。这就是袁枚和淮扬一线的亦贾亦仕的徽籍盐商人士开始了交往。正是这种交往骤然间激活了他那潜在的主体情性特质,商业经济架构的文化心态与袁枚的个性精神可谓是鱼水共乐似的相契交融。随园主人的一生生命形态和文化体性从这里开始转折、启变、发展以至呈现一片烂漫。

以淮安、扬州为中心,傍运河为依托的淮扬地区是东南盐务、漕运的重镇,清廷经济血脉的要穴。鼎革之初,此间遭受过巨大创伤,破坏甚烈。但历经康、雍二朝的恢复,到乾隆初期,经济重又振兴,给该地区带来了新的繁华,尤其是扬州。从帝王、大吏到盐商巨贾,在这里共同鼓涌起穷奢极欲的狂潮,于是礼教理义制约的一切观念都在这地域空间潜移默化地启开质的变异,新的文化观念伴随商业经济、市民意识一起构架而起。

关于淮扬地区的由商业刺激起的繁华,只须检阅一下李斗的《扬州画舫录》等书即可具体而微地见及。重要的是时间的界定和辨认,署名为"节性斋老人"作于道光十四年(1834)的《扬州画舫录跋》说:

> 扬州全盛,在乾隆四五十年间,余幼年目睹。弱冠虽闭门读书,而平山之游,岁必屡焉。方翠华南幸,楼台画舫,十里不断。五十一年余入京,六十年赴浙学政任,扬州尚殷阗如故。嘉庆八年过扬,与旧友为平山之会,此后渐衰,楼台倾毁,花木凋零。嘉庆廿四年过扬州,与张芝塘孝廉过渡春桥,有诗感旧。近十余年闻荒芜更甚。且扬州以盐为业,而造园旧商家多歇业贫散,书馆寒士亦多清苦,吏仆佣贩皆不能糊其口。兼以江淮水患,下河饥民由楚黔至滇城,结队乞食诉乡谊,予亦周恤资送之。李艾塘斗撰《画舫录》在乾隆六十年,备载当年景物之盛。……

这个"节性斋老人"就是阮元,他所勾勒的扬州盛衰概貌,恰好就是清王朝统治的兴亡走向。"翠华南幸"是指乾隆南巡,淮扬诸城市声色犬马的繁华,这位"十全"皇帝实是个推波助澜人。至于这种波澜竟推出如戴震《孟子字义疏证》所畅论的"人欲不可遏","非以天理为正,人欲为邪"之类意识形态以及如"扬州八怪"为代表的艺术群体,则无疑也是弘历始所未料的。弘历从乾隆十六年(1751)到四十九年(1784),共六次南巡,每次南巡既劳民伤财,又刺激着人欲。事情就是如此奇妙,阮元亦只能无可奈何地自徼"节性",他其实是个明白人。而袁枚的文化心态变异的发生及完成恰好就在这个不"节性"时期。作为一个淮扬城市繁华的经历者和见证人,袁枚也作过《扬州画舫录序》,是在乾隆五十八年(1793)他七十八岁时,序中说:

> 本朝运际中天,万象隆富,而扬州一郡,又为风尚华离之所;虽诸台丙舍,皆作"十洲云麓"观,由来久矣。记四十年前,余游平山,从天宁门外,拖舟而行,长河如绳,阔不过二丈许,旁少亭台,不过匽潴细流,草树草歉而已。自辛未岁天子南巡,官吏因商民孑来之意,赋工属役,增荣饰观,夅而张之。水则洋洋然回渊九折矣,山则峨峨然隆约横斜矣!树则焚槎发等,桃梅铺粉矣;苑落则鳞罗布列,闿然阴闭而霅然阳开矣,猗欤休哉!

辛未,就是乾隆十六年,第一次"南幸"时,财力当然不是短时期内积累的,在这之前两淮盐商早已赀拥百万者已指不胜屈了。

扬州地区包括今淮阴、盐城所辖范围的盐商主要是徽州人。这从洪玉图《歙问》、许承尧《歙事闲谈》到陈去病《五石脂》以及大量徽州地志、宗谱中可辑出数以百万言文献。兹以《五石脂》为据略引二则,因其简要,可省文字。陈去病说:

> 徽人在扬州最早,考其时代,当在有明中叶。故扬州之

盛,实徽商开之。扬,盖徽商殖民地也,故徽郡大姓,如汪、程、江、洪、潘、郑、黄、许诸氏,扬州莫不有之,大略皆因流寓而著籍者也。而徽州学派,亦因以大通。

他又说:

> 徽州多大姓,莫不聚族而居,而以汪、程为最著,支祠以数千计。……且其俗重商,四出行贾,多留不返。故东南郡国巨族,往往推本于歙,固不特汪、程二氏已也。

只须排比一下袁枚的亲串和前期交游,可以发现,程、汪二姓人氏又正是他最重要的社会关系网络。《小仓山房诗集》卷十有两题三首七律,向不为人注意,然而这却是探寻袁枚诗文化内涵启变,理清他与两淮盐商关系的重要索引。一题是《甲子秋携陶姬至淮,今一星终矣,重有泛舟之役,怃然成咏》。陶氏妾是袁枚在沭阳知县任,于乾隆八年所娶,安徽亳州人。《诗集》卷十一《哭陶姬》小序说她"工棋善绣",生有一女成姑,后与苏州蒋氏联姻。袁枚先后共六妾,其中陶氏与方聪娘先死,故又继买二妾。这当然是很"无行"的行为,他自己也坦直说过"好色";但娶妾又与王氏夫人不能生育有关,他六十三岁时生一子小名阿迟就是钟氏妾"于归"第二年所产,这些都可不去说它。唯袁枚第一个妾陶氏显然是青楼出身,而且与两淮盐商的襄助促成有关系。从《哭陶姬》第四首的"灯花吹影满庭秋,但说他生事总休。半夜啼乌兼断雁,一齐声下楚江头"诗句,可知他们的姻缘与楚州(淮安)关系至深,这还须联系第二题诗。

第二题是《哭程荔江》二首,诗之一。起句就说:"一年一渡长淮水,每渡淮时一醉君。"此悼诗作于乾隆十九年(1754),这就是说从乾隆十年(1745)由沭阳移知江宁后,袁枚年年到淮安,住程氏宅中。程荔江的富有,从第二首诗的小注可见:"乙丑过淮,见赠汉玉羊角钮,四姬出拜。"乙丑(1745)是初识时,荔江的出手和排场全是一派巨贾气势。程荔江乃袁枚执友程晋芳(鱼门)的兄弟行。淮安程氏与袁枚的深厚交谊还可从乾隆三十年(1765)的《到淮感故人寥落,归舟口号》诗见出。诗中间说道:

> 我离长淮十一载,重来绝少晨星在。
> 西州马过屋犹存,金谷花开春不再。
> 晚甘园中水石新,当时主者营为坟。莼江
> 桂宦堂中万卷书,于今寂寂他人居。鱼门
> 程家诸郎俱长大,纷罗酒浆邀我过。
> 各惊容貌类先人,不忍杯盘当旧座。

显然,此诗表明:十一年前袁枚赴淮安实专程吊唁程荔江。荔江生前,袁枚"一年一渡长淮水";荔江卒后,不到"长淮十一载",足见其与荔江有特殊关系。尽管与莼江、鱼门同样交谊密笃,但后者似主要为诗酒往来、文学知己,前者则无疑另有一层商贸联系。

需要绍介莼江、鱼门。莼江是程茂(1694—1762)的号,是个诗人,筑有晚甘园、吟晖楼。有《晚甘园诗》六卷。程晋芳(1718—1784),字鱼门,号蕺园,乾隆二十七年(1762)召试授内阁中书,三十六年(1771)成进士,有《勉行堂集》。程氏族群无不治生而富,鱼门独嗜学好友,通经学,善诗文,《北江诗话》谓其诗如"白傅作诗,老妪都解"。晚境困顿,客死关中,赖毕沅等料理后事。较之程茂,鱼门更称袁枚生死知己。

淮、扬程氏虽分居各邑,实系一支。清代中期著称海内,并是扬州、淮安地区风雅东道主之一的程氏诸名士,无不与袁枚有颇多交往:程梦星(1679—1755),字午桥,号汧江,又号香溪,康熙五十一年(1712)进士,官编修,著有《今有堂集》等。午桥辈份较尊,程晋芳、程茂均系其侄辈。与程晋芳为从兄弟的有:程名世(1726—1779),字令延,号筠榭,有诗集《秋水芙蓉馆稿》等十数种,家有名

园,与其叔午桥"筱园"可媲美,并共辑《扬州名园记》。还有程嗣立(1688—1744),居涟水,字风衣,人称水南先生,以及程卫芳、程志乾等。

上述程姓诸人行迹均能见之随园诗文集中,有的并由袁枚撰有墓志或传记。尤值得注意的是,徽籍程氏族众遍居于江浙,如杭州、苏州都有,不只限于淮扬,而袁枚诗文集中同样可见到他与苏、杭等地的程姓人氏的交往,一如扬州同。须知杭州系其原籍,苏州则既有其亲家姻属如巨族蒋氏,还有他本家明代袁氏"六俊"后裔,在吴门以治生兼治文,经商又刻书著名的袁寿阶兄弟。袁氏"渔隐小圃"是袁枚驻足吴中时的主要下榻处。扬州、苏州、杭州三大商业中心,无一不是袁枚生命活动的基地,而他依托为纽带的又无不皆是亦贾亦仕,以徽商为主干的亲串网络。

关于袁枚与淮扬汪姓的关系,更为直接,可略说之。袁枚与汪姓氏族有二层姻亲相联,一是他的四堂妹袁棠嫁予扬州汪孟翊;二是其第四女琴姑系汪芷林之子履青妻。袁棠(1733—1770),字秋卿,又字云扶,能诗,有《盈书阁遗稿》。袁棠生于广西,父袁鸿卒时尚幼,后一直生活在大她十七岁的堂兄袁枚家。乾隆二十三年(1758)袁枚有《送四妹云扶于归扬州》诗,中云"贫家奁赠新诗好,世上贤名后母难",可见是作继室;"族大争看新妇貌",是说汪家乃大族。十年后一次渡江去扬州,又有《扬州留别四妹》二律,有句"已沉玉漏听炊粥,重剔银灯乞改诗",这次是"不到扬州已四年"了,兄妹情笃,溢于言表。三年后,秋卿难产死,袁枚作了《哭秋卿四妹》组诗七首。"自怜老泪无多少,偏作人间后死人",他十分伤心,并对袁棠的才慧加以点染:"何苦生前太贤淑,一家人去两家悲!"又说"久谙食性羹还问",善于烹饪,最合随园谱;"谢家诗笔最幽清",是诗才不凡。如此贤而有才的女诗人,何以要在二十六岁时去做"白头夫婿"的续弦?《小仓山房外集》卷六《汪君楷亭墓志铭》回答了这问题:"任禺荚之业",其乃大盐商之家。乾隆二十二年(1757)弘历第二次南巡时,汪孟翊(字楷亭)是捐资并督造栖霞行宫者,"乘舆三至,君三拱张",可知其拥赀之厚,袁枚攀的是门富亲戚①。

袁枚另一亲家汪芷林,与袁系顺天乡试同年。以户籍六合而试于顺天,后并官桂林知府,靠的也是雄赀。

从乾隆八年在沭阳县任开始介入两淮盐商网络,四十年间袁枚的社会背景早由"玉堂"梦空转为"子贡废举,亦称贤士"(《汪君楷亭墓志铭》语)的实地生根。"人天隔两尘",确乎成事实。在随园初成时,他写了一组《随园杂兴》,其中第六、第七首诗表现了他的人生观的逆变,特别是后一首,诗云:

耳目口鼻心,偶然为我有。
有而拘挛之,此物为谁守?
心为身之主,身乃心之友。
以主奉嘉宾,陶然饮一斗。

经史与子集,分为书四支。
亭轩与楼阁,四处安置之。
各放砚一具,各安笔数枝。
早起盥沐后,随吾足所宜。
周流于其间,陶然十二时。

如果说士子本是被经史子集所役驱、疲于仕途的话,那么现今是"我以我心"来役使这"四部",以"陶然十二时"为旨。他真正变得自在了,失落感转化为自娱感。在《喜终养文书部覆已到》的这一年,袁枚有《秋夜杂诗》一组,其中第五首是对三十八年生命的总结,也是此后自我形态的确认:

---

① 《扬州画舫录》卷十五有"汪□,字楷亭,令闻之弟,邑诸生,博学通经。子字兰圃,博学工诗,书法为程香南高弟子。"按,兰圃名庭萱,即袁枚甥。后文提及。

> 至人非吾德，豪杰非吾才。
> 见佛吾无佞，谈仙吾辄排。
> 谓隐吾已仕，谓显吾又乖。
> 解好长卿色，亦营陶朱财。
> 不饮爱人醉，不醉爱花开。
> 先生高自誉，古之达人哉。

诗的前半首表示按传统的一切框架，都界定不了"吾"属哪一类，"吾"就是"吾"！他给"达人"作了自己的会心之解。后半首则具体申称了他的任情享乐、自在自足、财色皆好的欲望追逐。"亦营陶朱财"则更是直言不讳地说自己涉足商界。

毫无疑问，这是商贾文化意识的一种典型表现，从而也是构成袁枚类型的诗文化形态的核心基因。文化而裹上一层"商"的雾气，在习惯观念看来不免有种亵渎感，特别是诗乃何等高雅之物，这一来岂非堕落？岂不是庸俗倾向？

然而，在那凝重板结的封建宗法阴影笼盖的诗界，没有如此的亵渎，将只能永远僵硬退化，以至消亡。"俗"能济"雅"，几乎是条规律；"俗"或许在商品意识的伴随下，不无其"庸"，但那是在质地上迥然有别于封建伦理教化的那种"庸"。激活空气流转是首先必须的，当封建诗教已深陷于治丝愈棼、颠顶顽守的泥淖中时，商贾文化及其伴随而来的市民意识实系一股清新气流。

所以，如果说是堕落，与其以为是一个诗人从他原本站列的营垒中逸出并堕落，毋宁说是封建礼教在诗的领域开始堕落。没有这样的"堕落"，就没有生机，扼杀掉生机，堵塞住这种堕落的走向，诗必将走到了自己的尽头。

袁枚说不上是个思想家，但不能否认他是从封建文化营垒中蹩出来的一个破坏者，尽管有他不能自疗的不彻底性和各式各样的缺陷。特别在诗文化领域内，他是个勇者。一个甘愿背负种种"邪恶"罪名，不惜以特殊形态"以身试法"者难道还不勇敢？《随园诗话》卷一第三十二则有段风趣得近乎揶揄但却蕴有一团愤火的记事：

> 余戏刻一私印，用唐人"钱塘苏小是乡亲"之句。某尚书过金陵，索余诗册，余一时率意用之。尚书大加诃责！余初犹逊谢，既而责之不休，余正色曰："公以为此印不伦耶？在今日观，自然公官一品，苏小贱矣；诚恐百年以后，人但知有苏小，不复知有公也！"一座鞨然。

这就是袁枚式的轻狂以至轻佻，可是这又是他的一宗武器。袁枚用"轻佻"来亵渎一切伪意识、假道学、臭架势，不只是勇敢，而且很有严肃性，更具对事物发展的远见。如果从以上综述的意义看，舒位《乾嘉诗坛点将录》的评赞是高明的：

> 及时雨　袁简斋枚。《赞》：非仙非佛，笔札唇舌。其雨及时，不择地而施。或膏泽之沾溉，或滂沱而怨咨。

附表：

以乾隆八年（1743）到乾隆十九年（1754）《喜终养文书部覆已到》诗成止，作为袁枚文化心态启变、转化、锐新时期，观照思想文化、文学艺术诸领域代表人物的行年行迹，制表如下：

一　哲学思想领域

1. 程廷祚（1691—1767）时年为五十三岁至六十四岁。廷祚字绵庄，号青溪，安徽歙县籍，流寓上元（今南京）。著有《岫云阁诗钞》、《青溪诗说》、《文集》等。专精星经、地志、乐律等，自制过"竹浑仪"。穷老守志，不夤缘，以清贫终。于族中辈份极高，为程晋芳等从祖辈。

程廷祚为颜、李学派传人。康熙五十九年（1720）李塨来宁，廷祚从学。雍正六年（1728）湖北刘湘煃（允恭）得顾祖禹《读史方舆纪要》钞本携至南京，馆于廷祚家，作《纪要订》。刘氏被人诬告"交匪类，藏禁书"，雍正七年督抚发兵包围程宅，刘下狱，直至乾隆元年始获释。程廷祚即作《纪方舆纪要始末》，缕述刘氏冤狱经过。

程廷祚是批判程朱理学和八股科举制的著名学者，以至姚鼐斥之为"流于蔽陷之过而不自知"，并谩言廷祚与李塨、戴震一样都因"诋毁"程朱之学而遭"身灭嗣绝"的报应。具见《惜抱轩文集》卷一、卷六有关文。

程廷祚与黄慎、郑燮、王文治、李御、金兆燕等均为至交，并是吴敬梓介乎师友间的交游者，而与袁枚尤相投契。袁枚《征士程绵庄墓志铭》中说：

> 六经之道，如帝都然。仰而朝宗者，舟帆马车各以其具行，要其能至已耳。唯力之至大者，乃卓然独往，而无所附依。或张市禁而申之曰：必取庸于某某而后可。嘻！其惑矣。吾友绵庄深于经者也，卓然独往者也，且能至者也。……

> 其言曰："墨守宋学已非，有墨守汉学者为尤非。孟子不云：君子深造之以道，欲其自得之乎！"又曰："宋人毁孙复'疏经多背先儒'。夫不救先儒之非，何以为孙复？"其言如此，其著述可知。……

> （余）官白下，相与为忘年交。得谢后，买山随园，所居宅相邻益亲。每读书疑必质先生，先生有所作必袖来，或遣苍头索跋语。……

> 然先生诚何所昵而殷殷于余耶？岂不以孤奏咸池之音，肯一过听者已难得耶？又岂不以年已颓暮，荷道甚重，不得不择一后死者望其能张而传之耶？

程廷祚是位卓越的学术思想家,然在当时却也"孤奏咸池之音","如飘云轻云之一过"的遭卫道士抑遏者。袁枚与其称生死相知之交。

2. 戴震(1723—1777)于乾隆二十一年(1756)起客居高邮、扬州约七年。《孟子字义疏证》虽最后定稿于病故前,但此书及《原善》实酝酿成熟于寓维扬时期。《疏证》初稿即《绪言》、《孟子私淑录》等先后草于此阶段。戴氏写给弟子段玉裁的信说:

> 仆生平著述,最大者为《孟子字义疏证》一书,此正人心之要。今人无论正邪,尽以意见误名之曰"理",而祸斯民,故《疏证》不得不作。

戴震关于"理"与"欲"的理论思辨及争辩,正与袁枚心态启变值同一时空。

二 书画艺术领域

1. "扬州八怪"之一李方膺(1697—1755)约于乾隆十六年(1751)被劾解合肥知县职,开始寓居南京。与沈凤(补萝)、袁枚结莫逆之交,人称"三君"、"三仙出洞"。沈凤(1685—1755),江阴人,亦名画家,袁枚写赠二人之诗有数十篇,并分别为作墓志。关于李方膺之个性行为和思想风貌,可从丁有煜《哭晴江文》中见之,丁氏号个道人,江苏海门人,与"八怪"同时名画家,风格亦近似①。晴江为李方膺之号。《文》中说:

> ……性最敏,眼最善,而气最盛。一日谓余曰:"人生宇宙,饮食有死活,皮肉分香臭。珍错不死而食者死,蔬水

---

① 丁有煜(1682—1764),字丽中,号群子、个堂、石可、幻壶。少工写竹,以竹不离"个",因号个道人,晚年又号个老人。工诗古文,精擅水墨画、篆刻。与郑燮、李方膺为知交。晚筑双薇园。其卒,随园有"个老人亡,江北无名士矣"之慨。著有《双薇园集》、《个道人遗墨》等。

不活而食者活,夫食以养体。耳目不臭,视听臭则耳目亦臭;手足不香,动作香则手足亦香。质之前人,准之今人,决之后人,死活香臭,画如矣。"言虽不羁,而说自近理,心窃是之。其于官也亦然,其于画也亦然,独是画弗取爷而官取爷,遂罢谪。谢事以后,其画亦肆,为官之力并用之于画,故画无忌惮,悉如其气。归里十日殁。殁之日,自铭其棺曰:"吾死不足惜,吾惜吾手!"余哭之曰:"吾爱而性,矜而目用,降而气。"

此文见存于《个道人遗墨》。李方膺在"八怪"中似未算最"怪"者,然其言行之个性特征何其鲜活!

2. 从高凤翰生年康熙二十二年(1683)到罗聘之卒于嘉庆四年(1799),世称"八怪"的艺术流派持续将近一个世纪,而主要活动时期则为乾隆朝。金冬心卒于乾隆二十八年(1763),郑燮卒于乾隆三十年(1765),而黄慎(瘿瓢)约卒于乾隆三十五年(1770)。"八怪"书画艺术臻于顶峰期正与袁枚心态转化期同其时。

三 小说领域

1. 吴敬梓《儒林外史》成书时期大致在乾隆十年(1745)到十五年(1750)。吴敬梓客死扬州是乾隆十九年(1754)。

2. 曹雪芹《红楼梦》有《脂砚斋评阅甲戌本》。甲戌为乾隆十九年(1754)。按"癸未说",曹雪芹卒于乾隆二十八年(1763),如据"壬午"说则前一年。

毋论吴敬梓抑或曹雪芹,均系袁枚同时代人,而且生活的空间如南京、扬州等地亦大抵相同。然而,小说领域中这两位思想叛教者早为史家首肯论定,袁枚在更为正统的文体领域内的破旧立新行径则始终若暗若明地未能被确认,何其不公道如此?诗文词领域里传统的习惯偏见的影响确是远较别的文体严重,此为明证。

四　诗歌领域

1. 赵执信卒于乾隆九年(1744)。

2. 薛雪卒于乾隆三十五年。薛雪(1681—1770),字生白,号一瓢,吴县人。叶燮弟子。著有《一瓢斋诗存》、《一瓢诗话》等,能恪守横山诗学,布衣终生,精于医。与袁枚善,交游颇多。其时为六十四岁到七十四岁间,薛氏年长袁枚三十五岁。

3. 晚袁枚一辈的诗人,如:

①高文照生于乾隆三年(1738),乾隆四十年(1775)卒,年仅三十八。文照字润中,号东井,又号鸥汀。浙江武康(今永康)人。著有《东井山人遗诗》。其人少年韶秀,年未二十已积诗千首,与黄仲则并称"二才子",数奇短命,遭际亦与仲则略同。卒后袁枚有《哭高东井孝廉》四首,中有"二十万言书诵毕,八千余纸手抄忙。不知一片心头血,客邸谁收古锦囊?""关情夜烛与晨灯,甚矣吾衰仗后生。岂料拏云心事健,一枝秋桂了前程"云云。《仿元遗山论诗》则以"介祉清华东井奇"一"奇"字论其诗。

②汪端光乾隆十三年(1748)生①。端光字剑潭,一作硐邑,号丛睦。江苏仪征人。乾隆三十六年(1771)举人,官广西镇安知府。著有《沙江》、《晚霞》、《木退》诸集。少孤,母梁兰漪课以读,梁能诗,有《畹香楼诗稿》。洪亮吉称端光诗"如新月入帘,名花照镜",又说:"汪助教端光诗如着色屏风,五彩夺目,而复能光景常新,同辈中鲜有其偶。艳体诗尤擅场。"端光与张问陶、黄景仁等均为诗坛密友。其妹汪佩珩亦工诗,著有《桐华吟馆诗稿》。汪端光卒于道光六年(1826),享寿七十九。特别

---

① 《淮海英灵集·壬集》卷一:梁兰漪有《乙丑季秋于归,赠夫子》及《哭夫》诗,后诗之序文中有"十载深情,一朝永诀。五龄幼女,岂谙针黹心情;八岁孤儿,未识诗书手泽"云云,可考得汪端光生年。

须注意的是汪端光二子：汪全泰、汪全德。全泰，字子纯，号大竹，又称竹海，又号铁盉居士，有《铁盉居士诗钞》八卷；全德字小竹，又字修甫，号竹素，著有《崇睦山房诗词》。《随园三十八种》中收有《崇睦山房词》一卷，系"七家词钞"之一，"七家"中还有袁枚嗣子（系袁树长子）袁通的《捧月楼词》。《七家词钞》系六合汪世泰（紫珊）所辑，六合汪氏乃袁枚姻属，六合、仪征之汪本系一支。之所以说汪全泰兄弟特别值得注意，是因为汪氏兄弟竟是清代嘉道年间被视为"邪教"的极有神秘色彩的"太谷学派"创始人在扬州收录的第一代大弟子，时在道光十年（1830）前。周太谷在嘉庆十九年（1814）左右被两江总督百龄逮捕，并拟处极刑，结果太谷被狱长、狱卒暗地放走，佯称"瘐毙"于狱中。周太谷是逃狱后继续浪迹江湖，潜踪到扬州的。与汪氏兄弟同时入太谷门的更有袁枚外甥汪庭萱（兰圃）[①]。此后这个学派近乎秘密会党，徒众广以万计，屡遭清廷镇压，一直处于隐秘状态。

揭示这一渊源，于辨识袁枚现象和"性灵"族群的哲学思想的潜层底蕴，极有意义。

③黄景仁生于乾隆十四年（1749）；

孙韵生于乾隆十七年（1752）；

杨芳灿生于乾隆十八年（1753）；

王昙生于乾隆二十五年（1760）；

孙原湘生年与王昙同；

张问陶生于乾隆二十九年（1764）；

舒位生于乾隆三十年（1765）；

[①] 汪全泰、汪全德、汪庭萱三人入周太谷教门事，参见《归群宝笈目录》。陈辽先生著《周太谷评传》有详述。南京出版社1992年版。

> 郭麐生于乾隆三十二年（1767）；
> 彭兆荪生于乾隆三十四年（1769）；
> 而在袁枚七十七岁时，即乾隆五十七年（1792）则龚自珍生。

以上从高文照到彭兆荪，无不是乾、嘉两朝最有才华、诗成就极高的人物，缺失这批诗人，乾嘉诗史势将成空壳一袭。这批诗界精英全是那个历史社会的产物，他们的诗文化薰陶正来自袁枚现象所透发并扩展构成的"性灵"氛围。袁枚的新旧交替界碑前的位置，由此愈益一目了然。至于沈德潜、翁方纲系列的诗群行年可参见前章附表，此处略。

第三节　袁枚文化意识对名教纲常的叛离性

《随园诗话补遗》卷八第十一则载女诗人席佩兰见赠袁枚三首律诗，中有"慕公名字读公诗，海内人人望见迟"，"愿买杭州丝五色，丝丝亲自绣袁丝"以及"一编早定千秋业，片语能生四海春"等句。席佩兰是孙原湘妻，诗才高秀，为世所称，绝非是个纤佻女性，赠诗也真情实语，一片诚挚。《补遗》卷四第二十九则又载述何道生诗句说："愿署随园诗弟子，此生端不羡封侯。"何道生（1766—1806）字立之，号兰士，山西灵石人，卒于宁夏知府任，著有《双藤书屋诗集》，当时与张问陶、杨芳灿等齐名，似亦毋须故作谀语，但此类文字全见之于随园自己的记录，自不免有自诩之嫌。然而如韩廷秀所云："随园弟子半天下，提笔人人讲性情。"在乾隆后期当亦属实况，不尽夸张，韩氏诗句见《补遗》卷八。

问题是这仅是袁枚现象在当时所发生的效应的一个方面，作为"及时雨"的他生前身后遭到的非议和攻击，甚至于要动用权力相对的事，在诗歌史上也属罕见的一种逆效应。章学诚在《文史

689

通义》等著作中斥之为"以六经为导欲泄淫之具,则非圣无法矣",是传播"邪说"的"名教罪人"、"人伦蟊贼"！那已是袁枚死后的私家定谳。早在乾隆三十四年(1769),江宁太守刘墉就曾有要驱逐袁枚出境的动议,一时风声很紧。刘墉何以要一击为快？当不单为袁枚的风流"邪行"。公开的理由必也是"名教罪人"之类的判词,而"名教罪人"的涵义实即"离经叛道",潜台词深得很,文章可以做足做大的。当年雍正帝就曾钦定过钱名世"名教罪人",并下令将御笔这四字制成匾额,挂在钱家,以为诛心之责,作为"无耻人臣"的儆戒①。

这里无疑涉及到对名教纲常的叛逆性。在辨析袁枚的诸种有违纲常伦理的言行之前,先述说刘墉"逐客"一事。从清代诗史看,此属绝无仅有的事,何况袁枚并非一般的缙绅,他有许多足以自保的社会关系网络,刘墉敢于动真,显然不是个人的孤立行为；从袁枚的应对的巧妙机智,而且同样有点不择手段作软性相抗言,则又有助于深化认识他的那种特有的文化性格。这对悟解"性灵"说及其诗创作现象均很重要。

关于刘墉意欲相逐的事,《诗话补遗》卷六第三十五则回忆说：

> 乾隆己丑,今亚相刘崇如先生出守江宁,风声甚峻,人望而畏之。相传有见逐之信,邻里都来送行,余故有世谊,闻此言,偏不走谒,相安逾年。公托广文刘某要余代撰《江南恩科谢表》,备申宛款。方知前说都无风影也。旋迁湖南观察。

---

① 《永宪录》卷四："(雍正四年)夏四月癸亥朔,翰林院侍讲钱名世以谄附年羹尧逐回原籍禁锢,御书'名教罪人'四字榜其门,命朝臣各为诗歌刺讥之。"钱名世字亮工,江南武进人。康熙四十二年(1703)一甲第三名及第,即称探花者。与年羹尧同榜,该榜状魁为王式丹。陈万策有诗云："名世已同名世罪,亮工不异亮工奸。"因钱氏名与字互同于戴名世、周亮工。据云此诗句大为雍正赞称。

余送行有一联云:"月无芒角星先避,树有包容鸟亦知。"不存稿,久已忘矣。今年公充会试总裁,犹向内监试王蓺亭诵此二句。王寄信来云,故感而志之。

刘墉(1720—1804),字崇如,号石庵,山东诸城人,乾隆十六年(1751)进士,官至体仁阁协办大学士、吏部尚书,故称"亚相"。刘氏充会试总裁是乾隆五十八年(1793)的事,故此处袁枚是在对二十四年前那桩公案作忆述,采取打哈哈的态度。"久已忘矣",但却有"偏不走谒"的清晰记忆,其实正耿耿于怀。"相安逾年"、"备申宛款",是圆场语,刘墉毕竟位跻"亚相",自己也是七十八岁的老人了。何况十二年前女儿鹏姑嫁已故大学士溧阳史贻直嫡孙,有门阀亲戚,与刘墉也不会有新的冲突。他既有所致意,我也不妨含糊了事。

其实在当年并非"相安逾年",袁枚是避祸离开南京,到他置有田产的滁州另一个"窟"住了一阵的;而且前后作了好几首诗寄亲友索和,以造舆论,让大家都知道有此事。他并不想遮掩此一遭际,不明不白地"有所避"是很不甘心的。

袁枚先作了《有误传予避人归杭州者,赋诗晓之》:

> 海内争来问钓矶,买山人采故山薇。
> 风高只说云应返,树静谁知鸟正飞!
> 小住随园都觉好,虚舟涉世本忘机。
> 无端怅触还乡梦,惹我心归身未归。

又有《香亭信来闻予为逐客,戏寄一首》,是写给堂弟袁树的:

> 白下蹉跎二十霜,正愁无计整归装。
> 果然逐客真吾福,如此西湖在故乡。

《西安观察沈永之误闻余得风痹,以狼巴膏见寄,戏答一首》借题发挥,较前二首都要"怨而怒",不再嘻皮笑脸掩饰愤懑了。

开首一句就是"风人自合生风病",中间有"飞言如雨驰入秦"、"误传海上东坡死"等等语。他的《例有所避将迁滁州,留别随园四首》编在乾隆三十七年(1772)的诗卷,这说明风波既非"相安逾年"即过去,而且一阵松一阵紧,前后拖了近三年。四首中一、三两首语似平淡情甚愤慨,写得最好:

> 不教朱邑祀桐乡,看过梅花便束装。
> 颇似神仙逢小劫,敢同佛子恋空桑?
> 葛洪行具书千卷,顾凯云烟画一箱。
> 泛宅浮家随处好,只怜白发有高堂。

> 故乡回首夕阳斜,拟赋归欤百事差。
> 西子湖边无瓦屑,醉翁亭下有桑麻。
> 休移铜狄先垂泪,拚舍河阳再种花。
> 仙鹤郊迎鹭鸶送,诗人从古爱迁家。

写这四首诗时刘墉已调任江西,可知事情并非只是地方官员与袁枚过不去。只须看这一风波仍得有赖两江总督尹继善斡旋方始了结,风源显然在中枢。

乾隆三十五年前后正是文字狱高峰期。从《闲渔闲闲录》的"怨望诽讪",齐召南、齐周华兄弟的"怪诞",到王道定《汗漫游草》的"诗句隐异",李超海《武生立品集》的"语句悖谬,妄诞不经",重点似在整肃奇谈怪论、异端言行。袁枚的被点名查勘,"访而按之",无疑是因他"非圣无法"的言行既多,影响又大,必须予以警戒。

其实早在乾隆十九年(1754),尹继善就曾提醒并规教过袁枚,这可以袁枚《到清江再呈四首》诗的序为证:

> 枚遁迹随园,尘思久断,公手书召之,令沈凡民苦加规戒,类慈母之投杼,误闻蛰语;如良医之下药,未切脉情。恐爱之

过深而知之转浅,率尔言志,请学仲由。

这段序文不亢不卑,很坚持自己的个性人格。尹继善曾四为两江总督,这次是从陕甘总督任上第三次移节两江。显然在西北时他已听到不少关于袁枚的放诞言论,故一到江苏境内就"手书召之",并令沈凤(凡民)传话"规戒"。诗的第二首云:

　　一笛斜阳万木飞,中年哀乐雪飘衣。
　　水边花淡春将暮,山里梁空燕独归。
　　卓氏酒垆三月断,鄂君翠被十年违。
　　如何野草鸳鸯梦,尚有襄王说是非?

这是袁枚为自己辩护,意为我在野过我的日子,何以"尚有襄王说是非"呢?"是非"当然最易传播而且最能成为热点话题的必是"邪狎"行为,袁枚说我很规矩!颈联两句就是承颔联而来的再三辩解。在第三首说了"想传衣钵终无分,赖有文章好报恩"之后,第四首重申前面"夔龙箫管巢由唱,请自分途庆太平"之意,表明"请学仲由",让我自在地过日子:

　　接得郇公五色笺,敢辞双桨木兰船?
　　苍生望浅人难起,绛帐情深月再圆。
　　白下孤云芳草渡,龙门高浪夕阳天。
　　可怜桃李青青树,虚领春风十六年。

师生情深固应铭记,不改吾志则也请勿勉强我,颔联辞既达意,言外却又很有真情。尹继善与袁枚的师生关系在当时也很特殊,一种理解和默契似非一般的所谓"爱才"可以尽之。也正唯其如此,袁枚无形中有着一顶保护伞,每能化险为夷。但是袁枚并不有恃无恐,尽管继续我行我素,决不充当乡愿式角色,然也在狂放中很谨慎。他确实很有世故,甚而圆滑,但那是为了生存,保护自己。袁枚早已没有对朝廷政权的责任感,不想建功立业,入祠成贤人成循吏成忠臣;可是也不想去扮个出头椽子先烂的自我献身的牺牲物。他诚然是利己自私的个人主义者,所以说他算不上思想家,尽管他有不少新锐的思想;他也不是个英雄人物,虽然他时时表现出很有理论勇气。但是恰恰在这一点上,袁枚成为封建名教秩序的破坏者,也许他自己并未清醒地意识到这一点。可那种从封建道德规范和士大夫行为的虚伪守则中异化而出的观念,终竟导引他成了异端分子。对这一点统治者倒是敏感的,当然袁枚虽不自觉意识到在叛道,但他的机敏也启示着自己的保护色的增浓法。还在乾隆二十四年(1759)四十四岁时,袁枚在《陶渊明有饮酒二十首,余天性不饮,故反之作不饮酒二十首》中,一面说:

> 古来功名人,三皇与五帝。
> 所以名赫赫,比我先出世。
> 我已让一先,何劳复多事?
> 平生行自然,无心学仁义。
> 婚嫁不视历,营葬不择地。
> 人皆为我危,而我偏福利。
> 想作混沌人,阴阳亦相避。
> 灌花时雨来,弹琴山月立。
> 天地亦偶然,往往如吾意。

另一方面则又一点不"混沌":

> 任事在人后,见事在人先。
> 以之涉斯世,庶几无尤焉。

就在他处于"访而按之"有见逐可能的那一年,有《观弈三首》小诗,明讲自己的策略:

> 悟得机关早,都缘冷眼清。
> 代人危急处,更比局中惊!

张步临奔悔,陈宫见事迟。
分明一着在,未肯告君知。

肯舍原非弱,多争易受伤。
中间有余地,何必恋边旁?

你打你的,我打我的,当然不是无赖战术,免受伤害,是为了仍"有余地"。袁枚正是采用这样的处世方法和应对手段,来达到"往往如吾意"的。在"逐客"事件中,他既不做"多争易受伤"的硬姿态,主动离开随园,留出余地便于尹继善去为他消弭风波。袁枚一生大抵即如此"涉斯世"的,这与一般的儒士或执着或迂腐全不相类。该让利时他让利,该转移时他转移,该软化时他嬉皮笑脸;时空条件有利时则又大步进占,其最终仍坚持着自己的观念和利益,不仅依然故我,而且变本加厉。

圆通是为了有利,宽博心胸是谋得发展。这无疑是封建体制下以小生产方式为基石的观念守持者所不可能具有的,它从实质上说正是商品观念在文化意识上的反映。理解这一点,对认识袁枚诗学观的圆通博辩,一方面八面迎敌,另一方面又"普渡众生",应极有关系。他正是以宽博,甚至不惮"滥"的方法和形态来迎击、冲刷、激荡一切板滞、陈腐、伪饰的诗学观念的,诚如《随园诗话补遗》卷四第十八则所说:

> 人有訾余《诗话》收取太滥者。余告之曰:"余尝受教于方正学先生矣。尝见先生手书《赠俞子严溪喻》一篇云:'学者之病,最忌自高与自狭,自高者,如峭壁巍然,时雨过之,须臾溜散,不能分润。自狭者,如瓮盎受水,容担容斗,过其量则溢矣。善学者,其如海乎? 旱九年而不枯,受八州水而不满。无他,善为之下而已矣。'书法《争坐位》,笔力苍坚。余道:先生精忠贯日,身骑箕尾,何妨高以自待,狭以拒人哉?

然而以此二字，谆谆示戒，则其平日之虚怀乐善可知。余与先生，无能为役；然自少至老，恰恶此二字，竟与先生有暗合者。然则诗话之作，集思广益，显微阐幽，宁滥毋遗，不亦可乎？"

这则言论既巧妙易懂又深刻，有一种哲学思辨在。巧妙者他顺笔提到方正学手书书法学的《争坐位帖》，暗示"争位"这一层意思；深刻的是以"不自高自狭"来达到不争而争的境界，如大海。此中既是袁枚的人生观和处世态度，又是他的诗学观以博容消蚀对手的策略。本来诗学观受支配于人生观，二者原是一体，唯其表现之领域或形式有别而已。

诗歌史上论袁枚，不必要如作评传或专著研究那样充分详尽地展开他的面面观。但由于这乃是一个诗史阶段性的关键人物，所以尽管不可能作面面观，然已颇费辞，近乎评传式地剥茧抽丝，述略已多。因为袁枚现象不仅复杂丰富，非三言两语得以了之，更何况其人形象历来被论辩得面目不清，各取所需，肢解割裂，至为严重。是故，不理不易清头绪，不辨不能判功过，费辞成为不可免事，一旦头绪略清，有关诸问题亦易辨识了。

现在谈袁枚言行中对名教纲常的叛离性。

袁枚引惹当道警惕、论敌攻击的要害是"讥讪圣贤"，嘲弄纲常，"文人无行"只是藉以可入手抨击而已。他蔑视"程朱理学"，嘲弄当时作为天子昭令天下士人必得守奉的神圣教义，确是肆无忌惮之极，所用表述语言近乎刻薄！不妨从一首小诗《题竹垞〈风怀诗〉后》说起，诗前有序：

> 竹垞晚年自订诗集，不删《风怀》一首曰："宁不食两庑特豚耳！"此戆言也。按元明崇祀之典颇滥，盖有名行无考，附会性理数言，遽与程朱并列。竹垞耻之，托词自免，意盖有在也。不然，使竹垞删此诗，其果可以厕两庑乎？亦未必然矣！

"甓言"是不足信的伪言饰辞,此处作"言在此而意在彼"解。袁枚以自己的解释,借题发挥,意在蔑视神圣的"崇祀"于孔庙"两庑"中的那些大儒!诗云:

尼山道大与天侔,两庑人宜绝顶收。
争奈升堂寮也在,楚狂行矣不回头。

此类轻蔑圣贤言论,绝非偶然行为,袁枚已形成特定思想构架。试看他的《答蕺园论诗书》,借好友程晋芳劝其删集子中的艳情之作的讨论,大放厥辞说:

儒者诚其意,虚其心,终日慊慊望道未见,岂有贪后世尊崇,先掩其不善而著其善之理?仆平生见解有不同于流俗者。圣人若在,仆身虽贱必求登其门;圣人已往,仆鬼虽馁不愿厕其庙!何也?圣门诸人,圣人所教,必非庸流;配享诸人,后代所尊,颇多侥幸。杰豪之士不屑与侥幸者同升,使仆集中无缘情之作,尚思借编一二以自污,幸而半生小过,情在于斯,何忍过时抹杀,吾谁欺?自欺乎?

他一笔将"圣人所教"的"圣门诸人"之外的两庑崇祀者几全抹去;而圣人呢又是"已往"也。这样,袁枚心目中还剩下什么?在卫道者看来,此种"邪说"得以行,岂非一切秩序均乱套了?更有甚者,袁枚进而发挥到"科举取士"实系平庸的一种制造体制,又予以一笔骂倒:

郑夹漈曰:"千古文章传真不传伪。"古人之文,醇驳互殊,皆有独诣处,不可磨灭。自义理之学明而学者率多雷同附和,人之所是是之,人之所非非之。问其所以是、所以非之故而茫然莫解。归熙甫亦云:"今科举所举千二百人,读其文莫不崇王黜伯,贬萧曹而薄姚宋,信如所言,是国家三年中例得皋夔周孔千二百人也,宁有是哉?"足下来教,是千二百人所

697

共是,仆缘情之作是千二百人所共非,天下固有小是不必是,小非不必非者。亦有君子之非,贤于小人之是者。先有寸心,后有千古。再四思之,故不如勿删也。

讨论"缘情"之诗而文章做得如此之大,袁枚的"不同于流俗"的理论锋芒究竟指向什么?其实他的反"理义"、抨击程朱理学,主旨在批判"存天理灭人欲"的非人性的虚伪以至扼杀个性的残暴。

这方面的言论,在《小仓山房文集》、《尺牍》以及《诗集》、《诗话》中太多了。如果说戴震在这方面虽也震撼过"流俗"却不免带有朴学家的思辨色彩,而且刊行毕竟很晚的话,袁枚则口若悬河,到处宣讲,而且文字广为传播。他的《全集》一时成为畅销书,甚而有人偷盗以读。在乾隆中后期,袁枚确很有点洪水猛兽的样子,又那么伶牙俐齿,说得听者动心,通俗易懂。不须过多引述,兹以其较集中的一篇理论文字《清说》作为例证,足可见到袁枚的核心观念,其他一切大抵均派生于此。《清说》一文,有论者以为系其在翰林院时的会课文,这不可能,实属误"清说"为"论述满族文字"的推导判断[①]。《清说》是篇批判假道学、申述人性本质的文字,结合其全部诗文的思想走向考辨之,可以判断为乾隆二十五年(1760)前后的论著,考辨从略,兹引录其前半篇:

"清"、"慎"、"勤"三字,司马昭训长史之言也,后人奉之,不以人废言耳。然以畏葸为"慎",以琐屑为"勤",犹之可也;以黢刻为"清",所伤者大,不可以不辨。民之初生,无不清也,茹毛而已,巢居而已。民之初生,又不能清也,不能不

---

① 傅毓衡《袁枚年谱》"乾隆七年壬戌(1742)二十七岁"条下:"袁枚改官白下的另一个原因,大约是由于他在翰林院庶常馆课习时写了一篇论述满族文字的《清说》,但议论乖常,且事涉国号,为统治者所难容,遂尔外用。"安徽教育出版社1986年版第三十一页。

> 食而茹毛,不能不居而构巢。中有圣人焉,增之以玩好,文之以器用;惧其过也,以礼节之。自夏桀酣歌恒舞,而伊尹有俭德之戒;周末文胜,三家者以雍彻,而夫子有宁俭之戒,皆有为言之也。

到这里为止,袁枚提出"以礼节之"是"惧其过也",所惧的主要是谁呢?在上者!他说伊尹和孔子都是意在"节"统治者之"过"。接着说:

> 后世不然,或无故而妄织蒲矣,或无故而蜡争食矣。彼所好者在乎矜名以自异,则不得不权其轻重,舍此以鬻彼,其俭其外而贪乎中,洁其末而秽其本也,乌乎"清"?

袁枚于此段揭露了后世"节欲"的虚伪动机:"在乎矜名而自异"欺骗世人。他申辩说:

> 且天下之所以丛丛然望治于圣人,圣人之所以殷殷然治天下者,何哉?无他,情欲而已矣。老者思安,少者思怀,人之情也。而老吾老以及人之老,幼吾幼以及人之幼者,圣人也。好货好色,人之欲也,而使之有积仓,有裹粮,无怨无旷者,圣人也。使众人无情欲,则人类久绝,而天下必不治;使圣人无情欲,则漠不相关,而亦不肯治天下。后之人虽不能如圣人之感通,然不至忍人之所不能忍,则矱矩之道,取譬之方,固隐隐在也。自有矫"清"者出,而无故不宿于内,然后可以寡人之妻,孤人之子,而心不动也;一饼饵可以终日,然后可以浚民之膏,减吏之俸,而意不回也;谢绝亲知,僵仆无所避,然后可以固位结主,而无所踌躇也。己不欲立矣,而何立人?己不欲达矣,而何达人?故曰:"不近人情者鲜不为大奸!"

当袁枚将一切假借"节欲",矜名钓誉,而实质是贼民固宠的本质揭开以后,他最后的结论是:

> "清",美名也,有大力者以美名震之而不移,则有大力者以恶名诱之而更不动。知此者,可以立身,可以观人。

袁枚的理论思辨既颖敏,又锋锐,加之善于先抓住"圣人"、"夫子"的旗号,为自己立论和论证作支柱,而且言之成理,有根有据,这就吸引力和煽动性俱存,于是也最能获得信奉者。何况他不只是能快刀斩乱麻地来说清楚论旨,并且"身体力行",亲自赴践以说法。这无疑较戴震他们更具体、实在,因而最得年轻人、清寒士,以及女性文化群体的崇拜,其"蛊惑"性和败坏"人伦"的效应必然空前地强烈。袁枚能不成为"名教罪人",于亵渎中威胁着封建秩序的合理存在吗?

至于诸如"好货好色"问题,他始终直言不讳自己的"癖好",振振有辞,理直气壮。这当然包含着为一己的"邪行"辩护,但又谁也否认不了他言之有据,合史实而见道理。如在《答杨笠湖书》中说:

> 好色不必讳,不好色尤不必讳。人品之高下,岂在好色与不好色哉?文王好色而孔子是之,卫灵公好色而孔子非之。卢杞无妾媵,卒为小人;谢安挟妓东山,卒为君子。

杨笠湖即杨潮观,戏剧家,《吟风阁杂剧》的作者,此人系杨芳灿等的伯父。袁枚和他讨论此问题时的结论是:

> 大抵情欲之感,圣人所宽!

在《小仓山房尺牍》卷四《与金匮令》中怒斥金匮知县以"理"杀人的行为时,袁说得更露骨无忌惮:

> 夫见貌而相悦者,人之情也。当文王化行南国时,犹有"有女怀春,吉士诱之"之事。至春秋时,凡列国诸侯大夫妻,其弃位而姣者,指不胜屈。以南子之宣淫,而孔子犹往见之;以七子之母改嫁,而孟子以为亲之过小。可见孔孟圣贤,于男

女情欲之感,不甚诛求。

凡此之类,体现在诗理论中即是袁枚主性灵、讲情趣、反拘牵、厌唐宋界说门户、斥格调及肌理的寡情,以至肯定香艳体等等观念的反复阐述。不从意识形态的根本去辨认,仅仅解辩"性灵"与"性情"之类文字含义有什么异同云云,势必钻入牛角尖,与袁枚圆活通脱的理论风格的本色背道而驰,同时也难以确认"性灵"说的文化意义和诗史贡献。倘若孤立地研讨"性灵"说的主"情"主"真"、主"个性",那么袁枚至多是又一次重新接续前人之说而有所发挥而已,于是不可避免地将视线投向"推源溯流"的旧模式去。同样,如果不从特定历史社会背景和文化内涵去审视袁枚,只觉得这是个如章学诚所斥责的"权贵显要,无不逢也;声望巨公,无不媚也"的"帮闲文人"。甚而只去注意到他的寻花问柳、纤佻轻薄行为,简单化地归之于唯享乐主义的无聊之徒。

前曾谈到,何以《儒林外史》、《红楼梦》所表现的行为观念,对"扬州八怪"画群所反映的市民意识都能视为一股反礼教思潮的力量,何以能接受戴震等人的肯定"人欲"的思想,却偏偏判定袁枚是"帮闲"? 对他的周旋于名利场中,以独特的形态破坏名教秩序竟熟视无睹?

不辨清上述问题,无法论定袁枚的诗史位置,从而也难以把握清诗演变走向。历来视"近代"诗史为一个新的创辟,以为是古典诗歌又转入生机阶段,此类诗史模式实也与对袁枚的诗文化现象未曾辨析清楚有关。

第四节　袁枚的诗史贡献

一　"性灵"说举要

袁枚有巨量而近乎庞杂的论诗文字。除了散见于诗文集的序、说、跋、书信外,还见之于《尺牍》。《随园诗话》正、续(补遗)总共为二十六卷,另有《续诗品》之著。总的看,袁枚论诗大抵以随感札记形式出之,没有系统性很强的理论阐述。但是,散点状态中他并未涣散其理论的核心神魂,就是说一切关于诗的论评语,包括摘句的汇录、本事的载述,无不为强化其"性灵"之说服务。

"性灵说"涉及的问题方面甚多,从诗论、诗歌思潮角度去审视,应成规模宏大的专著。这里只拟就清诗发展的特定阶段谈"性灵"说的理论意义和诗史贡献。

在袁枚论诗著作中,作于乾隆十年(1745),收在《小仓山房诗集》卷四的《答曾南村论诗》一首,可说是他最早表述诗学观,而且是以后逐渐具体并深化着的"性灵"诗论的提纲式的文字。诗云:

提笔先须问性情,风裁休划宋元明。
八音分列宫商韵,一代都存雅颂声。
秋月气清千处好,化工才大百花生。
怜予官退诗偏进,虽不能军好论兵。

写这首诗时袁枚刚调江宁令,三十岁。在诗坛上他尚未称有大影响,末句也表明其还只是"好论兵",而不是"好与全军争"。但是,针对诗界积弊的"性灵"诗观的核心要旨已明确提出,即:主性情,反门户。"休划宋元明",即休分"唐宋",元明诗历来是作为宗唐的代名词读的。后来"性灵"说在八面迎敌过程中,需要不断趋于周密,两面正反都说到,于是显得具体细微而头绪纷繁,其实上述两点乃是基核。所以说,这诗可以视作提纲,本节也主要只从这两方面论述之。

关于"性灵"一词,论者辨析甚多,诸如是情性、情趣、个性、才性等等,各执一端。事实上,袁枚也许有时用词有"性灵"、"性情"的不同,然其本旨则是一致的,就是诗是个性情心的载体,没有个人心灵跃动等于无诗。他强调的是涵义似宽而实际没有游移性的个人一己的真情实感。当然他还认为诗应有才趣,诗人要有才智等等,但那均是第二位的事,是在"性情"的前提下的才慧灵趣。所以,"性情"就是"性灵",正如心灵活动即系个性情感活动一样,本是一回事,袁枚下笔择语时时或引用前人成语修辞,初无二意。关于"性情",他在一系列结论性判断语中大量使用着,如《诗集》卷廿六《寄怀钱玙沙方伯予告归里》说:

> 性情以外本无诗。

《文集》卷二十八《童二树诗序》:

> 诗,性情也;性情得而形骸可忘。

《文集》卷三十《答蕺园论诗书》:

> 诗者,由情生者也。有必不可解之情,而后有必不可朽之诗。

《尺牍》卷七《答何水部》:

> 诗者,心之声也,性情所流露者也。

正是基于这一认定,袁枚进而反复从另一角度强调"我",要有"真我"。"真我"实即"性情"之真,而且"真"的前提必是"性情"。《随园诗话》卷七第六十六则明确说:

> 诗难其真也,有性情而后真;否则敷衍成文矣。

这种不笼统、空洞地谈"真",是袁枚很重要的一个观念,也就是他为什么要强调"真我"的原因。"真",有时也可以"敷衍"成"真",是深刻之见。所以他特别多谈"我",同上卷第十八则云:

> 为人,不可以有"我",有"我"则自恃很用之病多,孔子所以"无固"、"无我"也;作诗,不可以无"我",无"我",则剿袭敷衍之弊大,韩昌黎所以"唯古于词必己出"也。北魏祖莹

云:"文章当自出机杼,成一家风骨,不可寄人篱下。"

类似这样的论述不胜引录,亦不必尽引述。袁枚的论有"我",要有"真性情"无疑是针对"下笔时胸中总有一杜一韩放不过去"这种拟古、复古倾向,药石"貌古人而袭之,畏古人而拘之"的诗界久已积习成弊的痼疾。然而请注意;袁枚的笔所横扫的还不只是沈德潜辈,当我们对其时诗文化背景已有所辨认后,下面这段文字的尖锐性就可不言而喻,《诗话》卷七第四十七则说:

> 无题之诗,天籁也;有题之诗,人籁也。天籁易工,人籁难工。《三百篇》、《古诗十九首》,皆无题之作,后人取其诗中首面之一二字为题,遂独绝千古。汉、魏以下,有题方有诗,性情渐漓。至唐人有五言八韵之试帖,限以格律,而性情愈远。且有"赋得"等名目,以诗为诗,犹之以水洗水,更无意味。从此,诗之道每况愈下矣。

袁枚难道不知道"性情愈远"的试帖诗中断七百年又恢复了?而且是当今的"文治"之一,他居然说"诗之道每况愈下"!比较一下其与沈德潜、翁方纲等人的诗学观,袁枚对诗的生命气脉的障卫,应是显然的,他的"性灵"说的现实意义也是毋容置疑的。

理论的现实针对性,是袁枚论诗的一大特点。这从破"唐宋"界说的论述同样可得证实。唐宋诗的界分并形成各宗一派,争执纷纭,已成为诗史上的一个怪圈,不断地漩转成涡。在袁枚之前,不是没有反对过这种划地为牢的诗观,但或者不彻底,或者采用调和折衷的方式理论之,言之无力。以"性灵说"冲洗宗唐祧宋风气,可说是唯一的一剂妙方,而且沿着这一理论进行的逻辑推理,是顺流而下,理所当然应去此樊篱的。关于这一点,《诗话》卷六第七十九则是此一话题中说得最透最有力的一段文字:

> 诗分唐、宋，至今人犹恪守。不知诗者，人之性情；唐、宋者，帝王之国号。人之性情，岂因国号而转移哉？亦犹道者，人人共由之路，而宋儒必以道统自居，谓宋以前直至孟子，此外无一人知道者。吾谁欺？欺天乎？七子以盛唐自命，谓唐以后无诗，即宋儒习气语。倘有好事者，学其附会，则宋、元、明三朝，亦何尝无初、盛、中、晚之可分乎？节外生枝，顷刻一波又起。庄子曰："辨生于末学。"此之谓也。

应该承认袁枚的"人之性情，岂因国号而转移哉"一语已将问题说得极透彻，按理说，一切宗派门户应能就此消退的。然而，门户之见实乃封建性胎生劣根，它既是互争"正宗"的宗教徒式自满自足者所不甘舍弃，也是统治集团分而治之，俾使相互制约的需要。所以，在袁枚再三申述此说之后以至他卒后的一个世纪里，仍不断旋转着这怪圈，堪谓可悲之至。

与"唐宋"之分的怪圈相类的还有"家数"宗奉的泥淖，各是所是，以攻讦"异量之美"。这是"一尊"观念孳生的恶疾，其于诗的发展所起的阻遏作用，严重性不亚于"唐宋"之争。对此，袁枚同样有相当彻底的论析，《诗话》卷五第四十一则最见精辟：

> 诗人家数甚多，不可硁硁然域一先生之言，自以为是，而妄薄前人。须知王、孟清幽，岂可施诸边塞？杜、韩排奡，未便播之管弦。沈、宋庄重，到山野则俗；卢仝险怪，登庙堂则野。韦、柳隽逸，不宜长篇；苏、黄瘦硬，短于言情。悱恻芬芳，非温、李、冬郎不可；属词比事，非元、白、梅村不可。古人各成一家，业已传名而去，后人不得不兼综条贯，相题行事。虽才力笔性，各有所宜，未容勉强；然宁藏拙而不为则可，若护其所短，而反讥人之所长，则不可。所谓以宫笑角，以白诋青者，谓之陋儒。范蔚宗云："人识同体之善，而忘异量之美，此大病也。"

"异量之美"是美学范畴的一个大命题。这种"异",就其本质言,实即"性情遭际,人人有我在焉"的一种必然表现,他在《答沈大宗伯论诗书》中析之甚明。能持此种观念以视自己及他人,必能明白"寸有所长,尺有所短"这个基本事实和常识之理,于是,也就不应有偏见和偏嗜。《续诗品·戒偏》说得好:

> 抱杜尊韩,托足权门。苦守陶韦,贫贱骄人。偏则成魔,分唐界宋。霹雳一声,邹鲁不哄。江海虽大,岂无潇湘?突厦自幽,亦须庙堂。

袁枚从某种固陋心理去揭露"家数"以至"门户"的所以发生,是一针见血的。他所力主的是巨细兼容,屏弃的乃"闭门自高",妄自僭霸。这必然导引出风格多样,因人因题而异的百花争春的理论主张,而抨击各种迂愚可笑的陋见。《诗话》卷五的以下二则,前者是"立",后者侧重在"破",可以概括总结上述命题:

> 元遗山讥秦少游云:"有情芍药含春泪,无力蔷薇卧晚枝。拈出昌黎'山石'句,方知渠是女郎诗。"此论大谬。芍药、蔷薇,原近女郎,不近山石,二者不可相提而并论。诗题各有境界,各有宜称。杜少陵诗,光焰万丈,然而"香雾云鬟湿,清辉玉臂寒","分飞蛱蝶原相逐,并蒂芙蓉本是双";韩退之诗,横空盘硬语,然"银烛未销窗送曙,金钗半醉坐添春",何尝不是女郎诗耶?《东山》诗:"其新孔嘉,其旧如之何?"周公大圣人,亦且善谑。

> 抱韩、杜以凌人,而粗脚笨手者,谓之"权门托足"。仿王、孟以矜高,而半吞半吐者,谓之"贫贱骄人"。开口言盛唐及好用古人韵者,谓之"木偶演戏"。故意走宋人冷径者,谓之"乞儿搬家"。好叠韵、次韵、刺刺不休者,谓之"村婆絮谈"。一字一句,自注来历者,谓之"骨董开店"。

这后一则用比喻语,颇近尖刻,但却刻画尽了当年诗坛的各类鄙陋伪劣、酸腐霸道的现象。必须尤加注意的是,袁枚特别厌恶"骨董开店"和所谓"必关系人伦日用"的"褒衣大袑"习气。前者与他经常抨击"考据之学"相关,其本意实非绝对排斥考据,而是深恶此乃锢禁心灵,剥蚀个性,戕害生气的阴柔手段;至于嘲弄"关系",即指动辄讲"载道"之类的诗的工具功能,则是他厌弃歌功颂德而不愿为。袁枚力主"各自成家,光景常新",甚至鼓吹如王次回《疑云》、《疑雨》之类艳体诗,论者每责之以脱离社会现实,专意于生活情趣和风花雪月,不仅舍本求末,且属"淫哇纤佻"!却不想其生当"盛世",既不愿"粗脚笨手"地去"载"颂歌之"道",又不能真正无所顾忌地去抨击时世(也许他也本无此类意向),那么,以"佻"对"庄",以"小"情趣、"小"感受去淡化"褒衣大袑"的"文治"之饰,何尝不是一条维系诗的生命之线,何尝不是对名教秩序、宗法体制的一种轻蔑和反拨,何尝不是以一泓活水润养着一批诗心呢?如果说,康熙前期王渔洋"神韵说"所具的淡化功能,其旨在平抑悲慨愤激的心灵和氛围,那末,在乾隆"盛世",袁枚的"性灵说"所淡化的乃是"十全"勋业的诗界的氤氲气团。他追求的诗中有"真我"与王渔洋的"诗中无人"境界,不仅效应逆向,而且其于诗的存在意义的卫护也是一目了然的。游离特定的诗文化背景,各责五十大板是不公的,深谙"刑名之学"的袁随园对那样的历史判牍也不会心悦诚服地默认的!

袁枚的存"真"去"伪",主"性灵"屏"关系"的诗学理论,在深层机制上具有与"大有力者"相抗的潜在意识。他的"耻居一隅霸,好与全军争"的诗坛雄霸之心,包裹着特定的"扶弱抑强",尊重"贫贱"而轻蔑权要的气性。"贫贱"之所以加个引号,是表示此乃诗界的小人物,不全等于贫穷清寒者;然而这批极易湮没无闻的小人物中,"寒士"无疑是其主体。如同他每善于以"俗"济"雅"、以"纤"、"谑"抗"腐"、"迂"一样,以团聚"偏裨",自领一队来对峙于"假人余焰,妄自称尊"的诗界权贵,又是袁枚独特的"好与全军争"战术。在袁枚看来,有"真我"、有"性灵"的诗人每于布衣贫士和闺阁女子中见,因为他们未沾上官场廊庙习气,较多葆有心灵的自在。所以,他空前地揄扬寒士诗人,即真正诗国的小人物和女性诗人,于是,从客观上为诗歌史展示了另一侧面的景观,在士大夫占统治地盘的诗界空间更多地保留了非贵族化的诗的群体。这是一帙别具意义的《录鬼簿》,乃其"性灵说"所派生的一项重要贡献。兹分别略述于后。

二 对"寒士诗"的揄扬

在袁枚著作中被表彰的布衣寒士数以百计,他认为"天籁"极佳之音往往出之他们的笔端。《诗话》卷三有一则专记贫士咏"贫"之作:

> 贫士诗有极妙者,如陈古渔"雨昏陋巷灯无焰,风过贫家壁有声","偶闻诗累吟怀减,偏到荒年饭量加";杨思立"家贫留客干妻恼,身病闲游惹母愁";朱草衣"床烧夜每借僧榻,粮尽妻常寄母家";徐兰圃"可怜最是牵衣女,哭说邻家午饭香",皆贫语也。

此类诗之所以"极妙",是因为有真性情,不是伪饰矫造语。袁枚《诗话补遗》卷九提到选录身贱名微者的诗时说过一段"怪"话:

> 余谓诗有因贵而传者,有因贱而传者。如此等诗,出于士大夫之手,而不出于奴星,则余反不录矣!

为什么?因为士大夫伪作叹老嗟卑或哭穷之辞,不真!言不由衷,此其一。唯其是贱者之作,故亟须录而传之,此其二。"有因贱而传者",其实并不是必然的现象,倘若没有人去表彰,必湮没无闻。袁枚是个热心于"传"贫贱诗人的诗学家,而这些贫士中也确有该传的诗人,如上文提到的陈古渔、朱草衣等。

朱草衣名卉(1678—1757),安徽人,康熙五十八年(1719)侨居南京,因贫入赘为芮氏婿。著有《草衣诗集》四卷。朱卉幼孤,曾依寺僧度生,飘泊四海,流寓金陵成家时已过四十岁。其人工诗,七律尤佳,《由灵谷寺经孝陵》一诗最有名,"朱破楼"之称即由此而得,诗云:

> 青山无复翠华踪,古寺荒凉路几重。
> 秋草人锄空苑地,夕阳僧打破楼钟。
> 苍苔漠漠丰碑蚀,黄叶萧萧享殿封。
> 宫监白头今卖酒,年来犹护几株松。

《诗话》卷九说:

> 白下布衣朱草衣,少时有"夕阳僧打破楼钟"之句,因之得名。晚年无子,卒葬清凉山,余为书"清故诗人朱草衣先生之墓",勒石坟前。

袁枚《诗集》中有多首酬赠朱氏的诗,《诗话》摘选其诗篇和佳句不少。此人系吴敬梓等至好,赖袁枚载存了他的很可贵的史料。

陈古渔即袁枚《论诗绝句》中提到的"白门从古诗人少,今剩南园与古渔"的那位与何士颙齐名的陈毅。陈毅字直方,古渔是号,上元(今南京)人。生卒年不详,著有《古渔诗概》六卷[①]。乾隆三十一年(1766)辑录同代布衣寒士诗《所知集》初编十二卷,三十九年(1774)又有二编八卷。五十五年(1790)编刊《摄山志》九卷。陈毅在当时诗名甚高,自称随园弟子。为人狂放,《群雅集》记述一事,说尹继善曾想聘他给钟山书院的秀才们讲诗,

---

① 章鹤龄《读布衣诸老诗各书一绝》之十三:"词坛谁与订前盟?七律推敲不厌精。深造喜有斤斧迹,放翁再世石湖生。"系咏陈毅之诗。按:古渔亦作古愚,见《万首论诗绝句》第一三一四页。

古渔送上一诗,尹氏"议遂寝",即取消了原先打算。这首诗题目为《奉酬宫保尚书尹制府》,问题出在第六句。诗云:

> 风暖辕门鼓角清,阳回春气满江城。
> 竟将文字逢知己,真慰飘零过半生。
> 丞相怜才千古少,饿夫为将一军惊。
> 子云拟献《长杨赋》,愧著荷衣遇圣明。

何士颙字士容,号南园,江宁人①。著有《南园诗选》,袁枚为作序。《随园诗话》摘录其佳句甚多,如"身非无用贫偏暇,事到难图念转平"等,认为是"真悟后语也"。《诗话》谈到:

> 殁后,余闻信,飞遣人到其家,搜取诗稿,得三百余首。为付梓行世,板藏随园。

何南园有《咏野菊》诗,"绝无人处偏逢我,不寄篱边独羡君"之句,袁枚说"写'野'字妙",其实言外有意,自占地步,一派不愿寄人篱下的气度溢于纸端。

袁枚对杭州老布衣吴颖芳特别尊重,《诗话》卷五云:

> 杭州布衣吴颖芳,字西林,博学多闻,尝自序其诗曰:"古人读书,不专务词章,偶尔流露讴吟,仅抒所蓄之一二。其胸中所贮,渊乎其莫测也。递降而下,倾泻渐多。逮至元、明,以十分之学,作十分之诗,无余蕴矣!次焉者,或溢其量以出,故其经营之处,时露不足;如举重械,虽同一运用,而劳逸之态各殊。古人胜于近代,可准是以观。"……

《诗话补遗》卷四又提及:

---

① 何士颙(1726—1787),其《南园诗选》二卷为袁枚所辑刻,有《随园三十种》本。袁枚《序》其诗云:"何子南园,生而与诗俱来者也。虽为秀才,不喜制艺;虽读书,不矜博览;虽为诗,不事驰骋"云云。

> 吴西林处士云:"诗以意为主人,以词为奴婢。若意少词多,便是主弱奴强,呼唤不动矣。"

袁枚认为所说"皆妙",《续诗品》中《崇意》诸品即系运用了吴氏的论旨。对吴西林的为人,《诗话》评价极高:

> 西林与杭(世骏)、厉(鹗)诸公同时角逐。及诸公俱登科第,而西林如故也。故《咏笋腊》结句云:"回头看同队,一一上云烟";又《答客至》曰:"田间住却携锄手,来与诸公话白云。"

吴颖芳(1701—1781),号树虚,又号临江乡人。著有《诗集》四卷,兼长史学,《词科余话》称之为"深自韬晦,不求世知"。其诗,人以为"有空山木落,石气自清之境"。

在袁枚称扬的布衣诗人中李葂是又一个高手。《论诗绝句》云:"皖江才调孰清新?今有星村旧啸村",对李氏和鲁璜(字星村)评价均高。李葂是安徽怀宁人,字让泉,一号皖江铁笛生。著有《啸村近体诗》三卷。工画,为"八怪"群体中人物。《诗话》卷十说:

> 安庆诗人以"二村"为最。一李啸村葂,一鲁星村璜。……啸村工七绝,其七律亦多佳句,如"春服未成翻爱冷,家书空寄不妨迟",皆独写性灵,自然清绝。腐儒以雕巧轻之,岂知钝根人正当饮此圣药耶?

徐紫芝是与朱卉一起为袁枚所重的诗人,《诗话》卷三载述他们的交谊以及凤木重友情的本事:

> 癸酉春,余在王孟亭太守处见建德布衣徐凤木,席间吟一绝云:"自笑不如原上草,春风吹到也开花。……"武进庄念农初宰建德,即往相访,赠诗云……凤木得诗喜,刻之集中,后庄殁十年余,诗多散失,其子宸选搜寻不可得,予于凤木集中抄此与之。呜呼!使无凤木代为之存,则人琴俱亡矣,岂非爱

711

才之报乎?

凤木是徐氏的字,号玉巢,安徽建德人①。著有《玉巢诗草》四卷,雍正末年已刊刻,故徐氏辈份亦较尊。这也是个与吴敬梓有交往的诗人。

袁枚《诗话》中谈到的布衣诗人还有童钰(二树)等名画家,也有不为人熟知的杭州周汾、江宁陈鹏等等。不仅如此,更有一批社会地位低下的匠工小贩,青衣奴星,《诗话补遗》卷十说:"诗往往有畸士贱工脱口而出者"而朴素自然,纯情流露。这多少有开风气的意义,此后郭麐《灵芬馆诗话》等收录大量的工匠走贩之诗,无疑受了袁枚的影响。这方面的载录,可以《诗话》卷五的一则为例:

> 丁丑,余觅一抄书人,或荐黄生,名之纪,号星岩者,人甚朴野。偶过其案头,得句云:"破庵僧卖临街瓦,独井人争向晚泉。"余大奇之,即饷米五斗,自此欣然大用力于诗。……

如果说这个黄之纪原本是个贫士,有一定文化的话,那么《补遗》卷八所载纯是平民:

> 有汉西门袁某卖面筋为业,《咏雪和东坡》云:"怪底六花难绣出,美人何处着针尖?"又,杭州缝人郑某有句云:"竹榻生香新稻草,布衣不暖旧棉花。"二人皆贱工也,而诗颇有生趣。

《补遗》卷三又记录有广东"刘铁匠"所吟而"教人代写"的《月夜闻歌》诗:"朱阑几曲人何处?银汉一泓秋更清。笑我寄怀仍寄迹,与人同听不同情。"凡此之类,袁枚归结为:

---

① 安徽建德乃旧县名,又称"至德"。今与东流县合并为东至县。故与浙江之建德无涉。

>　　口头语,说得出便是天籁!

他以这样的"生趣"、"天籁"来反衬诗坛上"尊者"、"贵者"的毫无生气的东西,能不让人发会心之笑?

袁枚所表彰的布衣诗人中,徐绪是个兼有贫士和平民性格的典型的位卑名贱的小人物,中国"布衣诗史"以有此成员而愈显充实,更为能得随园老人"吴市布衣大,杜陵诗骨尊"十字之评而倍增光彩。兹录《诗话》卷十三第七则作为本小节结语:

>　　徐绪字徵园,苏州人,貌短小,为李守备炯记室。终日以酒一壶、杜诗一卷自娱,此外不知有人间事。余题其小像云:"吴市布衣大,杜陵诗骨尊。"卒贫死,诗稿散失。余录其《雨阻胥江》云:"击柝严城闭,相依再宿舟。一天唯是雨,六月竟如秋。渐觉江湖满,能无稼穑忧?萍踪怜乞食,华发早盈头。"《移居》云:"剥啄衡门启,时过话老农。却欣环泮水,不厌托萍踪。对酒东邻树,催诗南寺钟。隔城山色好,落日见芙蓉。"《归舟至盘溪》云:"漂泊仍长铗,归来买钓槎。顺流风势缓,近岸雨声多。小鸟冲烟起,低桥拨棹过。家人应识我,篷底远闻歌。"《盆菊》云:"束瓦为花盆,无须金屋藏。带霜移牖下,就日列阶旁。种细开尤晚,名多记辄忘。到残应匝月,不限举壶觞。"《寒檐》:"寒檐短景如风驰,迢迢长夜占八时。弱女刺绣补不足,一灯豆大燃残脂。呼儿剧论千古事,老妻来聒明朝炊。掩耳疾走且相避,隔屋吾弟能吟诗。不图转落乃嫂笑,小郎亦有儿啼饥!"《西邻哭》云:"夜间西邻哭,哭声一何悲。云是母哭儿,声声哭入老夫耳。老夫亦有丈夫子,同日辞家分路死。死弗及见哭凭棺,三月到今泪未干。伤心有口那能言,君不见:乌生八九子,一一飞上青林端。"《新竹》:"森森碧玉已成行,一雨长梢尽过墙。微露粉痕初解箨,疑君已带九秋霜。"

713

抒情、叙事、咏物、写景，无不"真我"毕见，生活情致浓厚。一个寒士阶层的穷而有节操的情怀，以及清苦的人生风景线，从徐绪的诗中均能窥见。袁枚的选诗标准及其审美眼力，无疑是对诗界假大空风气的淘洗，在缙绅诗群中实已难觅此类生意盎然的清新之作。诗史难道不该彰扬他们而听其湮没？

三 "随园女弟子"风潮
附论：清代女性诗述略·汪端

袁枚在诗歌史上的又一杰作是公开地、大量地而且为之广造舆论地招收女弟子。他先后收列门墙的女性诗弟子包括其胞妹等在内总数在五六十人之多，并至少举行过二次大规模的"闺阁"社集活动。这在当时确属惊世骇俗之举，返观数千年诗的历史，在诗的领域内如此大胆地蔑视并破除"男女授受不亲"的行为举止，袁枚堪称第一人。此举招致非议和诽谤，是势所必然的，最尖锐集中而有代表性的抨击言论，当数章学诚。在《文史通议·诗话》及《妇学篇书后》等文章中，章氏说：袁枚这个"不学之徒"，专门"诱无知士女，逾闲荡检，无复人禽之分"，造成的严重后果是：

> 尽抹邪正、贞淫、是非、得失而使人但求风趣。甚至言："采兰赠芍之诗有何关系？而夫子录之？"以证风趣之说。无知士女，顿忘廉检，从风波靡。是以六经为导欲宣淫之具，则非圣无法矣！……
>
> 遂使闺阁不安义分，慕贱士之趋名，其祸烈于洪水猛兽。名义君子，能无世道忧哉！

章学诚认为袁枚得以行其"邪说"，是人们放松了对妇女的规教制约，他说：

> 昔欧阳氏病佛教之蔓延，则欲修先王之政，自固元气，

《本论》所为作也。今不学之徒以邪说蛊闺阁,亦唯妇学不修,故闺阁易为惑也。

在对袁枚激烈的讨伐文字中,章氏还特别从数量上对女性诗作进行了诘难,这非常重要:

> 古今妇女之诗比于男子,诗篇不过千百中之十一,诗话偶有所举,比于论男子诗,亦不过千百中之十一。盖论诗多寡必因诗篇之多寡以为区分,理势之必然者也。今乃累轴连篇,所称闺阁之诗,几与男子相埒。甚至比连母女姑妇,缀合娣姒姊妹,殆于家称王、谢,户尽崔、卢。岂壶内文风,自古以来,于今为烈耶?君子可以欺其方,其然,岂其然乎?

章学诚言论的典型性在于他所代表的是一种固有的秩序和既定形态,如"千百中之十一"这个数量评估,在他和他所属的一群看来才是正常的水准线,超出这比例数就属异常。袁枚居然"累轴连篇","几与男子相埒"地鼓吹女子诗,这自然是"洪水猛兽"似的恶凶之兆!"人伦之蟊贼,名教所必诛",袁枚所以必"乃名教之罪人"矣!《文史通义》是章学诚生前未及全部校定之稿,迨第一次刊刻已在道光十二年(1832),上距章氏卒已三十一年,而袁枚又先章学诚四年死,所以,"名教所必诛"大抵只是在袁枚身后痛加鞭挞而已。但章学诚的丑诋,除了表明袁枚行为的对封建道德、名教秩序的震动并引起愤怒外,更重要的还在它从另一面提供了参照系数,而且正好说明女性的诗文化投入并非"花边"式的点缀小事,否则何至于声色俱厉如此,上纲上到"祸烈于洪水猛兽"!

关于女性文化,拙著《清词史》第五编《清代妇女词史略》曾有过一段议论:

> 整个人类社会的历史证明一个事实:凡经历过封建专制阶段的国家,女性文化的发展总是和社会的发展同步,这几乎

是带有规律性的。清代妇女文化的活跃情况,说明封建礼教的束缚力在逐步老化而衰退,妇女的"内言不出"境遇,随着城市社会的某些质变在不断地有所改观。有范围的"登临游观唱酬啸咏"活动,在清代"闺秀"这个阶层渐始增多,而且这种"唱酬啸咏"已可以不只限制在"闺秀"的圈子里,这是妇女开始参与社会活动的迹象。

章学诚的所谓"千百之十一"的男女比例数量观念恰好从封建伦理的立场上逆向性地支持着上述"同步"认识。而袁枚的"几与男子相埒"地在较之词这一文体更受正统思想制约的诗的领域内鼓导女性投入,其意义当显得更为重大。

清代女性诗较此前任何一个朝代都远为繁荣,这当然是与明代以来社会整体文化的发展有关。清代女诗人及诗作数量极其浩瀚,即以恽珠编刊于道光十一年(1831)及十六年(1836)的《闺秀正始集》正续二编三十卷计之,人数分别为九百三十三和五百九十三;选诗数分别是一千七百余和一千二百三十首左右。到清末施淑仪辑《清代闺阁诗人征略》,"以有专集行世及入选于诸大总集者为断","以事迹为主……未见其事迹者姑从阙",已录存了一千二百六十馀名女诗人的传记资料。事实当然还远不止这些数字,据笔者所检阅及的各地馆藏和私家藏庋,包括地志、谱乘、笔记、杂录在内的文献,清代女诗人总数几及四千,显然这仍是没能见底之数。

然而数量又不等于问题的全部。从整体情况看,清代妇女著作,诗的成就逊于词,特别是中期以前。其原因很重要的一点是"诗庄词媚"、词乃"小道"的观念,于妇女能宽于词之创作,而诗的制约性教义则很难松绑。对女子来说,"内言不出阃外",是第一条严厉的制约。阃即内室,亦称"壶",就是章学诚所说的"壶内文风"的"壶内"。无论你作诗填词,按宗法纲常原则是内不外传,即使不以"无才便是德"卡死的话,诗与词又不同,诗有诗教,男子尚且须恪守,何况妇道人家,这第二条制约更为具体地与三纲五常相渗合。关于这,沈德潜《国朝诗别裁集》在柴静仪的传中有很标准的说法:

> 本乎性情之贞,发乎学术之正,韵语时带箴铭,不可于风云月露中求也。

王豫《江苏诗征》引《荻汀录》语是归愚闺秀诗观念的具体化:

> 巾帼中人多吟风弄月语,不足尚也。宿迁倪瑞璿诗识见英卓,关系伦理,与桐城张蠹窗、钱塘柴季娴、朱道珠、侯香叶均为本朝名媛之冠。倪如"暗中时滴思亲泪,只恐思儿泪更多",从至性流出,动人慈孝之思。如此可与言诗矣。

"壸内文风"只是被规定为纲常伦理的附庸,虽也说要"从至性流出",但那是为了更好地"动"忠爱慈孝情。如此规范性,诗,充其量只是闺阁女子的德、容、女红之外的补充而已,它的抒情性是枯萎的。这无疑严重地戕伤着女性诗的生气活力,很难出得来有个性的诗人,以与须眉抗衡。

可以简略地回顾一下清初以来的女性诗史。

在甲申、乙酉鼎革之际及稍后一个历史时期内,从现存的女诗人之作看,大致可分三种类型,她们与整个民族一起遭受着人生苦难,而且身受的惨痛每较男子为多为重。

第一类是毕著、刘淑英等女杰型诗人。刘淑英,江西安福人,明扬州知府刘铎女,父死于阉党手。她十八岁即寡,甲申明亡,散家财募兵勇,提一旅师抗清。后不果事,愤恨而死。毕著字韬文,安徽歙县人。父死于崇祯十六年后金入侵战事,她曾出战,是个能挽一石弓、善击剑的女子。将父尸还葬于南京后即隐居吴中,嫁昆山王圣开。毕氏著有《织楚集》①。这一类女诗人大抵均有风云气。《小腆纪传》载有刘淑英《题壁》断句："销磨铁胆甘吞剑,抉却双瞳欲挂门",豪气冲斗牛,诚为巾帼英雄。

第二类如商景兰、商景徽、吴山等遗民型诗人。商景兰是祁彪佳之妻,彪佳自尽,二子理孙、班孙于顺治末又罹通海案,她与三个女儿两个媳妇苦隐守节,诗集今均见附《祁彪佳集》后。吴山,安徽当涂人,字严子。其夫卞琳中年去世,吴氏率二女穷居。邓孝威题其《青山集》说:"江湖萍梗乱离身,破砚单衫相对贫。今日一灯花雨外,《青山》自署女遗民。"她的《清明》诗云:

> 而今何处觅桃源,风雨清明且闭门。
> 芳草萋萋归不得,江南多少未招魂?

值得一提的还有黄宗羲为之作传的李因。李因字今生,号是庵,又号龛山逸史。原亦系名妓,与柳如是等称"鼎足"之才,嫁葛徵奇为侧室,葛氏殉身于乙酉,李因茕然独处四十年。有《竹笑轩吟稿》。《吊侍儿》一诗凄情中见悲慨,为不多见之佳作,三四句尤沉郁:

> 曾侍茗香十载还,常呼涤砚写青山。
> 自怜恐作从军妾,百尺寒泉葬小鬟。

第三类为黄媛介那样的名士型女诗人。媛介字皆令,秀水(今嘉兴)人,杨世功妻,诗文书画皆为世所称赏。著有《南华馆诗集》、《越游草》、《湖上草》等,均失传。其人入清后或为塾师,

---

① 毕著之名、字,诸地志有多说互歧。《苏州府志》、《甫里逸诗》均作"毕朗,字昭文",《清诗别裁》作"毕著,字韬文"。又程庭鹭《练水画征录》云:"昭文一作韬文,名著,为王圣开室。父守蓟州战死,尸为掳,韬文夜率精锐入营,手刃其渠,舆父尸还葬金陵,时年二十许也。自有诗纪其事。后寓嘉定南翔镇。《三槎风雅》载其事与邑志稍异"云云。《安徽通志》著录其集名为《韬文吟稿》。

或载笔轻航吴越间,以卖诗画自活。《明诗综》小传引俞右吉语颇有訾言:"皆令青绫步障,时时载笔朱门,微嫌近风尘之色。"男的出入朱门可以,女的就"近风尘之色",意其不"深自韬晦",少了些妇道也。足见女子才韵自见,且行止稍为飘逸洒脱,就不免非议。

至康熙时期,女性诗亦渐趋雅化。社集时有,然大抵认同于缙绅倾向,以清闲味为多。著名的如浙江杭州的"蕉园七子"。七子是:

> 林以宁,字亚清,钱肇修室。著有《墨庄诗钞》、《凤箫楼集》。
>
> 顾姒,字启姬,鄂曾室。著有《静御堂集》、《翠园集》。
>
> 柴静仪,字季娴,沈汉嘉室,沈用济之母。著有《凝香室诗钞》、《北堂诗钞》。
>
> 冯娴,字又令。钱廷枚室,著有《和鸣集》、《湘灵集》。
>
> 钱凤纶,字云仪,黄式序室。著有《古香楼集》。
>
> 张昊,字玉琴,号槎云,张祖望妹,胡大瀁室。著有《趋庭咏》、《琴楼合稿》。
>
> 毛媞,字安芳,毛先舒女,徐邺室。著有《静好集》,与其夫合刻。

"蕉园七子"有两个特点,一是同里而多属姻表之亲;二是承"西泠十子"的庭教。所以,"蕉园吟社"从实质言仍是"内阃不出于外"的"壶内文风",庭上、闺内唱和的家族性特征呈内聚型,未曾介入诗坛社会。如柴静仪与其姊贞仪、媳妇朱柔则之间唱和最多;钱凤纶之母顾之琼亦能诗,母女间的酬唱甚盛。于是所谓"琼闺之彦,绣阁之姝"大抵不失其名卿之母、达官之妻风范,或带几分富贵气,或持"青裙乡君"的那种自足感。其时吴中行辈较前的有吴绡的《啸雪庵诗集》,和稍后的薛琼的《绿窗小草》,均享盛名。

719

吴绡字素公，号冰仙，书画丝竹兼擅，以才慧见称，长于咏物、题画，刻画精细；薛琼字素仪，江阴人，隐士李柽继室，安贫乐志，萧然自得。诗则清淡而闲静，细腻处近乎雕琢，若"细剥瓜仁排雁阵，轻移杯底印连环"之类，虽见慧心，然纤小之甚。

乾隆后期的"吴中十子"是较有影响的一个女诗人群，有《吴中十子诗钞》，一名《林屋吟榭》，这十家是：

> 张滋兰（清溪）的《潮生阁诗稿》，张氏即《诗钞》的编选者。
>
> 张芬（紫繁）的《两面楼诗稿》。
> 陆瑛（素窗）的《赏奇楼蠹余稿》。
> 李嬟（婉兮）的《琴好楼小制》。
> 席惠文（兰枝）的《采香楼诗集》。
> 朱宗淑（翠娟）的《修竹庐吟稿》。
> 江珠（碧岑）的《青藜阁集》。
> 沈纕（蕙孙）的《翡翠楼诗集》。
> 尤澹仙（素兰）的《晓春阁诗稿》。
> 沈持玉（佩文）的《停云阁诗稿》。

此中尤澹仙、江珠、沈纕三人较著名。澹仙字素兰，一字寄湘；江珠字碧岑，号小维摩，原籍扬州，为吾学海室；沈纕是著名戏剧家、小说家沈起凤之女，林衍潮室，字蕙孙，号散花女史。这是一批与随园女弟子同时代的女诗人，均系吴门名家出身，观念较正统，诗风属"格调"一派。同时有王琼，字碧云，系丹徒王豫之妹。《梧门诗话》说："（张滋兰与从妹张芬结林屋十子吟社）十女士与丹徒王爱兰（琼）诗简唱和最密，以所著《爱兰集》附刻于吟社集后。"又说："丹徒王爱兰女史，柳村之妹，著《爱兰集》、《名媛诗话》。柳村长女乃德，字子一，著《竹净轩集》；次女乃容，字子庄，著《浣桐阁集》。阮芸台中丞称三女史所作得斜川、辋川之遗意，诗人天趣，

720

亦因所居而得其妙耳。因选其诗刻之,名《王氏联珠集》。"

就是这个王琼,曾与袁枚发生过"拒见"的故事。《丹徒县志》载云:

> (王琼)幼即能诗,与兄齐名。年十五赋《扫径》诗,有"我正有心呼婢扫,那知风过为吹开"之句。太史袁枚采入《随园诗话》,且特过豫访琼,琼以为非礼,竟不之见。性贞静而敦厚,多读经史儒先书,与诸女士交,诗简遍天下,一时名流操选政者并采其诗及其论说。年八十卒。

王琼的"以为非礼,竟不之见"的举止,具有丰富的认识意义。它一方面说明,"礼"之束缚,于女性诗人往往已成为附骨之疽而顺之以为自然,她们要能从"礼"中自觉解脱出来并不容易;另一方面则正好表明,"以为非礼"的观念尚十分严重的时代,袁枚的"访"以及广收女弟子,构成新型的门墙桃李之格局,绝不是轻而易举事。其阻力和非议还来之于女性文化人这一边,问题岂不复杂而艰巨?

史实证明,诗文化领域内,"人伦"教义的阴霾绝非轻易得能荡开的。随园女弟子心头上的压力正好从另一角度与王琼的"以为非礼",一起反映出袁枚"非圣无法"行径决不是闹着好玩。请读一段骆绮兰《听秋馆闺中同人集序》中愤懑话。这位随园女弟子,很策略地将"随园、兰泉、梦楼三先生"并举,即不仅请出王文治,而且联系着王昶一并作为防风雨之伞,是对各种毁誉的抗击。这是一篇妇女文学史必须关注并予以研究的文献,她说:

> 女子之诗,其工也,难于男子。闺秀之名,其传也,亦难于才士。何也?身在深闺,见闻绝少,既无朋友讲习,以沦其性灵;又无山川登览,以发其才藻。非有贤父兄为之溯源流,分正伪,不能卒其业也。迄于归后,操井臼,事舅姑,米盐琐屑,又往往无暇为之。才士取青紫,登科第,角逐词场,交游日广;

又有当代名公巨卿,从而揄扬之,其名益赫然照人耳目。至闺秀幸而配风雅之士,相为倡和,自必爱惜而流传之,不至泯灭。或所遇非人,且不解咿唔为何事,将以诗稿覆醯瓮矣!闺秀之传,难乎不难?

骆绮兰这番感受深切的真实倾诉,道尽了女性诗人特别是中下层"闺秀"才人的艰辛情味和普遍际遇。她们之所以只能"千百之十一"于男子,岂不正是不公道不合理的现实所造成的?是社会圈起高墙,围以深沟,将她们隔离于闺内,是"三从四德"扼制着她们。唯其如此,一当她们要破墙而出,而且有援引者时,势必遭到来于各方的指责和诋毁。骆氏接着的一段文字无异于控诉:

> 兰自从先君学诗,垂髫时即解声律。及长,适龚氏,值家道中落,与夫子辍吟咏,谋生计;继又以孀居持门户,从扬州僦居丹徒之西。老屋数椽,秋灯课女,以笔墨代蚕织,固食贫者之常也。其后索诗画者日益众,或见兰之诗而疑之,谓《听秋轩稿》皆倩代之作。兰赋性粗豪,谓于诗不能工,则诚歉然自惭;谓于诗不能为,则颇奋然不服!间出而与大江南北名流宿学觌面分韵,以雪倩代之冤,以杜妄人之口。师事随园、兰泉、梦楼三先生,出旧稿求其指示差缪,颇为三先生所许可。世之以耳为目者,敢于不信兰,断不敢不信随园、兰泉、梦楼三先生也。于是疑之者息而议之者起矣!又谓妇人不宜作诗,佩香与三先生相往还,尤非礼!兰思《三百篇》中,大半出乎妇人之什……使大圣人拘拘焉以内言不出之义绳之,则早删而逸之矣,而仍存之于《经》者,何哉?随园、兰泉、梦楼三先生苍颜白发,品望之隆,与洛社诸公相伯仲,海内能诗之士,翕然以泰山北斗奉之,百世以后,犹有闻其风而私淑之者。兰深以亲炙门墙、得承训诲,为此生之幸。谓不宜与三先生追随赠答,是谓妇人不宜瞻泰山仰北斗也!为此说者应亦哑然自笑矣!

夫不知其人之才而疑之者私,明知其人之才而议之者刻,私与刻皆非醇厚君子之用心也。兰年四十有二矣!……毁誉之来,颇淡然于胸中。深悔向者好名太过,适以自招口实,但结习未除,每当凉月侵帘,焚香默坐,时于远近闺秀投赠之什,犹记忆不能忘。……因衷而辑之,以付梓人,使茕茕者知巾帼中未尝无才子,而其传则倍难焉!彼轻量人者,得无少所见多所怪也。

骆绮兰诚无愧为倔强女子,此序写于嘉庆二年秋,也即袁枚卒前二三月时。她编《闺中同人集》并写这篇序文,岂非正是随园所鼓扬之精神的续延吗?随园广开女性诗人之门,拓宽"闺秀"与社会的通渠,对清代中后期女性诗风的演变,甚而对中国整体女性文化的发展诚是殊有功勋的。

《随园女弟子诗》入选的女诗人为二十八人,她们是:

席佩兰,字韵芬,又字道华,号浣云。著有《长真阁稿》。

孙云凤,字碧梧,著有《湘筠馆诗》。

孙云鹤,字兰友,著有《春草闲房》、《侣松轩》等诗词集。其妹孙云鹍,字娴卿,著有《停琴馆吟草》。

金逸,字纤纤,著有《瘦吟楼诗草》。

骆绮兰,字佩香,号秋亭,著有《听秋轩诗集》。

张玉珍,字清河,号蓝生,著有《得树楼集》。

廖云锦,字织云,号锦香居士,著有《仙霞阁诗钞》、《织云楼稿》。

陈长生,字秋穀,著有《绘声阁集》。

严蕊珠,字绿华,著有《露香阁诗草》。

钱琳,字昙如。

王玉如。

陈淑兰,字蕙卿,著有《化风轩诗稿》

王碧珠,字绀仙,著有《蕴玉楼诗集》。

朱意珠,字宝才。

鲍之蕙,字仲姒,号芷香。著有《清娱阁吟稿》。

王倩,字雅三,号梅卿,著有《问花楼集》。

张绚霄,字霞城,著有《绿云楼诗编》。

毕慧,字智珠,号莲汀,著有《远香阁吟草》。

卢元素,字净香,号淑莲。

戴兰英,字瑶珍,著有《瑶珍吟草》。

屈秉筠,字宛仙,号协兰。

许德馨,字佩珊,号虞山女史。著有《二余诗集》等。

归懋仪。

吴琼仙,字子佩,号珊珊,著有《写韵楼诗草》。

袁淑芳。

王惠卿。

汪玉轸。

鲍尊古。

此外尚有王静宜、史鲍印、吴柔之、吴惠、汪妽、汪姍、汪缵祖、周月尊、周星薇、金兑、徐秀芳、徐裕馨、高淡仙、张珏、张玉梧、张秉彝、张瑶英、曹次卿、庄焘、陈令嘉、陶庆余、黄桢、叶令仪、葛秀英、潘素心、蒋心宝、钱孟钿等。加上袁枚之三妹袁机(素文)、四妹袁杼(绮文)、四堂妹袁棠(云扶),几近六十人。

从名单看,袁枚的门墙不无宽滥处,而且在谈到女弟子们才貌时也用语略嫌佻达随便。但是他的宽以尺度,意在批驳"俗称女子不宜为诗,陋哉言乎",《诗话补遗》卷一明确表示,为了不使她们"淹没而不宣",所以,不仅记名称弟子数量多,而且"余编《随园诗话》,闺秀多"。他针对那些"陋哉"之言,偏不以为是"多",相反认为还太少。《诗话》卷四第三十八则说:

古闺秀能诗者多,何至今而杳然?

　　这无疑是针锋相对之论,就是要逆水行舟。何况他的门弟子中以及《诗话》所表彰的女诗人基本成员均为乾、嘉之际最有才华者,如席佩兰、孙云凤姐妹、金逸、廖云锦、吴琼仙、归懋仪等。至如鲍之蕙与其姊鲍之兰、妹鲍之芬,系诗人鲍皋之女,为京江著名的能诗女子,而陈长生即《再生缘》作者陈端生之妹,夫家和娘家均是阖门闺秀皆擅于诗,言女性文学史几乎不能不提这批成员入史的。袁枚在《诗话补遗》卷三说到陈长生及其夫家时云:"吾乡多闺秀,而莫盛于叶方伯佩荪家。其前后两夫人,两女公子,一儿妇,皆诗坛飞将也。"叶佩荪是三吴叶氏"湖州派"的一支,据《宗谱》知佩荪妻周映清(1731—1763)有《梅笑集》一卷、继妻李含章(1741—1788)有《繁香诗草》一卷、女儿叶令仪有《花南吟榭遗草》一卷、长媳即叶绍楏之妻陈长生有《绘声阁初稿》、《续稿》各一卷,合编总名为《织云楼诗钞》。此为世人研究《再生缘》作者陈端生的重要参资文献[1]。顺便应提一下弹词《再生缘》的改编者侯芝(1761—1829),其父侯学诗系袁枚之弟子。嫁梅冲,冲父梅镠,二代皆曾游及袁枚门。从中可以审察到随园门下与"俗文学"之渊源,袁枚的文化性格由此又可得一佐证。所以,专意挑剔袁枚"滥"于门墙桃李的言论,大抵不出成见或保守之陋习,诚不足为据。

　　袁枚的鼓导女性诗,不只是赏识才情,而且更多地关注到她们诗中的"意"。女性才子,最易敏感并抒露的是感情生活,婚姻的幸与不幸是她们笔下的大命题,又是最深刻触及社会问题的表现。按照纲常伦理,这是犯忌之甚的话题,特别对于女子来说。《诗

---

[1] 《吴中叶氏宗谱》卷三十九"湖州派",叶佩荪系第二十九世,为叶凤池之子。佩荪诸子以第三子叶绍本最著名,著有《白鹤山房诗集》十四卷。叶氏一门风雅事迹,陈寅恪先生《论〈再生缘〉》有所述及。

话》却独多此类载述,不能不认为此乃袁枚的进步观念反映,其"表章之"的积极意义,由此亦足体现。袁枚有两个方面不同角度对此问题的论述,一是从"幸福"的角度说,《补遗》卷四第五十二则即属此一类:

> 近日闺秀能诗者,往往嫁无佳耦,有天壤王郎之叹。唯吾乡吴小谷明府之女柔之,适狄小同居士;绍兴潘石舟刺史之女素心,适汪润之解元,皆彼此唱和,如笙磬之调。……(诗略)

另一角度则备记"才奇命薄"之苦情事,如《补遗》卷四第二十八则云:

> 熊淡仙女子,不止能诗,词赋俱佳。以所天非解事者,故《咏萤火》云:"水面光初乱,风前影更轻。背灯兼背月,原不向人明。"作《广怨赋》云:"文采遭伤,久矣人皆欲杀;蛾眉致妒,何能我见犹怜?"《闻笛赋》云:"三更不寐,遥知思妇情深;十指俱寒,想见高楼独倚。"

此类文字出之于男子手,已有悖"温柔敦厚"、"怨而不怒"之旨,矧见于女子?熊淡仙,名琏,字商珍,又号茹雪山人,江苏如皋人,是清代中叶有代表性的闺秀文学家。其夫"得废疾",她心苦一寄于文字,人评之为"神凄骨悲",是个婚姻大不幸人。她有一首《题黄月溪乞食图》,钱泳《履园丛话》认为"借题发挥,骂尽世人",诗云:"田园荡尽故交稀,舞榭歌筵一梦非。未必相逢皆白眼,凭他黄犬吠鹑衣。"可知是个很有风骨的女子。

实事求是地说,袁枚当然不可能是个彻底的反礼教反封建者,他自己三妹袁机一生薄命,就未能在她生前为之解脱诸般不幸。超出历史条件的任何推论和假设也都是非科学的思维方法。袁枚的肯定熊琏的"怨"诗,在当时已属大胆之举,冬烘们是不仅不敢着笔,而且要谴责的。在《诗话》卷十四记孙云鹤赞颂"私通"而殉

情之诗,更属"邪说"之论:

> 仁和高氏女,与其邻何某私通。女已许配某家,迎娶有日,乃诱何外出,而自悬于梁。何归见之,大恸,即以其绳自缢。两家父母恶其子女之不肖,不肯收殓。邑宰唐公柘田,风雅士也,为捐赀买棺而双瘗之;作四六判词,哀其越礼之无知,取其从一之可悯。城中绅士,均为赋诗。余按此题着笔,褒贬两难。独女弟子孙云鹤诗最佳,词曰:"由来情种是情痴,匪石坚心两不移。倘使化鱼应比目,就令成树也连枝。红绡已结千秋恨,青史难教后代知。赖有神君解怜惜,为营鸳冢播风诗。"后四句,八面俱到,尤为得体。

真是有其师乃有其徒。孙云鹤此诗以"千秋恨"言自由相悦之不能,用"青史"二字断论"私通",并赞之以"由来情种是情痴",实系旷代罕见之作。其对买卖包办婚姻之厌弃和鞭挞当已不言而喻。

袁枚是个开风气者。清代乾嘉以后,女诗人介入社会,并以一己遭际感受痛抒纲常名教坑人之苦,女儿恨不为男身之类的怨愤,实启导于此。此后,陈文述(1771—1843)的《碧城仙馆女弟子诗》之刻,其广收女诗弟子的行为,显然是袁枚传统的承续,吴藻等的追求男女平等的朦胧而又明晰的思想萌芽,正是在历史运动中的继续发展上述观念。差不多同时的郭麐、朱春生等与汪玉轸(宜秋)的唱和则是随园男女弟子之间相互构成诗文化新景观的又一发展。凡此之类,均为千百年来诗界前所未有之事,从袁枚的推波助澜始,渐见长足、发越一种新的关涉男女平权于文化领域的基因,无疑已成春风野火难加遏止的趋势。

嘉道年间的陈文述(1771—1843),历来被论家视为诗品不高的一家,他的《碧城仙馆诗钞》八卷、《颐道堂诗选》十四卷是作为"艳体"鄙弃的。其实他中年以后诗较多清苍,并非全是镂金错彩。他对诗事业的贡献也在于推进女性诗文化的发展,其媳妇汪端就是个造诣很高的诗人、诗学家。汪端的成就表明,文化世族网络对清代中后期女性作家的育成关系甚大。

汪端(1793—1839),字允庄,一字小韫。钱塘(今杭州)人,陈裴之(1794—1826)室。裴之亦能诗,有《澄怀堂集》十四卷,尤工词。汪端著有《自然好学斋诗集》十卷,所辑的《明三十家诗选》初、二两集,是明诗的一种重要选本。

汪端是梁敦书的外孙女,敦书系大书家梁同书(山舟)之弟。梁敦书长女瑶绳嫁汪瑜,即汪端之父母①。瑶绳夫妇卒,汪端被姨母梁德绳收抚,视若亲生。梁德绳(1771—1847)字楚生,著名文学家,有《古春轩诗钞》,并续成弹词《再生缘》。德绳之夫许宗彦(1768—1818),字周生,号积卿,浙江德清人。嘉庆四年(1799)进士,官兵部主事。著有《鉴止水斋集》二十二卷。本以诗名,少时与戴敦元并称神童,与黎简、孙尔准、严元照等交善为诗友。后攻经学,称学者。其诗在时人评论中以为较吴鼐(孙星衍之妹夫)、鲍桂星为强。德清许家与杭州梁家同为文化大族,汪端正是生活成长在这样几家世族网络中,诗则直接授自梁德绳,姨、侄之间唱和甚多。

汪端对诗别有见解,与其诗作一样,"一洗闺阁纤秾之习"(梁同书《自然好学斋诗钞序》)。在《论宫闱诗十三首和高湘筠女史》组诗中有许多警策语,如其六:

---

① 《平阳汪氏迁杭支谱》载:汪瑜字季怀,号天潜,为汪宪第三子。乾隆二十年(1755)生,嘉庆十四年(1809)卒,享年五十五岁。梁瑶绳,乾隆二十二年(1757)生,嘉庆三年(1798)卒,年四十二。按汪瑜与汪璐为同祖堂兄弟,汪远孙(小米)即汪璐之孙,故小米称汪端为从姑母。此即"振绮堂"汪家也。

> 一恸天荒地老时,江流浩浩葬蛾眉。
>
> 平生不诵胡笳曲,三复巴陵节妇诗。宋韩希孟,巴陵人,北兵渡江,被掳不屈,题诗衣帛,赴水死。

其七:

> 翡翠鸳鸯写艳情,联芳兰蕙笑虚名。
>
> 何如西子湖边女,夜夜吹箫伴月明?蒋氏二女,曹妙清。

其八:

> 《绿窗遗稿》有清风,高格还须让《肃雝》。
>
> 一洗宋元金粉习,岁寒苍冷秀孤松。元孙蕙兰著《绿窗遗稿》,郑元端著《肃雝》。

其十一:

> 仙才吾爱《返生香》,夜月魂归午梦堂。
>
> 却恨文人太轻薄,强将乐府写寒簧。叶璚章,尤西堂《钧天乐》传奇意指璚章,语多轻薄,文人口孽,又过临川矣。

《晚晴簃诗话》综陈文述等所作传文,说:"(汪端)取唐宋元明及国朝人诗,阅一过辄弃去,留青邱、梅村两家而已。又去吴,曰:梅村浓而无骨,不若青邱淡而有品。及观青邱以魏观贻害,而七子标榜成习,牧斋、归愚选本推梦阳而抑青邱,大恨之,誓翻诗坛冤案,因选明诗初、二集。有论世知人之识,以清苍雅正为宗,一扫前后七子门径。"这在女性选政家中,诚为难得。

对于汪端的诗,吴藻(蘋香)在《和沈善宝女史留别三章》中说:"多少西泠名媛作,环花阁外更何人?(吾省闺秀,除汪小韫外,无出君右者。环花阁,小韫斋名。)"显然是推汪端为第一。

汪端诗长于史笔,女性才情而独见骨力,自然洗去了脂粉气。如《题翁大人沧桑花月录》是题陈文述的一部宫闱事迹著作的诗,兹录其一:

> 花天月地感茫茫,墨淡毫枯写断肠。
> 两后旌旗归斗极,熹后烈后同日殉国。
> 六官剑佩从轩皇。宫人魏氏二百馀人自沉太液池。
> 美人虹起花飞雪,费贞娥刺贼自杀。
> 帝女碑残冷卧霜。长平公主墓在彰义门外。
> 读到梅村诸乐府,若将心事记红妆。

女性诗到清代中叶,已更多地表现出不局限于闺阁生活情事。从时空开拓范围言,思维幅度显得宽广得多。而这种格局的形成,应该归功于一些倡导和支持者,没有他们的组织一系列提供闺阁女子投入文化社会的活动,是不可能有此景观的。

第五节 袁枚诗的成就

袁枚的《小仓山房诗集》有三十七卷,又《补遗》二卷,存诗四千四百余篇。关于袁枚的诗,往昔有论者认为,倘若删去十分之九,则随园诗的精萃自见,此说诚是。历来诗家诗作量大每易精芜杂陈,即使杜甫、白居易也并非篇篇见佳;苏轼、陆游之诗大抵亦仅得十分之一称力作。其实,一个大诗人毕生创作数千首诗,能有几百首好诗应已无愧"大家"之称。问题在于删存按怎样的标准以定?作者敝帚自珍固然不足为凭,如持以某家某派的审美偏嗜去划一要求各色诗人,那更属削足适履,杀掉独异之性。而独异性恰恰是诗人之所以得存在的生命线。袁枚的诗原本颇复杂,何况相对于正宗诗统言之,显得很"野",所以向来褒贬悬殊。贬,固不免失察;褒,亦难尽其美,莫不带有偏见或偏嗜。

乾隆二十六年(1761)秋冬际,袁枚四十六岁时写了首《自嘲》

诗说:

> 小眠斋里苦吟身,才过中年老亦新。
> 偶恋云山忘故土,竟同猿鸟结芳邻。
> 有官不仕偏寻乐,无子为名又买春。
> 自笑匡时好才调,被天强派作诗人!

这是很真实的自我写照。要说"才调",不会有谁责疑的,做官去"匡时"济天下,他定然干练能成一名才官,但也必须受特定制约。"被天强派作诗人",按其才华和学识(他反对考据入诗和以学问为诗,绝非不学无术),如要去宗唐宗宋,学杜学韩,袁枚肯定不会比任何一个"神韵"、"格调"、"肌理"以及各式各样的唐诗派、宋诗派的诗人逊色。但是,"有官不仕偏寻乐"的他既已被"强派作诗人",还要在诗国再去受制约于某家某派、某体某格,那他何不回到仕途去?袁枚讲了那么多关于诗的反制约、抒真情性的话,他自己首先就是要解放自己,变"被天强派"的命运而成为诗界的自在快活人。所以,诗的一切形态,包括体格、意理、宗法、门径等等,对袁枚来说,类乎"六经注我"似的全被化解为自抒性情的创作实践中。他只是让自己的才华转化为"能状难显之境,写难喻之情"的能力,一以尽"我"之心而已。虽然不必说随园的诗已到"无技巧"境界,但论析他的诗确已不能枝枝节节,以似唐似宋或主气象、立意理之类框架、窠臼去套量。尽管《小仓山房诗集》中存有不少无聊的、插科打诨的、甚至庸俗的作品,然而大部分诗篇见真情、出真意、得真趣,乃是客观存在的事实。"真"是善和美的灵魂,即若"真"的不就是善的、美的,但一首真而不美的作品也远胜连篇累牍伪饰文字,特别是在那个年代。

论定袁枚的诗,应将视野集注于他的"真性情"上,他的诗创作实践是与其诗理论创导一致的,至少是同步的。而他在表现"真性情"时艺术功力是足以托擎起一泓深情,"意所欲到笔注之"、"归诸自然出淋漓",蒋士铨《读随园诗题辞》中的这十四个字很契合袁枚诗的特点。

袁枚诗的情真意挚,可从他的大量亲情诗中感受得。亲情最具有普遍意义,也最难表现得动人,这如同"画鬼容易画人难"一样,愈是常见的,能具体检验的事物愈不易逼真地传述并具浓重的感染力。写亲情是丝毫拿腔拿调不得的,任何程式、模式、套话最易露伪饰相,因为这亲情虽是普遍性命题,但当落实到具体的"这一个"时,又是人各异面。每一片绿叶都不相雷同,正是极恰切的比喻。试以他第一次嫁女儿时写的《嫁女词》为例,特有的父爱将生活中常见的情事表现得既自然又淋漓尽致,形象为一汪深情托立于纸上。诗共四首,仅须录第二首就见其"真":

> 同居人暂离,恝焉心已恼。
> 况是掌中珠,怀中最娇小。
> 我又无男儿,衰鬓如蓬葆。
> 藉此慰所无,起居伴昏晓。
> 人视已长成,我视犹襁褓。
> 并此复乖分,教我如何老?
> 夫婿住姑苏,江天水渺渺。
> 田多尸祭忙,族大持家早。
> 归宁岂不归,路远终知少。
> 堂前昼愔愔,膝下风悄悄。
> 中郎几卷书,他日付谁好?

女大当嫁,可"我视犹襁褓",失落感多于喜慰情,他没有为了吉利而掩饰真实心情去说堂皇话。整组诗如道家常,情思絮絮,一片慈父之心将平日洒脱的风度全淹没了。

这次嫁的是长女成姑,时在乾隆二十八年(1763),成姑才十七岁。婚姻是袁枚包办的,他还没有进步到允许自己的女儿自由恋爱。这一桩婚姻是不幸的。男方是苏州"娄关蒋氏",大族门户,女婿蒋元鼐,字唯梅,是蒋棨(1730—1780,字诵先)的第六子,婚后仅四个月即病卒。袁枚之所以与蒋家联姻,是因与蒋应焜(1699—1754)为己未同年。吴门娄关蒋家系科第鼎盛而又豪富之族,并且风雅世代,人文极盛,与袁枚同时有交往的诗人、曲家、词人就一大批。其中有如蒋深(1668—1737),蒋仙根(1698—1762),蒋业晋(1728—1806)祖孙三代诗人,此外如蒋业鼎(1732—1750,字升枚,号琴山)的早夭诗人也见于袁枚文字多处①。这是个拥有"绣谷园"等别墅,为袁枚常驻足的居所,想不到女婿是个短命人。蒋元鼐是随妻归省时死在随园的,袁枚有《哭婿》四首,"老人亡婿当亡儿",是伤心极的:"听唤阿爷曾几日? 一场春梦不胜悲。""禁他十七红颜妇,断雨零风了一生?""爱河水竭情波阔,一夕黄门更白头。"《女扶婿柩还吴作诗送之》写得极惨苦,宽慰女儿之语令人读之心灵颤悸:

柏舟此去雪盈途,一曲离鸾万木枯。
后会自然来世有,佳期怎奈半年无!
好如郎在安眠食,莫带啼痕对舅姑。
娣姒成行偏汝独,未知何处续遗孤!

类似这样的写骨肉情、手足情、伉俪情的作品,如《哭三妹五十韵》、《哭阿良》、《哭聪娘》以及前曾提到的哭四妹袁棠等诗无不撼人心弦。"多情",是袁枚的个性特点,乾隆十八年(1753)曾整治随园的工匠武龙台病死,袁枚也作《瘗梓人诗》,序云:"梓人武龙台,长瘦多力,随园亭榭,率成其手。癸酉七月十一日病卒。素无家也,收者寂然,余为棺殓,瘗园之西偏,为诗告之。"他视这一木工为家人,如旧友,情意朴质而深长,诗曰:

---

① 此处蒋氏族群行年均据《娄关蒋氏本支录右编》各卷。

> 生理各有报，谁谓事偶然？
> 汝为余作室，余为汝作棺。
> 瘗汝于园侧，始觉于我安。
> 本汝所营造，使汝仍往还。
> 清风飘汝魄，野麦供汝餐。
> 胜汝有孙子，远送郊外寒。
> 永远作神卫，阴风勿愁叹。

所谓"生理各有报"之非偶然，显然是由于袁枚的尊"贱"的平等思想在起支架作用，因而此类深情中其实正包孕着至理。本来，情无理必不浓，理无情则不深，"多情"原非少理，情痴者岂必轻薄？

随园诗中写人生感受，寄寓某种哲理，或有慨于时世而暗示特定事理的篇什，是不胜枚举的。袁枚极擅于述理，他写来既不枯燥又不浅露，更无晦涩味。似平实曲，深而不艰涩，是其特点。举几首小诗为证，如《夜坐》二首：

> 夜坐西窗雨一斋，眼前物理苦难猜。
> 烛光业已猛如火，偏有飞蛾阵阵来！
>
> 斗鼠窥梁蝙蝠惊，衰年犹是读书声。
> 可怜忘却双眸暗，只说年来烛不明。

这组《夜坐》写于乾隆三十三年（1768），其时正值连年文字大狱兴起。袁枚夜坐而"眼前物理苦难猜"的难道是眼中之烛和扑火飞蛾这毫不深奥的景象？当然不是，他在长夜闷思的正是难以心安眼明地"读书"的现实！又如《再题第二泉》，则无疑是他的人生体验的抒述：

> 不似中泠远莫求，不同庐瀑占高头。

> 出山不远济人便,最好人间第二流!

"第二流"不奥远、不高自位置,最与"人间"相近,"济人"最方便。然而它却只是"第二流"!此中有自得、自慰、自傲,也有不平语,全借"二泉"轻捷道出。语不故作高深,意理明白而有深度。

袁枚诗说理更多的是独持见解,自述意会心解,既不作高头讲章,或玄虚故弄,又能耐人寻思,警策醒人。如著名的《马嵬》组诗四首,其二云:

> 莫唱当年《长恨歌》,人间亦自有银河!
> 石壕村里夫妻别,泪比长生殿上多!

又如《再题马嵬驿》四首之二:

> 到底君王负旧盟,江山情重美人轻。
> 玉环领略夫妻味,从此人间不再生。

前一首说帝王的痛苦算什么?人间百姓血泪多的是!意存讽喻;后一首则揭示君王们不可能是爱情至上者,杨玉环只是牺牲物而已,实是鞭笞。袁枚的同情在平民、在妇女一边,是那样显然分明,用笔则"寸铁杀人",不须费辞。

说理亦庄亦谐,严肃论旨中不乏风趣,但又情理兼见,自抒悟解,略无油滑气,是袁枚最擅长处。《咏钱》六首是这类作品中的佳制,他坦率地站到面前,毫不做作、矫情。二、三两首最妙:

> 不须薇蕨说高风,到底夷齐是命穷。
> 剪纸贿能通鬼国,博枭天尚借刘翁。
> 杖头有处春堪买,坐上无时酒欲空。
> 怎怪南唐痴长老,心经一卷写当中。

> 人生薪水寻常事,动辄烦君我亦愁。

> 解用何尝非俊物,不谈未必定清流。
> 空劳姹女千回数,屡见铜山一夕休。
> 拟把婆心向天奏,九州添设富民侯。

就"理"言,组诗将"钱"的社会本质特性深刻地揭示出来;就"事"讲,一切无聊的"清流"习气即在钱面前的伪饰全被揭穿;于"情"说,袁枚自陈对钱的兴趣,又愿"九州"皆殷实,民众得不贫。《续诗品·固存》说:"重而能行,乘百斛舟;重而不行,猴骑土牛。"《咏钱》诸作即属"重而能行"者,且无一丝毫"伪笑佯哀"之流弊。

袁枚的"能状难显之境"的才情,使其"半寻烟水半寻花"的山水诗别具妙意,别人需数十百言始能刻画描述的,他只需三二句就显景于眼前,他不以长篇巨制争胜。兹举《兴安》小诗,写广西兴安漓江、湘水分流地域的山水风光为例,诗云:

> 江到兴安水最清,青山簇簇水中生。
> 分明看见青山顶,船在青山顶上行。

二十八字中三用"青山",似很拙,然而其"巧"正自拙中出,山水相映的"清"被灵心慧口地生动表现以见。"清"也不只是清而已,"奇"从平平口语间溢现于"清"之外。"口头话,说得出便是天籁",洵非虚语。袁枚足迹南至五岭,北抵华岳,他如天台、雁荡、黄山,游踪殆遍,所以他的山水诗也卓称名家,值得重视。

舒位《瓶水斋诗话》谈到袁枚七律最佳的问题,这实际上是说他主"天籁",并未废"人功"的特点。舒位说:

> 袁简斋以诗古文主东南坛坫,海内争颂其集,然耳食者居多。唯王仲瞿游随园门下,谓先生诗唯七律为可贵,余体皆非造极。余读《小仓山房集》一过,始叹仲瞿为知言。尝论七律至杜少陵而始盛且备,为一变;李义山瓣香于杜而易其面目,

为一变;至宋陆放翁专工此体,而集其成,为一变。凡三变而诸家之为是体者,不能出其范围矣!随园七律又能一变,虽智巧所寓,亦风会攸关尔!

力主"性灵"的一代宗师却偏能以格律技巧至严的七律为人所赞称,这是他"人功未极,天籁亦无因而至"的精辟见解的实证表现。他反对的原是泯灭"天籁"的那种"人功",何曾主张过不要学识修养和诗艺技能?《续诗品》中"精思"、"博习"、"尚识"、"择韵"、"用笔"、"布格"等等均已辩证地说到这点,可不赘述。至于他的七律之工妙、灵动,从前几节有关引述的例子中已足能见出,无须过多例举于此。

袁枚身后是非蜂起,不少"随园弟子"倒戈,这是诗史的悲哀。如前所论,"性灵"之说的最终被挞伐,被贬抑,被鄙为"恶道"、"邪说",从历史的底蕴看,并非袁枚个人的毁誉问题,实乃封建诗歌发展史程只能步向没落大势难挽的问题。所以,笔者认为,中国诗史,到清代袁枚的反拨、搏击,乃是最后一次诗的生命——诗的本体生命的潮起和强力奋振。此后虽因时代风云剧变,诗的功能不时有所亢奋,那是"诗外"因素的刺激,对诗的本体功能的自觉挽救,已很脆弱。间或有杰出的诗才,意欲建树,但时势已失,伟力条件也缺,不可能如袁枚那样震撼全局地生新肌驱腐朽。何况经袁枚的一搏后,传统观念、习惯势力的反扑更烈,诗界才士是无力摆开阵营来对峙的,只能有散点自救的态势而已。诗国天空,群星团起的时代随着"袁枚现象"的衰颓,告终了。

对袁枚本不必求全责备的,正如对他有不切实际的过高期待一样。"足赤"和"完人"式的论人,均属误解个人与历史的关系而导致苛求之举。袁枚应该说是尽了他的努力和历史的责任,尽管他并不全系出于自觉。但考虑到历来人们对这位"通天神狐,醉即露尾"式的诗界巨擘的习惯印象,兹以蒋子潇《游艺录》一段论袁枚文字作为全章结束语。蒋子潇名湘南,河南固始人,是龚自珍、魏源等人的学术知己,一生以文字训诂研究为主,兼工诗古文,旁通天象地舆、水利农田实学,著有《春晖阁诗钞》等,是位偏见较少、通达事理的文学家、学者,他说:

> 乾隆中诗风最盛,几于户曹刘而人李杜。袁简斋独倡性灵之说,江南北靡然从之,自荐绅先生下逮野叟方外,得其一字荣过登龙,坛坫之局生面别开。及其既卒而嘲毁遍天下,前之以推袁自矜者皆变而以骂袁自重,毁誉之不足凭,今古一辙矣!平心论之,袁之才气固是万人敌也,胸次超旷,故多破空之论;性海洋溢,故有绝世之情。所惜根柢浅薄,不求甚解处多,所读经史但以供诗文之料而不肯求通,是为袁之所短。若删其浮艳纤俗之作,全集只存十分之四,则袁之真本领自出,二百年来足以八面受敌者固不肯让人也。寿长名高,天下已多忌之,晚年又放诞无检,本有招谤之理,世人无其才学,不能知其真本领之所在,因其集中恶诗遂并其工者而一概摈之,此岂公论哉!王述庵《湖海诗传》所选袁诗皆非其佳者,此盖有意抑之,文人相轻之陋习也!

第四章 乾嘉诗人谱(上)

乾隆三十年(1765)四月,清高宗弘历谕示内阁诸臣云:"原任刑部尚书王士禛积学工诗,在本朝诸人中,流派较正。从前未邀易名之典,宜示褒荣,以为稽古者劝。其察例议谥。"遂赐谥"文简"。在清代诗人中,身后因诗而膺此"殊荣"的唯王渔洋一人而已。以上据《清史列传》卷九所载,又《清史稿》的"王士禛传"则说此动议起之于弘历与沈德潜的一次谈诗时。清廷此举无疑是为了在诗文化领域内以"雅正"之道凝聚向心力,强化仰体"朕意"之心,推进"文治"的大一统。关于弘历的这一意图,前几章已有实证或辨析,可不必复述。

问题是向心力需要强化,正说明离心力的依然存在,虽然爱新觉罗氏入主中原立国已整整二个甲子,即一百二十年。乾隆帝追谥王士禛为"文简"这一年恰好又是"乙酉",是否是历史的偶然巧合,抑是别有暗示?后人固难加揣测,但是,对王朝统治的离心力现象,弘历绝对有所感觉。还在他登基之初,为效法其祖父玄烨,开了第二次"博学鸿词科",这是乃皇父在雍正十一年(1733)意欲举行而未成的盛举。谁知乾隆元年(1736)"丙辰词科"被荐举的约二百七十人中,"不就试"的竟有二十五人,几占十分之一。在科举仕进以"兼济天下",以荣宗耀祖的观念占绝对优势的当时,这"不就试"现象显得很异常。尽管这二十五人中有各种情况和不同原因"不就",可是他们中间自守"清白"者也正不乏其人。何谓"清白"?应试入仕就不"清白"了?不管是"屡征不起"还是草草就试,说到底其骨子里存有不合作心态,一如康熙十八年"己未词科"试中曾出现过的情状。两届词科之间相距六十年,乾隆之初已是明亡九十年后,难道还"反清"?这种"反"有什么意义?随着时间的推延,心绪的构成自然也在发生变化。自守"清白"之类的所谓"不屈志节",实系特定的民族情绪积淀形态的一种。如果顾及到清廷在近百年中的整治异己的威劫政策的酷烈,那么留在一部分士人心头的心理创痛始终不易平复,并潜在地延续着构成逆反心理或离心心态,当也可以理解,而不应断言为逆历史潮流的行径。个人和社会的心理感应,原是双向共振的,高压导致逆反,诚属自然;何况人各有志,各自追求的和守持的互有所异,亦是合理事。所以,自守"清白",甘栖草野,或者虽也周旋于人际各种网络而"有所不为"者,就其总的倾向讲,是与清廷持离立之势,自外于权力樊篱之外。不为所用,不等于悖逆谋反;自在自立,又不免内裹一颗轻蔑权贵、嘲弄权力之心,如此而已。

然而,这毕竟是一股异己思潮,凡集权者最忌讳离心现象。"普天之下,莫非王土",你食毛践土几将百年,竟还要自守"清白",那置皇权于何地?这就是清廷所以要强化"文治",高张文网之故。诗既为心声,自当应在整肃之列。正是从这样的角度看,乾隆帝要树"王文简公"之典型,宏奖并支持纱帽诗风、学人诗风,就是因为朝野之间,特别是庙堂之外存在有一派"野"气甚浓的不驯不雅的诗之风潮。而从另一角度言,此种潜在的诗界离心倾向又恰好实证着袁枚的诗学观的构成并非个人孤立的现象,他只是某种契机和诸多条件的集合而被推到了历史舞台的前沿。也许在诗的审美观上有着种种差异,但袁枚的"自无官后诗才好"的意识却是程度不同地契合着背景上众多在野诗人的心灵。

所以,谈乾嘉时期的诗史,在巡视这一历史阶段的诗的长廊时,需要对他们略作散点式的论列。

第一节 屈　复

"丙辰鸿博"被刑部侍郎杨超曾荐举而"不就试"的屈复,论年资应是其时老一辈的布衣诗人,乾隆元年他已六十九岁。这是位清代前、中期交接时期的名诗人,管世铭(1738—1798)的《读雪山房杂著》说:"近日北方诗人,多宗蒲城屈征君悔翁,南方诗人多宗长洲沈宗伯确士。屈豪而俚,沈谨而庸,施、朱、王、宋之风,于兹邈矣。"管氏是乾、嘉年间著名的"唐诗学"家,他将屈复与沈德潜从"宗唐"范畴上相提并论,足可见屈复在当时的影响。

屈复(1668—1744后),字见心,号金粟,晚号悔翁。陕西蒲城人,据载原系楚人而上世迁于秦中①。其人在当时就有点神秘色彩,莫详来历。著名的《国朝名家诗钞》编纂者郑方坤与他"有一日知己"之交,在《弱水诗钞小传》中说:

> 家世莫得其详,即同邑人亦无有悉之者。其所见于诗篇,大率多残山剩水之思,《麦秀》、《黍离》之感,如白首狂夫,歌哭道中,辄向黄河,乱流欲渡,令其累欷增欷而不能已已。

屈复出生之时已是康熙七年,与明朝已无瓜葛。其所以"只身走万里",坚拒科举试,直到垂老始转徙进京,"以诗学教授弟子",并仍然两辞朱邸之招,不应"鸿博"之征,原因大抵有二:一是

---

① 屈翁山《翁山文外》卷二《西屈族祖姑韩安人遗诗序》有云:"考吾屈自汉高帝迁之关中,于是关中多屈氏。与昭、景、怀三贵族及齐诸田,皆犹称王孙。传至有唐,吾屈有节度使讳政者自关中来,始居梅岭之南。南宋时其孙迪功郎诚斋又迁于番禺沙亭,今子姓千有余人,辄称三闾大夫之裔,复号为南屈,以别于关中之西屈。……岁丙午予至关中,询诸蒲城、华阴宗人,始得族祖姑为参议韩公邦靖之夫人者遗诗一卷。"据之,屈复其为"西屈"之裔,或无疑误。

他家乡在顺治六年(1649)缘大同总兵王永强等反正叛清,遭吴三桂戡剿屠城,亲族中颇多丧身,他自幼就"闻诸父老"、"死者十余万人"(《过流曲川》诗序),印象太深。二是少时曾接触到"关中三李",与李柏关系似尤密近,受有不小影响。他在《贞女吟》中唱过:"细微鸿鹄志,愿终此清白。"以示不与当道相顺应,怀抱一种化外逸民不朝清廷的心志。但说其"盖有所为"云云,恐言之过甚,他只是个精神上自守其节操者而已①。

屈复著有《弱水集》二十二卷,此外还有《楚辞新注》、《杜工部诗评》、《玉溪生诗意》等著作。乾隆中期,屈复的《弱水集》被列入禁书。

在诗的审美倾向上,屈复是崇尚唐音者。但他又并非泥"唐"而不化,是个不依傍门户的诗人和唐诗学家。只需看他的《论诗绝句三十四首》,就知其博通不滞,少有偏嗜,例如其第二十二首云:

> 新声温李莫轻谈,面壁无功不易勘。
> 安得涪翁扛鼎力,鲸鱼碧海更须参。

这是对晚唐温庭筠、李商隐诗风的肯定,言下之意,他是视同黄涪翁(庭坚)一样,以为都承续着杜诗"鲸鱼碧海"的精神的。又第三十一首云:

> 万紫千红粲以繁,野花结子也堪餐。
> 苦将心力成孤诣,不敢随风薄宋元。

对宋元诗的"不敢随风薄",正是与"格调"说等异趣。他更有对"竟陵"的看法,第二十九首说:

---

① 平步青《霞外攟屑》卷八下《屈悔翁》一则有屈复生平传述,然间亦有歧说。又谓《论诗绝句》"凡二十四首",亦误。"盖有所为"云云,见《清诗纪事初编》卷八。

> 三代而还尽好名,文人自古善相轻。
> 钟谭死后虞山出,从此前贤畏后生!

揭穿了钱谦益的丑诋钟惺、谭元春,骨子里是文人相轻!

对于杜甫,屈复当然推崇,"李杜文章妙入神,中原逐鹿几千春",可他决不迷信。特别是针对泥古、复古陋习,屈复还敢于改杜甫诗中他认为"可议"的文字。这当然会招致种种攻击,恶谥之曰"妄"。沈德潜《国朝诗别裁集》卷十二"孙枝蔚小传"中一段话就是骂屈复的:

> 近有秦人,胸无典籍,好为大言。至云作诗"先洗去李杜俗调",庸妄如此!①

屈复诗郁勃悲慨,朴质雄劲,无空壳语。今存诗二千二百多首,咏史纪事为多。代表作如《过流曲川》:

> 回风陷日天如梦,流曲川平暮尘涌。
> 行人马嘶古道傍,离离禾黍旌旗动。
> 杀气腾凌古战场,前啼鸺鹠后鹙鸧。
> 降将云台曾未闻,三边侠骨空自香。
> 岂知到海泾渭血,寒潮不上天山雪。
> 井底蛙声竟何在?十万游魂哭夜月。
> 闲花满地生新愁,至今河汉皆东流。
> 同入蒲城化为碧,仙人掌上芙蓉色。

诗前长序,备记顺治六年当地一场反清武装被吴三桂血腥镇

---

① 沈德潜丑诋屈复应是必然事。屈氏《论诗绝句》第八首实即批驳渔洋:
  空裹闲云首尾无,一鳞半甲有何殊?
  满城风雨吴江冷,可是骊龙颔下珠?
但屈复又极厌"鞭尸"之行径,第三十三首云:
  文章生死判升沉,忆奉渔洋迈古今。
  此日尽讥好声调,披沙那肯拣黄金。

743

压的惨况,文长不录。诗中"降将云台"句是斥吴三桂,"三边侠骨"则颂赞起义将士。又有《三月二十八日登东城楼,感往事作》五律十首,亦写此"百年又三月"前之事,中有"降将豺狼性,孤城虮虱臣"等句,也切齿于吴氏之残暴。最末一首云:

> 中有吾家季,时危守北城。
> 敌人惊铁面,从此有骁名。
> 雾塞昏天地,烟销隔死生。
> 高堂今白首,哭弟泪交横。

此诗表明屈复有叔当年曾预此役。

屈复小诗中《葛贤墓》的专赞苏州葛成于明万历年间抗阉党之义举,亦隐约可见其与权势持逆反情绪,心系"野花"的怀抱:

> 死生不傍要离冢,路半山塘别有群。
> 天上星流万秋月,九原一个葛将军。

第二节　画人诗举要

诗画同源境相通。诗、书、画"三绝"之称自两宋以来代不乏人。"三绝"作为文化现象的涌起,意味着文人文化臻于灿烂之境。"画人诗"是中国诗史上的一个重要支流,它从善于造境的特殊审美情趣方面,丰富了诗的库藏。但是,文人画发展到明代中后期,既推展到一个顶峰,也陷入了困境。模式化的形成,剥蚀着鲜活的命脉。画人诗,原以诗副画,故其时亦少有生气。

明清易代的震撼,激活着文化领域各层面的风云气和血性张力。画家既将一腔悲慨苍凉之情挥洒于画纸,同时也吟哦于笔端,于是诗画相映而又各抒胸臆,"画人诗"既具画家对景观、氛围的独特的感受特点,又不单纯地依附于画,诗获得其抒情形态的独立性。画家也是诗人,从本来意义上成为兼擅者,互见其长。只是,他们主要作业在绘画艺术,影响也大抵以画为大,故又仍不失"画人诗"家的面目特征。"画人诗"的激活,在清初如"金陵八家"、如新安画派中的查士标、程邃、戴本孝、梅清等均是承启、创变的代表人物。"金陵八家"中张修(损之)、谢成(仲美)、樊沂(浴沂)、吴宏(远度)、樊圻(会公)、高岑(蔚生)、胡慥(石公)、邹喆(方鲁),以及世称金陵画派的其他成员如叶欣(荣木)、盛丹(白含)等莫不能诗且多悲凉之气。最称杰出的当是龚贤(1618—1689)。贤字半千,号野遗、柴丈人。他的《香草堂集》抒述"逃亡十载"期间的情志,以及载录着他在维扬一线与杜浚、吴嘉纪、林古度、纪映钟等人的交往,清拔幽远的诗风中渗有凄楚沉痛之襟怀。

然而就画风的启变及影响而言,原是明宗室的八大山人朱耷及石涛和尚则远远超越龚半千等。在清初与"四王"画派(原系缙绅而后来多为御前供奉)相抗,包括在花卉画方面别开格局于常州、虞山派之外的无疑当推八大和石涛。尤其是八大山人的冷眼以至白眼面世的狂怪风神,对后世泽惠特巨,他从书画中透出的逆向离心气息,惊起并感愤着一大批狂狷之士,"扬州八怪"画群乃是最直接的精神承续者。当然,时世变迁,冷眼向世已不一定是怒目横睨,而转化为嬉笑怒骂或幽冷孤峭式的面貌,但蔑视、傲视权要的心态则在本质上是通同的。

于是,"画人诗"从画面上进一步发展为心灵上的吟唱,诗的命脉更多地从幽谷冷泉迁殖入人世间众生相去,"画人诗"愈益激活。加之他们本不必被"强派作诗人",因而显得具有更多的自在自主性,这样,"野"趣必然益浓,与"正宗"的距离转远。"笼中野鹤少高唳",他们大多原未入"笼",有的入"笼"后相继逸出,终于,"篱外寒花多久香",成为清代诗史上一丛"篱外寒花",别具韵致,别见真情。兹分别择要绍述之:

一　陈撰的《秋吟》

曾被黄质(宾虹)的《古画微》列入"扬州八怪"行列的陈撰，是乾隆元年"丙辰鸿博"被荐的又一个"不就试"的布衣。陈撰(1686—1758)，字楞山，号玉几山人，浙江鄞县人。杭世骏《玉几山人小传》称其"性孤洁，不肯因人以热"，"终身甘旅，偶一归，转如旅人"。早年客于杭州，晚岁流寓扬州二十年。据《淮海英灵集》乙集卷四所载黄裕(字北垞，1695—1769)的《己卯夏，馆于江鹤亭苑卿街南别业，昔为门人程志泰旧居，老友陈玉几亦尝寓此。今老友殁已一载，而余门人卒且十四年矣。时方编〈旧雨集〉及玉几诗，因感而赋》诗题，己卯为乾隆二十四年(1759)，可得久未确知的陈撰卒年，为客死异乡者。《两浙輶轩录》引述程鸣的话说他"厌弃流俗，如惊弦之雁，见机之鸥"，为人萧冷。著有《玉几山房吟卷》、《绣铗集》等，今存《秋吟》、《绣铗》、《拟古》三卷诗共二百五十四首。陈撰在杭州时即与杭世骏、厉鹗、符曾多唱和，李富孙《鹤征后录》说其诗"高超清削"，"清削"二字最得其神[1]。《拔蒲》五绝不啻自我写照：

蒲生高一尺，下共池水清。
叶落根自见，一半是侬心。

《偶兴》所表现的是冷眼世事，心志自坚：

飘瞥年华去莫扳，心期如铁自坚顽。
二分明月楼头月，十里平山槛外山。
世事可嗟羊脾熟，此身难得水云闲。
朝来闭阁拥炉坐，又报公车人过关。

---

[1] 见引自《昭代丛书》壬集补编，上海古籍出版社1990年影印本第二三七八页。李富孙此语全句为："玉几敦古绝俗，诗笔高超清削如其人。尤工画，着墨无多，悠然意远，一时争宝之。"

陈撰的凄紧落寞心境从《籁》一首可见：

> 夜静山籁发，月寒池馆清。
> 惊人孤梦断，不独草虫鸣。

在世称"扬州八怪"的画群中，陈撰最少为人所知，其作画极严肃，存世作品不若金农、郑燮等夥多，诚为狷洁孤怪之士。

二 金农的"冬心"诗

金农是被视为"浙东畸士"而晚年终于扬州的大书画家、鉴古家。往昔论者以极宽泛的概念论"浙派"，金氏为钱塘（今杭州）人，自然也被划进去。然而仅以郑燮题画诗所引述金农《题墨兰》两句"苦被春风勾引出，和葱和蒜卖街头"而言，这位"扬州八怪"之首的畸人，与情愫内敛型的"浙派"诗人甚不相同。

金农（1687—1763），字寿门，又字司农，号冬心先生、稽留山民、心出家盦粥饭僧等。早年即善诗文，与石文（贞石）、丁敬（钝丁）、陈章（授衣）等以诗相粹励，行吟于钱塘江干。后转徙于嘉兴、长兴等地，最后寓于维扬。有说金农"丙辰鸿博"曾被荐征，然《鹤征后录》、《养吉斋丛录》等均未见载录，故不知何据？著有《冬心先生集》四卷等。

金农生活的年代，"神韵说"尚盛行，然其不愿附趋，在《冬心续集自序》中说："（雍正末年他在山东临淄遇见赵执信，赵氏对他讲：）子诗造诣，不盗寻常物，亦不屑效吾邻家鸡声，自成孤调"云云。这"邻家鸡声"即讽指王渔洋诗风，金农写进自序，态度甚明。在《冬心先生集自序》中又有自述诗学主张："鄙意所好，常在玉溪、天随之间。玉溪赏其窈眇之音而清艳不乏，天随标其幽遐之旨而奥衍为多。然宁必规玉溪而范天随哉？予之诗不玉溪，不天随，即玉溪,即天随耳。"①玉溪即李商隐,天随是陆龟蒙。所以如按习见的"唐宋分界"说审视之,金农好唐音,但他绝不板滞迂腐,以依附讨生活。其诗以七绝最灵颖有韵致,长期侨居扬州后,又表现有一种以"俗"济"雅",自然风趣的情味。

金农自述其所以号"冬心",是取崔国辅"寂寥抱冬心"语意。金农身处那种现实中,心境深为孤寂,尽管时时置身在诗酒雅集上。如《感春口号》:

> 春光门外半惊过,杏靥桃绯可奈何?
> 莫怪撩衣懒轻出,满山荆棘较花多!

"春光"似很诱人,然而却是"荆棘遍地"!能不让人心寒惊悚?《孤蝉》可说是他的人生态度,心灵自见:

> 已散青林乐,孤蝉送夕飙。
> 露凉金雁驿,柳断赤阑桥。
> 桸腹无全饱,枯形非一朝。
> 遗荣守清节,不共侍中貂。

《老马》诗写出世态与人情之一斑,不失为众生相之刻画:

> 古战场中数箭瘢,悲凉老马忆桑干。
> 而今衰草斜阳里,人作牛羊一例看。

《书和靖先生集后》则别有寄意,对这位"梅妻鹤子"的高人逸士林和靖作了个很"俗"的评论:

---

① 《自序》此段文字前后尚有:"或有跻予于钜公派别者,予曰:昔徐师川不深附西江,张伯雨能超乎铁雅。诗固各有体,趋今何如则古邪?乃鄙意所好,常在玉溪、天随之间。……比长,年来益为汗漫游,遍走齐鲁燕赵、秦晋楚粤之邦。或名岳大河,倾写胸臆;或荒台陊殿,怅触古怀;或雨零风飐,感伤羁屑;或筝人酒徒,飞扬意气。境会所迁,声情随赴,不谐众耳,唯矜孤吹,此则予诗之大凡也。"

> 不婚不宦失津涯,身后高名动慕嗟。
> 毕竟有人庐舍侧,俸钱治墓服缌麻。

说好听一点是高士得有识货的知音,讲白了离开"俸钱"为之治墓,谁也不会知道"梅妻鹤子"的雅事。这种非常现实的思维形态,显然与商贾文化观念有关。金农不仅卖画,还经营古玩,新旧兼有,甚至自己制作仿古清玩以出售。

金农的七绝在清代可称是秀拔的一家,有景有情,有境有人,时或奇逸,时或清灵,足称一绝。如《松陵雨泊》的凄清:

> 依然襆被返勾吴,踪迹荒凉似野凫。
> 一夕菰蒲打篷雨,声声引梦入江湖。

《题画菖蒲》则孤傲奇警:

> 菖蒲九节俯潭清,饮水仙人绿骨轻。
> 砌草林花空识面,肯从尘土论交情?

他的《新编拙诗四卷手自抄录,付女儿收藏,杂题五首》是一组具诗史观照价值的七绝,尤以前三首为重要,既有一家之见,又显示出诗坛风气:

> 圣代空嗟骨相癯,常裁别体辟榛芜。
> 他年诗话添公案,不在张为主客图。
>
> 钟声断处攒眉想,日影移时拥鼻吟。
> 只字也须辛苦得,恒河沙里觅钩金。
>
> 古调泠泠造渺微,玉池清水自生肥。
> 流传若待官三品,谁重襄阳是布衣!

第一首表明自己不属别人家数,自走一路;第二首言做诗的严肃态度,诗作看似平易,实自"辛苦"淘洗后得来。第三首揭示了乌纱与诗在当时的关系,官位与诗名往往同步高升。

历来多以"奇气"、"逸趣"论冬心诗画,"奇逸"诚是他的艺术审美的高度表现之一境,然"奇"中有骨,"逸"外见怒,知此方能真识知金农的心。

三 郑燮的诗及诗观念·附华嵒

以书画享盛名、称大家的郑燮,是清代中叶堪称全才的文化怪杰。书、画、篆刻、诗、词、道情,无不称"绝",而且取径新奇,不屑寄人篱下。关于他的诗,其《诗钞·前刻诗序》说:"余诗格卑卑,七律尤多放翁习气,屡为知己诟病。"《刘柳村册子》中又说:"拙集诗词二种,都人士皆曰'诗不如词',扬州人亦曰:'词好于诗',即我亦不敢辩也。"诗、词体格有异,实难类比,"我亦不敢辩也"云,颇有幽默感,他不想辩解,也不易辩解也。其实他对诗很有自信处,《板桥自序》有段话可证:

> 板桥诗如《七歌》,如《孤儿行》,如《姑恶》,如《逃荒行》、《还家行》,试取以与陋轩(按即吴嘉纪)同读,或亦不甚相让。其他山水、禽鱼、城郭、官室、人物之茂美,亦颇有自铸伟词者。而又有长短句及家书,皆世所脍炙,待百年而论定,正不知鹿死谁手。

他所以专指与"最善说穷苦"的陋轩诗相比,正是从表现民生疾苦这一旨意着眼的。"忧国忧民,是天地万物之事",他将诗的现实功能性说得已很透彻。所以,评价的标准不一致,结论必有悬殊,板桥其实是不辩自辩,并不完全认同他的诗不如词的说法。袁枚在《随园诗话》中也说过:"板桥深于时文,工画,诗非所长。"这个判断当然有误,其原因不是对板桥诗不全面了解,就是随意性太甚,兴趣在别的话头,或者则是他反对"关系"说,矫枉过正,不重视郑氏上述的那些可与吴野人不相让的作品。所以,袁枚的话不足为据。当然,如强调其"工画",而说"诗非所长",从特定意义上去理解,在一定语言环境中也无贬意。

郑燮(1693—1765),字克柔,号板桥,江苏兴化人。乾隆元年(1736)进士,乾隆七年(1742)任山东范县令,十一年(1746)调潍县令,十八年(1753)以请赈忤大吏罢官,先后服官十一年。此后侨居郡城扬州,以书画自娱兼营生而终。著有《板桥诗钞》、《题画诗》等。

板桥不是诗论家,但却讲出了深刻而又浅近的论诗的话,他在《自叙》中说:

> 板桥诗文,自出己意,理必归于圣贤,文必切于日用。或有自云高古而几唐宋者,板桥辄呵恶之,曰:吾文若传,便是清诗清文;若不传,将并不能为清诗清文也。何必侈言前古哉?

观念非他独有,然而他快刀斩乱麻,说得最简捷了当,明白有力,连袁枚都似没他干脆。在《潍县署中与舍弟第五书》中还说:

> (本朝)歌诗辞赋,扯东补西,拖张拽李,皆拾古人之唾余,不能贯串,以无真气故也。

郑燮家境比较清寒。据其《自叙》说:"外王父汪氏,名翊文,奇才博学,隐居不仕。""板桥文学性分,得外家气居多。"这"气",无疑渗有一种市民文化之气。"奇才博学,隐居不仕"八字在明清时期的传文中每指喻"治生"即经商生涯。他后来在《潍县竹枝词》中有二首写业盐小商的苦处说:

> 绕郭良田万顷赊,大都归并富豪家。
> 可怜北海穷荒地,半篓盐挑又被拿。

> 行盐原是靠商人,其奈商人又赤贫!
> 私卖怕官官卖绝,海边饿灶化冤磷。

这种体验当积淀于他的早年生活,散居扬州地区的汪氏各族原自徽州来此,以业盐为主经营各类商品交流的,郑燮的外家汪氏当亦不外。他父亲立庵公是个私塾教师,他自己在未中功名前也长期教过书,在《自嘲》诗中说得很清楚:

> 教读原来是下流,傍人门户过春秋。
> 半饥半饱清闲客,无锁无枷自在囚。
> 课少父兄嫌懒惰,功多子弟结冤仇。
> 而今幸作青云客,遮却当年一半羞。

中年以前的接近平民生活的阅历,构成了他对国计民生的关注机会,表现在诗歌观念上很自然地有浓厚的社稷责任感。他的《范县署中寄舍弟墨第五书》就深入浅出地说尽了这种诗的责职感:

> 少陵诗高绝千古,自不必言,即其命题,已早据百尺楼上矣。通体不能悉举,且就一二言之:《哀江头》、《哀王孙》,伤亡国也;《新婚别》、《无家别》、《垂老别》、《前后出塞》诸篇,悲戍役也;《兵车行》、《丽人行》,乱之始也;《达行在所》三首,庆中兴也;《北征》、《洗兵马》,喜复国望太平也。只一开卷,阅其题次,一种忧国忧民忽悲忽喜之情,以及宗庙丘墟、关山劳戍之苦,宛然在目。其题如此,其诗有不痛心入骨者乎?……放翁诗则又不然,诗最多,题最少,不过《山居》、《村居》、《春日》、《秋日》、《即事》、《遣兴》而已。岂放翁为诗与少陵有二道哉?

郑板桥对陆游诗"题最少"现象作出了这样的解释:

> 南宋时,君父幽囚,栖身杭越,其辱与危亦至矣。讲理学者,推极于毫厘分寸,而卒无救时济变之才;在朝诸大臣,皆流连诗酒,沉溺湖山,不顾国之大计,是尚得为有人乎?是尚可

辱吾诗歌而劳吾赠答乎？直以《山居》、《村居》、《夏日》、《秋日》了却诗债而已。且国将亡，必多忌……百姓莫敢言喘，放翁恶得形诸篇翰以自取戾乎！故杜诗之有人，诚有人也；陆诗之无人，诚无人也。杜之历陈时事，寓谏诤也；陆之绝口不言，免罗织也！

这是一种切入心灵的"知人论世"，既不空泛，又不迂腐。由此，他痛诋时习：

近世诗家题目，非赏花即宴集，非喜晤即赠行。满纸人名，某轩某园，某亭某斋，某楼某岩，某村某墅，皆市井流俗不堪之子，今日才立别号，明日便上诗笺。其题如此，其诗可知，其诗如此，其人品又可知！

更有甚者，在《潍县署中与舍弟第五书》中，板桥丑诋专门讲究"不可说破，不宜道尽"的诗论：

文章以沉着痛快为最，《左》、《史》、《庄》、《骚》、杜诗、韩文是也。间有一二不尽之言，言外之意，以少少许胜多多许者，是他一枝一节好处，非六君子本色。而世间妮妮纤小之夫，专以此为能，谓文章不可说破，不宜道尽，遂訾人为刺刺不休……王、孟诗原有实落不可磨灭处，只因务为修洁，到不得李、杜沉雄。司空表圣自以为得味外味，又下于王、孟一二等！

板桥年龄长于袁枚二十三岁，在范县寄第五书作于乾隆十年（1745），《自叙》和潍县寄弟第五书作于十四年（1749），其时文网虽张，尚未罗织周密，故板桥不仅敢在家信中无顾忌放论，而且还敢作《题屈翁山诗札石涛石溪八大山人山水小幅并白丁墨兰共一卷》这样的诗：

国破家亡鬓总皤，一囊诗画作头陀。
横涂竖抹千千幅，墨点无多泪点多。

如果说袁枚也颇有类此"恶得形诸篇翰以自取戾"的世故的话,那么郑燮之相异处则更多地以杜甫"诗题"为范型,投入其对民生疾苦的关注,作为他做诗的主旨。

板桥诗写民生苦的篇什相当多,除《自叙》等文中他已提到的外,还有如《私刑恶》甚有名。序云:"自魏忠贤拷掠群贤,淫刑百出,其遗毒犹在人间。胥吏以惨掠取钱,官长或不知也。仁人君子,有至痛焉。"诗云:

> 官刑不敌私刑恶,掾吏搏人如豕搏。
> 斩筋抉髓剔毛发,督盗搜赃例苛虐。
> 吼声突地无人色,忽漫无声四肢直。
> 游魂荡漾不得死,宛转回苏天地黑。
> 本因冻馁迫为非,又值奸刁取自肥。
> 一丝一粒尽搜索,但凭皮骨当严威。
> 累累妻女小儿童,拘囚系械网一空。
> 牵累无辜十七人,夜来锁得邻家翁。
> 邻家老翁年七十,白梃长椎敲更急。
> 雷霆收声怯吏威,云昏雨黑苍天泣。

吏治的腐败黑暗,令人发指,上苍亦怒,然而这是真实的人间生活现象。《潍县署中画竹呈年伯包大中丞括》是为人熟知的佳作,题画而寄以心灵,此为又一型:

> 衙斋卧听萧萧竹,疑是民间疾苦声。
> 些小吾曹州县吏,一枝一叶总关情。

《题竹石画》是述志诗:

> 咬定青山不放松,立根原在破岩中。
> 千磨万击还坚劲,任尔东西南北风!

竹枝石块两相宜,群卉群芳尽弃之。
春夏秋时全不变,雪中风味更清奇。

板桥诗毫无可"怪"之处。唯其从"正"的尺度绳衡之,乃属"变"且"俗",既不古雅,又乏高华,更无含蓄温醇可言。少见则怪,在一片"真"气匮乏的习尚中,骤然吹来迥异的风,自不免有怪异感。

"八怪"画群中,汪士慎的《巢林诗集》、黄慎的《蛟湖诗钞》、罗聘的《香叶草堂诗存》、《白下集》等都是乾隆前中期纱帽诗群中不可能有的清新真朴、峭拔奇崛的作品,兹不一一罗列。最后谈一下高吟"乾坤浩浩人如虱,谁识英雄在布衣"的华嵒。

华嵒(1682—1756)[①],字德嵩,又字秋岳,号新罗山人、白沙山人、东园生、布衣生。原籍福建上杭,流寓浙江杭州。这是个自幼即充当民间工匠而自学成为大画家的奇才。诗集有《离垢集》。《国朝杭郡诗辑》引述比他大二十岁的徐逢吉的评语,说他的诗如"春空紫气,层崖积雪,玉瑟弹秋,太阿出水,足称神品"。其实这些比拟正说及他诗风的寒清冷冽韵味,诚如其《题画诗》中描述的:

半壁斜窥石罅开,冷云流过树梢来。
茅庵结在云深处,云里孤僧踏叶回。

僻冷、孤寂的境界与盛世气象何其不协调!新罗山人的诗如

[①] 华嵒生年有二说。一为康熙二十一年壬戌(1682),据其《鸟悦明花图》、《盘谷山居图》之题跋,均云"乙亥冬日,时年七十有四"。傅抱石《中国美术年表》以及邓拓有关文章则定为康熙二十三年(1684),未明出处。《新罗山人诗集》有一首《癸亥十月七日过故友员九果堂墓,感生平交,悲以成诗》:
一抔黄壤依林莽,六十衰翁礼故人。是日余六十贱辰。
挥涕感今哭已痛,临风念昔意何申?
松门积绿阴恒闷,石碣题朱色未陈。果堂葬于九月七日。
肆日离离霜草外,夕阳如悼冷山春。
按:癸亥为乾隆八年(1743),据此推算,当生于康熙二十三年(1684)。

同其画一样,构筑的是自外于时势的精神小天地,衡门索居,与达官们异趣而远之,《幽居》能代表此类心境之写:

    白云岭上伐松杉,架起三间傍石岩。
    妨帽矮檐茅不剪,勾衣苦竹笋常艾。
    厨穿活水供茶灶,壁画鲜风送客帆。
    自有小天容我乐,且携酒杯对花衔。

  金农等寄迹市廛,做着"儒者治生为第一义"的商品交易,华喦则力求心迹回归自然清宁处去。但无论怎样,他们的心总与当道隔了一层。

第三节 "一卷怪石"胡天游

  乾隆朝中,东南最称天才而先后客死山西者有二,一为浙东胡天游,一为江南黄景仁,一死于蒲州,一病殁解州,间隔仅只二十五年。

  胡天游奇才喷薄而命运淹蹇,于是郁勃气怒,愤苦血沥,构成"险语破鬼胆"(包世臣《石笥山房集序》语)的诗风,足称为诗界一"怪"。这是才人情性与冷酷际遇相撞击所激变而成的愤世心绪的外化。如果说"两当轩"主人自嫌略少"幽燕气"而苦竹夜吹的话,那么,先于黄景仁演出人生悲剧的胡天游似禀赋浙东人固有的强项耿直情性:胆张气凌,矫挺峭拔,一任僻怪情韵尽泄胸中恶气,以其独异的阳刚味,为"盛世升平"奏不调和音,确如《乾嘉诗坛点将录》所作的判词:"十八般武艺皆高强,有时误入白虎堂!"当然,胡天游的怒闯"白虎堂",只是一种文化现象的个性表现而已。

  胡天游(1696—1758),曾名骙,字云持,改字稚威。浙江山阴(今绍兴)人。雍正朝,两试乡闱,均举副榜。乾隆元年(1736)荐举"鸿博",临场试未半,鼻血潮涌,废试。十四年(1749)又经荐试"经学",复报罢。后客游四方,依人山西,卒于蒲州。著有《石笥山房集》。胡天游科场不利,似是天命,实系人事。朱仕琇《方天游传》(按,天游榜册改姓方)的《赞》说得好:"其沦落不遇非尽由数之奇也。然使天游惩穷而易所守,岂足以见天游耶?"此《传》见于《清代碑传集》卷一四〇。胡天游其人本无可怪处,"事母至孝,与兄骥友爱无间",于人伦均正常。其被人视为"怪"的无非是"自喜特甚,时桐城方苞为古文,有重名,天游力诋之。前人如王士禛、朱彝尊诗文,遍摭其疵病无完者!"他犯的是蔑视权威的过失,敢于自信。于是"士大夫皆重其才而忌其口","重其才"是虚的,"忌其口"则是实在得很,"举经明行修"之科,就是"卒为忌者中伤而罢"。他是被扼杀的一个。朱仕琇赞之为:"其行虽过中道,要其人不失为天下奇士!"朱氏行文需作此一宕,事实上,胡天游不"过中道",又"岂足以见天游耶"?

胡天游在当时以骈文名天下,是清代俪体文一大家,诗则时人只说"雄健有气"、"笔锐而奇","怪"之说是后来的论评。但在清代中叶诗界如他这样不顾程式和习惯视听感觉,一意任气骋情,诚是"怪"相。这"怪"不只是如包世臣所说的"琢句险易,交错为异"之类手法问题,"险语破鬼胆"是心灵的躁变。所以,徒从其师法"郊、岛、山谷,取径僻狭"①云云来把握《石笥山房诗》,未得要领。

胡天游心中永怀莫名的郁怒,而且始终抱着一吐为快,不愿缄默的态度。《秋夜松吹书堂作,呈堇浦翰林》,是一首向杭世骏吐抒心情的诗,他认为处于怎样的境地,感受到怎样的氛围,就怎样说,怎样唱!"言"挟秋气,"文"中含金,无非都是一个"真"字,

---

① 《筱园诗话》:"浙派……唯山阴胡天游稚威,幽峭拗折,笔锐而奇,虽法郊、岛、山谷,取径僻狭,有生涩、晦僻、枯硬诸病,然笔力较为沉着深刻,亦足以成一家"云。以其乃浙人而归之为"浙派",实皮相之说。

诗云：

> 悄然孤松夜，不起虚堂声。
> 凄从主人心，飙籁含琼鸣。
> 空涛洗白月，天地呈瀏清。
> 有言不为秋，焉能爽神明？
> 有文不为金，焉能铿华英？
> 君子璧四陲，永世刊俗情！
> 灯光艳红花，波浪沄沄生。
> 素琴虽未张，可以听和平。

《秋日作》亦属有感而发，不平则鸣：

> 蟋蟀语中宵，凄切不肯休。
> 微物尔何知？亦与时节谋。
> 虽未入床下，已复在户陬。
> 似道寒气深，催人理衣裘。
> 嗟哉无襦客，破葛悬床头。
> 高歌但竟日，晏默何所求？

这首诗似是在回答那些"忌其口"者：我不会沉默的。

胡天游的"怪"，首先怪在口无忌惮，其次是不趋热而专好以"冷"色调表现世情或景观。这种"冷"，构成着予人僻涩感觉甚深的印象。其实，"冷"与"涩"不是一回事。胡天游的"冷"色调有时毫不生涩，只不过其灼人以冷焰，冷从热出，转多怪意。如《塞上观落日》，很常见景观，他写出的是：

> 落日与天倾，天连塞草晴。
> 看从沙上汲，翻似海边生。
> 惨淡开红烧，虚无恋远明。
> 何人把羌管，先作月中声。

"红烧"何其热,热得"惨淡"又何其冷?他从不回避"红烧"、"红花"之类绚丽词藻,效果却凄寒之至。有一首写塞上祭鬼,"殇魂,慰厉怒"的诗,凄艳采藻中透冒的是入骨的阴森:

> 打鼓锦蛇斑,翎花绛带翻。
> 神弦秋树里,青嶂国殇还。
> 岁得虚疑定,魂招只未关。
> 娑娑自遗俗,歌咽几红颜?

再看《送谢侍御赴长沙》诗,赠行语中又表示着严重的与世不合,从而怪气溢出:

> 帐底吹箎夜解围,剑炊刀淅雨危机。
> 请来斩马平陵去,看遍黄羊属国归。
> 物论清流几人是?书成孤愤举时非!
> 戟髯强项生平意,坐映江山合有辉。

《雪桥诗话续集》卷四论评胡天游诗,特指出"不得以僻涩相讥",很为中肯;针对世人的感觉误差以很实在的文字予以澄清,也简切。杨钟羲说:

> 昔人以皱、瘦、透品石,唯诗亦然,兼之者其胡云持乎?五律如……《石堂雨夜》云:"尽夜越山雨,石堂孤影看。湿萤沾碧动,妖鸟落灯寒。短褐却秋苦,远钟追梦残。所忧粳稻熟,一岸阻弥漫。"《赠李山人捷》云:"人将秋共瘦,诗更瘦于人。本爱山为命,唯余鹤是邻。天教尝药遍,僧与制衣新。他日长江簿,多应想后身。"……《野烧》云:"越山经野烧,风俗似巴人。小劫儿童水,他时草木春。云昏含岫晚,土黑破崖新。柔橹沧波上,翻怜照影频。"法随意转,不得以僻涩相讥。七律如《送侯嘉璠》云:"四十青衫走县门,摧颓偏怪气如云。众中落笔追袁虎,天下工诗称窦群。弃置丈夫安足道,近时公论总

稀闻。吉州司户长江簿,郡内恁谁作使君?"……《重宿法相寺》云:"碧溪藏寺寺藏烟,安稳人间第四禅。巧入晚风云外磬,不分秋雨夜深泉。种松僧老猿同瘦,看竹人稀石自眠。闲拂旧题寻短李,藓荒煤暗几经年!"是真能以性情为精神,以学问为孚尹者。

杨钟羲很有眼光。"皱、瘦、透"的意蕴独多冷色寒意而力劲气爽,诸诗正充分例证之。

胡天游的《烈女李三行》五古长达二百四十句,写女子李三为父报仇事,情既壮烈,意亦感人,诗人憾于五十年来无人"扬洗招暴",遂以雄健纵横的笔力彰扬之。袁枚有诗赞之:"骑鲸跋浪是生平,要与云龙韩孟争。绝好东南飞孔雀,一篇《烈女李三行》。"《李三行》实非好胜使气之举,它从一个侧面表现了胡天游不与俗谐,喜言人所不言之语,吐人所不敢吐之情,词藻的独异尚在其次。

"怪"与不"怪"原是相对事,少见则怪,非常则怪,脱俗也会被视作"怪"。袁枚《咏三十六梅花研》诗有句:"一卷怪石开生面!"胡天游诗与扬州画群之画,殆即此"一卷怪石"乎?

第五章　八旗诗人史略

以满族为主体,包括蒙古、汉军在内所构成的"八旗"诗人集群,是清代诗歌宏大阵容的重要一翼,也是这一断代诗史得以有异于前代诗歌史的不应轻忽的因素之一。

八旗诗歌历经顺治、康熙两朝的强化育成,自雍正朝,入乾嘉时期已呈极度繁荣的景象。《随园诗话补遗》卷七说道:"近日满洲风雅,远胜汉人,虽司军旅,无不能诗。"这诚非夸饰之语。只须对比一个数字,即可大体显示愈趋隆盛的事实:文昭编于康熙四十九年(1710)的《宸萼集》,录得二十八家诗三百七十六首;到嘉庆九年(1804)由铁保主其事,法式善具体董理编成的《熙朝雅颂集》,共辑入满、蒙、汉军八旗的诗人五百八十五家,诗七千七百四十三首,合为一百三十四卷。诚然,文昭所收的乃宗室诗人,范围未广,但这又恰好印证着清初帝君既欲天潢胄裔熟精汉族文化以增强"文治"才干,又严防"汉人习气"扩散沾染其从龙子弟的事实。至于法式善协编《熙朝雅颂集》,据舒坤《批本随园诗话》说,他"竟当作买卖做。凡我旗中人有势力者,其子孙为其祖父要求,或为改作,或为代作,皆得入选"云云,即使是事实,则正好说明被"汉人习气"所异化的程度已大背列祖列宗的初衷。但那个基本数字大抵应可信,铁保的诗学造诣甚高,其时正加太子少保衔,将擢两江总督,法式善当不至于越轨胡来①。

其实,数字也只能说明问题的一部分。乾嘉两朝八十五年中,就诗的领域言,八旗才士称名家的远超过前朝,诗艺的成熟是全面的。以《雅颂集》再参照《八旗艺文编目》以及杨钟羲的《雪桥诗话》正、续、三、馀诸集,情况很清楚:慎郡王"紫琼道人"允禧的影响在乾隆前期二十年中,为"朱邸"群中所空前未有,郑燮《随猎诗草·花间堂诗草跋》说他"专与山林隐逸,破屋寒儒争一篇一句一字之短长,是其虚心善下处,即是其辣手不肯让人处","落笔晶明洞彻,如观火观水也"云云。此类文字容或不无谀味,但允禧以诗、书、画"三绝"为各族文人折服乃事实。再以"永"字辈宗室言,永珹的《寄畅斋诗稿》、永瑢的《九思堂诗钞》均可与叔伯辈中弘晓、弘昼等媲美;永憲的《神清室诗钞》、永忠的《延芬室稿》、恒仁的《月山诗集》、敦敏的《懋斋诗钞》、敦诚的《四松堂集》等等,以及铁保兄弟、和琳、英和、法式善,还有以马长海、李锴等为代表的旗下名布衣,诗歌艺术集群性造诣所构成的高张之势,涌现在乾嘉时代应是确实无疑的。同时,八旗诗群也开始大量涌现夫妇唱和现象,如著有《冷月山堂诗》的珠亮之室养易斋主人有《养易斋诗集》,其子嵩山之室"兰轩学人"亦伉俪有集;信郡王如松室"天然主人"佟佳氏著有《蟪帷泪草》等。正是这种高峰态势,始育成出奕绘与西林(顾)太清(春)那样的"樵唱"、"渔歌"相酬和的韵事。

八旗诗风炽盛,从文化现象言,当然是满汉融汇的佳事,对华

---

① 《熙朝雅颂集》不是一次编成,其先应即名为《大东景运集》者。法式善《陶庐杂录》卷三:"铁冶亭漕督向藏《长白诗序》、《诗钞》二书。后奉命辑《八旗通志》,又得递钞八旗人诗,合旧存得二百余家,题曰《大东景运集》。余又为增八十余人,就余所知,为立小传。二百八九十家诗之源流,人之梗概,一一及之。冶亭治漕,携入行箧。闻近又有所增。将来勒为全书,彬彬乎足以和声鸣盛矣。"

夏整体文化的演进,显然是积极的推促。但是,对王权统治的稳固却是忧喜参半,而且忧多于喜。本书绪论第二章中曾讲道:"事物的发展并不完全按他们的意志运行,深于'文学'的皇子、宗室群从们在严酷的宫廷权力争斗和无情惩处的现实面前,不少成员竟转化为一种奇特的'朝'中之'野'的心态,借诗歌以自娱或宣泄苦闷。"诗,本质是抒情的。尽管"文治"之力可以制约它,导引它来颂圣,歌德,粉饰升平,可是诗既然具有心灵之窗的功能,当八旗才人的心灵被自家的皇权压抑得无所栖遁时,为酷烈的现实惊悸或激愤得无以喘息时,这扇窗子终究会被顶开,作为栖遁和自慰的精神小园。于是诗的本质被这批原本较汉人要纯真质朴的八旗才子重新召唤回归,成了他们与朝阙貌合神离甚至清浊分流的自我载体。

诗的本质能量有时对才慧之士特具移情改志的魔力,潜移默化,几乎难以遏止。即以《熙朝雅颂集》的主编人、位至方面大臣的铁保为例,这位与百龄、法式善并称"三才子"的旗人,竟在诗的观念上也远比汉人如沈德潜等通达,从"文治"意义上来说是不雅驯、不规范。在《雅颂集》编成之前,他曾先编过一部《白山诗介》,《诗介》虽也是为"以勉副我国家右文之盛",但其突出的是"抒写性情"之旨,《凡例》第五条说到选诗标准,其实是"性灵说"的翻版:

> 诗贵真,各随其性之所近,不可一律相绳。李、杜文章光焰万丈,而元轻、白俗、岛瘦、郊寒,亦不妨各树一帜。故宋元人之诗,不必学唐,而未始不如唐;明人之诗,有心学唐,而气骨转逊于宋元,真不真之分也。是集之选,就当时之际遇,写本地之风光,真景实情,自然入妙,不但体裁不拘一格,即偶有粗率之句,亦不妨存之,以见瑕瑜不掩之意。

这位字冶亭、号梅庵的铁保先生似乎全忘了三十年前圣上追赐王渔洋"文简"谥号的事。诗的抒情本质的磁性力居然吸着他在"真"的情感洪流中漂得很远。特别是他的《惟清斋集》中《读乡前辈遗诗感赋十二首》,对好几位游离于皇权的布衣备加赞仰。如咏马长海说:

> 一片雷溪月,清辉映草堂。
> 长留居士影,不改布衣装。
> 五字传衣钵,馀生托老庄。
> 波涛春易水,巨响撼雪碛。

又如咏李锴:

> 落日田盘暮,乾坤老布衣。
> 诗成蚊睫古,魂返豸蜂非。
> 入市嫌泥滑,依山爱蕨肥。
> 水云真不玷,词客似君稀。

再如咏兆牧牛:

> 何处牧牛子,穷愁并断肠。
> 夕阳一声笛,天地久低昂。
> 性证寒山净,诗宗贾岛狂。
> 冰花结成字,展卷梦魂凉。

　　是不是这些布衣均属"盛世"的点缀,以表示朝野和煦,所以备予颂扬呢?当然不是,后文将要论述马长海诸人。那么,"盛世"而离去甘作"老布衣",岂不是冷嘲?铁保也无此自觉或本非此意。事实是他之敢于吟唱这样的调子,是当时八旗文人中隐逸之风极盛,已成习见,而且认为是一种"高风"。那个乾隆帝的小叔叔紫琼道人就是很典型的一个,只不过他格于"祖宗家法"不能出京城到山里去而已。

　　对这种"异化"现象,乾隆帝弘历是厌恶的。他不会承认这是心灵自救的合理要求,也否定此类心灵变"野"的行为。弘历和他的父、祖们一样,用沾染了"汉人习气"来解释这一切,是"渐忘我满洲旧制"的恶劣行径! 所以,早在乾隆二十年(1755)五月,弘历就曾朱谕:严禁满人与汉人以文学唱和! 这无疑也是对其二十一叔父允禧以及自己的两个老弟弘昼、弘瞻的严厉警告。允禧是在这上谕颁示后三年即中寿而死,弘昼、弘瞻则是同一年去世,那正是追谥王士禛为"文简公"的乾隆三十年(1765)。这并非暗示什么,只是说明按理不准和汉人唱和的禁令原当可以更有效的。然而事实似难以禁绝,铁保的言论以及和汉族诗人的频繁交往,在上述朱谕之后达三四十年;此外,两江总督即铁保的前任尹继善,不是和袁枚等师生之间同样唱和得很热闹吗?

心灵的难以羁缚和扼制,看来是条真理。权势既可合理地袭人,心灵也能合法地逃遁。"逃"是可以自主的,当然指的乃心之逃。明言"逃"出"文治",是忤逆的话,那么以"逃富"之名行"逃死"之实,则谁也难加究治。于是,一批八旗诗人中的颖悟之士似是巧合地重演了当年"逃之盟"即"惊隐诗社"的一幕。诚然,历史、时势和初衷都已变异,"乾隆盛世"时代的八旗诗群包括宗室成员,绝无反叛之意,但游离心绪则是一致的。

第一节 "辽东三老"、"三布衣"举要

一 马 长 海

与戴亨、陈景元共称"辽东三老"的马长海,在乾隆中期已罕为人知,连袁枚都说不清楚他的名号。马长海(1678—1744),生平全赖李锴《铁君文钞》的一篇《马山人传》始得略知,《传》曰:

> 长海,氏那兰,字汇川,清痴其号也。先世为乌拉部长,其高祖苏伯海率所部归我太祖高皇帝,授都堂。父马期累

官都统,以平滇功晋镇安将军,守滇,伯叔兄弟并后先登显秩。山人初肄举子业,非所好,去。继以镇安功予荫,又不就。其伯氏为之请补民部后库使,檄下矣,山人始知之,复坚卧不肯起。母太夫人怪之,山人曰:"库使司帑藏,岁丰入,惧及焉。逃死非逃富也!"太夫人贤,听之,遂布衣终其身。山人冲远任真趣,囊括一切,了无容心。……山人中岁爱易水之雷溪,筑大钵庵,复自号雷溪居士、大钵庵主。晚入长安,居委巷,又颜其阁曰玉衡,悬画四壁,对之吟讽。其诗矩矱古人,而不胶于固。断句尤冠绝一时,声称籍甚,王公贵游争欲识之,而山人落落任放如故云。乾隆九年三月卒,年六十有七。

马长海的行为表现可说是八旗文士中第一代全面接受汉文化薰陶而勘破凶险现实的隐逸诗人。他的"山水平生癖,乾坤万事空"的心态,一方面是如其《长歌行》中所说的,昨天还是"甲第连街陌,曲院多逢迎",今天却"繁华一销歇,霜露凋春荣。朱门一以闭,樵采登高茔!"残酷无情的现实情事深深刺激着这个颖悟人,把他从显宦门第的氛围中推促出来;另一方面则是全面获得的汉文化传统中自守自保的意识导引他投向另一个天地中去,"风波阻前修,洊止免溺沉","弋钓寂可托,林庐孚所欣",在《与巢寄斋尚书》诗中他表白得很清楚。

如果说满洲八旗族群入关前和开国初,接受汉族文化薰陶还处于被动灌输,有所择选,并深被所师承者个人的学识见解所左右的话,那么,到马长海一代,已是主动汲取,甚而对汉文化的整体性方方面面均开始深深契入,含咀其味,进而自养心魂,自取所需了。只须看他在诗文化领域内所获得的通史式的纵深感悟,即可表明马长海其实已由盲从性的学古而转进为自放眼光的去取。文化意识的获得每每是各层面呈同步性,诗文化与人生感悟关系尤近,所以,马长海氏的《效元遗山论诗绝句》四十七首,可以表明这是八旗诗人中第一代全面地从汉文化中觉醒人生的代表者。今存《雷溪草堂诗集》,据刘承干"嘉业堂"的《辽东三家诗钞》本仅二百首而已,《论诗绝句》几占四分之一。单以这种诗论形式言,马长海也是仅次于同时焦袁熹(1661—1736)《此木轩集》,为最多最早的一家。兹选录数首,以见马大钵审美取向和人生心态,如咏嵇康云:

> 龙性谁云不可驯?隽才伤俗合藏身。
> 长吟目送飞鸿语,自是风尘以外人。

"合藏身"三字是伤嵇康的见机未早。咏陶潜云:

> 栗里风开淡穆春,一吟一字总天真。
> 义熙尚有关心事,岂便羲皇以上人。

对于李商隐、韩愈风格的迥然不同,马长海认为:

> 玉溪诗法昌黎笔,孔鼎商盘各擅场。
> 千古大文终不灭,人间别有段文昌。

大钵山人对清初前辈诗人的评价也值得注意,如评杜濬:

> 黄冈决起少陵孙,皂帽吟诗白下门。
> 幸有阿逊知己在,黄以逊,金陵名士。一篇论定杜茶村。

关于王士禛:

> 《蚕尾》诗名天地间,清裁妙诣证仙班。
> 真灵位业全无分,未向崆峒问道山。

末二句似惋惜似讽喻,在整组论诗绝句中属很特殊的语气。对陈恭尹,更是佩服至极:

> 眼前谁是出群雄?岭外称诗独澏翁。
> 曾见罗浮香雪里,梅花开到六分中。

略予例证,马长海的心所向往处,已披露无余。他是个轮廓最称鲜明的"八旗"野老。永恚《神清室诗钞》卷上《齐物》诗有句曰:"蝘蝶吐云为龙乘,菱花背日笑葵倾。"大钵庵主岂不正是"背日"而笑"葵倾"的菱花丛中的一朵?

正是这种"笑葵倾"的离心情绪,导使"八旗"野逸认同着一种历史共识。在马长海南游旅程中,笔下的山水纪事莫不蒙有一层伤往事的冷色调,如《游牛首》:

> 旷绝城南路,牛头势欲分。
> 寒林双阙寺,野火六朝坟。
> 拜佛看心境,翻经对白云。
> 闲僧共幽眺,钟阜下斜曛。

又如《登吴山》:

> 极目层城外,苍茫远眺中。
> 山云开晚照,江雨宿残虹。
> 犀甲三千在,银涛一派雄。
> 何堪思往事,烟草没吴宫。

前者在南京,后地则是杭州。应该看到,所谓历史共识实即对汉文化的认同并趋奉,而这是爱新觉罗皇族统治集团最深虑和忌惮的现象,难怪从康熙到乾隆对"八旗"子裔的"习汉文"要一再严予限制,并首尾难以兼顾地时禁时弛了。

二 李锴·附戴亨

袁枚《随园诗话》卷三将戴亨与陈景元、马长海并称"皆布衣不仕",是失察之言,说"戴诗不传"亦不确。由于这类讹闻,"辽东三老"与"辽东三布衣"被混淆为一。事实是戴亨既非布衣,诗亦有流传。戴亨(1690—1777),字通乾,号遂堂,耕烟老人戴梓(1649—1726)之子。戴梓原系浙江仁和(今杭州)人,三藩之变,梓从康亲王军中,为制火炮。以功荐入值内廷,赐官侍讲,因好与西人争胜,被南怀仁等构陷入狱,后流徙沈阳,子孙遂为铁岭(今辽宁辽阳)人。戴梓著有《耕烟草堂诗钞》四卷,一家能诗。戴亨于康熙六十年(1721)成进士,官齐河知县。因故被撤职后客于扬州卢雅雨邸,后又移居南京终。诗有《庆芝堂诗集》十八卷。戴亨出生不久即随父遣戍辽东,故其诗独多"百年深惧此生浮"的飘零感。在《奉窆曾祖母、祖父后留别地师朱汇徵》中说:"万里艰难投绝塞,百年存没隔辽天。平生洒尽思乡泪,垂老归来买墓田。"那种似奴非奴的旗下身份,似一块坚冰扣压在心底,《甲子三月五日抵沈阳》诗表现得很充分:

> 归来身世感歧途,廿载飘零苑复枯。
> 蓬室栖迟惭用绮,金门饱死愧侏儒。
> 云山无恙人将老,天地多情草又苏。
> 风木空余游子恨,蓼莪吟罢泪模糊。

戴亨严格说不算旗人,是入籍为奴一类身分,此处一并略述,以见"旗"下心绪之一种。主要说李锴。

与马长海、陈景元合称"辽东三布衣"的李锴是诗名甚高的汉军旗人,尤以生于华胄,娶于贵戚,却翛然远隐而著称于世。

李锴(1686—1755),字铁君,号鹰青山人,又作豸青山人、幽求子、焦明子,辽东铁岭籍。乾隆元年(1736)举"鸿博",辞而不允(有《辞荐举词科与友人书》,见《李铁君文钞》下卷),与试未取。十六年(1751)举"经学",不就。著有《睫巢集》,原名《含中集》,诗五卷。

方苞《望溪文集》卷八《二山人传》云:

> (李锴)曾大父如梓,明宁远伯成梁兄子也,万历己未铁岭城陷,死其官。入国朝,三世皆盛贵。伯叔父兄弟或嗣封爵,都统禁军;或开府建钺,布列中外。

李锴却很快即归隐:

> 尽以先世产业属二昆,移家潞河,潜心经史,凡六七年,邻里未得识一面。尝游盘山,乐其土风,买田鹰峰下,构草舍,杂山氓以耕。

关于铁岭李氏,李兴祖《课慎堂文集》中《显考德贞府君恒忠行状》述家世甚详,兴祖为李锴叔父辈。李氏在清太祖、太宗时期即与爱新觉罗氏家族关系微妙,李成梁为从龙勋臣,李如梓等则于战事中为清兵所杀。李锴后又成为索额图之婿,独独意兴萧散,似心系其曾祖死事而勘破"宁远伯"之贵显。如在《拜远祖墓》诗中说:"不知几何年,石马犹未欹。"其对自家旗籍身份显然有一种潜在的厌弃感。《读先太傅〈宁远伯传〉,敬赋长律十四韵》更是对家世的深沉追思:

> 有汉推猿臂,前朝重虎臣。
> 茧丝宁作障,执秩足其民。
> 半壁凭楮柱,群陬失抚循。
> 蛮氛裁左戢,羌事复西论。
> 雷火先声疾,乾坤血战频。
> 竞传边立靖,敢信策称神。宁远破土蛮,平哱拜,前后大战凡十余,赐爵荫,甲第为当时冠。
> 维嬖疑诛赏,论功屡屈伸。
> 直将成贝锦,谁肯恤劳薪。
> 献纳更三相,权衡赖一人。
> 廉颇容善饭,新息偶全身。任宁远由张居正,居正败,群辈诋宁远无虚日,申时行言边臣忠勇唯成梁,最后沈一贯亦言全辽乡官士民投揭朝房谓:成梁镇辽二十年,而辽安,去辽十年而辽坏。故宁远得以功名终。
> 异代山河改,王家典籍新。

> 语方崇起霸,论辞比诸起、霸之亚。名竟躐甘陈。
> 小子诚无赖,穷年不自振。
> 匣中遗故剑,每夜泣风尘。

李锴追索的是李成梁在万历年间镇辽东之功勋,用"异代山河改"五字敷衍后面的史实。"不自振"云云是不想凭"宁远"之荫而"躐甘陈","故剑"夜泣,言外岂无对乃曾祖李如梓的哀悼?

他的《哭所知》二首是对当时酷政及人事无常的悲哀,他哭的这位"所知"乃是个罹罪戍死的官员,而且是个敢言尚气的正直之士:

> 百死唯天命,千秋信苦吟。
> 灌夫徒尚气,优孟绝无心。
> 莫更求完卵,知应覆短衾!
> 青灯风雪甚,幽梦隔穷阴。
>
> 子作巴猿哭,长音塞雁闻。
> 异乡谁料理?行路致殷勤。
> 白日累臣罪,黄沙志士坟。
> 泥涂无限泪,沉痛一呼君。

毫无疑问,李锴不是个佯作清高的隐士,其心底别有辛楚之故。所以,在自营生圹既成,题句有"固应无物还天地,或不将身玷水云",他是不愿同流合污。其诗之劖削骨立,寒苦近孟郊,也不是意在仿古,乃其"入市嫌泥滑"(铁保诗语)的心灵抒露。

李锴诗浸透一片寒秋之气,如《落叶》:

> 西风吹故林,一叶一秋心。
> 生理或未尽,暮愁相与深。
> 因知白发者,中有老怀侵。
> 独立斜阳下,听残空外音。

又如《咏山花》,则为"心防"摧折的悸动:

> 离立宁标异?孤芳殊众材。
> 秋山深夜雨,临水一枝开。
> 汝幸无名字,犹防有折摧。
> 沅江香草暮,谁寄楚臣哀?

《含中集》有二首古体诗与他通常的清折寒峭气格有殊,值得重视。一首是《冷子示关中友人赠诗,且索予作,赋此以赠》,表示了对关中"英雄"的崇敬,文外有事,别有意在:

> 吾闻关中建瓴势,襟带山河雄百二。
> 名贤大儒每挺出,吾道苍茫实攸寄。
> 峥嵘余气未肯伏,有时更出英雄辈。
> 多君壮年多壮游,锦囊古剑临清渭。
> "一康三李"假光怪,太华终南泄灵秘!李颙字仲孚,专理
> 　　学,世以夫子称之;李因笃字天生,李柏字雪木,又号太白山
> 　　人,康乃心字孟谋,皆工诗古文辞。关中为之谚曰:关中三李,
> 　　不如一康。
> 我行海内十有八,老马风尘消故智。
> 迄今关雁起秋风,把酒危楼辄西睇。

一种心向往之、引为同道的情思溢于纸上。另一首《紫琼岩引》,是为允禧所作,将贵为亲王的当今皇叔的一切荣华比拟为"邯郸"一梦,而慎郡王竟然完全认同!诗前有小序,《睫巢集》已删去,《含中集》保存有,序云:

> 湘南易宗瀛宿邯郸,梦得三字曰"紫琼岩"。既入都,应
> 慎王辟。一日,从容述其梦,王指牖示之曰:"此予书斋名
> 也!"顾先兆若梦,异哉。爰命错识之,作《琼岩引》。

此序是一则绝好小品文,慎王"指牖示之"云云,闲淡中见冷峻,

幽默中含凝重,形象跃动。诗亦甚佳,惜少有人举示,录之备供吟味:

> 秋风萧萧柳叶黄,邯郸旧梦今苍茫。
> 一鞭落日者何子?衣衔云水来潇湘。
> 茅店无声霜月起,又入千秋残梦底。
> 仙人示以紫琼岩,五色能令双目眯。
> 吞爻吐凤神往事,中心丹碧镌三字。
> 长安索米凡几春,逢人不敢宣灵秘。
> 楚馆宾筵引申白,揭剑乘车为上客。
> 云龙付翼拔地飞,倏忽真落神仙宅。
> 晶帘十二裁清冰,银虬漏戛琉璃屏。
> 琼岩主人俨然在,再拜稽首称宗瀛。
> 幻情真境忽交会,梦垒直击邯郸碎。
> 相逢天外笑无言,蒙头枕藉乾坤睡!

关于李锴的诗,《辽海丛书》的《含中集》后,金毓黻有个《校录》说明:"《含中集》为先生初次手定之本,未及刊行。复加刊落,又益以续作,厘为六卷,始易名为《睫巢集》,此一集所以有二名也。尝取两集互校,《含中集》所载之诗,有七十六首为《睫巢集》所未收。此即为先生重订是集时所刊落,而两集字句亦时有异同。《睫巢集》旧刊本已罕传,嘉业堂重刊于维扬已在清末,较之文字,自以《含中》原定本为佳多。后顾忌时多,删定益谨慎也。"非常令人惊异的是,原本竟有无锡顾衡文所作序。衡文字倚平,著有《清琴集》,系顾景文、顾贞观之弟。足见李锴与江南文士交游之广,其诗集中题赠袁枚之作亦有多首,又可为一证。

第二节　宗室诗人中的"篱外寒花"群

爱新觉罗皇族自从太宗皇太极之后，历经顺治帝福临、康熙帝玄烨、雍正帝胤禛，到乾隆帝弘历时，宗室内部积几代夺嫡残杀的怨仇以及株连子孙的惊怖，构成了空前未有的皇家大族群之间的阴霾氛围，天潢后裔中心态严重失衡。这种由于皇位权力之争造成的后遗病态，到乾隆朝实际已呈现二个系列的症状。一是康熙诸子经喋血之斗后构成的态势。原本是众星躔日似的朱邸群体或倾圮，或沉寂，至于侥幸免劫的也守清静无为之旨，沉湎于禅悦或书画诗酒中。这批王爷和他们的子裔虽则心底时时浮起难言之味，但天潢贵胄的富贵气犹存，处境也还优裕。另一系列则是当年随太祖努尔哈赤浴血关外，又辅助皇太极、福临父子辗转长城内外、大江南北的诸功勋卓绝的第一代亲王、贝勒的子裔，即称为"近支宗室"的一群。此中不少人在入关前后的权力斗争中即被诛杀或"赐死"，子孙们虽还有系着黄带子的，可屡经风波，心头已创伤累累，愤懑情与苦涩味只能深深咽进肚里。他们的心态较之前一系列尤为郁郁寡欢，逃禅问玄也每难以消解积郁。此外还有大批闲散郡王、国公、将军的子裔，程度不同地应和、沟通着上述群体，北京城内简直蕴藏着一团团心理怪异的气团。到弘历登基时，这种情绪气团已是积久浓重，倒也似习以为常不足怪了。

《晚晴簃诗话》在评述永恵的诗时说："嵩山将军诗以疏朗胜，生当盛时，身为公族而郁勃，常有士不遇之感。"这种表现于诗风中的反差现象以至予人反常感觉的，正是前面论析的宗室集团中的病态心理的反映。事实上，这类现象在诗的领域里岂止永恵一人呈有,永㥄还是境遇较好的一个①,如八旗诗人中的名家恒仁就远较嵩山将军凄凉。

一 恒仁与敦敏兄弟

恒仁(1713—1747),字育万,又字月山,普照之子。普照是努尔哈赤的玄孙之一,他的曾祖即威名显赫的英亲王阿济格。阿济格是顺治朝权力斗争中的失败者,被赐死,诸子均被黜革宗室身份,实即开除出皇族。到普照一辈,始陆续重新恢复宗室名籍,那已经过了三代。普照恢复袭爵,为八分公、西安将军。恒仁十一岁时继袭公爵,十一个月后说是"不应袭",坐废;于是十二岁的恒仁投牒宗人府,入宗学,在学只二十几天,又以曾袭爵为例不得在宗学。从此悒悒寡欢二十余年,死时只有三十五岁。著有《月山诗集》四卷近三百首,据其子宜兴说:乃母曾对他讲"此汝父所作也,一生心血具在"。又说诗稿在恒仁殁后,由"仁和沈椒园先生为订定,节十之三"②,那么已删除了大部。

恒仁"一生心血"所化的诗不可能真正直抒胸臆③,但从他一再地写"风"之暴烈,写花卉的枯败,显然是借物寄意,以自然界的现象喻拟家族的遭际。如《枯柳叹》:

闲清堂畔柳枝新,昔年长条低拂尘。
夭桃秾李各斗艳,此树袅袅偏依人。

---

① 永㥄(1729—1790)是努尔哈赤第二子代善的五世孙。乾隆十四年(1749)封二等镇国将军。嘉庆二十一年(1816)追封礼庆王。
② 沈椒园,即沈廷芳(1711—1772),海宁查昇外孙。官山东按察使。著名诗人。乾隆初曾总理宗人府各学堂,故与恒仁相熟。沈氏自幼师事查慎行、嗣瑮昆仲,深味文字狱之惨酷。其行迹见门人江都大学者汪中所撰《沈公廷芳行状》。又,恒仁《月山诗集》与沈廷芳酬答诗甚多。
③ 《月山诗集》卷二《上叔父定斋先生》云:"原知阮籍诗难继,尚喜刘安桂许攀。"又,《口号》:"千街明月九衢灯,踏遍香尘记我曾。谁使销除结习尽,虚窗把酒听檐冰。"凡此皆抒露出一种自我收敛的心态。

> 岂知中路颜色改，根株半死当青春。
> 草堂无色感杜甫，枯棕病柏同悲辛。
> 婆娑生意几略尽，穿穴虫蚁难完神。
> 一枝旁抽独娟好，亦有狂絮飞来频。
> 人生宁无金城感，过情悲喜伤吾真。
> 且把杯酒酹木本，荣枯过眼安足论。

荣枯之感对他这样的王孙其实无法抹去，结末的自我宽慰适足以表明难以排解于心头。《风摧庭菊殆尽，用少陵茅屋为秋风所破歌韵》极写风的肆虐无情，摧残一切：

> 东窗日白林鸦号，居士偃卧三间茅。
> 有如瘦马嘶寒郊，忽惊撼屋风萧梢。
> 波涛万顷翻檐坳，南箕簸扬不遗力。
> 荒园草木遭戕贼，起视槐柳余空株。
> 竹枝摧折救不得，就中芳菊可痛息。
> 篱边狼藉无颜色，黄花惨淡叶深黑。
> 直疑风伯心似铁，粗豪不惜风景裂。
> 秋深渐知阴用事，姑缓数日亦佳绝。
> 菊本后凋乃先萎，含情欲诉无由彻。
> 我为移植盆盎间，手汲新泉洗冻颜，置之案侧傍砚山。
> 呜呼，菊兮托根幸在幽人屋，一任户外狂飙三日足！

此外还有《大风不止，用少陵楠树为风雨所拔叹韵》等，亦同此意蕴。

《熙朝雅颂集》中纪昀评恒仁诗说："其吐言天拔，如空山寂历，孤鹤长鸣，以为世外幽人，岩栖谷饮，不食人间烟火者，而固天潢贵胄也。"纪昀很俏皮，他用"鹤唳"之喻，是暗示性的手段，只是不出现"唳"字而已。他似在说恒仁的诗冷寂，实则是败落王孙的冷焰自吐,一个"固"字转折得聪明。比较起来,沈德潜《别裁集》的评语"吐属皆山水清音,北方之诗人"云,真是不着痛痒,空话一句。

同是阿济格裔孙的敦敏、敦诚,是恒仁的从侄,在宗室诗人中均属著名者①。

敦敏,字子明,瑚圉之长子。生于雍正七年(1729),卒于嘉庆元年(1796),整整生活过乾隆一朝。有《懋斋诗钞》残卷存世。敦敏的诗情韵浓郁,飘逸中有一种清圆秀润色泽。但如《谒三忠祠》则很有悲怆味,想必有点联想其五世祖的勋业了,三忠是指诸葛亮、岳飞、文天祥,诗云:

> 三忠庙貌古祠堂,下马遥瞻肃客裳。
> 同为中原谋帝业,仅留遗像付空王。
> 江山西蜀余荒草,宫殿南朝冷夕阳。
> 断碣残碑倍惆怅,芦花枫叶总悲凉。

敦敏诗在近世最为人重视的是与曹雪芹酬应之作,其中就诗情诗艺言,而不仅以资料着眼,则以下二首均称佳作。曹雪芹的出现,原是一代旗下才子心灵涌动的高潮产物,时代使然,文化孕结,并非独立偶然现象。《赠芹圃》云:

> 碧水青山曲径遐,薜萝门巷足烟霞。
> 寻诗人去留僧舍,卖画钱来付酒家。
> 燕市狂歌悲遇合,秦淮残梦忆繁华。
> 新愁旧恨知多少,一醉毵毵白眼斜。

又,《西郊同人游眺兼有所吊》:

---

① 敦诚《四松堂集》卷二《感怀十首》之二即悼"季父月山公"。《月山诗集》卷三则有《三叠前韵示敦敏》、《四叠前韵示敦诚》七律二首。

>　　秋色招人上古墩，西风瑟瑟敞平原。
>　　遥山千桑白云径，清磬一声黄叶村。
>　　野水鱼航闲弄笛，竹篱茅肆坐开樽。
>　　小园忍泪重回首，斜日荒烟冷墓门。

敦诚(1734—1792)，字敬亭，号松堂，出嗣为宁仁后，著有《四松堂集》。《八旗诗话》称道他的诗"幽邈静靓，如行绝壑中，逢古梅一株，着花不多，而香气郁烈"。总的说来，他未曾能超脱深深寂寞感，虽一直供职宗人府，不算太潦倒，但他的内心是颓唐的，"但得多钱压酒囊，不愿人间好官职"，十四字大抵说尽了其心态。诗多纪游，写闲逸情，生活状态也基本如此，自我平衡而已。他的《寄怀曹雪芹霑》是很著名的一首诗：

>　　少陵昔赠曹将军，曾曰魏武之子孙。
>　　君又无乃将军后，于今环堵蓬蒿屯。
>　　扬州旧梦久已觉，雪芹曾随其先祖寅织造之任。且着临邛犊鼻裈。
>　　爱君诗笔有奇气，直追昌谷披篱樊。
>　　当时虎门数晨夕，西窗剪烛风雨昏。
>　　接䍦倒着容君傲，高谈雄辨虱手扪。
>　　感时思君不相见，蓟门落日松亭樽。时余在喜峰口。
>　　劝君莫弹食客铗，劝君莫叩富儿门。
>　　残杯冷炙有德色，不如著书黄叶村。

他的小诗情景清淡，颇有韵味，如《南溪》：

>　　流水环村聚几家，门前春圃自横斜。
>　　桔槔抱瓮都无事，细雨声中长菜花。

二 永憲的诗

永憲(1729—1790),字嵩山,号神清室主人。他是昭梿之叔①。著有《神清室诗钞》,今存一百四十余首诗,已系经昭梿等删削。在嘉庆十三年(1808)的一个跋文中又有"弗戒于火,板尽烬焉","重校付诸开雕氏"语,则显然复经整饬过。

永憲在当时与永忠、书诚、敦诚等称诗友莫逆,同宗兄弟唱和甚盛②。其一生未出任实职,也没离开过京畿,毕生精力大抵如他家族中许多王孙一样:"除却吟诗百不为!"

作为一个局内人,他对权力相残、宗亲喋血十分厌恶,《狂歌行》云:

呜呼大地为高邱,蚁穴纷纷争王侯。
侧身欲上九嶷顶,问天何事独留万古愁?

当看透了这些内幕内情后,他自求心性清静,不为物名所累,《栟榈道人歌》中说:

贪痴爱欲皆为病,灵台皎洁常如镜。
万斛斗粟同一观,外物争教累真性!

---

① 永憲世系:代善—祜塞—杰书—椿泰—崇安— [永恩—昭梿
永憲—麟趾

② 永忠(1735—1793),字良辅,又字敬轩,号臞仙、栟榈道人等,康熙帝玄烨十四子允禵之孙,封辅国将军。工诗善书,著有《延芬室稿》。其《因墨香得观〈红楼梦〉小说吊雪芹三绝句》,世人最称熟知。《无题》曰:
过去事已过去了,未来何必预商量。
只今只说只今话,一枕黄粱午梦长。
其特定心态于浅近语中毕见。又有《读郑板桥诗率题其后》二首可资参酌。书诚,字季和,号樗仙,郑献亲王济尔哈朗六世孙,长恒子,袭封奉国将军。著有《静虚堂集》,已佚,今存若干首于《熙朝雅颂集》、《晚晴簃诗汇》、《雪桥诗话》诸籍。

这当然不是要以理节欲,而是要跳脱是非风波的漩涡①。《除夕感怀兼忆起潜、云汀、柳村诸同人,用东坡韵》是他和他那一群生活情状和心境的形象的表现:

> 双鬓渐生皤,欢情已减半。
> 年华不少留,中宵发浩叹。
> 功业似虚花,诗书馀清玩。
> 骨肉欣团聚,朋辈惊萍散。
> 纸窗竹屋间,灯火青荧伴。
> 今岁云暮矣,明朝又新旦。
> 豹变岂敢期?鼠迹喜盈案。
> 风欺梅影颓,雪压松梢乱。
> 平生抱懒癖,常复忘栉盥。
> 争先谢跻捷,退步希迂缓。
> 羞涩愧空囊,充箧谁朽贯。
> 激烈丈夫勇,睥睨儿女懦。
> 与俗多参商,处世忘冰炭。
> 庐山胜终南,招隐何须馆。
> 冬尽剩余寒,春早得轻暖。
> 乐圣一衔杯,对影忽成粲!

"与俗多参商",不想合流,又不想争权,要洁身自好,又得履冰自惕。他们似乎很狷介,其实生活得太累,心灵紧张收缩,神不宁,气不爽。他自题书斋号为"神清",要神思稍清,只有以诗画作"清玩",懒散度时光而已。从永𢤎的身影中可以窥探到"高墙圈禁"之类"家法"正在推促八旗子弟走向一条自娱之路。把自己身心

---

① 《栟榈道人歌》之小引云:"臞仙尊公恭勤贝勒,以丙戌岁制棕衣帽拂尘一具,喜之,后与诸子各一帽拂,臞仙遂号栟榈道人云。"按:恭勤贝勒即允䄉之子弘明,乾隆初封多罗贝勒。

780

托付给某种"清玩",但求"骨肉欣团聚",勿"争先",遇事多"退步",以求"迂缓",于心足矣!一个当年扬铁蹄、踏雄关的族群,被自己建立起的皇权从特定的角度一天天剥蚀掉雄风,离心而转化成懒散,技艺一天天精湛起来,意志随之一天天涣散下去!历史就这样惩罚权势,嘲弄至尊,人们从八旗诗人的心灵轨迹中是可以清晰地把握到脉跳的。

第三节　铁保与法式善

铁保和法式善的出现,不仅表征着八旗诗人的汉文化的彻底程度,满汉诗人的族群差异痕迹已趋化泯,而且意味着八旗诗群的代表人物主动介入诗界之深,与历来主持诗坛的汉旗诗人有足够能力抗衡。同时,也从负面上体现出与康熙以来帝王的初衷相背离,有的背离程度还相当大,如铁保。关于铁保和法式善对八旗诗文献的整理汇辑等功绩已见前节有关文字,这里集中绍述他们的诗创作情况。

一　铁　　保

铁保(1752—1824),原姓觉罗氏,后改栋鄂,字冶亭,号梅庵。满洲正黄旗人。其父乃直隶泰宁镇总兵诚泰,弟玉保于乾隆四十六年(1781)成进士,官至兵部侍郎。铁保是乾隆三十七年(1772)进士,得满洲才子之誉,五十二年(1787)已官礼部侍郎。到嘉庆三年(1798),先后充九次乡、会试考官,阮元等均出其门下。四年(1799)调盛京兵部侍郎兼奉天府府尹,后升漕运总督。八年(1803)调任山东巡抚,十年(1805)擢两江总督,加太子少保衔。两年后因审狱不慎革官保衔,降职留任。十四年(1809)牵入山阴知县浮冒赈银等案,革职发往新疆。后复起用,任浙江巡抚、吏部尚书,十九年(1814)又革职发往吉林,二十三年(1818)释回,降为洗马。道光元年（1821）以三品赏衔病休。关于其一再遭贬的原因，《啸亭杂录》中有"颇忤宦竖，故多造蜚语上闻"之说。

铁保著有《梅庵诗钞》六卷。工书法，当时与刘墉（石庵）、翁方纲有北方三鼎足之称。

铁保诗原以锋锐劲健见长，《南野堂笔记》说是"笔可洞铁"。这与其将门家骠悍气格及诗法盛唐都有关系，格局较开阔。如《古北口道中》写边塞苍茫，正合其才性：

> 大漠天高风已商，萧萧落木野云黄。
> 草深僻路客谈虎，日暮远山人牧羊。
> 飞瀑千寻横雪练，平沙十里走星芒。
> 道逢猎骑归来晚，敕勒声摇满地霜。

上"走星芒"、下"摇地霜"，平野浑浑，一片肃杀之气。又如《塞上曲》四首中之二、三：

> 嘹呖霜天旅雁鸣，贺兰山月照连营。
> 枕戈人睡无金鼓，散作一天刁斗声。

> 高原苜蓿饱骅骝，风起龙堆塞草秋。
> 陌上健儿同牧马，一声齐唱大刀头。

铁保的另一面则是"耽游性尚依秋水，略迹交还到布衣"，有着与汉族诗界大老相类的情趣，恰如其在山东时作的《和陈雨人》所表现的境界，诗是写给浙江布衣陈霖的：

> 浪迹东南兴复幽，书生情性总宜秋。
> 等闲不敢探名胜，多恐溪山笑宦游。

> 荷花如锦柳成围，徙倚孤亭恋夕晖。
> 坐久又生濠濮想，羡他鱼鸟任天机。

他的"幽兴"有时可以发展到写《破寺》之类的诗,读这类诗不会想到这是个八旗方面大臣:

> 破寺何年建?荒凉四壁存。
> 惊沙埋野径,冷日抱颓垣。
> 夜黑鸱争树,人稀虎到门。
> 更无僧驻锡,灯火息朝昏。

当然,铁保的诗一般总有勋臣气度,即使谪遭也与常见的逐客迁臣情怀不同。如《书怀》中的一首:

> 华发萧骚事远游,万三千里此淹留。
> 乍依西域日中市,亲见黄河天上流。
> 两路回夷分彼界,八城将帅喜同舟。
> 半年谪宦超都护,投老涓埃惧莫酬。

铁保于诗持"愈真愈妙"的审美观。《续刻梅庵诗钞自序》是篇很有见地的论诗文字,其观念很接近袁枚"性灵说":

> 诗之为道,不妨假借。故美人香草诸什,就本地风光,写空中楼阁,离奇诡变,叠出不穷,迨后诗家日多,诗境益窄,一经假借,便落窠臼。拾前人牙慧,忘自己性情,神奇化为臭腐,非具鲁男子真见者也。故于千百古大家林立之后,欲求一二语翻陈出新,则唯有因天地自然之运,随时随地,语语纪实,以造化之奇变,滋文章之波澜,语不雷同,愈真愈妙。我不袭古人之貌,古人亦不能囿我之灵,言诗于今日,舍此别无良法矣。

铁保似仍多少存传有"自然"之眼,较为真率,故较之迂腐的汉族士大夫通达。

二 法 式 善

较之铁保,法式善的汉文化的"雅"化要严重得多,馆阁名士气特浓。也正由此,他在汉族诗群中声誉很高。

法式善(1753—1813),原名运昌,字开文,号时帆,又号梧门、陶庐。蒙古正黄旗人。乾隆四十五年(1780)进士,改庶吉士,授检讨,历官庶子。著有《存素堂集》、《陶庐杂录》等。

法式善以研求文献、宏奖风流著称于世。他的"梧门书屋"及"诗龛"在当时实是士大夫高层文艺沙龙,又养了一批落魄江湖的书画家,优渥礼遇,一时称盛。他的诗风是师承王士禛一派,所居之处又为当年李东阳旧居,故又以"后身"自称。明代前期"茶陵派"领袖李东阳原是"台阁体"的改良派,法式善事实上也很有这情味。他的诗以七绝较有情韵,颇多"神韵诗"味,而且善于借景。如《万寿寺》:

> 万竹忽低池上风,水烟吹到寺门空。
> 斜阳不管花开未,一角西山各自红。

又如《题白石翁移竹图》:

> 前身我是李宾之,立马斜阳日赋诗。
> 今向河桥望烟色,一陂春草几黄鹂。

> 水流花放自年年,谁有闲情似石田。
> 几笔山光秋到竹,盟鸥射鸭晚凉天。

《梅花》诗是他追求的境界,其五言律学王、孟,当以此类为有情致,唯诗中"贫"、"老"之类套语不必认真计较:

> 但有梅花看,何妨长闭门。
> 地偏车马少,春近雪霜温。
> 老剩书藏簏,贫余酒在樽。
> 说诗三两客,往往坐灯昏。

花、酒、诗、书、友朋,确是构成法梧门全部文化生活,也是"诗龛"

内的全部内容。

法式善还是个科举文化的文献掌故学家,著名的《清秘述闻》、《槐厅载笔》,均系研究清代文史的重要史料。

第六章　乾嘉时期地域诗派诗群巡视

第一节　以厉鹗为代表的"浙派"

关于"浙派"与"宋调"相复合的概念以及浙派诗风何以宗尚宋诗的原由，本书在论述黄宗羲、查慎行等章节中已曾谈及。要言之，其初始构成时期从文化渊源上乃系"浙东史学"一脉所承，而就时代人文思潮言是沉痛的家国兴亡感激活起对南宋诗史的历史认同。清初两浙士民的悲怆慷慨情怀最易回溯"永嘉南渡"以至"祥兴国破"的往事。由于当年南宋半壁江山的支撑基点在浙东、浙西，所以特定历史的某种意念积淀于此间独见深厚。往事如梦，现世怅茫，今昔时空犹似一个转盘之轮回，浙江人心灵上备遭新旧两番沦亡创痛，似远较别的地域人氏更显得怆楚莫名，难以平衡。于是，从诗文化审美言，瘦硬苦涩、冷峻寒怆、悲凉孤峭、苍荒野逸等等宋代诗人特别是南宋各类诗派诗群的体格风神，极易"先得我心"地率相择取，以之为负行并自疗一己心境的最佳载体。即使如"永嘉四灵"或"江湖派"中的静熨细剔式的甚而是荒寒疏野的自我心灵咀嚼，对浙地凄惶之群也不失为一种自慰形态。总之，在这方地域内很长一个时期里已难展心瓣，诗人们欢快、高扬不起来。

然而，历史是能渐渐愈合伤口的，时间会淡化记忆。经过康熙中后期的升平之治，两浙地区的故国山河情已是转趋散淡。但"文治"的"盛举"：庄氏史案，查嗣庭、汪景祺案，吕留良案，这些全国最大的文字狱全发自浙省。查氏案后,雍正还特地罚两浙停止"乡试"一科,从科举史角度言,此实乃罕见的对一省士子的严惩①。怨愤被威劫后转为惊悸,长歌当哭经压抑后最多只能幽咽于喉头,缄默是最识时务之策。在两浙诗界影响深远的查初白,他那"慎行"之名似也足以为诗家守持的铭言,自警于心。

诚然,作为文化的润养,诗的审美情趣既与一方土地的芸芸众生之心绪深深渗合,成其为一种历史的文化积淀,每有其自身不可逆性和难以轻易转化的特点。可是,文化毕竟是人创造的,所以随着时空条件的转迁,人也必能予以成分的新变,从而取得必要的时代适应性。这种"浙派"启变现象大抵自雍正后期起已端倪显露,到乾隆朝已别有一番面貌。此类新的变易,或有诸多差异,如瘦寒而演化为怪僻,悲怆转变成冷峭,劲挺内潜为艰涩等等。当然,也有弃而学唐,或以腴润见气象恢宏的,这可置而不论,本来浙人并非全属于特定意义的"浙派",浙人宗唐者历来都有。

但是必须注意的是:到清代中叶,"浙派"尽管启变而且形成多种分流,但其基本色调无改。究其无改的原因,是诗情迁变而诗美追求未变。所谓诗情迁变,是指情思情愫的哀乐抒露的节制和改易,诸如激愤的内消、凄怆的淡释,诗题诗意尽量与现实社会拉开间距。具体的表现是,一则更多地让心灵徜徉于自然景观中去,两浙原就是山水窟,让峰壑林溪的清幽之气载浮、淘洗不宁的心。二则是济之以学养,主要的为史学,而且以稗乘、笔记为重要"诗

---

① 雍正四年十二月"上谕":"查嗣庭日记,于雍正年间事无甚诋毁,且有感恩戴德之语。而极意谤讪者,皆圣祖仁皇帝已行之事。谁无君父,能不痛心切齿?……浙江风俗恶薄如此,挟其笔墨之微长,遂忘纲常之大义,则开科取士又复何用?……应将浙江乡会试停止。至生员岁考仍旧举行。乡会试既停,且使浙江人中师生同年请托营求为之肃清。将来人心共知改悔,风俗趋于淳朴,朕确有见闻,再降谕旨。朕为风俗人心,不得不严加整理,以为久安长治之计也。"引见于《永宪录》卷四。按,浙江乡会试至"己酉复准开科"。己酉为雍正六年(1729),乡试之年。

料",即典故和字面的取用库藏。这一点可说是"浙派"初期承续"浙东史学"这个基因在新的历史条件下的更变性强化回归。不同的是,他们的以"史"之学济诗,是紧紧结合"宋诗学"研究的史学史识,与稍后兴盛于南北的考据之学、金石之学迥异。于是"浙派"所构成的是这样一种微妙的景观:人,是清代"盛世"之人;心,是收缩紧裹之心;徜徉的空间原是南宋京畿之域,足可神驰往昔,构想与宋诗心魂相交游;治的是探究宋诗本事的稗官史乘。此即为清代"宋诗派"的或一形象和特质,而从历史规定性来说,是指清中叶前后的"浙派"形象和特质。至于此后时有出现的宗宋诗群,包括清末的"同光体",从神情心魂的特质言绝不是一回事。这里有假借躯壳,改造自用与师古为尚,技巧为重的区别,是不应淆混,不可同日而语的。唯其如此,特定意义上的清诗之一个流派,"浙派"是指上述这种形象色调的群体,而且也正是他们始使得"浙派"自具特征而轮廓分明地确立于诗史上。

一 吴焯、周京

在查慎行和厉鹗二代人之间,有必要介绍吴焯、周京等人,这是一批与厉鹗存有师友之谊,唱和频频,对"浙派"的发展很有关系的诗人。

吴焯(1676—1733),字尺凫,号绣谷,别号蝉花居士。钱塘(今杭州)人①。贡生,同知衔。著有《药园诗稿》、《陆渚鸿飞集》等。吴焯是著名的藏书家,筑有"瓶花斋",与汪氏"振绮堂"衡宇相望,并称于世。"瓶花斋"藏书,宋、辽、金、元、明五朝齐全,最具特色。特别是宋人史部、集部的庋藏,不仅是他与厉鹗等人得成《南宋杂事诗》之著,而且对浙中诗风的促进均影响甚大。以南宋

---

① 张熷《吴绣谷先生行状》云:"先生讳焯,字尺凫,别字绣谷。世居歙西岩塘,高祖尚宠奉其考应嵩迁杭,遂为杭人。"据此可知"瓶花斋"实亦徽商之裔也。《行状》见载于《碑传集补》卷四十五。

杭州陈起所刊《江湖集》为例，由于陈氏因刊刻江湖诗人之集而被流放，集版遭劈后，世人大抵不知此总集究有若干卷多少种，"瓶花斋"却藏有《南宋六十家小集》又称《群贤小集》即《江湖集》，共六十四家，九十五卷。从而澄清了陈振孙《直斋书录解题》的"《江湖集》九卷"实系缺残之载录。这对"宋诗学"的研究无疑是件大事，厉鹗《宋诗纪事》之纂也得益于这些藏书家，于吴焯则尤多借靠。吴焯关于《小集》的情况，都写入他作的《南宋杂事诗》卷二的末一首后的引录文献中。诗写得很有情韵：

　　名集犹传六十人，湖云江月话津津。
　　而今花柳新题处，况是欣逢宝历春。

《杂事诗》是咏史诗一种，集合沈嘉辙、陈芝光、符曾、赵昱、厉鹗、赵信及吴焯七人，人各百首，中因符曾多作一首，故总数为七百零一首。这组庞大的咏史诗，网罗一代轶闻，征引书籍近千种，旁及野史笔记、别传方志、金石碑刻，全面载录了南宋各领域的文化现象。诗亦史亦评，而且颇富情味，不枯槁。如吴焯所作的卷二中讽刺贾似道云：

　　燕子带来双剪雨，梨花老去一丝风。
　　啼痕染就红心草，谁葬金钗葛岭东？

是据《桐江集·木棉怨序》揭露贾氏荒淫无耻生活事。又如咏汪水云诗事：

　　投老湖湘更不归，《哀江南》后泪空挥。
　　伤心酾酒城南路，亲见鸾皇作队飞。

《南宋杂事诗》当成于雍正初年，此举实可视为"浙派"发展过程的一个转折符号。查慎行犹及为之序，《序》中有："吾杭自建炎南渡，号称帝都，虽偏据规小，顾历七朝百五十余年间事，亦綦颐矣！"言下不无感慨。又说他原曾想补《咸淳志》之缺略，别成一编

789

《武林备志》的,"炳烛之光,力未逮也"。所以备赞《杂事诗》"大抵绚者若霞锦,淡者若云烟,领异标新,目不暇给",说"而今而后,于故都旧事可无舛漏之憾乎"!南明史事是触忤当时法网的,南宋史事则不好禁及,查慎行最后说得很含蓄:"观兹集者,于事不厌其杂,于辞则味其醇,庶几不失诸君立言之旨也夫。"《杂事诗》得查初白的承认,不啻是"浙派"的启变,是承法乳而无改本旨的。顺便说及,有一说吴焯籍贯安徽,此指其原籍,武林诸吴,大抵迁自歙县,均以"治生"起家。

周京(1677—1749),字西穆,又字少穆,号穆门,晚称东双桥居士。钱塘(今杭州)人。乾隆元年(1736)荐试"鸿博",托疾不就试。著有《无悔斋集》十五卷。全祖望《周穆门墓志铭》说:周京本是鄞县人,系前明右都御史周莓崖后裔,迁杭已五世。《墓志》又云:"穆门以诗名天下五十余年","杂之诗人为社集,群雅所萃,奉穆门为职志。诗成,穆门以长笺写之,醉墨淋漓,姿趣颓放,或弁数语于其端,得者以为鸿宝。湖社风流,百年以来于斯为盛。"迨其卒,"湖社诸人一若失其凭依者",其为人可想见。又说:"士无贤不肖,皆曰先生长者,乃其中则有确乎不可拔者而不以形迹自见。"(《鲒埼亭集》卷十九)周京主持"湖南诗社"时,郑筠谷、吴东壁、厉鹗、杭世骏、丁敬、陈兆仑、张柳渔、施竹田、汪西灏、金志章、戴廷熺、梁启心、江源、顾之珽、顾之麟等均与吟集,诚是浙中诗风炽盛之时①。清代杭州是诗界中心地之一,嘉庆五年(1800)吴颢编刊《杭郡诗辑》十六卷,辑自顺治以来诗人多达一千四百余,高峰期正是乾隆朝,周京是个核心人物。周京诗多记游之什,赠答诗俯仰今昔,人事沧桑感亦浓。如《冬日同樊榭放舟湖上,念栾城、尺凫都已下世,弥觉清游之足重也,分韵同作》诗,是他那一群诗心的普遍体现:

---

① 参见朱文藻撰《厉樊榭先生年谱》"乾隆十一年丙寅,年五十五岁"条。

>一角西山雪未销,镜光清照赤栏桥。
>
>小分寒影看梅萼,半入春痕是柳条。
>
>闲里安排尘外迹,酒边珍重故人招。
>
>孤灯落日空台榭,岁晚重来话寂寥。

淡淡怅愁,尘外清想,略无背景感,是周京及他团聚的吟群所共有特点。山雪一角,孤灯落日,有的只是清冷气氛,心绪则隐藏其中,可约略感受而难以具体触及,如此而已。

二 厉鹗诗境的审美情趣·附符曾

厉鹗(1692—1752),是"浙派"诗人的一大典型,更可说是中期"浙派"的灵魂。

厉鹗字太鸿,初字雄飞,号樊榭,又曾号花隐。原籍浙江慈溪,先世迁杭。关于厉太鸿生平、性格以及吟事成就,全祖望《厉樊榭墓碣铭》载述简切而生动,尤其是叙述他的科举试行径,特耐人寻味:

>余自束发出交天下之士,凡所谓工于语言者,盖未尝不识之,而有韵之文莫如樊榭。樊榭少孤家贫,其兄卖淡巴菰叶为业以养之。将寄之僧寮,樊榭不可。读书数年,即学为诗,有佳句。是后遂于书无所不窥,所得皆用之于诗,故其诗多有异闻轶事,为人所不及知。而最长于游山之什,冥搜象物,流连光景,清妙轶群;又深于言情,故其擅长尤在词,深入南宋诸家之胜。然其人孤瘦枯寒,于世事绝不谙,又卞急不能随人曲折,率意而行。毕生以觅句为自得。……及以词科荐,同人强之始出。穆堂阁学欲为道地,又报罢,而樊榭亦且老矣。乃忽有宦情,会选部之期近,遂赴之。同人皆谓:"君非有簿书之才,何孟浪思一掷?"樊榭曰:"吾思以薄禄养母也。"然樊榭竟至津门,兴尽而返。予谐之曰:"是不上竿之鱼也!"呜呼,以

樊榭为吏固非所宜,而以其清材,使其行吟于荒江寂寞之间以死,则不可谓非天矣!

厉鹗为人亦狂亦狷,不谐世俗,尤淡薄于功名利禄,终竟潦倒一生。全氏《铭》文可说是抉神而出。这是个畸行诗人而落魄江湖者,难怪当年郁达夫取以作历史小说《碧浪湖的秋夜》,与以黄仲则为自我写照的《采石矶》足称双璧。厉鹗后半生寄食扬州马曰琯、马曰璐兄弟的"小玲珑馆"几达三十年之久,陈章的挽诗说"邗江诗社迭为宾,凭仗君扶大雅轮",他确是沟通杭、扬二地,为诗词风雅的主持者。厉氏博学多才,著有《宋诗纪事》一百卷,为后世"宋诗学"的一经典文献;又有《辽史拾遗》、《东城杂记》、《绝妙好词笺》、《南宋画院录》以及前曾提到的《南宋杂事诗》等。诗词集名《樊榭山房集》共二十卷,诗占十六卷。

厉鹗世以词称大家,然其诗实亦独辟一径,别续一灯,足为名家。当时杭世骏《词科掌录》即谓其诗"精深华妙,截断众流";又说:"自新城(王)、长水(朱)盛行,时海内操奇觚者,莫不乞灵于两家;太鸿独矫之以孤淡,用意既超,征材尤博,吾乡称诗,于宋、元之后,未之或过也。"杭氏性亢爽,喜直言,赞评如此。袁枚颇訾其"好用替代字",但也称其:"近体清妙,至今为浙派者,谁能及之?"平心而论,厉氏近体胜于古体,既幽新清透,冷妍凝炼,又情韵绵邈,较少饾饤之弊。其七律佳者如《雨夜闻雁》,幽思凄情,物我两尽:

> 灯花不向雨中开,拥被愁闻雁叫哀。
> 深黑云天筝柱落,昏黄庭院橹声来。
> 谁家关塞书难寄,到处江湖羽易摧。
> 甚欲孤篷南浦宿,残芦滴响梦惊回。

看似模糊的"深黑云天"、"昏黄庭院",细辨之,"谁家"、"到处"两句,均不失特定年代的阴霾袭人,在该诗群中,这是不多见的作品。

如《移居》的实况自写,十分真切:

> 生涯仍往日,俗累复今年。
> 半宅从人典,全家冒雨迁。
> 栽花无隙地,汲井有新泉。
> 差喜东城近,萧疏野趣便。

他在侧室月上病故后,写了一系列悼亡之作,除《悼亡姬十二首》外,如《小园杏花一株,去年颇盛,今春月上亡后,叶发而绝无一花》诗中"燕识帘空全不语,花知人去故藏红",自然情深,毫无凿痕。又如《湖楼题壁》也质朴哀婉:

> 水落山寒处,盈盈记踏春。
> 朱栏今已朽,何况倚栏人!

《秋夜不寐》一首也绝非隔靴搔痒之作,有真感受:

> 萧然欹枕有余清,疑是千林诉不平。
> 一室青灯和月暗,满空凉雨挟潮鸣。
> 心依故处偏多感,秋入衰年最易惊。
> 只恐明朝揽圆镜,白头新见两三茎。

此类诗,均显示幽瘦清深之美,词语圆转不拗涩,词情透入不肤廓,都堪称是太鸿精心之篇。《悼亡十二首》则是清诗中该题材的上乘之作,惜篇长难录。

他的小诗更多名篇,如《午日淮阴城北观竞渡四首》的第一、三两首,一叹民生,一哀人事:

> 此日家家唤艇行,一湾野水是新城。
> 无人更说防淮事,烟柳风蒲到处生。淮安新城为明福藩时筑。

> 谁家林际小园亭,过尽豪华物态零。

793

几折虚廊通浅渚,坏桥无柱上浮萍。

《归舟江行望燕子矶作》写景而有意理寓入:

石势浑如掠水飞,渔罾绝壁挂清晖。
俯江亭上何人坐?看我扁舟望翠微。

此中"相对"视角的写法,不由令人想到新文学中的某些名篇,其表现手法如出一辙。《荆溪道中》也幽趣盎然,普通情景被深细而幽默地写出:

如画云岚西复西,梁溪几折入荆溪。
舟师失道隔烟问,山鸟畏人穿竹啼。

厉鹗诗的清灵之处当从上述诸例中去审视体味,至于其"使事切","取材新"而过于搜奇爱博习气,则应知人论世地谅其心迹,察其背景,不予苛论。至若那些效法者,即专以饾饤挦扯而失却真情实感的"浙派"后期末流,则自可置之不论。

杭州是厉鹗朝夕行吟的故里,他以深潜的体察写有一大批西湖景物诗,是历来咏吟这"淡妆浓抹总相宜"的山水胜地中最清幽秀丽的作品。如《灵隐寺月夜》云:

夜寒香界白,涧曲寺门通。
月在众峰顶,泉流乱叶中。
一灯群动息,孤磬四天空。
归路畏逢虎,况闻岩下风。

静谧、高朗、清幽的境界在四十字中尽出,末联宕开一笔,对照衬托心境的不安,别有所感。《晓登韬光绝顶》五古亦得类似情趣:

入山已三日,登顶遂真赏。
霜磴滑难践,阳崖曦乍晃。
穿漏深竹光,冷翠引孤往。

> 冥搜灭众闻，百泉共一响。
> 蔽谷境尽幽，跻颠瞩始爽。
> 小阁俯江湖，目极但莽苍。
> 坐深香出院，青霭落地上。
> 永怀白侍郎，愿言脱尘鞅。

厉鹗是个有专攻的史学家，史识在诗中的表现当以《秦淮怀古四首》为代表作，张维屏《国朝诗人征略》说是"哀艳苍凉"，《浙西六家诗钞》以为"付之慨叹，杂以诙谐，转见蕴藉，此千古必传之作，可称诗史"，均深得其心。此类诗可佐证厉太鸿并非一味清幽，心迹唯在山水间，他原亦有深乎其慨时。四首之二云：

> 回首中原接战尘，但夸天堑渡无因。
> 阿谁肯堕新亭泪，有客犹寻旧院春。
> 会冠莲台王学士，名喧桃叶顾夫人。
> 蛾眉前后皆奇绝，莫怪群公欠致身。

诗在赞许顾媚（横波）等奇绝蛾眉时，一击两响地深讽着龚鼎孳等人，折叠多皱，层次复杳，此为佳例。

他又是最先用七绝组诗形式论词、论印（篆刻）的一个，此系史识和审美兼见的运用，允称绝调。

在厉鹗的吟事群体中，符曾是出色的一个。符曾（1688—1755后），字幼鲁，号药林，钱塘人。乾隆元年荐举鸿博，丁内艰，未与试，著有《春凫集》。符曾是查慎行及门弟子，诗有姜白石韵味。《鲒埼亭外编》卷二十六《春凫集序》云："予言诗自盛唐而后推三家：柳子厚不可尚矣！次之则宛陵，次之则南渡姜白石，皆以其深情孤诣，拔出于风尘之表而不失魏晋以来神韵。淡而弥永，清而能腴，真风人之遗也。乃药林之言诗则与予同。其生平嗜好，寝食于白石，……当其至处，几几欲登白石之堂而夺其席也。"在清代，明确以姜白石诗的审美意趣为尚的不多见。符曾在《南宋杂事诗》卷四的一百零一首作品中,咏史略无学究气,特多诗情画境之写,如咏陈与义诗事:

> 卷里光阴客忆家,墨梅飘泊又天涯。
> 旗亭摘句空题遍,新体何人爱杏花?

如写遗民望恢复之情:

> 唱彻杭州更不回,玉壶春赏遍楼台。
> 遗民空掬中原泪,犹说河流天水来。

"天水",赵姓郡望。诗本事见陆游《老学庵笔记》:"淳熙中,河决入汴,谓之'天水'来。天水,国姓也。遗民以为恢复之兆。"诗与事均竭尽心灵之焦灼状。

又如咏刘克庄"梅花诗祸"事:

> 十年闲味梅花咏,一日春风杨柳愁。
> 俱是可人诗贾祸,不如同泛北山舟。

从符曾的咏史,更可印证查初白序中的"立言之旨","味其醇"始能得之弦外音。《送田少宰归里》诗可见"浙派"诗人对"朝"与"野"的特有认识,诗也于淡逸中见风骨。田懋是被乾隆帝斥为"轻浮不谨"而开革的,诗云:

> 归向中条读旧书,王官谷口闭门居。
> 致身半部有《论语》,守道十年忘毁誉。
> 莫谓江湖非魏阙,要知天地在衡庐。
> 山中早暮阴晴异,一任浮云自卷舒。

《宿永兴寺德公山楼与樊榭同作》可视作"浙派"幽秀美的境界体现:

> 空山行晚云,褐衣湿春雨。

> 昏际人渐稀,杳霭入深路。
> 曲涧伏潜流,丛箠纷交护。
> 到寺僧相迎,把火话襄素。
> 雨止钟亦残,星光出幽树。
> 境异心顿开,魂清迹偕赴。
> 夜窗觅山影,影忽落如雾。
> 乱耳百松声,锵然奏《韶濩》。
> 清极本无寐,有梦亦同趋。
> 至晓重僵佴,烟华想流注。

那种极力想借大自然的"异境"来润养"清魂"的心态,在此诗中表现得非常具体细腻,然而终竟仍陷于"影忽落如雾"的淡淡怅惘而难以掩饰。

"浙派"这类形态的诗,原须怀有相副的心绪和具备清峭气质方始能写。后期"浙派"成员中不少人徒然学其形式,则必将趋于空泛,只讲究字面的清藻之饰而失却真味。

三 杭 世 骏

与厉鹗一度齐名而以学者称的杭世骏,实亦"浙派"一奇士。其诗虽后来渐以气豪胜,然清老疏淡仍不失本色,而"逸气横流"或"气猛才豪"则是在遭乾隆帝亲自训斥后的心态剧转表现。

杭世骏(1696—1773),字大宗,号堇浦,晚号秦亭老民。雍正二年(1724)举人,乾隆元年(1736)举"鸿博",授编修,校勘《武英殿十三经》、《二十四史》,并纂修《三礼》。改监察御史,上书忤乾隆,下吏议,放还。他的犯"龙颜",其中有一条是指责朝廷重满人轻汉人。龚自珍《杭大宗逸事状》说,杭氏是差一点"部议拟死"的,后作为"狂生"宽放之。又有载述:乾隆三十年(1765)南巡,召杭大宗见驾,问"何以为活"? 杭氏答以"开旧货摊","买破铜烂铁,陈于地卖之"。弘历大笑,手书"买卖破铜烂铁"六字赐之①。这笑谈中正冷峻已极,不无刀光剑影在背后也。弘历再次南巡,杭大宗以革职官员"迎驾",上名片,乾隆问左右:"杭世骏尚未死么?"龚自珍《逸事状》结语曰:"大宗返舍,是夕卒!"是愧死?是吓死?还是横死?此中险恶之势,按之可见。杭世骏著有《道古堂诗集》二十六卷。他的小诗如《禾中杂兴》颇清丽有趣:

> 近水家家小筑塘,暝烟初起接湖光。
> 香茅缚作尖头屋,赁与吴淞上水航。

> 密叶丛根贴水高,菱湖十里不容篙。
> 小娃时荡瓜皮艇,划破横塘赛剪刀。

《出国门作》四首显露其刚直的心性和难以抑止的悲愤,有"湖山待我看秋色,驿路从头问旧名"之"除妄想"的牢骚;有"萧瑟风前一回首,可堪眯目尽黄沙"的讽刺。其第二首最见不屈脾性:

> 尘涨都亭失翠微,一行风柳扑人飞。
> 蝶将晒午先垂翅,荷为延秋早褪衣。
> 七载旧游程可数,卅年壮志事全违。
> 穷担肯负名山业?史稿还堪证昔非。

龚定庵《逸事状》给杭世骏的艺文评价是三句话:"语汗漫而瑰丽,画萧寥而粗疏,诗平淡而倔强!"至于他主讲广东粤秀书院时所作的对陈恭尹高度崇仰之诗,前面有关章节中已述,不赘。

---

① 后此汪康年《庄谐选录》所载实本之定庵。康年系汪远孙(小米)之孙辈,龚自珍次子龚宝琦(念匏)为康年姑父,当闻之于族中。瞿兑之《杶庐所闻录》谓"不知其所本"(见《所闻录·杭堇浦轶事》),乃失考。又,定庵《杭大宗逸事状》末附记明言:"同里张燨南漪、王曾祥麟徵,皆为大宗状。此第三状,详略互有出入。"既为"逸事状",不免小说家笔法。然事非无根因之空穴来风,定庵岂敢捏造先帝"遗"事?

杭世骏是金农、丁敬、厉鹗等诸种类型外的另一独具个性的诗人,其身后萧条则略同。

四 吴锡麒

浙派诗的弊病,清末朱庭珍《筱园诗话》卷二有很尖锐的批评。如果不去附和他的"唐风"偏嗜,那么从审美对峙角度有时也较能清楚看到症候。朱氏说:

> 至厉太鸿而自成一派,后来多宗之。其清俊生新、圆润秀媚之篇,佳处自不可没。然病亦坐此,往往求妍丽姿态,遂失于神骨不俊,气格不高,力量不厚,无雄浑阔大之局阵篇幅。谐时则易,去古则远也。

反观厉鹗等人诗作,细予辨味后,可以发现,朱氏所说之"病",在太鸿等诗中虽不免,但主要是后人"多宗"其"秀媚"所致。流弊每是流衍过程中发生的,凡流派大抵都难绕过这历史的考验:无新创必成定势,定势则失新生机能。至于朱筱园的"雄浑阔大"之局的要求,是不顾具体时空的宗唐派的习惯套话,是不切实际的苛责。

后期"浙派"诗人中,吴锡麒算是名气较大、成就较佳的一个。他是个著名的骈文家、词人,又工于试帖诗,这里只谈他的抒情诗,以作为"浙派"厉太鸿一路诗风的归结。

吴锡麒(1746—1818),字圣徵,号榖人,亦钱塘(今杭州)人。乾隆四十年(1775)进士,由编修官至国子监祭酒。著有《有正味斋诗集》十六卷。王昶《蒲褐山房诗话》认为自厉、杭徂谢后,"嗣音者少",吴榖人是继承者。《浙西六家诗钞》说他"五七律之极自在者,多近樊榭,虽尚辞华,仍归清峭。"榖人诗七律七绝较多佳构,清藻圆转而秀拔,不软甜,色泽新鲜。《读放翁集》系其早年之作,尚以气韵盛足胜:

> 铁马金戈梦不成,薰炉茗碗寄馀情。
> 苏黄以外无其匹,梁益之间老此生。
> 击贼未忘垂钓日,临终如唱渡河声。
> 长吟直与精灵接,千亿梅花坐月明。

吴锡麒已是后于厉鹗半个世纪的人,时势及其翰苑际遇,当然会变演情思,不可能幽其心志,冷于世情。在修辞上精于造句,从心绪间力驱棱芒,是他这一代人的特点。可贵的是尚不俗、不空枵,如《江夜》诗的感受:

> 万峰壁立大江横,秋色连天露洗清。
> 但觉无船无月载,不知是水是风行。
> 隔汀孤鸟欲同梦,逆浪老鱼微有声。
> 半夜月沉潮又上,渔灯流过蓼花明。

不直接写羁旅乡思和孤寂的心境,但在看似很轻巧实则颇凝炼的诗句所构成的诗境中,情怀自见,并呈一种轻灵清圆之美。

吴锡麒笔下的闲情逸致很有乾嘉时期后半阶段文人雅士的特点,淡散中尽量找点野趣,以消去些翰苑腔,但又不能不仍带一点"升平"气象,如《过牛栏山下作二首》之二:

> 一株老秃剩枯杨,几处牛宫靠土墙。
> 岁晚牧儿无个事,太平吹笛向斜阳。

又如《访秋绝句》三首之一、二:

> 出门无数乱云横,秋士悲秋苦调成。
> 我有国风君子慕,古愁先为草虫生。

> 豆架瓜棚暑不长,野人篱落占秋光。
> 牵牛花是邻家种,瘦竹一茎扶上墙。

就诗人本意言,是想从懒散的生活氛围里获得一些生趣,但

"太平吹笛向斜阳"之类吟哦中,似已透出了无法排驱的衰飒味。如果说某种情感也会老化的话,那么在这种老化迹象里,其实正有时代的信息渗出。读吴锡麒这一代诗群及更后于他们的诗人作品,似可以获得这样一些意外的感受。持此想头,不妨再看一首他的《渔父词》,恐不是无病呻吟的文字游戏:

> 江潮初落山月沉,半夜系船枫树阴。
> 笛里不知何调苦,大鱼人立老龙吟!

事实是,吴锡麒生活的后期,王朝统治已难平稳,地方上时有动荡,他的《风信》一律即写此,在《有正味斋诗集》中此诗是不多见的关涉时事之作:

> 关河落木渐萧森,日暮登楼感不禁。
> 警雁一霜寒楚泽,和蛩千杵响吴砧。
> 储胥道路方辛苦,烽火江山太阻深。
> 几字相思怀袖里,只应郑重故人心。

此诗写于嘉庆三年(1798),时值历时九年多的白莲教起义如火如荼之际。时代的风波,王权的震撼,谁也闲逸不了。

吴锡麒为人柔中有刚,不失浙人的耿介脾性。《春冰室野乘》有一则笔记载述了他与和珅的不合污,因为与一句诗有关,很可以为"浙派"诗人留下高洁的结篇,《野乘》说:

> 吴穀人祭酒《垂老诗稿》未刻入《有正味斋全集》。其子清鹏装为长卷,阮文达跋其后云:"乾隆末,先生馆阿文成家。余时在京师,先生时有教益,为之泣下,人不知也。"数语颇回隐,似有不可明言者。世颇传文达进身由和珅,祭酒教益之言,殆为和氏发乎?和相贵盛时,慕祭酒名,欲招致门下,卒谢不往。和甚恨之。祭酒某科考差,卷入他大臣手,已入选矣。和重加披阅,见诗中有"照破万家寒"语,大言曰:此卷有"破

家"语,可进呈乎？遽撤其卷,祭酒遂终身不得一差。

第二节 钱载与"秀水派"

一 "秀水派"的构成及其文化内涵

乾隆后期,浙西有"秀水派"之称,此派的旗帜是钱载。关于钱载的诗,历来评价甚高,但又如黄安涛《诗娱室诗集》卷十六《题箨石斋集》诗中所说:"'率意''小心'论不同,凭何辛苦证诗翁？"当各家审视角度不一时,出入颇大。钱载诗究应如何评骘,其关键取决于怎样认识"秀水诗派"？作为一个诗派的新变,"秀水派"所呈现的诗史现象的把握,较之分辨钱载的诗歌成就,其价值意义确要重大得多。

关于"秀水派"的渊源关系,王昶《湖海诗传·蒲褐山房诗话》已曾说到,唯语焉未详:"总宪(指金德瑛)酷嗜涪翁(即黄庭坚),故论诗以清新刻削、酸寒瘦涩为能,于同乡最爱钱君坤一。"后来金德瑛的玄孙金蓉镜在《潋湖遗老集》的《论诗绝句寄李审言》之十一中说:"先公手变秀水派,善用涪翁便契真。"并在自注中补充云:

> 竹垞不喜涪翁,先公首学涪翁,遂变秀水派。箨石、梓庐、柘坡、丁辛、裏七皆以生硬为宗。后来吞松阁、雪杖山人兼擅长吉,其词益恣,然宗径不异竹翁也。

差不多同时,《晚晴簃诗汇·诗话》说得更具体:

> 箨石斋论诗,取径西江,去其粗豪,而出之以奥折。用意必深微,用笔必拗折,用字必古艳,力追险涩,绝去笔墨畦径。金桧门总宪名辈较先,论诗与相合,而万循初孝廉光泰、王穀原刑部又曾、祝豫堂典籍维诰、汪康古吏部孟鋗、丰玉孝廉仲

鈖,相与酬唱,皆力求深造,不堕恒轨,一时遂有"秀水派"之目。继其后者,筜石子百泉编修世锡、豫堂子明甫孝廉嘉、穀原子秋塍大令复,各能尊其家学。

上面引文提到的朱休度(梓庐)、万光泰(柘坡)等后文再说,此处先须介绍金德瑛。

金德瑛(1701—1762),字汝白,号桧门。先世本休宁程氏,赘于金氏,遂改姓金。清初寄籍仁和(今杭州),两传至德瑛,就婚于秀水汪氏,故又迁居秀水(嘉兴)。秀水汪氏原籍亦休宁。德瑛系乾隆元年(1736)丙辰榜状元,官至左都御史,著有《桧门诗存》。金氏诗宗韩愈、黄庭坚,除与钱载、汪孟鋗兄弟唱和外,蒋士铨系其视学江西时所拔取的举人,故蒋氏与张埙(瘦铜)等均奉瓣香焉。蒋士铨甚至绘像祀之①,并在《金桧门先生遗诗后序》中说:"先生诗自赓飏赠答,以及体物言情诸作,无不扫除窠臼,结构性真,顿挫淋漓,直达所见。"歌颂备至。何谓"赓飏"?《书·益稷》有"乃赓载歌"语,意为酬奉和唱,蒋氏此处指金德瑛入直南书房时奉和御制之作。金氏一生分校北闱一次,典试闽省四次,视学江西、山东、顺天等省五任,总裁会试一次,是一位受到弘历温旨嘉奖的名臣。《国朝正雅集》还曾引述陈兆仑《紫竹山房文集》中语:"公性好古……善鉴别金石摹本及古人手迹真赝,日以此自娱。顾其留意世务,所见闻,辄入告,不以非其职自诿,上因是贤之,浸至大用。"②这就是说,金德瑛在充文学侍从时,不仅以他年轻时得益自岳家"华及堂"、"裒抒楼"庋藏金石图书的学识尽其责,而且是乾隆帝很得力的耳目。

需要指出的是,乾隆一朝秀水所出文学侍从独多。金德瑛之

---

① 蒋士铨《桧门金先生画像记》云:金德瑛"四十余始邃于诗,出入杜、韩、苏、黄间,洗剔开辟,苦心自励,著《桧门诗疑》若干卷。"见《忠雅堂文集》卷二。又,《金桧门遗诗后序》见《文集》卷一。
② 语出陈兆仑撰《光禄大夫都察院左都御史仁和金公德瑛墓志铭》。

前有钱陈群,后则有汪如洋。汪如洋(1755—1794),字润民,号云壑,汪孟铜次子,乾隆四十五年(1780)一甲第一名,是秀水继金德瑛的又一个状元。如洋既是德瑛的内侄孙,又是外孙,金、汪二家几代亲上加亲。汪如洋官修撰、云南学政,著有《葆冲书屋集》。入值上书房时,亦很得圣眷。诗风"坚凝密栗",郑虎文谓"传杯旧事分明在,衣钵天教付外孙",是金桧门一脉相承者。

钱陈群(1686—1774),字主敬,号香树,又号集斋、修亭、柘南居士。康熙六十年(1721)进士,官至刑部侍郎,卒谥文端。著有《香树斋诗文集》,诗有十八卷。钱陈群入乾隆朝,为弘历最倚重的文学侍从,名与沈德潜齐,位隆望重,而恩礼始终,又胜于沈氏。蒋士铨等系其与金德瑛同提携者。诗特多奉和"御制",伦常规训则是通常话题。钱陈群于金德瑛乃前辈,后又共事,而于钱载则为族中叔祖。嘉兴钱氏有好几支,钱陈群、钱载、钱楷、钱泰吉、仪吉这一支不是"吴越王"钱镠之裔,先世本何氏,明初何裕生未弥月归钱姓抱养,遂承钱姓。祖居海盐半逻村,到陈群一代迁秀水。该支钱氏自清前、中期起科甲鼎盛。后来钱陈群的一个孙子也就是金德瑛的孙女婿。秀水邑中,钱、金、汪,一张族群间社会网络已很清晰,至于与朱、郑、王等族的姻亲关系,为免枝蔓,从略。

综上所述,"秀水派"有以下几点可识别性:

一,此诗派上限只能断自金德瑛一辈,与朱彝尊无涉。朱竹垞与"秀水派"的分野应以对黄山谷诗的好尚与否为准绳。金德瑛曾孙金衍宗《重游泮宫诗》说得比其子金蓉镜更明确:"敢夸诗是吾家事,浙派还分秀水支。继此钱汪皆后起,除唯张蒋乏真知。"

二,"秀水派"与自查慎行到厉鹗称典型的"浙派"已趋变异。如果说,"浙派"在宗风上更多地表现有非"江西"、不专崇"江西"倾向,并比较趋近"江湖"、"四灵"一路的话,"秀水"则正好强化"江西"诗风。厉鹗等在诗审美上追求幽秀、清峭,钱载等则追求苍秀、清老。言诗境,"浙派"偏冷,"秀水"则回冷避热,转趋生硬。

三,更重要的一点是"秀水派"阵营的馆阁气、翰苑气严重浸入诗心,与"浙派"的野逸情趣有着重大差异。只是"秀水"派中人,特别是钱载,在诗学观的深层意识上又沉重地处于矛盾状态:既不屑亦不宜趋入草野荒寒清幽一路,因与身份名位难协和,与"盛世"臣工不相称;又不愿太沾染纱帽习气散发甜软媚熟的匠工味。于是,一面以"学"补填诗情,一面在句锤字炼上讲究"深"、追求"皱"。《听松庐诗话》说:"(箨石)《乐游原诗》:'宁申岐薛亭台里,车马衣裳士女风。'先生论诗喜讲叠法,如此联一字一顿,竟可谓之七叠矣。"这种作诗法简直已僻入魔道。钱钟书《谈艺录》第五十八《清人论箨石诗》说:"瘦透皱者,以气骨胜,诗得阳刚之美者也;幽修漏者,以韵味胜,诗得阴柔之美者也。石体秉阳刚,然无瘦硬通神之骨,灵妙写心之语,凌纸不发,透纸不过,劣得'皱'字,每如肥老妪慢肤多摺而已。"真是入木三分的妙喻。

为什么就在当时,那些诗界同行竟或说他"率真任意"(如袁枚即有此说),"率然而作,信手便成"(王昶语),"亦皆有颓放自适者"(郭麐语);或辩护为"气勇怯千夫,脉细归一发"(吴修语),形成"率意、小心论不同"的?根子正在其诗心始终长期徘徊游移于朝野两端之间。《雪桥诗话》说:"乾隆以来,多以宋四六体施诸歌咏,生硬槎桠,竞相仿效《卷阿》矢音之作,尤喜揣摩圣制,助字成语,杂厕于律句间,名家如坤一(即钱载)、正三(即翁方纲)亦皆不免。……其他喜用俳语、凡近语者,更无论矣!"郭曾炘《杂题国朝诸名家诗集后》评钱载诗亦说:"盘空硬语出涪皤,奏御能谐喜起歌。"注中云:"乾隆朝词臣赓和,多揣摩御制,亦唯箨石最擅长。"据传钱载手稿涂乙改窜得相当惊人,这就是"小心"。"小心"或叫"脉细归一发",是"奉和御制"的磨炼、揣摩中养成的功夫和习惯。这里,人们已不难看清楚"揣摩御制"与"生硬槎桠"以及"脉细归一发"之间的关系。这无疑是诗的抒情性的一场厄运,钱载等则恰是这浊流中的戏水者和受害人。

关于被"奉和"的"御制"诗,仍可引钱钟书语概括之:"清高宗亦以文为诗,语助拖沓,令人作呕!"这样,"籙石既入翰林,应制赓歌,颇仿御制,长君恶以结主知,诗遂大坏。其和乾隆句,如:'舜之仁义从容合,益以风雷奋发深';'翠葆池之上,赪轮苑以东';'臣难浩然气,上有一哉心';'土膏先以谂,花信未之要'……"总之,诗完全成为"五七言时文"。

然而,传统文化包括金石书画,自有其人所常说的颐养心志功能,这心志包蕴有狷介、清狂、自尊、脱俗等心性。只要不是权欲熏心,异化尽文人固有的清操,那么,在朝参奉侍之后,在私邸、在长夜、在密友和亲族间,性格的另一面"自我"必会"率真任性"一番的。郭麐《樗园销夏录》云:"相传钱籙石自书京师寓斋春帖云:'三间东倒西歪屋,一个千锤百炼人。'有轻薄子书以糊铁匠店中,传以为笑。"此联是钱载改造了其浙江乡前辈明代徐渭的"几间东倒西歪屋,一个南腔北调人"的原联以自写境遇之句,貌似游戏三昧,实则于幽默中透有浓重的苦涩味,他只能以类似这样的形态和举止来自我平衡心绪,在自嘲中得自慰。借用全祖望与厉鹗对话中的词语:入仕特别是供奉内廷,那无异于"鱼之上钩"!钱载是个有学识才能者,上了"钩"颇能周旋,亦即虽则"东倒西歪",毕竟站住了脚,经历了"千锤百炼"。这样的千锤百炼表现于"颓放自适"时,就是求乐趣、求美趣于诗的章法句法之奇,谋对格之新,追诗境之深。至于诗情,则见之以君亲师友间的"惓惓不渝",于生死离合中"深"其体验;此外则大量集注于题图、题法帖、题金石片,一如挥笔绘画,以丹青排遣情愫那样。

钱载是个造诣极高的名画家。秀水这一支钱氏画家辈出,渊源可上溯钱陈群母亲,人称南楼老人陈书。陈书乃海宁陈氏大族出身,为清初著名女性画家。钱载的画简淡超脱,大得徐青藤(渭)、陈白阳(淳)遗意。花卉兰草,有风枝雨叶的天然逸致,画石多飞白法,遒劲流转,绝无滞机。请注意,这正是钱载心绪深层的任情真率的流露。前面谈到过诗画一理,即就其心灵载运角度言之。如果说,晚明以来,尤其是鼎革之初,画人们激荡心情,倾于画意犹难尽,转吐之诗,那是以"有声画"补足"无声诗",那末,雍乾"盛世"时期,诗人们莫名难言或忌讳不语之思,每由诗而泼洒于画,这是借"无声诗"填缺"有声画"。前者画与诗呈同步情状,后者则有反差;前者是健全的艺术生命气势的发挥,后者显然呈现有变态症候和残损性。清代自康熙以后,诗人渐多擅画,乾嘉时期诗界中人书画兼能者尤遍见,如袁枚"不能画"者极少。这是诗、画互补心理现象或叫心理要求的时代特定标志。所以,画,每能从一个侧面佐证诗的底蕴和协理诗境的辨认,考察乾嘉诗史,不能轻忽这一机制。钱载就很生动地属于上述需以诗画互补法来审视的一个代表性诗人。

至此,"秀水派"的诗美流派特征及其所以构成已可辨识;钱载诗何以各家"论不同"以至他的诗歌心态大抵亦能明晓。之所以辨认"秀水派"而着重剖析钱载心态结构,因为钱氏为该派宗主。汪孟鋗《厚石斋诗卷》卷九《赠箨石》第二首,可视为当时同代同派中人的公论,有权威性:

  诗学兴吾党,寻微为指蒙。
  专家开手眼,异境拓心胸。
  酝酿谁窥里?波澜独障东。
  有来上下古,抚撑气如虹!

如果说,金德瑛是"手变秀水派",那么钱载确是"专家开手眼"。"开手眼"的意义事实上已超越出"秀水"一派的范畴。这"手眼"简言之,是:挽翰苑、馆阁诗风以及"试帖诗"薰蒸的诗群出于俗氛,涩笔淡墨,一洗软熟侧媚。既济之以"学",特别是润养以书画金石气,又能力求回避繁碎考订、抄书作注,也就与翁方纲式的诗法分野各异。清苍不失朴灵,古拙仍存活机,最契合具学识、怀才情、通诗法而又不想失却缙绅与学人兼备风度的诗家的意趣。

"异境拓心胸",一"开"一"拓",激活着多少翰苑诗人、学者诗人。洪亮吉《北江诗话》卷一,列数当代诗坛,第一个就推钱载,说"钱宗伯载诗,如乐广清言,自然入理"。这位给袁枚批评过后,力主"怪可医,俗不可医。涩可医,滑不可医"的诗论家,在另一则文字中直接说出:

> 近时九列中诗,以钱宗伯载为第一,纪尚书昀次之。宗伯以古体胜,尚书以近体胜。汉军英廉相国,亦其次也。

在《北江诗话》卷四尤有发挥:

> 乾隆中叶以后,士大夫之诗,世共推袁、王、蒋、赵矣。然其诗虽各有所长,亦各有流弊。好之者或谓突过前哲,而不满之者又皆退有后言。平心论之,四家之传,及传之久与否,亦均未可定。若不屑于传与不传,而决其必可不朽者,其为钱、施、钱、任乎?宗伯载之诗精深,太仆朝干之诗古茂,通副沨之诗高超,侍御大椿之诗凄丽,其故当又求之于性情、学识、品格之间,非可以一篇一句之工拙定论也。今四家俱在,试合袁、蒋等四家并观之,吾知必有以鄙言为然者也。

洪亮吉《诗话》系晚年之作,已在嘉庆十年(1805)左右。钱载的"精深"和苍朴诗风,到晚清同治"中兴"前后,尤备受"同光体"诗群推崇。陈衍《近代诗钞》中"合学人诗人之诗二而一之"的渊源推溯,就明言:"有清一代,诗宗杜韩者,嘉道以前推一钱箨石侍郎"云。"秀水派"的旗帜钱载的影响可以想见。

二 钱载的诗

现在应对钱载本人的诗略作述论。

钱载(1708—1793),字坤一,号箨石,又号匏尊,晚称万松居士。据朱休度《秀水钱公载传》说他"少不耐为举业文,为之辄崛奇不合时样,故不售"。乾隆元年举试"鸿博",未取,到乾隆十七年(1752)成进士,其时已四十五岁,自以为属"晚遇"。据说他"未第时已达天听",这当是与钱陈群、金德瑛的推荐有关。历官至礼部侍郎,乾隆四十八年(1783)致仕,是七十六岁告老退休。在朝三十年,颇受知遇。《箨石斋诗集》多达五十卷。钱载诗最大的特点是造语奇崛而又不多用僻典;韵语却多用虚词助字,甚而不避俚词、凡近语,拗折清削如古文辞,但又不失机趣,极似将韩愈的文法与杨万里诗法有机糅合一起。这样,一种很奇妙的艺术效果就形成:一方面扫去了当时太习见的"空架子,假门面之语",予人以"生新"的感觉。尽管如张维屏《诗人征略》所说"有时或入于涩滞"、"出以纤新",但"必切事以抒辞","切景以造句"。另一方面则虽"苍莽之极,转似荒率",可是"其旨敦厚,其气清刚,其意沉着,其辞排奡",因为正如吴应和《浙西六家诗钞》所说:"箨翁笃于根本,孝悌忠信,至性至情,发而为诗。"总之是钱载的个性、学养、时世、际遇等一切主、客观既矛盾又协调而成的奇特的艺术表现。但不管怎样说,比起沈德潜、翁方纲来,钱载高明得多,他终竟在变异畸形态势中保留了一些个性特点,走出了一条自家的诗径。同时又不悖古醇雅正大旨,不失士大夫基本行为准则。所以,如郭麐《灵芬馆诗话》所论评的:"《箨石斋诗》淳音古意,自成一宗。视《曝书亭》较深,视《樊榭山房》较大。"事实上,钱载"脉细归一发"地"追险绝"的艺术琢磨,岂止"不得不推为大家",他而且还在学识、人品、性情诸方面赢得第一流之称,人们每以之来与袁枚相比较,以显示随园之丑以及随园诗为"诗之恶派"。

钱载诗就个人抒情特点着眼,《到家作》七律组诗既见功力,又真挚感人。尤以前二首为沉痛:

> 豫章趋浙路非赊,实荷皇恩感复嗟。
> 白发为官长恋阙,青山省墓暂还家。
> 先公旧种多梅树,老圃渐荒有藓花。

同塾诸郎闻已尽,比邻翁媪访应差。

　　久失东墙绿萼梅,西墙双桂一风摧。
　　儿时我母教儿地,母若知儿望母来。
　　三十四年何限罪,百千万念不如灰。
　　曝襜破袄犹藏箧,明日焚黄只益哀。

《宜亭新柳六首》主要是悼友朋所作,咏物借以悼人,苍凉之思浓郁,七律的深稳技巧亦由此可见一斑,如其二、四两首:

　　如梦难寻巷与坊,旧游半系故人肠。
　　驱车欲去惊寒食,走马归来已夕阳。
　　镜照未尝眉皱敛,哭孝廉汪丰玉。泥沾曾不絮颠狂。哭明
　　　经陈乳巢。
　　净瓶只合皈无尽,洒作春空露水香。
　　宝花仓口起东风,鸡唱星悬赋《恼公》。雍正丙午春,明经有
　　　和双溪女子新柳之作。
　　笛里关山今是泪,梢头明月本来空。
　　一声玉折凉州怨,万里云阴杜宇红。
　　归去伤心原有路,依然水驿绿烟中。

　　钱载七律素以"清深"著称,而古体则清折。其实他的古体叙事最见长,如《僮归十七首》五古,写一沈姓小书僮,三代为其家仆人,僮之祖、父都不安于钱家而去,后小僮在其父死前又来投。不几年沈僮忽离去改事某学士,迨钱载中进士,小僮又来归。絮絮叙来,情景如绘,是组诗形式的叙事篇,表现人情世故,透彻而生动,情理俱到。这种笔法,正是"以文为诗"的艺术变形表现。施之于写景,亦别有情趣,如《后下滩歌》,描述在浙西衢江下行情景:

　　一船去,一船来,滩阔水宽船两开。
　　上滩船,浮若凫;下滩船,飞若梭。船子快意各不歌。

> 浙江之滩本平易,多船少船乃相异,顷者云难姑且置。
> 船头远山眉翠低,船尾钩月摇玻璃。
> 来船今夜泊何处？我船明日到兰溪。

诗语平俚,虚字联用,甚至有"顷者云难姑且置"之类散文句法,都是钱氏诗的某些特征。《观王文简所题马士英画》是一首著名七绝,语句亦浅易,其意却在句子的折皱间溢出。从浅层看是写时空转移,人事变而景、物依然,似在嘲弄马士英、阮大铖这班权臣(也是高级文学侍从,风雅之辈);再往里想,则无疑"物在人非"的意理,连"王文简"也未能例外,"文简"是不久前的荣谥,但那还不是一样的空梦般的身外事？如继续追问下去,"我"怎样呢？能画善诗,永驻人间了？……二十八字中不能不说内涵够"深"的,四个句子一句一转,好像很平,实则涩而容留,并非一泻而去,诗云:

> 王师南下不多年,司理扬州句为传。
> 落尽春灯飞却燕,江山如画画依然。

"深",系钱载诗最为世人所赞称的,赏鼎一脔,略可味得。吴锡麒在《有正味斋诗集》卷八《秋怀诗四首》中,首咏《钱箨石侍郎载》。诗作于乾隆五十一年(1786)钱氏致仕居里时,概述钱载才艺和心绪,很耐寻味,录之以为钱诗评:

> 千诗盘郁此胸襟,长水侍郎才调深。
> 老作江湖耆旧长,情兼骚雅美人心。
> 月波酒好沽无尽,鹤渚梅多画不禁。
> 两扇乌篷摇曳去,扣舷能唱《水龙吟》。

三 "秀水"诗群

兹就"秀水派"主要成员略加述说。

诸锦(1686—1769),字襄七,号草庐。雍正二年(1724)进士,由庶常改金华府教授,是该诗群年资较早的一位。乾隆元年

(1736)又举"鸿博",中一等第三名,授编修,官至左春坊左赞善。著有《绛跗阁诗集》十一卷。其诗僻涩为多,为人较耿介。他曾辑录浙籍人诗成《国朝风雅》十二册,是谈地方文献者所应知者。

"秀水"诗人中,王又曾是可与钱载相匹敌的一个。王又曾(1706—1762),字受铭,号毂原。乾隆十六年(1751)召试授内阁中书,十九年(1754)成进士,官至刑部主事。著有《丁辛老屋集》,诗凡十七卷。少时与钱载名埒,有"钱王"之目。王氏诗较轻爽、清隽,不艰涩滞闷。情致则多萧飒,颓唐中见风情。前人诗话多喜摘其好句子,《石遗室诗话》且专摘其咏桃花之作,均非整体论诗之法。其诗情意较真而又不矫造者如《汉上逢诸亲故,累邀泥饮》:

　　明灯高馆拍声催,大阮招邀小阮陪。
　　难得异乡逢密亲,可能良夜不深杯?
　　江连清汉分还合,人过中年乐亦哀。
　　珍重天涯老兄弟,淮南米贱好归来。

又如《赠徐春书》,系写赠诗人徐麟趾者,徐亦秀水人,侨居扬州,著有《荔村诗钞》。诗四首,前二首云:

　　十年小别东瓜堰,一夕相逢皂筴桥。
　　大抵词人惯羁旅,未缘明月恋吹箫。

　　几卷新诗黯淡吟,天涯毕竟有知音。
　　中年偏与饥寒会,典去衣裘又典琴。

上引诸诗中如"人过中年乐亦哀","未缘明月恋吹箫",都在前人成语中开掘,转深一层,特耐吟咏。比起"但闻花气不看花"、"看花人亦鬓成丝"之类,深厚有味得多。

万光泰(1712—1750)在秀水诗人中以才称。他字循初,号柘坡居士。二十几岁被荐"鸿博"试,报罢,旋举于乡。卒时年未及中寿,已自定《柘坡居士集》十二卷,并有杂著十六种。诗以古体多胜,诗骨秀朗,近体略嫌晦涩。《梧门诗话》赏其"雁声柔橹动,马影乱山铺"句,实亦仅以善于造语见美。诗集中《赠汪氏兄弟》一首有关诗史典实:

> 孟家兄弟城东住,一室"方壶"四叶传。
> 树老历年如翠帐,书多连屋半丹铅。
> 朋樽昨日卧花坐,大被终宵对客眠。
> 遗稿《碧巢》重得读,典型弥复想前贤。

汪氏兄弟指汪孟锅(1721—1770)、汪仲钤(1725—1753)。汪氏原居桐乡,清初协助朱彝尊编《词综》的汪森(1653—1726)兄弟,是由安徽休宁迁浙西的著名藏书家,家有"裘杼楼"、"小方壶斋"等。汪森是孟锅兄弟的曾祖,汪森子汪继燝(1677—1726)即金德瑛岳父,著有《双椿草堂集》等。继燝有六子,第三子名汪上堉(1702—1746)始迁秀水,即孟锅兄弟之父,他还是著名弹词《再生缘》作者陈端生的外祖父[①]。

汪孟锅,字康古,号厚石,乾隆三十一年(1766)进士,官吏部主事。其少时从姑父金德瑛学诗,后与万光泰、王又曾、钱载等切磋,成为"秀水派"重要成员。弟仲钤,字丰玉,有《桐石草堂诗集》八卷。孟锅长子汪如藻,号鹿园,乾隆四十年(1775)进士,次子即如洋。万光泰诗中的《碧巢》遗稿是汪森的著作,《赠汪氏兄弟》亦属藏书纪事诗很好的作品,李调元《雨村诗话》故特拈出之。

"秀水派"中的朱休度(1732—1812),年资较后,他字介裴,号梓庐。乾隆十八年(1753)举人,官嵊县训导,山西广灵知县,后主

[①] 汪氏世系参见储大文《户部郎中驰封监察御史汪君森墓志铭》,方婺如《奉直大夫巡视台湾吏科给事中汪君继燝墓志铭》,潘思榘《云南大理府知府汪君上堉合葬墓志铭》,卢文弨《奉直大夫吏部文选司主事汪君墓志铭》,钱载《吏部文选司主事康古汪君墓志铭》等。

讲剡川书院。著有《壶山自吟稿》等。朱休度是朱彝尊玄侄孙,《灵芬馆诗话》有一则文字记述很有意思:

> 竹垞尝言生平作诗不入大家,文不入名家,差堪自信,盖有激而云然。近时作诗者肥皮厚肉,少知厌薄,而佻巧滑熟之习,又从而中之,非有生涩苦硬以救之,恐日益萎靡。朱梓庐先生休度,今之诗人之良药也,其诗不为俗语、熟语、凡近语、公家语,戛然以响,潄然以清,肇石宗风,此其继别。先生自言极其分不过南宋、金元诸小家之一鳞半甲,虽其自谦,亦犹竹垞翁意也。

这是个很清醒的诗人。郭氏《诗话》引录他的《过小关村问农事恻然伤之,口占二首》是很警拔的作品:

> 荒沟乱石不成村,颓土墙边破板门。
> 怪道春来东作废,十家能有几家存?

> 逃丁弃地无人种,也有人存地复荒。
> 借问山农何太懒,卖牛多已纳官粮。

在"秀水"群体中这样表现民生疾苦的诗还真不多见。休度从兄弟朱休承,字伯承,著有《集益轩诗》,也是个比较关心民瘼的县令。休承乃朱竹垞嫡玄孙。

"秀水"余响,至钱仪吉(1783—1850)、钱泰吉(1791—1863)兄弟大体告终。

钱仪吉,字蔼人,号新梧,又号衎石。嘉庆十三年(1808)进士,改庶吉士,历官工科给事中。著有《闽游》、《北郭》、《澄观》等集,还有《旅逸小稿》等。系钱陈群之曾孙。其诗宁拙毋巧,清新中见奥涩,造意密微。论者以为他独宗梅尧臣、黄庭坚诗风于举世不为之日,故同、光以后"宋派"盛行,实导启自籜石到衎石一脉。

钱泰吉,字辅宜,号警石,又号深庐。廪贡生,官海宁训导。著有《甘泉乡人稿》二十四卷,《余稿》二卷。与从兄仪吉并称"嘉兴钱氏二石"。博通经史、训诂、校雠、金石诸学,著作宏富。诗以朴老称,得家法。晚年其仲子钱应溥客曾国藩幕,迎养以终。

"秀水诗派"最后是消融于清末"同光体"宋诗流风之中,结束其历史过程的。

第三节 高密诗派述略

乾隆后期到嘉庆年间,以山东高密李氏兄弟为核心的"高密诗派",是个再次召唤"郊寒岛瘦"诗风的苦吟群体。这是个有主张、有诗群、有领袖和骨干的诗的流派。就其诗审美倾向的总体看,实近乎南宋的"四灵",而清瘦苦寒则更过之[1]。

一 高密"三李"

高密"三李"长曰李怀民,其名宪噩,以字行,号石桐,又作十桐。诸生,著有《十桐草堂诗钞》等凡十一种。次李宪暠,字叔白,号莲塘,诸生,有《定性斋集》,后专意于经世之学。季名李宪乔,字子乔,号少鹤,著有《少鹤诗钞》、《鹤再南飞集》等。

"三李"系李元直之子。李元直,号愚村,康熙五十二年(1713)进士,雍正七年(1729)任四川道监察御史,未几改台湾监

---

[1] 《乡园忆旧录》卷二:"高密三李,诗名甚著,大都清真刻露,刊落浮华。宪乔尤为当代名公所重,与兄莲塘、石桐等选唐人诗,作主客图,以张水部、贾长江为主,余人为客,遂号所咏为《二客吟》。""宪乔《咏鹤》云:'纵教就平立,总有欲高心。''不辞临水久,只觉近人难。'《送流人》云:'再逢归梦见,数语此生分。'袁子才以为与浪仙相近。"

又:"李宪乔,字义堂,号少鹤。袁子才游粤西,相见甚欢;别后,李使人追寄以诗:'岸边霜树林,来对兀沉沉。挂席去已远,别醑空白斟。烟寒过客少,江色幕栖深。谁识此时际,寥寥千载心。'《湘上》云:'孤月无人处,扁舟先雁来。'皆高淡可喜。"

察御史,忤雍正帝,镌三级,家居二十七年卒。李元直以耿介刚直,世称"戆李","三李"禀父性而又落魄风尘,仅李宪乔于乾隆四十一年(1776)以召试举人官广西归顺知州。

作为一个诗派,其诗学观的理论著作是李怀民的《重订主客图》二卷、《图说》一卷、《补遗》一卷。李怀民兄弟诗学观的形成动因,出于不满清初钱谦益、王士禛诗风历百年而流弊不绝,举世阿谀庸音,肤廓饾饤。遂精研中晚唐人格律,欲救以寒瘦清真,一洗藻绘甜熟之习。关于高密诗派,先师汪辟疆先生《论高密诗派》[①]曾有概述:

> 今按高密诗派,其在齐鲁之间者:老辈则有高密单书田楷、单青俟烺、单绍伯三先生。羽翼则有胶州王新亭克绍、王颖叔克纯,高密王蜀子夏、王希江万里、王子和宁间,是曰"王氏五子"。他如高密单子记襄荣、单子受、单廉父韶、单子山毵、王东溪令闻、任大文、任子升兄弟诸人,皆与石桐、少鹤为唱和之友。后辈则有李五星诒经、王熙甫宁焯、王丹柱宁烻、单子固,是曰"后四灵",俨然为石桐护法。他如宋步武绳先、单平仲憻、单师亭可玉、单子庸可墉、王蕴先煊,福山鹿木公林松、莱阳赵庆孙曾、邱县刘松岚大观诸人,与后四灵皆从二李问诗法。而松岚官位较达,且躬任为二李校刊遗书者也,高密诗派流播之广,松岚与有力焉。

后来李少鹤宦游广西,交游颇广,于是广西、江西等地均有"高密派"衍流,直至清末李瑞清(清道人)等仍承其诗法之传。

李怀民的《主客图》搜集唐代元和以后各家五言律诗,辨体格,溯宗师,奉张籍、贾岛为主,而朱庆馀、李洞以下为客。对奉张、贾为主的意旨,刘大观解释甚清楚:即是奉张籍"为清真雅正主",

---

[①] 汪师此文原载《中华文史论丛》第二辑;后收入《汪辟疆文集》二六一一二七三页,上海古籍出版社1988年版。

贾岛是"清奇僻苦主"。故该派的实践是以寒、瘦为高境,以独造为本领,以真挚见情景,以融合见苦辛。要旨在戒熟戒俗,不作平庸语。李石桐有"格韵千载幽"句,这五字集中体现了他们的审美追求。李少鹤《读贾长江诗》则明确表现了一种特定心态:

> 险僻时皆诧,孤清帝遣哦。
> 全身生肉少,一卷说僧多。
> 壁隙风潜入,衣棱冻可呵。
> 每欣当此际,持用砭沉疴。

他们是用这样的"药"来治诗之病,实即心之病的。所以,究其实质看,以"三李"为代表的这个诗派是"盛世"中愤世嫉俗者的心态外化表现。是一群世家子弟,沉沦下吏或长为幕宾,对褒衣博带诗风的厌弃。李怀民《自题秋菱集》云:

> 旧卷闲来读,苦吟今几春?
> 尚多违古意,渐不悦时人。
> 气味全宜冷,平生合得贫。
> 无须问千载,看取此中真。

《答客劝止吟》又云:

> 自于人事远,僻性日深沉。
> 岂敢厌时宠,其如乖众心。
> 淡中成独赏,尘外或知音。
> 重感相期意,尊前劝止吟。

完全是一副心冷意苦,不与"时人"周旋的在野寒士口吻。所以翁方纲的《复初斋集·近人有仿张为〈主客图〉取张司业、贾长江以下五律成集者,赋此正之》组诗中对"三李"深为反感,嘲之为:"如何凭窘步,骚雅欲追攀?"在诗注中更说:"此作《主客图》者,正坐一窘字!"

"寒瘦"诗风当然不宏阔,其"窘"是必然的。艺术个性上的"窘"而不雄肆开阔,恰恰是心态上冷落的同步表现。翁方纲对高密诗风的抨击,是乾、嘉之际朝野诗派的又一次冲突。

李怀民《十桐草堂诗集》中有不少表现他们这群寒士形象的诗,如《子乔自县中来,言单书田先生贫至食木叶,邀叔白各赋一首为赠》:

食尽门前树,先生空忍饥。
只应到死日,始是不贫时。
古性原无怨,高情独有诗。
即今三日雪,坚卧又谁知?

又《高士裘》注曰:"李五星苦寒坚卧,其友王熙甫、单子庸为制羊裘,强起游眺,余闻其事,作高士裘。"诗云:

洛阳城中三日雪,袁生冻卧僵欲折。
俗令不惜故人怜,囊底尚有佣书钱。
持向东市得老羖,韦以大布宽于旆。
由来朱紫轻毳褐,此裘著敝誓不脱。
千金狐腋裹膻腥,羊若有知死胜活。
从此柴门昼不关,城西积素辉连山。
耻向泽中钓时誉,独揽登高吟晓寒。
幸语高士卫尔冰霜骨,慎莫负召薪傲炎月。

李宪的《读柳子厚榕叶满庭诗,适闲云持萤火见示,因赠》亦充溢一股冷意:

柳州未远似梧州,自古诗人善旅愁。
手把流萤吟落叶,君看春半果如秋。

"三李"及他们的诗伙伴,以五言律形式为主要写作体裁。李宪乔被认为是群从中最高者,如《冬行书驿壁》云:

> 寒促腊将半,担囊更别亲。
> 朔风当去马,远雪带行人。
> 野市归常早,山程问不真。
> 自惭书几上,犹作泣歧身。

《海上访法迂叟评事若真》云:

> 先生临海居,八十意翛如。
> 半路中逢鹤,单身外即书。
> 应门童亦拙,绕屋树还疏。
> 潮落暂须住,前滩同钓鱼。

《雪桥诗话》说李少鹤"独师怀抱,才雄而气峭",他的诗不事藻缋。当年袁枚重游广西时,说:"吾此行,得山西一人,山东一人。"山东指李少鹤,山西是折遇兰(霁山),以为"皆风尘中之麟凤也"。后来李氏兄弟之父李元直的《墓志》即由袁枚所撰。

二 刘 大 观

"三李"诗弟子中刘大观最有影响。大观,字正孚,号松岚,山东章丘人。由拔贡而官山西河东道,署布政使衔,在"高密诗派"中算最宦达的一个。著有《玉磬山房诗稿》①。他的《题赵秋谷先生诗后》可以见出该派诗人的诗史评判眼光:

> 十年宰相侏儒送,一代文章海岳知。

---

① 据《玉磬山房文集·自序》,其初仕广西永福知县为乾隆五十四年(1789),时年二十七岁,则可推知其生于乾隆二十八年(1763)。道光十一年(1831)尚在世。
《乡园忆旧录》卷二:"邱县刘松岚大观,诗刻峭清苍……《东昌舟次寄兄》云:'节次几更移,多年嗟远离。最难遣愁处,将欲到家时。问友多新墓,看花少故枝。祇余江上月,犹为照深卮。'《贫士》云:'寒鸡穷巷鸣,不见突烟生。书向邻家借,诗多雪夜成。断绳横短榻,折足卧空铛。尽日无人到,时闻饥鼠声。'刻苦绝似贾岛。平生嗜高密二李诗,故取法如此。"

> 不假月明为皎皎,秋风独唱出宫词。

> 岭上梅花万树春,曲江江水碧粼粼。
> 广州尚有陈元孝,眼底欣逢识字人。

他的《与人论诗四绝句》的第二、第三两首则是对诗的特质和诗史规律的认识:

> 有识有才须有骨,不然竟是像生花。
> 齐梁汉魏同归冶,别有真金铸莫邪。

> 劳人思妇寻常语,采入辀轩成《国风》。
> 独有斯文难力取,王侯输与布衣雄。

刘大观的认识明显地受到赵执信的影响,尽管他们审美情趣有所不同。

第四节 岭南诗群

一 "岭南三子"、"四家"的诗文化薰染

洪亮吉《论诗绝句》二十首之五"尚有昔贤雄直气,岭南犹似胜江南"的名句出,人们对岭南诗风的认识显然加深了。洪亮吉此首诗咏的是清初"岭南三家",但其实他的"岭南犹似胜江南"的论断中无疑已渗进对黎简的"拔戟自成一队"的高度赞扬。可以说,黎二樵诗的出现,强化了洪北江对岭南诗的认识,从而也由他的宣传,扩大了影响。

清代是广东诗歌的高峰期。但在屈大均、陈恭尹、梁佩兰世称"岭南三大家"为标志的清初那个诗群活动之后,是沉寂了的。到康熙五十九年(1720)冬惠士奇任广东学政,三年间颇为扶持风

雅,于是有"惠门八子"出。"八子"者即:何梦瑶、劳孝舆、吴世忠、罗天尺、苏珥、陈世和、陈海六、吴秋一等八人。惠士奇是经学家,然其"红豆家风",不废吟咏。只是"八子"中真有点影响的也只能算何梦瑶一人而已。何梦瑶(1693—1764),字赞调,一字报之,号研农,又号西池,南海人。雍正八年(1730)进士,官至辽阳知州。著有《芳园诗钞》八卷。早时与罗天尺、苏珥立"南香诗社"。后以《珠江竹枝词》著名,七律亦擅长。诗集中有《丁未纪事》一首五古,写灾荒民穷,弃子病妇,情事甚惨,也很为后世称道。其他七人诗则均一般。

自从康熙朝以来,广东与中原、内地的交通转为频繁,文风诗风的交汇也愈加多。学政是朝廷钦差命官,对地方有教化的责权,广东诗歌在这段历史时期受内地的影响每多来之学政的倡导;此外则是岭南士子的游宦境外或赴京师应礼部试或入国子监之类渠道,总之,大抵与科举文化紧相粘连。对岭南诗风影响力称大者是上距惠士奇为学政约四十年后的翁方纲。翁氏自乾隆二十九年(1764)起在广东连任两期学政,称诗弟子不仅多,而且经他的誉扬,名声亦渐广;特别是其中登科第者,影响已不限于岭南一域,岭南诗歌的第二个高潮就出现了。对此,王昶《湖海诗传·蒲褐山房诗话》有一个概述,以见风雅复振:

  岭南自三家后,风雅寥寥。比来余所知者:张庶常锦芳、冯户部敏昌、温编修汝适、潘舍人有为、赵大令希璜,而简民为之冠。

关于"简民为之冠"即指称黎简的这一点,后文专论,暂不谈。王昶这概述是合史实的,广东自冯敏昌等出,中原又再次见岭南诗才的群起。兹综述如下。

冯敏昌(1747—1806),字伯求,号鱼山,钦州(旧属广东,今划归广西)人。以拔贡入国子监,乾隆四十三年(1778)进士,授编修,改户部主事,调刑部。辞归粤中后历主端溪、越华、粤秀等书院。著有《小罗浮草堂诗集》。冯鱼山早年诗颇富情韵,以秀华见长。师事翁方纲后,学韩昌黎、黄山谷益力,以致素不喜岭南诗的钱载盛加推誉。钱氏之不喜岭南诗风,实系从"宋诗"观念视"雄直"之风脉承自"七子"之故,岭南在清初以前,确实笼罩着浓厚的"明七子"风气。冯氏虽师从翁方纲,但其诗颇有如《岭南诗存》所说:"骨肉至情,以白话写之"者,这当然更接近钱箨石,如《高廉道中作寄晚堂弟》等,就是质朴深挚一类作品。

与冯鱼山齐称"岭南三子"的张锦芳、胡亦常也称名家。张锦芳与大江南北诗人交游尤广,故知名度也高于胡,"药房"之称屡见同时人诗集。

张锦芳(1747—1793),字粲夫,号药房,顺德人。乾隆五十四年(1789)进士,授编修。著有《逃虚阁诗钞》六卷。药房博学,兼精金石碑版,擅书画,故最为翁方纲器重。他又与黎简、吕坚、黄丹书合称"岭南四家"。其诗风较多学苏轼,以才气胜,酬应诗特多。写珠江三角洲风物诗则每多佳制。"户以花为业,村将酒占名"(《陈村》),"向来携酒客,多自卖花村";"扑地棕梧影,沾衣烟雨痕"(《宿大通寺》)等,确是广州一带风光。他与黄景仁等颇相善,唱和酬答甚多。他的兄弟张锦麟(1749—1778),才华尤丰,惜早年殂谢。锦麟字端夫,号玉洲,乾隆三十三年(1768)举人,有《少游草》。

"三子"中的胡亦常(1743—1773)字同谦,又字豸甫。顺德人。乾隆三十六年(1771)举人。著有《赐书楼诗集》。以山水诗的自然苍深见长。又,诗集中如《观鹑斗》的讽刺斗鹌鹑、斗画眉的风气,亦佳。

吕坚是"四家"之一。吕坚(1742—1813)字介卿,号石帆,番禺人。著有《迟删集》六卷。他是"三子"、"四家"中最落魄的一个,个性傲岸寡合,迹近黎简。《赠袁子诗》开头二句"丈夫文艺非所先,贫贱得此开心颜",他是以诗来自我调节心绪的,故郁勃悲怆之情时见。语句生涩,亦受宗黄山谷风气影响者。

黄丹书(1757—1808),字廷授,号虚舟。亦系顺德人。乾隆六十年(1795)举人,官教谕。著有《鸿雪轩诗钞》八卷,兼擅书画,时称"三绝"。《玉壶山房诗话》称其诗"清新妥帖,取法髯苏"。丹书年资较前几人略迟,与宋湘为同辈。

除以上"三子"、"四家"外,还有温汝适(1760—1814),字步容,号筼坡,顺德人。乾隆四十九年(1784)进士,早年得志而官至兵部侍郎,著有《携雪斋诗文钞》。而赵希璜则以金石、地志见长,又为黄仲则刻全集,故颇为人称。他字渭川,长宁人。与黄丹书先后受学使李调元知,补诸生,乾隆四十四年(1779)举人,官河南安阳知县。著有《四百三十二峰草堂诗钞》,与黎简最友善。

从以上综述中可以看到一种倾向,即广东诗歌在这一时期里受"苏黄"诗风影响浓重,这无疑是翁方纲"肌理说"薰陶之故。所以,笼统地说岭南诗风此时摆脱"格调"、"性灵"两派的笼罩,沿着张九龄以来形成的,由南园五子和岭南三家加以发扬的岭南诗派的道路前进,卓然自立于中国诗林中,是想当然耳。唯黎简和宋湘在这样的风气中能自出面目,始称岭南诗群中卓然不凡者,尽管即使黎简也不是没有生涩处。

二 黎简诗的审美构成及其造诣

黎简(1747—1799),字简民,一字未裁,广东顺德人。酷爱东樵、西樵二山,故自号二樵,又有百花村夫子、石鼎道人等号。东樵山有四百三十二峰,西樵则为七十二峰,故合其数为诗集名:《五百四峰草堂诗钞》。初集二十五卷,续集二卷。精工书画、篆刻,又能词曲,为一时奇才。性格亦狂亦狷,自称"狂简",而狷介之行甚多,淡于功名。乾隆四十三年(1778)李调元督学广东,拔置第一,补诸生,并推誉其诗,名益振。乾隆五十四年(1789)拔贡,将赴廷试,适丁外艰,遂绝意仕进。一生唯早年足迹到过云贵湘,后终生未出过岭外。

王昶《答许积卿书》说:"黎君诗亦英挺,于'岭南三家'中颇近独漉老人,可与仲则分道扬镳。"从情韵孤寒凄清言,说黎简与陈恭尹有相近处,这从岭南诗史角度言有合理处;他与黄景仁则称神交,未识面而相互倾心,有文字可证,故"分道扬镳",各自天涯一方吟唱幽郁之歌。

值得探索的是黎简的诗何以在嘉庆初年获如此佳誉,除了其诗确实自具面目之外,还有什么其他因素?王昶说他:"朋侪罕有当意者,唯与德清许宗彦、无锡孙尔准为诗文交。"许宗彦《鉴止水斋诗集》中有《题黎二樵〈五百四峰草堂诗〉却寄》长篇一首,正透露了一条史实信息,诗的前半说:

> 百年论风雅,俎豆王与朱。
> 雍和清庙瑟,明靓倾城姝。
> 俗士忌自立,好学邯郸趋。
> 粉黛饰村媪,靡曼夸吴歈。
> 何人善变辟风格?近数禾中少宗伯。
> 海内赏音谁最亲?独有岭南黎简民。二樵论诗最膺服钱少
> 　宗伯。
> 简民为诗苦用心,虚空欲着斧凿痕。
> 眼前常景入句里,百思不到一字新。
> 颇讶肝脾与众异,中有万古骚人魂。
> 幽兰泣露荒山寂,翠袖啼寒修竹昏。
> 空潭千尺碇月影,危崖一线牵云根。
> 仙才鬼才两不让,岛瘦郊寒未足论。
> …………

难怪许宗彦为黎简所深交,他对二樵诗风诗心诚堪称知音。原来

黎氏最服膺秀水派的钱载,这也就完全能理解洪亮吉独赏其"能拔戟自成一队","足以睥睨一世",因为洪亮吉晚年正是最推崇钱载的。同时这也就更能理解翁方纲何以"常梦与君游处,以书索南雄太守邱公学敏,录其集寄都中,手为点定。学士送太守诗有云:'寄语二樵圆夙梦,苏门学士待君来。'盖深望君之出也"(黄丹书《明经二樵黎君行状》)。

黎简诗的审美取向近于黄山谷诗风一系,极明确,其与钱载的诗美观念相一致,也可无疑。当然这并非说黎简有意趋从某诗派,但是他的被盛誉是夹杂有门户宗派意识的。因而,袁枚的乾隆四十八年(1783)游岭南,"欲黎一见,竟不可得",并不奇怪,大肆渲染此事,也是出于宗派偏见。黎简可以有自己的选择,他在翁方纲的"待君来"鼓励下也并没有"出",那么,袁枚欲见他,他持"不可"态度,更在理中。黎简在嘉庆元年重阳节作的《诗钞自序》说得很坦诚:

> 简自龆龀,先君子即教之为诗,即得其意而喜为之。其间存而惭,惭而焚者屡矣。……所得诗分二十五卷,梓之,少而壮,其渐以老,可概其心力之利钝也,体格之仍变也。诗人之殊途,医门之多病也;药之虽偏疣乎,近之者又其性也。且彼风气者,方置吾于其枢,吾不能挠其柄也。昔所非而今是,今所是而后非,吾乌知其鹄之正也哉!

他的坦诚特别表明在承认"风气"对他的左右,置身其中,心也难自主。这"风气"即前一小节中所论述的"肌理"和"秀水"诗风对岭南的波及。

这样,列一个有关人物的行年,对进一步说明问题是有益的。

> 袁枚于嘉庆二年(1797)卒。
> 黎简后二年即嘉庆四年(1799)卒。
> 钱载卒在此前,即乾隆五十八年(1793)。

翁方纲卒在嘉庆二十三年(1818),在世最迟。

洪亮吉卒在嘉庆十四年(1809),其《北江诗话》写于黎简卒后几年里。

以上简表说明这样一些事实:《北江诗话》所著之时,正值"倒袁"阶段。洪亮吉并非如某些"袁门弟子"那样倒戈泼水,他以学者的眼光推崇钱载,这对翁方纲也无损伤。而其时正是"宋诗运动"高涨期又一个潮头涌起时,程恩泽于嘉庆十六年(1811)中进士,祁寯藻于十九年(1814)成进士,均在洪亮吉卒后没几年,而其时翁方纲仍在世。"肌理说"过多"抄书"、作注,影响不佳,但钱载的"秀水派"则是"韩、黄"一路宋诗派的正宗法乳承传者,加之姚鼐(1732—1815)亦未去世。此中流派(包括宗派)的消长起伏、承传接续的脉络是清晰的。所以,黎简在身后备受赞称,实在也是一种"置吾于其枢,吾不能挠其柄也"的现象。

这样的史实辨析,并不是对黎简诗本身的褒贬。黎简自有他不需凭借"风气"价值在。

黎简的诗风,或者说诗美,是"幽峭"。幽,幽深曲折,是汲取自李贺诗而化出;峭,清峭警拔,是得之黄山谷诗的养料。关于前者,他在《批点李长吉集题记》明言:"余幼好长吉,非长吉诗不读,且学为之,甚肖也。"他毫不讳言学得"肖":"吾后人读此,知所采择,亦知作诗须从难处落手,不嫌酷肖,到此时生出面目来。"他的喜欢李贺诗而且学得"酷肖",不仅在诗中,在他的词里诸如"别后花枯月黑"之类词语何尝不是"诗鬼"情韵的体现。这与他的个性有关。对于后者,前文已有所谈及。黄培芳《香石诗话》概括得很简要:"其所作虽不名一体,实初学昌谷,后师黄山谷,深觉于二家为近。"谭敬昭是黎简的后辈忘年交,在《书五百四峰堂诗钞后》一文说:"二樵先生诗本天声,巧非人力","欲自辟门径,以奇险为孤高,以艰深为玄妙。"也属知音之谈。"奇",离不开李昌谷,"艰",实接近黄山谷。"二谷二樵前后身",李遐龄这七个字最准确简明。

表证黎简幽峭奇艰的代表诗作很多,《寄黄药樵》是其中意理情辞俱足的一篇:

> 墙头暮鸦飞不起,鸦背松声冷于水。
> 如山北风压破屋,拍枕大江浮两耳。
> 窗竹偃蹇欲折棂,急雨落瓦寒有棱。
> 饥鹊嚄嚄状啸鬼,纸窗琅琅如裂冰。
> 风头越大雨点重,松子逾时尚跳动。
> 灯危在壁寒不明,心战如波静还涌。
> 我忆滇山西远征,冰天苦月寒峥嵘。
> 两奴争被静一哄,独马恋人悲自鸣。
> 身劳归惜妻孥苦,裘敝倏惊年岁更。
> 煌煌肥马从朋友,跕跕飞鸢阅死生。
> 生还喜尔情过绝,以病示人无病骨。
> 明日梳头视青镜,今夕苦吟得白发。
> 莫思广厦庇众寒,少陵诗翁古迂拙。

写奇寒奇穷,今昔境同。虚处着笔,实处见情。松声如水冷,一种感觉上的寒,比任何形容都有质感。"寒有棱",视、听和触觉并运,"状啸鬼",同样如此,此种笔法既劖刻又幽峭。但这些又全浸透真感受、真情思,不是为造险境幽境而以词遣情,这都是黎简的长处、高处。"以病示人无病骨",以音容写情心,以苦形衬伉俪笃情,语似平易而深刻,词若散句实凝炼,没有"以文为诗"的生硬迹痕。《寄黄药樵》既见风格特征,又显示他的功力。

《昨梦李昌谷弹琴》是黎简幽凄奇诡的一种诗境表现,幽森凄奇,但又不同鬼才:

> 年无几梦十九恶,昨夜何人媚魂魄?
> 长爪诸孙秀眉绿,围玉神麟腰一束。

> 鸣弦古寒动秋屋,陇山月黑叫孤鹦。
> 昌谷云深啼老竹,红丝剩血弹涩吟。
> 千年以还吾识音,车行确确雷碾心。
> 行云已去银浦浅,出门独愁碧海深。

黎简诗思的曲深,从下面一首悼亡小诗也可见出。一次他梦中在旅途给妻梁雪写信,刚写"家贫出门,使卿独居"八字惊醒,其时梁雪实已病故多时,"梦而不见,不如其勿梦",有他特有的凄情苦思,浮想奇幻:

> 一度花时两梦之,一回无语一相思。
> 相思坟上种红豆,豆熟打坟知不知?

他也有以平叙铺展来见曲深的作品,诸如《友人送西樵无叶井泉》、《田家》(日落山阴多)、《药房北行,因之寄黄上舍仲则》等。

《秋夜感咏》不啻是自绘肖像。黎简的七律峭拔挺劲,拙中见美,要说其诗有山谷气息,七律与上述五古以及《寄黄仲则》等属这一类,只是他已自开面目了,诗云:

> 菊花篱外白云高,黄雀风前病叶号。
> 时物变衰增梦绪,死生悲喜属儿曹。
> 故关作客贫如远,凶岁为儒拙倍劳。
> 即事千秋足知己,画痴书癖最诗豪。

黎简诗的疵病正如盛誉其诗的张维屏《听松庐诗话》所说的:"力避平熟,斧凿太过。"短处每与长处共生。此外诗境亦稍嫌窄狭。他的《苦吟》一首正好为自己作小结:

> 巷庐都逼仄,云日代晴阴。
> 雨过青春暝,庭凉绿意深。
> 病从移带眼,老迫著书心。

> 灯火篱花影,玲珑照苦吟。

首联极似其人之处境心境,次联则是诗的风格和审美,三联情怀追求,末联恰如诗界位置。

三 宋湘的"雄直"诗风及其诗学观

岭南诗风曾以"雄直气"为一时宗风,但在清初以后真得此"气"的并不多,迨宋湘出,始得见重振。

宋湘(1756—1826),字焕襄,号芷湾。广东嘉应州(今梅州)人。出身于清寒文士之家,八应童子试,才补诸生。乾隆五十七年(1792)广东解元,时年三十七岁。嘉庆四年(1799)成进士,改庶吉士,授编修。六年(1801)丁母艰,假归,应惠州知府伊秉绶聘,任丰湖书院山长,后转任粤秀书院。九年(1804)返京供职,十八年(1813)任云南曲靖知府,留滇中十三年。道光五年(1825)迁湖北督粮道,于次年卒。著有《红杏山房集》十三卷。

宋湘在宗派门户之见甚深的嘉庆诗坛,持不依傍而自立态度。在嘉庆三年(1798)冬作的《与人论东坡诗二首》已表示"几首唐诗守六经"?"毕竟要还真面目",到十五年后,他写于云南的《说诗八首》,全面表现了其诗学观的成熟。他的清扫派别,各还命脉的观念对岭南晚近诗风是一次推进,多积极影响。《说诗》云:

> 三百诗人岂有师?都成绝唱沁心脾。
> 今人不讲源头水,只问支流派是谁!

> 涂脂傅粉画长眉,按拍循腔疾复迟。
> 学过邯郸多少步,可怜挨户卖歌儿。

> 心源探到古人初,征实翻空总自如。
> 好把臭皮囊洗净,神仙楼阁在高虚。

> 豫章出地势轮囷,细草孤花亦可人。
> 独有五通仙杜老,各还命脉各精神。
>
> 学韩学杜学髯苏,自是排场与众殊。
> 若使自家无曲子,等闲铙鼓与笙竽。
>
> 池塘春草妙难寻,泥落空梁苦用心。
> 若比大江流日夜,哀丝豪竹在知音。
>
> 文章绝妙有丘迟,一纸书中百首诗。
> 正在将军旗鼓处,忽然花杂草长时。
>
> 读书万卷真须破,念佛千声好是空。
> 多少英雄应下泪,一生缠死笔头中。

宋湘的议论显然是针对牢笼岭南的那股"风气",第四首、五首最明显。倘不是"人"立纸上,而是死于笔下,他觉得很可悲。第七首借丘迟文章中"花杂草长"意境,比喻在"旗鼓"壁垒前应自在地还诗以自然性格。这首最不易令人重视的诗,其实讲了很关键的道理,是"各还命脉"的进一步深化,是对自主意识的召唤。

《红杏山房诗》大气磅礴,纵横烂漫,古体固能雄肆,律诗亦不受羁绊,呈外张型形态。如《留赠李尧山》:

> 飘然顾我飘然去,来不呢喃去不辞。
> 世上葛藤须快剑,心中风雨有深卮。
> 客除消渴犹苓术,节近端阳始荔枝。
> 明日湖山深处去,潮生月落挂帆时。

又如《岳阳楼题壁》:

> 才吹黄鹤楼中笛,又醉岳阳楼上来。

> 作客百年人易老,防身一剑我何才。
> 乾坤风月争渔艇,今古功名借酒杯。
> 满地江湖满眼梦,登楼那得不头回?

《岭南诗存》说他的诗"独往独来,全在意兴",他自己本就是"我诗我自作,自读还赏之;赏其写我心,非我毛与皮"(《湖居后十首》),不管"诗法",也"不用法"。

从交游中,尤其是从诗文化角度看其友朋酬交关系,可以感觉到宋湘与张问陶的友谊和诗观念的相通处。张问陶小宋湘八岁,但在翰馆算前辈,宋湘离京赴云南任时,张氏已辞官,二年后即死。宋湘《送张船山前辈出守莱州即次留别原韵》六首中有三首可以考见宋湘诗观的倾向"性灵"。

> 九月霜桥马首东,芦沟帽影侧西风。
> 西山不识人离别,照旧斜阳红树中。

> 等身著作几曾贫,蜗角功名泰岱尘。
> 当日改官先已错,而今何铁铸诗人?先生由翰林改御史时,
>   余力阻之,故云。

> 忘年十载此长安,阅尽荣华耐尽寒。
> 我是何人须是我,真诗莫与外人看。

说宋湘诗学观倾向"性灵",不是说风格上的趋从,而是指对诗本质功能的认识。这种倾向或叫倾斜很有意义,对清末黄遵宪等在诗领域的反束缚、反制约影响深远。黄遵宪的受有宋湘薰陶是可无疑的。

宋湘诗也不是一味纵横烂漫,如《病起对菊》一类作品的清淡,别有一番情韵:

> 自见黄花一酌违,卷帘香浅上人衣。

> 人逢秋老心先瘦,花到名高理不肥。
> 收拾败栏求妇线,剪裁余蕊插儿扉。
> 风微月出贪清坐,又听湖天几雁飞。

在他生命的最后二年里,即在湖北粮道任上,宋湘留下一则很有趣的诗话,他说:

> 今人每喜作诗。余尝谓哭不能如老杜,歌不能如青莲,皆可不必作诗。今人每不喜人作诗。余尝谓东家女子不能禁西家不哭其夫,西家女子不能禁东家不喜其子,皆不必不作诗。然则将何说之,从曰:只要好而已。

这不足百字的"断片",完全可以抵得上一大摞谈诗之著。哀乐由心,只要真有此心,谁也不要去"禁"谁! 如是哀乐不真,则请君不必作诗。在"真"的前提下,言诗只须一个标准:"好"。"世上葛藤须快剑",宋湘快人快语,也豪健。他和黎简可谓是二水分流、双峰插云,为岭南诗界两种典型,大大丰富了景观。

第五节　洪亮吉与常州诗群述略

龚自珍写过《常州高材篇送丁若士履恒》一诗,开头一段说:

> 丁君行矣龚子忽有感,听我掷笔歌常州。
> 天下名士有部落,东南无与常匹俦!
> 我生乾隆五十七,晚矣不及瞻前修。
> 外公门下宾客盛,谓金坛段先生。始见臧(在东)顾(子述)来哀哀。
> 奇才我识恽伯子,绝学我识孙季逑。
> 最后乃识掌故赵(味辛),献以十诗赵毕酬。
> 三君折节遇我厚,我益喜逐常人游。

因为龚自珍是段玉裁的外孙,故他接触的主要是经史、小学的学者和古文家。但他已提到赵怀玉和早先也是诗人的孙星衍。龚氏已是晚了一辈,故未及识见洪亮吉等。

常州在清代人文蔚起,如包括所属八邑,更是景观惊人。乾隆时期,常州这个"部落"最称鼎盛,诗、文、词、画、经学、史学莫不名家辈出。即以诗论,先是黄景仁、洪亮吉称"洪、黄",后又加上孙星衍,称"三家",又添进赵怀玉为"孙、洪、黄、赵",最后则有"毗陵七子"之号。这个群体,除了黄景仁外,洪亮吉名声影响最大。

洪亮吉(1746—1809),初名礼吉,字君直,又字稚存,号北江。阳湖(今属常州)人。乾隆五十五年(1790)进士,授编修,官贵州学政。著有《卷施阁诗集》二十卷,《更生斋诗集》八卷,并有《北江诗话》、《外家纪事》、《天山日记》等。洪氏又为清代著名的地理学家、人口学家。

他六岁时父死,母亲蒋氏督课教读甚严①。性耿直褊急,嘉庆初上书指斥:"视朝稍晏,小人荧惑"语,忤帝怒,差一点下诏狱论死,后遣戍新疆伊犁,又百日赦还。此即所以有赵翼《题稚存〈万里荷戈集〉》诗的"忆君唯恐君归迟,爱君转恨君归早"之句,这段经历使洪亮吉诗的所谓"奇气"更浓冽。

洪亮吉的诗原以"真"为本,讲性情,中年后学识渐富,诗转重"学"。于是,与袁枚渐渐所见不合。袁枚曾写信给他,指出:"足下才健气猛,抱万夫之禀,而又新学笥河学士之学,一点一画不从今书,驳驳落落,如得断简于苍崖石壁间,仆初不能识,徐测以意,考之书,方始得其音义。足下真古之人欤?虽然,仆与足下皆今之人非古之人也!"见《小仓山房文集》卷十九。而洪亮吉则在《诗

---

① 洪亮吉之父名翘,字楚翔,卢文弨《抱经堂文集》卷三十有《国子监生洪君家传》。常州府阳湖县洪氏原自歙县迁来,参见洪北江之《年谱》即可知。其母蒋氏系蒋敩淳之女。武进蒋家为巨族,人文辈出,《山带阁楚辞注》之作者蒋骥即敩淳兄弟,洪亮吉之从外祖,见《外家纪事》及《年谱》。

话》中屡有表示，说袁枚等不如钱载诗深厚云云。但洪氏又与张船山交好，并曾介绍给袁随园。洪亮吉诗学观实处于两端之间，重性情而偏多于学人倾向。

洪氏诗早年即奇思独造，五古歌行尤气盛。中年后经荷戈塞外，奇景奇情，纷然笔下。他的天山景物诗为清代山水诗史添上丰富一页，较之纪昀之作更精彩。如《天山歌》：

地脉至此断，天山已包天。
日月何处栖？总挂青松巅。
穷冬棱棱朔风裂，雪复包山没山骨。
峰形积古谁得窥？上有鸿蒙万年雪。
天山之石绿如玉，雪与石光皆染绿。
半空石坠冰忽开，对面居然落飞瀑。
青松冈头鼠陆梁，一一竞欲餐天光。
沿林弱雉飞不起，经月饱啖松花香。
人行山口雪没踪，山腹久已藏春风。
始知灵境迥然异，气候顿与三霄通。
我谓长城不须筑，此险天教限沙漠。
山南山北尔许长，瀚海黄河兹起伏。
他时逐客倘得还，置冢亦傍祁连山。
控弦纵逊骠骑霍，投笔或似扶风班。
别家近已忘年载，日出沧溟倘家在。
连峰偶一望东南，云气濛濛生腹背。
九州我昔履险夷，五岳顶上都标题。
南条北条等闲耳，太乙太室输此奇。
君不见奇钟塞外天奚取？风力吹人猛飞举。
一峰缺处补一云，人欲出山云不许。

写天山高、雄、寒，寒中又有春，景象万千，一切都呈动感。写雪之深、云之密和风之猛,尤为具体显现其象,力度与质感并见。仅此一例已可感受洪亮吉诗笔雄健处。《伊犁纪事诗四十二首》也不仅写所见所遇所闻人事,有其丰富、新颖、奇特性,且生动有趣,如其三十六:

> 五月天山雪水来,城门桥下响如雷。
> 南衢北巷零星甚,却倩河流界画开。

他的《自西安至安邑临黄二景仁奉挽四首》可作为其写情的代表作看,"交空四海唯余我,魂到重泉更付书";"共哭寝门思往日,独临遗殡怆生平";"才人奇气难销歇,六月松风刮殡寒"云云,都流之肺腑,泣痛感人。其第一首则情中有事,几乎概括了黄仲则一生命运:

> 生何憔悴死何愁,早觉年来与命仇。
> 病已支床还出塞,家从典屋半居舟。
> 魂归好入王官谷,名在空悬太白楼。
> 一事语君传欲定,卅年心血有人收。

常州诗群中孙星衍(1753—1818),原与洪、黄均以奇逸之气著称,后专精音韵训诂之学,校勘尤见卓著,为乾嘉朴学大师之一。星衍字渊如,号季逑,又号薇隐。乾隆五十二年(1787)进士,历官山东督粮道。有《芳茂山人诗录》八卷。其妻王采薇(1753—1776),为著名女诗人,早亡,有《长离阁诗集》。

与洪、黄、孙合称"毗陵七子"的是:吕星垣(1753—1821)[①],字叔讷,贡生,官直隶河间知县。著有《白云草堂诗钞》三卷,此人并擅曲剧,工画。《北江诗话》评其诗如"宿雾埋山,断虹饮渚"。武进吕氏为文化大族,名人辈出。

徐书受(1751—1805),字尚之,武进人。监生,官河南南台知

---

① 吕星垣生卒行年据《毗陵吕氏宗谱》。

县。有《教经堂诗集》二十卷。其曾祖徐永宣(茶坪)即为名诗人,与查慎行等同时交好,书受世其家学。早年弹铗依人,故诗多牢愁激楚。

赵怀玉(1747—1823),字亿孙,号味辛,晚号收庵。乾隆四十五年(1780)举人,选为中书,后出任山东兖州府同知。著《亦有生斋集》诗文五十二卷,《续集》六卷。他有名句"举世人谁醒春梦",为后人所称诵。

杨伦(1747—1803),字西禾。阳湖人。乾隆四十六年(1781)进士,官荔浦知县。有《九柏山房诗》十六卷,未刊。他是"杜诗学"专家,《杜诗镜铨》迄今仍称精当之著。

以上为"毗陵七子"。

袁枚《仿元遗山论诗》说:"常州星象聚文昌,洪顾孙杨各擅场。中有黄滔今李白,《看潮》七古冠钱塘。"杨指杨芳灿,顾是顾敏恒,均为无锡人(时划出称金匮县),中表兼姻亲。

顾敏恒(1748—1792)字立方,号笠舫。乾隆五十二年(1787)进士,官苏州府教授。有《笠舫诗草》六卷等。顾奎光之子,诗人顾翰之父。《国朝诗人征略》以为"梁溪诗人推居第一"。

杨芳灿(1753—1815),字蓉裳,一字香叔。乾隆四十三年(1778)拔贡,授甘肃伏羌知县,历灵州知州,至户部员外郎。有《真率斋稿》十二卷,《芙蓉山馆诗词稿》十四卷。骈文、词均称名家,诗惊才绝艳而时有清峭幽冷味。

杨揖(1746—1822),字永叔,号蕴山,杨潮观之子,芳灿从兄。有《双梧桐馆诗集》十卷。

第七章　乾嘉诗人谱(下)

乾嘉诗坛呈现着庞大复杂的体系。这是历经清初以来"多元"和"一尊"的多次反复争竞后结撰成的态势。在构成这番格局的争辩和竞异的过程中,袁枚"性灵说"所冲击起的波澜无疑最见壮阔。尽管在袁随园生前身后,始终有异议者在进行障阻"狂澜"、收拾局面的努力,但"恰似一江春水向东流"似的这场带有"性情"再启蒙式的诗学思潮无论如何已无法重新收束回拢,虽则呈散漫状,然毕竟"润物细无声"地渗进了诗界的沃野。

袁枚当然是殊有其功的,但他的"笔阵横扫"并非是孤军突进。袁枚现象既然是时代的一种情绪激动的选择表现,它也就必定是代表着一个广阔层面,他袁枚无非是弄潮于前阵而已。关于这个广阔层面,除了"篱外寒花"型的各式畸行在野的诗人群外,与袁枚合称"乾隆三大家"的赵翼、蒋士铨,以及王文治等均系程度不同的"性灵"说的同路人,至于较袁枚晚迟半个世纪出生的,袁氏说自己"年近八十可以死,所以不死者",是为了"犹未见耳"的张问陶,则也是典型的赶潮者。

必须强调的是:同路人并非同盟者,"乾隆三大家"云云只是个被世人接受或便于标举的称号,它虽然指认诗学成就以及创作实践的某些方面的共通处,可那不是流派,不是"性灵派"三字所能混称涵盖,事实上,袁、赵、蒋三家间同中多异。但值得称道的是他们"和光同尘"地相处,和而不同,求同存异,谁也不讳言歧异,也没有表里不一的阴损,至于争胜逞才,甚而调侃、讽嘲,那均属无伤友情、横添风趣的事。

第一节　赵翼的诗史观及其创作成就

一　赵翼的诗史观

"乾隆三大家"中的赵翼,是个"立功"未能而意求"立言"者。所谓"三不朽"中的"立言",就是"言得其要,理足可传"。赵翼大半生心力所寄正在这"理足可传"的著作事业上,他是个杰出的史学家。在他垂暮之年作《八十自寿》诗时,仍慨叹自己既"可怜八十年心力,不在凌烟图画中",又完全可能"遍翻史传无寻处,或有人从艺苑看"。还在《六十自寿》时,赵翼就这样写道:

生平游迹遍天涯,塞北交南万里赊。
人羡见闻增宦辙,天如成就作诗家!

从内心深处讲,"天如成就作诗家"绝非赵翼的理想境界。他的著名的《题元遗山集》诗中不是有"国家不幸诗家幸,赋到沧桑句便工"之句吗?从史识而言,此乃灼见;可是如果落实到自身的实践中时,"三不朽"观念甚重,对朝政、功名心颇多系念的赵翼又岂愿自己以"国家不幸"换个"诗家幸"呢?这就是他同袁枚从根本上的歧异处。所以,他的也主"性情"、主"新变"的类似"性灵"之说,更多的基因是史家的史识所导致。当然是卓荦的史家眼光,迥异于诸如循环论、复古论者的史识,但在对诗的本体特质的辨认上不免总隔一膜。因而无论作诗还是论诗,赵翼处处表现出其史学家的气质,"理足可传",情则稍逊。这对于诗的史论诚多可贵,于诗之实践则易见其疵。赵翼实是个自憾于"成就作诗家"的诗人,对"乾隆三大家"的这一位应作如是观。

赵翼(1727—1814),字耘松,一作云崧,号瓯北。江苏阳湖(今武进)人。出身于清寒儒士之家,其父为村里塾师。十五岁时,父死。他接替为童蒙之师,承担养家之责。关于童年及少时的生活情状,在《七十自述》之三的那首诗中赵翼作了记忆深沉的追念:

> 童年回忆旧艰辛,天下无如我最贫。
> 孤露更谁舟赠麦?饥寒长自甑生尘。
> 喧瓜亭是伤心地,踏菜园悲薄命身。
> 最是饥驱北行日,离怀痛绝倚闾人。

他于十九岁成诸生,二年后乡试落榜。乾隆十五年(1750)北上应顺天乡试中举,受座师刑部尚书汪由敦(1692—1758,字师茗,号谨堂,钱塘籍安徽休宁人,著有《松巢诗集》)赏识,聘其课二子。乾隆十九年(1754)考补内阁中书,入直军机处。在军机六年,为傅恒、汪由敦诸大臣所重,还曾两次扈随弘历秋狩。"五夜趋朝鸡唱月,九秋出塞马嘶风",出入"东华",移直"枢重",凡此之类,都成为他一生回味的风光日子。乾隆二十六年(1761),赵翼再次应会试,中式,本拟一甲第一,结果高宗弘历要让陕西出个状元,赵翼遂置一甲第三名,为探花。"千步御街中道出,一条软绣九衢还",诚够荣耀的。乾隆三十年(1765)是他的一个人生转折,说来荒唐,陛见时弘历对他的面相不喜欢,说是"文自佳而殊无福相",于是被外放到广西镇安任知府。赵翼把皇帝以貌相取人事,记在《散馆恭纪》的诗注里,亦属史笔表现。对自己的前半生,他在奉差出京"便道归省,途次纪恩感遇"组诗的小注中作了个很失望的小结:

> 余为教习三年,可得邑令,而考授中书;为中书六年,可迁部曹,而成进士;官编修今六年,可得坊局,而又出守。每垂成辄易地,殊不解也。

"平生无一事堪豪,每到垂成易所遭",赵翼似已隐约感到"立功"难有大成了。

在镇安府任上,赵翼吏治称佳。在任三年,中间参加滇缅战事约一年。后调任广州知府,未及一年,升迁为贵州贵西兵备道。乾隆三十七年(1772)冬,因广州任上谳狱事被劾,降一级调用。旋即以请养辞归。

从乾隆三十八年(1773)归里起,后半生四十年即以著作家居或偶出游而告终。虽中间曾佐浙闽总督幕一年,主扬州安定书院讲席三数年,总体上说他已脱离了宦途,从而成就了他成为以《二十二史札记》、《陔余丛考》为主要著作的史学大家。其诗集初编定《瓯北诗集》五十三卷,存诗五千馀首,后删编成《瓯北诗钞》,得二十卷。

从赵翼的生平可以得出这样一个印象:他由一个寒士自奋而荣登巍科,虽则仕宦二十余年即辞退,但对廊庙台阁的那段生活仍甚珍视;仕途不顺达,退而秉笔研史,探"古今风会之递变,政事之屡更,有关于治乱兴衰之故者",意亦多在用于世。因而,较之袁枚来,他身上士大夫的自尊、自强意念要重得多,以传统的标准言,"颓唐"少,责任感强,不似袁枚自娱以视人生。这样,他的诗对社会问题的投入固要比随园诗来得多,而且对人生的哲理,包括从历史的返观中探求事理的思考特多兴趣,并已形成思维习惯。所以,其诗"才雄学博",而又如"东方正谏,时杂诙谐"(洪亮吉语),自会与袁枚诗的风格相异。即以诙谐言,赵翼是得之于史事和现实人生的"理",其味如谏果,触趣兴悟,全不同于袁枚的调侃、嘲弄。

但是,赵翼卓特的史学观体现在诗史理论上的深厌"荣古虐今"的"趋新"意识,有力地支持了袁枚的"性灵说"。作为同路人,作为诗坛互为推誉的好友,赵翼在"提笔人人讲性情"的风潮中,以他的学识和地位无疑起着强有力一翼的鼓动作用。

赵翼写了许多论诗诗,除了谈自己作诗感受体验,强调"只眼须凭自主张","等他有句自然来"等和袁枚主张共鸣外,最重要的是下面三首:

满眼生机转化钧,天工人巧日争新。
预支五百年新意,到了千年又觉陈。

李杜诗篇万口传,至今已觉不新鲜。
江山代有才人出,各领风骚五百年。

词客争新角短长,迭开风气递登场。
自身已有初中晚,安得千秋尚汉唐。

新变、代变,这种历史的发展观点,是破除保守、泥古、荣古的最有力的武器。"新变"问题的讨论,"新鲜"概念的强调,"新意"的专力追求,必然将思路引向情性、个性上去,因为汩没了性情,焉有"代有才人出"的局面?"代有才人出",就破除了千人一面态势,承认"各领风骚",必不屑"宋调唐音百战场,纷纷唇舌互雌黄"的争论。其他一系列有关问题全都可由此迎刃而解。

赵翼的一反"荣古虐今"的观念,集中体现的著作是十二卷《瓯北诗话》。《瓯北诗话》原先称《十家诗话》,只论自李白、杜甫以来十家诗。这部诗话有别于杂谈笔记式的体例,其特点是史论式的诗人专论的连缀。在诗话史上赵翼是一种开创,实际上乃他的史家识见在诗论领域内的发挥。《瓯北诗话》最有胆识的是将吴伟业和查慎行作为大家与李、杜、韩愈、白居易、苏轼、陆游、元好问、高启并论,构成唐至清初的诗史骨干之篇。对赵翼说来,查慎行属"当代"诗人,查氏去世之年,即赵氏出生的那个雍正五年(1727),而且那还是个罹大案之人,所以这要有胆力。何况置之于唐、宋大家之列,在厚古、荣古者看来,实属咄咄怪事。《诗话》卷十开头处,赵翼一段话就说明阻力和压力都不小:

> 故梅村后,欲举一家列唐、宋诸公之后者,实难其人。唯查初白才气开展,工力纯熟,鄙意欲以继诸贤之后;而闻者已

掩口胡卢。不知诗有真本领,未可以荣古虐今之见,轻为訾议也。

这种不受时空限制而一以诗之"真本领"为准的"当代"意识,在嘉庆朝初时持见,确属可贵。

其次是他对吴梅村的论定,其宽谅梅村是出于史家的知人论世和具体时空审视,同时又是从诗本身着眼的,贵乎一个"情"字、"真"字的讲究。他抄附在《诗话》中的那首《题吴梅村集》就是被梅村感动而考其行迹的例证:

> 国亡时已养亲还,同是全生迹较闲。
> 幸未名登降表内,已甘身老著书间。
> 访才林下程文海,作赋江南庾子山。
> 剩有沉吟偷活句,令人想见泪痕斑。

赵翼在诗史上的贡献,以及对"性灵"说的支持,主要如上述。至于他在《题袁子才小仓山房集》诗中说:"其人与笔两风流","此集人间已不祧","群儿漫撼蚍蜉树",以及在袁枚生前时写的《题随园诗册》中的"子才果是真才子"云云,都表明其对袁枚的敬重、佩服和深谊,是一贯的,并无存殁之间的反差。

关于诗的史识,还应提到他的一首《近日刻诗集者又十数家,翻阅之余,戏题一律》,此诗从"历史淘汰"角度言"传"与"不传",极有见地,而对嘉庆朝前后愈来愈多的诗集之刊刻,赵翼无异是敲了一声醒人目的清磬:

> 只为名心钵肺肝,纷纷梨枣竞雕刊。
> 岂知同在恒沙数,谁独难回大海澜?
> 后代时逾前代久,今人传比古人难。
> 如何三寸鸡毛笔,便作擎天柱地看!

二 赵翼的诗

就赵翼自身诗的创作看,他过多地以史笔写诗,不免有令人莞尔处,如《题三元钱湖龄》简直是一篇"三元"(解元、会元、状元)史实的考订,这样的"雄才博学"似并不可取。然而他毕竟还是有懂得"鸟语花香孰主张,春来无物不含芳"的一面,对"天籁"的崇尚,仍能有很动人的作品吟出。

赵翼是个深于情者。对亲情、友情的抒写,哀乐纯真、流自心底。《子才书来,惊闻心余之讣,诗以哭之》写得怎样痛彻肺腑呵:

> 斯人遂已隔重泉,肠断袁安一幅笺。
> 预乞碑铭如待死,久淹床笫本长眠。
> 贫官身后唯千卷,名士人间值几钱?
> 磨镜欲寻悲路阻,茫茫烟树哭江天。

《后园居诗》中的关于谀墓文之讽,虽未必不是史识在支配他,可是揭示的事实是带普遍性的,别人知而不说,他却认真说透它,就是一种"真"的表现。诗亦庄亦谐,即所谓"东方正谏"之属:

> 有客忽叩门,来送润笔需。
> 乞我作墓志,要我工为谀。
> 言政必龚黄,言学必程朱。
> 吾聊以为戏,如其意所须。
> 补缀成一篇,居然君子徒。
> 核诸其素行,十钧无一铢。
> 其文倘传后,谁复知贤愚?
> 或且引为据,竟入史册摹。
> 乃知青史上,大半亦属诬。

赵翼的小诗无论咏史抑闲情、景观之写,大多有一种意理之悟

寄入,如《野步》的对"秋风"的无理之怨,实即写时光在转换生命历程,很有理趣却不恶俗:

　　峭寒催换木棉裘,倚杖郊原作近游。
　　最是秋风管闲事,红他枫叶白人头。

《题吟芗所谱〈蔡文姬归汉传奇〉》则是对迂腐的贞节观的否定,同情在女性一边,其中如:

　　也似苏卿入塞秋,黄沙漠漠带毡裘。
　　诸君莫论红颜污,他是男儿此女流!

　　琵琶马上忍重弹?家国俱催两泪潸。
　　经过明妃青冢路,转怜生入玉门关。

"乾隆三大家"诗的评述文字,在清诗人中要数最多最繁杂,纷纭其说,莫衷一是。专著有尚镕的《三家诗话》,论述不乏精辟语。但简要切实的还是崔旭《念堂诗话》的三句话:"余尝谓袁之情多,蒋之识正,赵之气盛。"所谓"气盛",实即议论锋芒毕显,不循"中正"之度耳。

第二节　蒋士铨的诗及其与袁枚的关系

　　以"识正"著称的蒋士铨,在"三大家"中近乎"立德"而见之"立言",是最讲"关系"的一个。就诗风言,他几乎被"秀水派"的某些成员认为是金德瑛的嫡传弟子,比钱载还要多得昌黎、山谷诗法的"真传"。所以,《念堂诗话》曾提出疑问:"乾隆中,袁、蒋、赵称为鼎足,此说不知起于何人?《拜袁揖蒋图》,程拱宇力辨无其事。"最有趣的是《筱园诗话》对三家诗的评论,对袁枚,朱庭珍骂道:

> 袁既以淫女狡童之性灵为宗,专法香山、诚斋之病,误以鄙俚浅滑为自然,尖酸佻巧为聪明,谐谑游戏为风趣,粗恶颓放为雄豪,轻薄卑靡为天真,淫秽浪荡为艳情,倡魔道妖言,以溃诗教之防。……

骂得淋漓尽致,一切尖刻、轻蔑之词都用上了。骂赵翼则是:

> 赵翼诗比子才虽典较多,七律时工对偶,但诙谐戏谑,俚俗鄙恶,尤无所不至。……袁、赵二家之为诗魔,较前明钟、谭,南宋江湖、九僧、四灵、江西诸派末流之弊,更增十百,实风雅之蠹贼,六义之罪魁也。

而对蒋士铨却极有好评:

> 江西诗家,以蒋心余为第一。其诗才力沉雄生辣,意境亦厚,是学昌黎、山谷而上摩工部之垒,故能自开生面,卓然成家。

《筱园诗话》是一部晚出而很正统,有时甚至酸迂得很的诗论之著。他的对三家的评语,从一个侧面论证着三家中蒋士铨与袁、赵的差异。

那么,袁、赵、蒋三人何以凑合到一起,并还交往颇深呢?原因很多,也复杂,有些当然不是今人之标准所能判别的。如袁枚、赵翼从所受教养和时代的制约性说,他们不管怎样都尚未能脱出忠孝伦理观念,即使若袁枚的"放佚"也不可能明确否定人伦大节。所以,蒋氏诗文的重"关系",彰忠孝节义大道理,不会成为他们友谊的障碍;何况蒋士铨主张诗要有"性情",反对以名位官衔论定诗的地位等等,很可为"性灵"合唱中助一拍和声。袁枚《仿元遗山论诗绝句》咏赵翼、蒋士铨那一首非常耐人寻味:

> 云松自负第三人,除却随园服蒋君。
> 绝似延平两龙剑,化为双管斗风云!

这里不是没有标榜之意,但通声气以"斗风云",借力助力,每是袁枚"和而不同"的妙招。他主要的论敌是种种束缚"性灵"之说,但即使与沈德潜之间也不是没有和和气气地往来并互相酬答之诗。那么,求同存异,得"延平两龙剑"以壮声势有何不可？尽管差异是客观存在着的。

蒋士铨(1725—1785),字心余,一字苕生,号清容,又号藏园,晚年又有定甫、离垢居士等称号。先世本姓钱,浙江长兴人,他祖父九岁时遇乱,为江西铅山蒋某收为嗣子,遂为铅山人。其父蒋坚佐幕山西,习法家言;士铨幼承母教,乃母钟令嘉工诗,有《柴车倦游集》传世。士铨十岁时,随父历游燕赵、吴楚间,多增阅历。乾隆十九年(1754)以举人官内阁中书,与赵翼共事当自此始。二十二年(1757)成进士,改庶吉士,授编修。二十七年(1762)充顺天乡试同考官。二十九年(1764)以养母请辞官南归,后曾主绍兴蕺山书院、扬州安定书院。蒋士铨何以早早辞官？从友朋酬赠诗看,是与大臣有忤,遭中伤,愤而请归。赵翼《送蒋心余编修南归》说:"敏捷诗如马脱衔,才高翻致谤难缄。"注曰:"有间之于掌院者,故云。"其时掌院学士先后是观保、梁诗正、刘统勋,究与谁龃龉已不可考。他与袁枚在南京一见投契,当与他这种"衮衮诸公登台省,看明时、无阙须人补。不才者,义当去"(《铜弦词·贺新凉·留别纪心斋戴匏斋》)的一肚子牢骚有关。乾隆四十二年(1777),因感乾隆帝眷注承问,又力疾补官,以记名御史充国史馆纂修官,但当时已患风痹,病滞京中六年,再辞归,又一年即卒。

蒋士铨擅于作曲,有《藏园九种曲》、《冬青树》、《一片石》、《临川梦》等最著名,他是清中叶戏曲大家之一。诗有《忠雅堂诗集》二十七卷,另有未刊稿本数千首,均存于世。

对于诗,他主张写真性情,如《文字》四首之四有"文章本性情","君子各有真"之句;《说诗一首示朱绷》有"性情出本真,风格除脂韦"语。辞必己出,意必自陈,以及反对"重势位"、"立门户"等,都使他与袁枚有共识。但是他的"意"和真情,又紧紧与"作诗何异作《春秋》"联系一起,这还不算大错,蒋士铨尤其重视的是《钟叔梧秀才诗序》中所讲的"忠孝义烈之心,温柔敦厚之旨",《边随园诗集序》引述的"诗上通乎道德,下止乎礼义"等原则,所以,《忠雅堂诗》不仅"飘流不尽作风花"①,而且以其出名的大才气投入"正风俗,厚人伦"的说教中去,写了大批"忠雅"诗。至于早年写过的许多香艳情诗则全一焚了结。

所谓"三大家"中,蒋士铨诗针对格调派流弊,力矫平易,专学黄山谷奇险语,才力甚健,故得大名。然就其诗成就看,"诗法"胜而诗意陈腐,"诗情"深而"诗旨"愚迂,所以传世耐读佳篇甚少。他的诗长篇七言古歌行,有气势,近体中则唯写亲情,母贤子孝,颇多感人,如《岁暮到家》:

> 爱子心无尽,归家喜及辰。
> 寒衣针线密,家信墨痕新。
> 见面怜清瘦,呼儿问苦辛。
> 低徊愧人子,不敢叹风尘。

此类诗诚如其《拟秋怀诗》所说是"元气结纸上,留此真性情"之作。绝句有佳味,前期作品如《七里泷》:

> 七里严滩绕富春,压篷青重乱山横。
> 桐江水似离心曲,一片风帆万橹声。

景中出情,游子心魂山绕水萦,声色俱哀悲。《杭州》:

> 桥影条条压水悬,凤山门小带城偏。

---

① 此句见之潘德舆《夏日尘定轩中取近人诗集纵观之,戏为绝句》十二首之二,全诗是:"蒋袁王赵一成家,六义颓然付狭邪。稍喜清容有诗骨,飘流不尽作风花。"潘氏《养一斋诗》宗唐正统味浓,其《养一斋诗话》亦多卫道语。此于四家独宽容蒋士铨,正亦合其题中之义。

一肩书剑残冬路,犹检寒衣索税钱!

寒士遭受恶吏,被敲榨情状亦生动。

到后期这样清新之作就不多了,小诗咏史如《响屐廊》的"怜伊几两平生屐,踏碎山河是此声",句甚奇,意则不脱"不爱江山爱美人"之类女人祸水论的窠臼。

第三节　王文治、李调元述略

以书法与刘墉齐名,有"浓墨状元,淡墨探花"之称的王文治,谈清诗者很少提到,似乎"诗名为书名所掩"。然而,在当时,王文治壮年引退,继袁枚后,"声华相上下",是个很有影响的诗人。潘德舆《取近人诗集纵观之戏为绝句》有:"蒋袁王赵一成家,六义颓然付狭邪"句,四家合称,洪亮吉在此前于《北江诗话》中也已四家并提,都表明王文治是同负盛名的。

王文治(1730—1802),字禹卿,号梦楼,江苏丹徒人。乾隆二十五年(1760)殿试第三名高第,授编修,擢侍读,出为云南临安知府。三年后以属吏事降级去任,遂不复官。著有《梦楼诗集》二十四卷。王文治少时好奇多才,二十一年(1756)随使者游琉球,遇风,几沉殁,幸得救,他说:"此天所以欣然成吾诗也",成《海天游草》。辞官后,茹素事佛称居士,却家蓄伎乐。《国朝先正事略》卷四十二说:"自滇归,买僮教之度曲,行无远近,必以歌伶一部自随。其辨论音律,穷极要眇。客至张乐共听,穷朝暮不倦。海内求书者,岁有馈遗,率费于声伎,人或谏之,不听,其自喜顾弥甚也。然至客去乐散,默然禅定夜坐,胁未尝至席。持佛戒,日食蔬果而已。如是数十年,其用意不易测如此。"这是个别有感触人世事,而自外于尘俗,以佞佛畸行形态骇世俗的人物。

关于他的诗,人以为如其书法,细筋入骨,虽语嫌抽象,但指出了绵密特点大致不差,梦楼诗柔中见刚,柔后出遒,别有风格。

王文治有《素食歌答赵瓯北》一诗,对自己为什么素食作了回答:"无故不杀有至理,欲以渐法导瞽聋。"他不荤食并非食不"务精",而是用行动证明"万劫杀缘从此谢",企求"慈眼观众生"、"和风谐大化"!王文治显然是有感于人间险恶太甚,杀机太重,用一种特殊姿态抗争世风。

白日以繁弦急奏、歌酒诗书热闹度过,夜静默识,宁寂的心转见凄凉,《笋崖月夜听徐傅舟弹琴》即写此心境,"解听"者岂非清醒者?

  大海无人处,月明生暗潮。
  孤琴时一奏,白露下层霄。
  夜静水逾淡,秋凉天更遥。
  鲛人如解听,清泪湿冰绡。

《桃花庵》后半首:"迷离夕照红如梦,怅望天涯绿少邻。我愿大千花世界,有花开处尽诠真。"则表现了王文治祈盼人间多点"美"的心意。王豫《江苏诗征》说:"王西庄云:先生深于禅,故其诗如云霞之卷舒,出入于太虚中,不见其起止,亦难定其收放,使人无从捉摸。蓬莱圆峤,五城十二楼,宏丽已极,而舟不能至,唯望之可云奇绝。"把王梦楼诗解为"太常法曲",玄妙不可捉摸,不是真知者。王文治不是个出世、超世人,而是个执着的入世者。他空而不空,以"素"警"杀",无一不是有情于人生的心态应能捉摸到。

被朱庭珍骂为"专拾袁枚唾余以为能,并附和云菘,其俗鄙尤甚,是直犬吠驴鸣"的李调元,确是随园的追随者。

李调元(1734—1802),字羹堂,号雨村,又号赞庵、童山蠢翁、鹤洲等。四川罗江(今德阳)人。乾隆二十八年(1763)进士,改庶吉士,历官广东提学使,直隶通永兵备道①。著有《童山诗集》多至四十二卷,又有《雨村诗话》十六卷。此外辑成《全五代诗》一百卷,《蜀雅》二十卷,《粤风》四卷。家富藏书,编有《函海》丛书。与从弟李骥元、李鼎元称"绵州三李",晚年里居二十余年,为蜀中自费密以后的名诗人。同时李调元又是个著名曲论家,自己亦兼工曲作。

对袁枚,李调元在《袁诗选序》中对广东的士子明言:"余诗不足学,诸生其学袁可也。"在《寄袁子才先生书》里更说:"先生论诗曰'新',调论诗曰'爽',先生有《随园诗话》,调有《雨村诗话》。不相谋也,而辄相合。"又《答赵耘松观察书》说:"诗人皆称袁蒋,而愚独黜蒋崇赵,实公论也"等等。其为袁枚"性灵"说之同路人是肯定的。

李调元诗潇洒有致,语意清朗多趣。如其记写友人们一起游成都浣花草堂,在杜甫面前"戒不作诗",唯李振青(鹤林)画墨兰数枝粘于墙,逸事一桩,本亦平常,但李调元诗传情传意,很有韵味:

> 寄语词人漫涴墙,文章那得杜光芒?
> 鹤林解得真诗意,画笔兰花当瓣香。②

《河村戏场》有幽默感:

> 本因祈雨酬神戏,翻为雨多酬不成。
> 赢得豚蹄兄妹共,腰台多谢社翁情。

"腰台",酒肉相劳的俗语。李调元当然不是只写这些小镜头,小

---

① 李调元督学广东时,对岭南诗风亦有影响,故袁枚《奉和李雨村观察见寄原韵》有"蓬岛仙人粤岭师,栽培桃李一枝枝"语。
② 此题诗二首,其二曰:
带草堂西荷见招,肯教杜老笑兰苕。
风流试问今谁似?四海诗人郑板桥。

感受。他的《南宋宫词》,论者以为可以与厉鹗等《南宋杂事诗》并传。但"宜兴老犹重,此行身太轻"的李调元,纪事颂贤,时有头巾气,《挹翠楼诗话》说他"不及随园多矣",是公允的。

第四节 "性灵"后劲张问陶

钱钟书《谈艺录》第四十条"袁蒋赵三家交谊"一则开头便说:"袁、蒋、赵三家齐称,蒋与袁、赵议论风格大不相类,未许如刘士章之贴宅开门也。宜以张船山代之。故当时已有谓船山诗学随园者。惜乎年辈稍后,地域不接耳。"

张船山的灵心慧舌,俊才逸思诚无愧为随园一大替人,更何况其诗学观念与袁枚如符合契,异地同心。然而唯其"年辈稍后",时代变易,船山已没有随园那种旷朗自娱、心瓣略展的风神。如果说,袁枚尚能以醒着求得自我的把握、心灵的慰安,那么,张问陶已陷入只有从梦境觅清宁,醉中谋神全的萧瑟颓唐的心境。"磊落神从醉后全","醉乡别有如天福","玻璃枕是游仙枕,一杵钟声入梦圆","梦魂常与月俱清","几盏醇醪养性灵"……在《船山诗草》中尤其是中年以后的诗篇里,几乎篇篇有"酒"、有"梦",他的飘逸潇洒全被浸透着梦意醉味。论者每易责之以颓废,岂不知这正是时代的脉息已凭借锐敏颖悟的才士传导着衰竭心音,而力持以真性情的性灵诗则最先敏捷地导播出末世的哀唱。

是的,"阃外军容何处整,眼中民力几时苏?"(《无题》)时世已到了无心自娱的地步。借酒入梦也无非只是权宜忘忧,何尝真能驱得莫名的陷落感?"客路风声梦亦惊"(《丙辰十一月二十三日怀亥白兄》),这方是真实的心绪。张问陶"惊"的绝非只是家乡的战乱,"眼中民力"已是全局性的溃坏。

所以,犹如当时文人绘了那么多诸若《梦游图》、《春江放棹图》、《坐禅图》等等,已并非纯系雅韵闲逸的行为表现,而是与罗聘画著名的八幅《鬼趣图》一样，各从正、负两个层面体现着王朝的衰象、人间世的混浊，张问陶的《船山诗草》同样是特定历史阶段的一个心灵符号。

张问陶（1764—1814），字仲冶，又字乐祖，号船山，别称蜀山老猿、老船、药庵退守、群仙之不欲升天者等。四川遂宁人。乾隆五十五年（1790）进士，改庶吉士，授检讨，后历官御史、吏部郎中，出知山东莱州府。嘉庆十七年（1812）因与上官龃龉，辞官侨寓苏州，二年后病逝。

科举仕进，经世致用，原也是张问陶的人生目的。他出身在一个官宦世家，祖父张鹏翮官至大学士，卒谥"文端"，有过门楣光耀的历史，张问陶不可能跳脱巨族子孙规定性的路子。他曾是认真地去做一个尽职的官吏，"年富正堪为世用，官卑也要念家声"，在《送弟寿门为浙江主簿》诗中这样训戒兄弟，自己也如此恪守着的。陈其元《庸闲斋笔记》卷五记载有一则典型表现张问陶性格和做官态度的文字：

> 遂宁张船山先生问陶，大学士文端公之孙也。性伉爽，无城府，书画妙一时。与先大夫最善。由检讨迁御史，连上三疏：一劾六部九卿，一劾天下各督抚，一劾河漕、盐政。先大夫问之曰："子不虑丛怨中外乎？"先生笑曰："我所责难者，皆大臣名臣事业，其思为大臣名臣者，方且感我为达其意，若无志于此者，将他身分抬得如此高，惭愧不暇，何暇怨我乎？"先生尝画一鹰，赠先大夫，上题云："奇鹰瞥然来，掷身在高树。风劲乍低头，沉思击何处？"可想见其丰采矣。

可是，"时难何处说功名"，颟顸的吏治，腐败的现实，完全锻杀掉了他那股英气。到嘉庆元年（1796）时，张问陶看透了这时世艰难已无可挽转，他的心陷落了，《踌躇》一诗集中表现着其颓唐情绪：

> 文采安能傲腐儒？声华何心艳蓬壶。
> 久疑宦海无归路，渐觉名场是畏途。
> 与世不宜轻去就，误人只用几踌躇。
> 逃禅入道翻多事，合买扁舟泛五湖。

五年的官场生涯已使他心态剧变如此！在与上诗差不多同时写的《春日奇寒对酒作》中，他说只觉现实令人寒心彻骨："乾坤作奇冷，万象难昭融"，"天时且难测，何者为穷通"！由此可见，此后他的"宦情闲似鹤"的心态已迥异于常见的清放高雅，而是"官似唐花无气色，身如梁燕久栖迟"式的失路怅惘、羁栖迷茫的颤悸心境的变形表现。于是，日益沉沦于"醉"与"梦"的"不谈时务亦英雄"的痛苦的自救境界中。他有时也很想驱除心头这股寒冷之气，《作画自题》作于嘉庆六年(1801)：

> 懒把深怀懒著书，自怜诗味太萧疏。
> 闲来学画春风影，新柳雏莺二月初。

然而心造的幻影终归要碎破于现实面前的，隔了一年的《即事》第一首表现的情怀愈见凄怆：

> 老树含烟写仲春，东风吹暖去年人。
> 生来寒瘦天难补，看到流亡我未贫。
> 顽钝自甘成木石，悲凉何苦说根尘。
> 全家冷落还乡梦，同是刀兵劫外身。

关于"流亡"，张问陶感受很深。他的莱州府任上，所属七邑均受重灾，哀鸿遍野，民情惶惶，目击身临，写有《平度昌邑道中感事》：

> 天意苍茫地苦贫，救荒无策愧临民。
> 辞官也作飘零客，忏尔流亡一郡人。

至于"刀兵"，其时正值白莲教起义，他当然不会站到"寇"的

立场去,但他在《丁巳九月襃斜道中即事》已早讲过:民反是官逼的,真正的盗贼当是"王臣":

> 楚豫兼秦蜀,纵横一妇人。
> 是谁开杀运?何物竟天神!
> 剿抚功难缓,飘流气不驯。
> 吁嗟杜陵语,盗贼本王臣!

> 寇速唯焚掠,师劳只送迎。
> 民谁甘作贼?将苦不能兵。
> 负戮同无赦,相持讵有名。
> 入关余涕泪,空望弃繻生。

而他那著名的《戊午二月九日出栈宿宝鸡县题壁十八首》,则是一组痛诋王朝及军队腐朽黑暗、贼民祸国的七律。诗长不录。

张问陶有一首《雨中宿内丘南郭,破屋颓垣,危惨如狱》诗,诗题中还说到同行朋友占了一卦,"复得凶兆,终夜不敢就枕"云,实可作为诗人心绪中对这世道朦胧认识的象征表现看:

> 曲房蛛网太森沉,鬼语如麻缉夜深。
> 半榻残砖支破壁,一椽荒草落惊禽。
> 谁从阴雨窥天意,转觉著龟乱客心。
> 抚枕忽生遗世想,十洲从我梦中寻。

由"盛世"败落成衰颓,张问陶可说深刻地心验着这一过程,感受空前深刻。应该相信天才诗人的敏锐的超前预感性,此诗表现的图景岂不正是末世景观?不需要等道、咸年间内外战乱的摧毁,国情已欲坠难支了。

张问陶虽未"遗世",却终于在生命的最后二年里遗弃了宦途。"层层世网穿针孔,步步神鞭打念头",他退隐了,从"山海风涛入梦惊"的世态中,可悲地追求"梦魂常与月俱清"的自我麻醉之境。

　　《船山诗草》二十卷、《补遗》六卷就是如此地记录了张问陶一生的心路历程，从而也吹出了那个时代的殆如湿鼓、破笛之声。

　　在乾嘉后期，封建末世衰颓之势已不可逆转之际，如《船山诗草》这样心灵和时势同步地体现一个明晰、完整的过程，很不多见。他的诗在清灵圆转或秀颖清峭的韵致中确实显得相当颓退，但那不应视作个人的过失，时代就是如此，岂能佯作黄钟大吕？

　　张船山的诗所以具有上述的同步效应，当归功于一个"真"字，是"性灵"诗观发挥了这样的功能。关于诗，他的一系列论诗诗表明了其清醒的认识，而且干脆利落，说透说到底。如《论文八首》中的：

　　　　诗中无我不如删，万卷堆床亦等闲。
　　　　莫学近来糊壁画，图成刚道仿荆关。

　　　　文场酸涩可怜伤，训诂艰难考订忙。
　　　　别有诗人闲肺腑，空灵不属转轮王。

《论诗十二绝句》中的：

　　　　胸中成见尽消除，一气如云自卷舒。
　　　　写出此身真阅历，强于饾饤古人书。

　　　　跃跃诗情在眼前，聚如风雨散如烟。
　　　　敢为常语谈何易？百炼功纯始自然。

　　　　子规声与鹧鸪声，好鸟鸣春尚有情。
　　　　何苦颠顸书数语，不加笺注不分明。

　　　　文章体制本天生，只让通才有性情。

> 模宋规唐徒自苦，古人已死不须争。

> 名心退尽道心生，如梦如仙句偶成。
> 天籁自鸣天趣足，好诗不过近人情。

《题屠琴坞论诗图》中的：

> 也能严重也轻清，九转丹金铸始成。
> 一片神光动魂魄，空灵不是小聪明。

此外《重检记日诗稿自题十绝句》、《岁暮怀人作论诗绝句》等等，精警之论时出。船山论诗文字已是有清一代最后一个在"真性情"上作总结性论述的诗论，此后讨论这问题，没有能超出其范畴的。

值得一提的是乾隆五十九年（1794）作的《颇有谓予诗学随园者，笑而赋此》二首，这是在袁枚生前张问陶的答复：

> 诗成何必问渊源，放笔刚如所欲言。
> 汉魏晋唐犹不学，谁能有意学随园？

> 诸君刻意祖三唐，谱系分明墨数行。
> 愧我性灵终是我，不成李杜不张王。

有人说这是矫情语，当然不对。其时正值袁枚与其通信，寄诗之际；"先生不恨我生迟"，他对随园备致敬重。船山的申明"不学"随园，恰恰是"性灵"诗观的自我尊重，也是对袁枚的尊重。诚如"学我者死"之谓，"谱系分明"还算什么"性灵"？在这一点上，船山较随园似更清醒。只比张问陶小二十八岁的龚自珍的名言："但开风气不为师"，不能说与张船山的"诗成何必问渊源"没有内在联系。

最后还应该提及张问陶和他的继室林佩环的伉俪唱和诗。林

佩环一名颃,字韵征,亦工诗善画。船山为她写照,林氏自题一绝:

> 爱君笔底有烟霞,自拔金钗付酒家。
> 修到人间才子妇,不辞清瘦似梅花。

船山依韵和之:

> 妻梅许我癖烟霞,仿佛孤山处士家。
> 画意诗情两清绝,夜窗同梦笔生花。

在诗史上伉俪酬唱的情韵如此协和,并在诗坛引起反响的,此为极著名的一例。①

---

① 林佩环,顺天宛平(今北京)人,其父林儁,官布政使。《正始集》载船山与林氏"琴瑟谐和,得唱随之乐"。张维屏《松轩随笔》亦谓此题唱和"亦闺房佳话也"。

第八章 黄 仲 则 论

　　黄仲则是个生当"盛世"却悲歌难已,在"但积征途艰,那补漏天裂"(《泥涂叹》)的凄凉心境中度过短促一生的杰出诗人。

　　"思君好诗句,天下亦无双"。黄仲则的诗在其生前和身后均曾"声称噪一时,乾隆六十年间论诗者推为第一"。然而又正如包世臣所说:对于两当轩诗往往是"读者虽叹赏而不详其意之所属"①。事实是,他那"一身坠地来,恨事常八九"(《冬夜左二招饮》)的情怀不只是难被人理解,究其实乃不为世俗所容忍。即以当时素称爱其才而悯其遇的那些名臣显宦、领袖文苑的儒雅耆宿如毕沅、朱筠、王昶、翁方纲等人,虽则深为赏叹黄仲则犹如哀猿叫月、独雁啼霜的才调,但一当涉及他那类似"怨尤之习生而荡僻之志作矣"②的襟怀时,总是既曲为其辩又甚多微辞。所以,他们不是在其生前规箴以"愿子养疴暇,时复御缃素;博闻既可尚,平心亦有助"③,就是在他殁后仍喟叹其"卒以不自检束,憔悴支离,沦于丞卒"④。似乎诗人的"高才无贵仕"纯系不能"平心"、"不自检束"的咎由自取!虽然,他们对黄仲则其人及其诗并非"不详其意

---

① 《齐民四术》:"仲则先生性豪宕,不拘小节,既博通载籍,慨然有用世之志,而见时流齷齪猥琐,辄使酒恣声色,讥笑訕侮,一发于诗。而诗顾深稳,读者虽叹赏而不详其意之所属,声称噪一时,乾隆六十年间,论诗者推为第一。"按,于众多评《两当轩诗》之文字中,包安吴此论最得要旨,且整体把握而不枝节琐碎。
② 翁方纲《悔存诗钞序》语。
③ 邵齐焘《劝学一首赠黄生汉镛》诗中句。
④ 毕沅《吴会英才集小序》评仲则语。

之所属"。

这是一个在"天才"的赞誉声中被曲解了的诗人。

这个如同横渡夜天、倏忽流逝的彗星般的早熟英才,其实乃是一个为封建末世鸣奏哀曲的卓特歌手。

第一节 凄怆的心魂

黄仲则(1749—1783),名景仁,字汉镛,又字仲则,江苏武进(今常州)人。以出生于祖父黄大乐任县学训导的高淳,故小名高生,自号鹿菲子。

"只有伤心胜古人"。黄仲则困顿潦倒、贫病交加的不足三十五岁的生命历程中,除却藉游幕之机得以陶情泄怨于雄山丽水而差可聊以自慰外,几乎没有什么可以追忆的欢快事。他四岁丧父,自幼与母亲屠氏相依为命,在清寒的家境中苦读灯下。据洪亮吉为其所作的《行状》说:"年八九岁试使制举文,援笔立就",诗人聪颖早慧。乾隆二十九年(1764),虚龄十六岁的黄仲则应郡试,在三千考生中"冠其军"。后连试"江宁乡试",一再落榜。他家贫而又不愿设帐授徒为塾师,于是只得依人作幕以糊口。其间足迹遍浙皖三湘,游屐印满黄山白岳等奇峰峻岭,所谓"无山无我旧吟魂"。乾隆四十年黄仲则进京谋职,据自述"年甫二十六耳,气喘喘然,有若不能举其躯者",并已是白发丛生。不久迎老母妻儿北上,至此家计益拙,体弱多病的诗人在生活的重压下益见困顿难支。正当其在四库馆任缮录差使,得毕沅资助,捐赀可得一县丞而"铨有日矣"时,为债家所逼抱病出京。终于在逾太行出雁门再次奔走陕西途中,病逝于友人沈业富的运城官署。洪亮吉《奉挽诗注》追记仲则卒时凄惨悲凉之状说:"君作太夫人书,目已瞑复苏,乃更作书贻余于西安"以托身后事:"衣裘为医药质尽,卒后馀名纸及敝冠数事"而已。其"一身尚乞食,所遇犹遭迍"(《春城》)的结局,读来令人酸鼻。

面对现实的冷酷侮弄,"此身卑贱无一能,矫吭但欲为新声"(《送春三首》),转辗于逆境中的黄仲则把自己的全部心血注入了诗歌中。《行状》说"及殁而出箧中诗,篇幅完善者至二千首"。这对一个年轻的诗人来讲不能说不是个可观的数字。无怪袁枚在六十八岁高龄之际听到黄仲则客死山西的耗信时要发出"叹息清才一代空,信来江夏丧黄童"的哀痛之吟来。

然而这些"如猿嗷夜雁嗥晨"的诗篇,在诗人殁后竟又转折多难,备遭磨损。乾隆五十年毕沅刻《吴会英才集》,嘉庆八年王昶辑《湖海诗传》,黄诗入选全按操选政者眼光遴选自属不免。翁方纲编《悔存诗钞》八卷系黄诗专集,可是翁氏竟以自己反对"诗穷而益工"的主张,"删之又删"。在仅存千首的篇章中录"五百首而已","两当轩"诗全貌被剥落得支离破碎。诗人生前的"必乖余之指趣"的殷忧不幸而言中。此后嘉庆四年岭南诗人赵希璜刻《两当轩诗钞》十四卷、《悔存词钞》二卷。道光年间由吴修、蒋光煦先后刊刻的《两当轩诗集》十六卷也仍非足本,许玉彬等刻的《诗钞》和《竹眠词》实系赵渭川本翻刻。直到光绪二年由仲则裔孙黄志述汇编的"家塾校梓"本《两当轩全集》二十二卷才算继有增益。但也仅得诗一千一百零七首,词二百十六阕。"壬寅正月以后诗词"即诗人最后一年多时间里的至为重要的《蕉梢集》已无可觅得。

"作诗辛苦谁传此,一卷空宵手自摩",这是诗人在《夜坐写怀》篇中的两句诗。对像黄仲则这样一个"事有难言天似海,魂应尽化月如烟"(《途中遘病颇剧,怆然作诗》)的心有隐痛、沦落天涯的绝代才人来说,除却这"枉抛心力作诗人"的血泪文字外,他的心魂已别无依傍和寄托处。

第二节 《两当轩诗》的认识意义

黄仲则的诗堪以"挞万象"、"摩天扬"相赞许,首先应是在那钳口结舌、文网高张的年代,诗人敢以放言无惮地倾泻"盛世"现实在他心头积聚的怨愤。其诗情的张扬刻厉实为康雍以还、乾嘉之际所少见。他对自己所处的"盛世"显然怀着一种疑惑、怅惘以至怨怼、游离情怀。

乾隆三十五年(1770)初,二十二岁的黄仲则在湖南按察使王太岳幕中,他途经耒阳时写了首《杜子美墓》五言律,有"埋才当乱世,并力作诗人"句。在此前后还写了两首寄洪亮吉的七律,其第二首有:"江山惨淡埋骚客,身世凄凉变楚音。"很清楚,诗人是在借对屈原、杜甫的凭吊来抒写自己的胸臆,愤怨之情溢于言表。试问杜甫的才志埋没,只得去"并力作诗人",是因为生当"乱世",屈原的被沉埋也是由于"江山惨淡"。那末,身处"十全王朝"的鼎隆之世的黄仲则何以正当风华正茂之龄,却也"一无如我意",仅能"枉抛心力作诗人"?何以他未到盛壮之年已是"忧生兼吊古,那不鬓星星"(《寄丽亭》)了呢?以至"事有难言"之怀"每放登高恸,浮云为惨凄",甚而颓入"怕听歌板听禅板,厌看春灯看佛灯"(《僧舍上元》)的心境呢?黄仲则的忧生无端、多愁善感既非乃与生俱来的感伤气质的自发表露,更不是不病而呻、不寒而颤的"为赋新词强说愁"。"身世凄凉变楚音",这正是他所承受着的现实造成压抑感的写照语,在他心底里眼前的"盛世"殆同于往昔的"乱世"!

唯有这样才能理解他那种"有酒有花翻寂寞,不风不雨倍凄凉"(《重九夜偶感》)的无法排遣的郁闷,也才能体察包世臣所说的,"讥笑讪侮一发于诗"这话的底蕴;也才能明白何以"生则为营薄宦,死则为恤衰亲"的毕秋帆要说他"不自检束"。

任何时代,不管是"盛世"还是"乱世"都是具体的,生存于其中的感受也是具体的。为进一步检验黄仲则心目中的世态相,有必要排比一下有关诗篇,以寻绎这位"早得名花连夕雨"般的敏感诗人的感受。

在黄仲则看来,他面对的乃是一个是非不分、人情险恶、行尸走肉、逆施倒行的世道。他的《悲来行》集中而尖锐地抨击道:

> 我闻墨子泣练然,为其可黄可以黑;
> 又闻杨朱泣歧路,为其可南可以北。
> 嗟哉古人真用心,此意不复传于今。
> 今人七情失所托,哀且未成何论乐?
> 穷途日暮皆倒行,更达漏尽钟鸣声。
> 浮云上天雨坠地,一升一沉何足计。
> 周环六梦罗预间,有我无非可悲事。
> 悲来举目皆行尸,安得古人相抱持。
> 天空海阔数行泪,洒向人间总不知。

诗作于乾隆三十八年(1773),诗人二十五岁。同年在安徽由庐州去池州途中又作《泥涂叹》五古长篇。开头谓"经旬滞愁霖,春泥苦融泄。但积征途艰,那补漏天裂。沉浊溃欲浮,流阴荡难闭",以比兴带起,在反复咏叹了"蜀道胡云难,陇坂未嫌折"的"泥涂"险恶后,结末出现了这样的句子:"毕景不半程,用力亦云竭。前途更淤洳,欲铲无巨铁。所望阳光开,庶闻叹声绝!"此中显然在借题发挥,以阴霾郁结、泥浊溃浮相喻世途,寄寓着诗人对现实的观感和"欲铲无巨铁"的怅惘。这与《献县汪丞坐中观技》诗的以灵动笔墨描摹"蓦若惊鸢坠水来,轻疑飞燕从风举"的走彩索的绝技后,笔锋一转接以"吁嗟世路愁险艰,尔更履索何宽然"的句子,其用意是一样的。

世道险谲与人性浇薄总是相关联着。黄仲则在揭露"人心狡诡何不有"这一点上同样是尖锐的。他在诗篇中痛心疾首地一再写道:"尔纵知恩去宜速,人不如鸟能钟情。"(《啼乌行》)"手指秋云向君说,可怜薄不似人情"(《和钱百泉杂感》),"世态秋云难比薄"(《话吟秋斋头次韵》),"世情生落尽如水,何必桑田与沧海"(《沙洲行》)等等,在诗集中几乎俯拾可得。尤以《何事不可为二章咏史》典型地抉出了官场中趋炎附势、钻营依攀、不惜贱卖人格的丑恶灵魂:

> 何事不可为,必欲为人子?
> 异地附瓜葛,他山托乔梓。
> 乃知腥膻所,万物任驱指。
> 蜾蠃多微虫,黎丘足奇鬼。
> 东海一逐臭,西江讵湔耻。
> 甘心谓人父,生者良已矣。
> 所若泉下人,他鬼夺烝祀。
> 依然见斯流,被金而佩紫。
> 更有唤父人,相步后尘起。
> 父人复人父,谁非竟谁是?

> 何事不可为,必欲呼人师?
> 观其用心处,岂在道义为?
> 昌黎作《师说》,哓哓费繁词。
> 谁知矫枉甚,流弊为今兹。
> 后堂列女乐,前庑陈牛衣。
> 位置虽不一,市道均无疑。
> 桃李本春卉,向暖固所宜。
> 窃恐白日光,难遍倾阳枝。
> 今朝罗雀处,昨日横经时。
> 聚散在转瞬,令我上叹咨。
> 萧萧子云室,寂寂康成居。
> 茅茨且休蔽,抱经聊自怡。

863

这实在是一组诗的"儒林外史"。如此明爽地揶揄、讥刺时弊的作品,在乾隆诗坛诚是不可多得。

在结党营私、尔虞我诈以追逐权势和财富的风气面前,真正有操持的才志之士,"裘马轻肥让市儿"的洁身自守者必然难以施展怀抱,何况"骨节疏顽性孤鲠"(《送温舍人汝适归广州》)、"依人而漫骂,若与性命仇"(《鹦鹉洲》)如黄仲则。这就是《两当轩全集》所以会有那么多郁勃悲慨的诗作的缘由:"床头听剑铮成响,帘底看星作有芒"(《旅馆夜成》),"病马依人同失路,冷蝉似我只吞声"(《旅夜》),"早无能事谐流辈,只有伤心胜古人"(《述怀示友人》)……同时也就可以理解他的"野性行当逐麀菲"以及"奋飞常恨身无翼"(《即事》),"何时世网真抛得,只要人间有邓林"(《言怀》)这些貌似清狂出世的言辞正是寄寓着深沉的悲苦,一种"避缚思捐剑"的悲苦。

不甘俯就、难堪束缚的"野性",不能不说是一种对世网严密、文网惨酷的"盛世"的游离之性、叛逆之性、抗争之性。颇堪玩味的是像这样的一些诗:

> 同是江南客,天涯结比邻。
> 乡山灯照梦,冻面酒回春。
> 诗到十分瘦,名传一字贫。
> 若绳三尺法,我辈是游民。

作于乾隆四十三年的这首《偕少云雪帆小饮薄醉口占》的末两句,不只是对自己和像余少云、施雪帆这样的同侪的处境的调侃[1],而且也是对当世之"法"的嘲弄,是对高压政策锻炼奴性的挞

---

[1] 余少云,名鹏翀,安徽怀宁人,与兄鹏年并工诗有才名,出语惊人,不落世俗窠臼,年仅二十八即病卒。所著《息六斋诗文集》已无传。施雪帆,名晋,字锡蕃,乾隆四十年(1775)邑庠生,工诗,性高旷,诗以山水登临之作称佳。著有《一枝轩集》八卷今见存。刘大观《悔存诗钞目录后序》有云:"大观不识仲则,乾隆己酉,识其友施雪帆于岭外,得读仲则诗,才十余首,一鳞片甲,已为倾心。"按乾隆己酉为五十四年(1789)。

伐。所以,他的"颠狂落拓休相笑,各任天机遣世情"(《与稚存话旧》)的"野性"的追求无疑就是对独立自重的人格、自由自主的个性的追求。虽然他在现实生活中也不得不忍受"依人去住不自由"(《庐江》),为"酬亲苦节"、供养家室而奔走衣食,也不能不去仕途上拼搏一番以图摆脱困境,为此也随众"献芹"颂扬乾隆征大小金川的"武功圣德";但他是恪守"要扶心脏作正气,魂梦不敢流荒诬"(《颜印歌》)的。正是这样,他才会写出《圈虎行》这样的作品来。这是一首有深度的力作:

> 都门岁首陈百技,鱼龙怪兽罕不备;
> 何物市上游手儿,役使山君作儿戏。
> 初舁虎圈来广场,倾城观者如堵墙;
> 四周立栅牵虎出,毛拳耳戢气不扬。
> 先撩虎须虎犹帖,以桮卓地虎人立;
> 人呼虎吼声如雷,牙爪丛中奋身入。
> 虎口呀开大如斗,人转从容探以手;
> 更脱头颅抵虎口,以头饲虎虎不受,虎舌舐人如舐觳。
> 忽按虎脊叱使行,虎便逡巡绕阑走。
> 翻身踞地蹴冻尘,浑身抖开花锦茵。
> 盘回舞势学胡旋,似张虎威实媚人。
> 少焉仰卧若伴死,投之以肉霍然起。
> 观者一笑争鼷钱,人既得钱虎摇尾。
> 仍驱入圈负以趋,此间乐亦忘山居。
> 依人虎任人颐使,伴虎人皆虎唾余。
> 我观此状气消沮,嗟尔斑奴亦何苦。
> 不能决蹯尔不智,不能破槛尔不武。
> 此曹一生衣食汝,彼岂有力如中黄,复似梁鸯能喜怒。
> 汝得残餐究奚补,伥鬼羞颜亦更主。
> 旧山同伴倘相逢,笑尔行藏不如鼠。

此诗作于乾隆四十五年（1780），虎威扫地、媚主为奴的描绘淋漓尽致，显然有其深刻的寓意在。它不仅从某种角度上与前引《何事不可为》二章相表里互为补充，更主要的是"依人虎任人颐使，伴虎人皆虎唾余"以下几节鲜明地表达了诗人对君臣、主奴、尊卑、贵贱关系的态度。"不能决踣"、"不能破槛"的感喟和讽嘲，岂不是在一定程度上透视着黄仲则"颠狂落拓"，"名任天机"的"野性"不驯，这明明是一种不合作的心态。他另有一首《入市》诗，尤别有怀抱，诗人在追叙孩提时"蓬头敝履书塾归"，"道逢中丞卤簿来"，被驱赶"失足坠沟颜死灰"的痛楚；鞭挞眼前又常见的"喧阗驺从除道来，呼声直欲缘云上。居者罢市行者停，一一低楣过旌仗"的役民如役奴的煊赫权势之后，结之以"前途且语车中人，……更揩双眼勤物色，此辈头角难为驯"。这"头角难为驯"的挑战式的明志之言与《圈虎行》后段的谠论乃是正反两面的写法，其意正可互相发明。足见"此曹一生衣食汝，彼岂有力如中黄"云云并非一时偶发之议论。

可以肯定地说，黄仲则的不驯"野性"与他所身处的现实极相悖背，特别是与乾隆一朝的文网横张、冤狱四起这样的时势。所以，黄仲则的诗胆是很难以名士清狂或一般的愤世疾俗来解释的。

对于现实状态，特别是网密犬多这事实，诗人当然清楚。他在一组《咏怀》诗中明白地写着："秋霰萎蒲柳，秋蓬辞本根。入门各茹叹，含意且莫申。但当保羽翼，冥飞避弋人。""显晦本殊轨，倚伏更不测。造物用深文，夜半多有力。各各为长谋，至爱不能惜。"遭逢之不测，法网之严酷，人心之惴惴，氛围之阴森，已是具体而微。然而，在一般士人噤若寒蝉、心惊胆缩、闭户枯居之时，黄仲则却一再声称："臣本高阳旧酒徒，未曾酣醉起乌乌。祢生谩骂嵇生傲，此辈于今未可无"（《和钱百泉杂感》）！这里所谓"傲"者，即前面所说的"疏顽"、"孤鲠"，也即"野性"也。事实上他确是这样做的："且烹苦茗谈千秋，扨叱嬴刘诋平勃。堂深夜寂鬼不窥,放言危论何由歇"(《十七夜》)。"鬼不窥"三字极妙,含蓄地表明他放言无惮、论古道今是在讲些什么。他自豪地概括自己的言行说:"避人偷作文弹鼠,厌俗频将剑逐蝇。莫话单寒向行路,季裘虽敝尚能胜"(《六叠前韵和余少云作》)!这位"两当轩"主人一当"未曾酣醉起乌乌"地抨击时世时,竟毫不感伤了。

这确非狂妄轻薄、颐指气盛的才子名士习气的表露。只要考察一下他的那些莫逆交往,极能说明问题。且以汪中的关系为例。汪中是清代中叶著名学者、文人,在当时以行为"乖僻"著称。其种种怪诞行径可谓为"盛世"气象杀风景。可是这位"恃才傲物"的怪人与黄仲则一见倾心,成为知音。试读汪中的《赠黄仲则六首》(作于乾隆三十五年)。第一首说:"常恐朝露期,斯人不可求。"紧接之第二首写道:"落拓吾何惭,馀生见英物。忘言温雪交,作合郢人质。欢娱未云晚,相期在华发。"第三首:"早孤感同病,心期乐疏旷。各怀万里心,高视重云上。长途未及展,白云聊孤倡。相对一赏音,信宿已兴谤。已矣吾生穷,飞腾竟何望。""相对一赏音"十字足以见出他们与时世的矛盾,为人所不容。关于"兴谤"之说,黎简诗也提到:"居恒内楗肩,流言外飞枪。……予生且芒刺,况君才莫当"(《药房北行因之寄黄上舍仲则》);仲则另一好友武亿在《吊黄仲则文》中亦有"其为世目所疑而见疵者"语。"兴谤"、"流言"、"所疑",都表明诗人的言行常在有关人士注视中,且"信宿已兴谤"决非一般的触忌。汪中诗末二句则从切实的遭际上表述了他们的被屏弃之况,或者说他们对现实的绝望。这就相当质直又切合事理地揭示了他们向"法外游民"发展的原因。第四首明确写现实与他们的冲突:"鹿马无定形,白黑随转移。况此磊落人,心迹难自持。高才世不容,孤立尚相疑。众中独见亲,谣诼固其宜。伤兹不肖身,波累并朋知。劳生无百年,多难使人悲。"前半首与黄诗《悲来行》如契相符,是对世道的共同认识,后半写他们的友谊是某些人看来必得剿灭的祸患。

黄、汪相交及他们的遭人谣诼攻讦,除却上引诗句所提及的内容外,还有一个事实值得探索。那就是他与"匪特经无双,群言工贯插……遂与俗殊尚,狂名纷喋喋"(《赠厚孙,时为厚孙作书与汪容甫定交》)的汪中,深恶世事"不平"而崇尚墨家的"均富",换句话说是借墨翟的某些思想来抨击现实。汪中是《墨子》的深具造诣的研究者,黄仲则从切身的贫困生涯体验中触发起对平均境界的追求,向往着墨家所构想的某种社会面貌,"安得古人相抱持",他在诗中一再有这样的表露。如《春城》的:"共此日光里,哀乐胡不均","若语东西家,哀乐稍可均"……是典型之作。黄仲则的"哀乐胡不均"的感受,远不是通常诗文中习见的套语。他的哀民生之思有着自己的切肤之痛。历来都把两当轩诗视为只抒写个人凄苦感伤之情,其实岂是如此而已？试读:"居行两心悸,救贫少长策。东南民易疲,岂任荒歉积"(《院斋纳凉杂成》);"颇闻守土责,宜备淮涡神。浸城献三版,徙宅空千村。频年苦蝗旱,此患匪所云。但见途路旁,野哭多流民。造物本无外,谁与排九阍。长歌不能尽,恐扰泉间魂。行行复延伫,天半松涛奔"(《邓家坟写望》);"但见流民扰淮北,更无余笑落阳城"(《涡水舟夜》)。这些都是鼎盛"治世"的社会相。所以,他那"侧闻天上朝星辰,谁知人间茹冰炭"(《送春三首》)的感慨是深沉的;他那"富人一岁独苦暑,婺人四时惟畏凉。渐愁空墙日色暮,豫恐北牖寒宵长。谁将彤云变狐白,无声被遍茅檐客"(《骤寒作》),以及面对黄山云海奇景时也忽发奇想:"乱剪白云铺絮袍,无声无响空中抛。被遍寒士无寒号"等等,都是真实的心声。

　　诗人的平等思想还体现在他对仆役苦力的亲切同情上。如《新仆》云:"新买孤雏瘠不肥,未来先为制寒衣。桀骜野性驯犹苦,嚅嗫方音听总非。尔辈何求惟一饱,主人无奈亦长饥。怜渠骨肉犹人子,讵忍轻施夏楚威？"这已不只是人道主义的表现,实在渗透着自己遭际的感受的。他如赠老仆诗的"飘零应识主人心,仗尔锄园守故林。数载相随今舍去,江湖从此断乡音"的情挚;在滁州至瓜步途中听说一熟识的老舆夫病死而怆然赋诗的"遽看筋力尽,能免涕洟横"的情伤,无不体现着上述思想。

这就不难理解,像黄仲则、汪中这样的言行不仅是"谁令黄钟节,掩以瓦釜鸣",而且"翻使行国中,抚掌嗤其狂"(《和容甫》)了。以至友好如洪亮吉也不免"偶然持论有龃龉"。洪氏《行状》中提及的"持论不同",仲则甚而预嘱不要由北江在他身后董理其诗文,说"经君订定,必乖余之指趣矣"云云,都是很值得注意的。

还可提及的是在黄仲则的交游中,"风尘满面霜满头,教人那得有一语"(《遇故人》)这样的抑塞郁闷、行径骨突之士甚多。如《遇伍三》、《醉歌行别伍三》等诗中说的伍氏友人,即是个"十年仗剑都亭行,鼓刀贱者知姓名"的"窜荒草"的"法外游民"。至于能在一起"冷笑长安弈局新"的如施晋(雪帆)这类沉沦潦倒的文士就更多。诗人他只有与这些穷途相知的友人始能尽情地狂吟"刖屦足犹在,鞭多舌幸存"(《遇伍三》)①的愤情。"行藏聊自点,歌哭向谁真"(《留别程端立》)? 这原是一个沉闷压抑,不容有真歌哭的年代呵!

如果这样的寻绎大致不背乖诗人心绪的话,那末《两当轩全集》为数甚多的咏梅诗显然是"宿鸟诉惊弓"环境中的弦外之声。突出的如《题赤桥庵上人画梅》:"隆冬寒阴闭天地,入水作骨阳曦穷。百树冻折草带死,乃有此物出与争其锋。上人举眼偶得之,神与意会笔亦从。此梅非梅亦非画,实有元气罗心胸。乾坤黯淡辟

---

① 《遇伍三》:"君问十年事,凄然欲断魂。一无如我意,尽可对君言。刖屦足犹在,鞭多舌幸存。相期著书好,归去掩蓬门。"考"伍三"当指伍宇昭、宇澄兄弟之一。按,伍宇昭(1736—1819),字青望,号止斋,阳湖(今常州)人,客游济南十年。著有《舣舟亭集》五卷;伍宇澄(1745—1785),字既庭,工诗擅书画。著有《秋水亭诗抄》一卷、《饮渌轩随笔》二卷。伍氏兄弟均从宜兴史承豫(名词人史承谦之弟)、储国钧游,又与万之蘅等友善。

生面，从此天下知春风。"这"乾坤黯淡"、现实少"春风"的意念在别的咏题春花的诗中也屡见，如《题桃花流水图用陈其年为乔编修赋韵》的后半说："呜呼，倘得此地绝人间，遑问窈窕和淳丰。移家径拟画中住，庶几一与仙灵通。不然亦当手提钓竿去，看到夹岸或青葱。手中泼剌鳜鱼起，一笑天地皆春风。"他的《恼花篇，时寓法源寺》诗同样是以嬉笑怒骂之笔对人间"岂有生气回春容"的揶揄。论黄仲则诗诚不能无视这样的"挞万象"篇什，不能不推究一下这些"不详其意之所属"的歌吟的。

"乾坤黯淡"的感受，主奴、贵贱、尊卑界限的不可逾越，加之河汉界限又是与满汉之别有关。这对一个"看山宜石骨，听树识风枝"（《杂诗》）的鲠直之士说来尤伤民族自尊之心。这该是诗集中何以有那么多渗透着一种类同亡国之恨、追念抗金抗清忠烈的"怀古"之篇的缘故。

"早得名花连夕雨"（《庭中落梅》），"万事都伤得气先"（《正月见桃花盛开且落矣》），这些咏梅咏桃之早落，实在是敏感早熟诗人的哀苦莫名心声，也是一代才人与其所处现实的尖锐冲突的写照。"得气先"而伤遭"连夕雨"，能不激发"不平"之情？从而又能不"为世目所疑"？

"万事都伤得气先"，这是黄仲则诗歌所以能具一种"挞万象"、"摩天扬"气势的极其重要的根因。这样地来看诗人的"当时果无第二手也"，该会更合理，更切实些。

第三节　《两当轩诗》的审美特征

诗人早在二十岁前，已写过一首《杂感》的七言律，自注说："或戒以吟苦非福，谢之而已。"诗云：

> 仙佛茫茫两未成，只知独夜不平鸣。
> 风蓬飘尽悲歌气，泥絮沾来薄幸名。

> 十有九人堪白眼,百无一用是书生。
> 莫因诗卷愁成谶,春鸟秋虫自作声。

这是黄仲则但以诗作"不平鸣",祸福所倚概莫虑及的自白语。南宋大诗人陆游写过这样两句话:"我辈情钟不自由,等闲白却几分头"①,这在一定程度上道出作为诗人不可或缺的气质。只有钟情于此,爱所爱、恨所恨而一至于难由自抑的痴心人,才可能涌出流自心底的、真情凝成的诗篇来。"春鸟秋虫自作声"的黄仲则诗正是这种"情钟不自由"的产物。

就此而言,万黍维《味余楼剩稿序》中的一段话是切中乾隆诗坛的流弊的,并在比较中对《两当轩诗》有真知灼见。他说"今之为诗者,济之以考据之学,艳之以藻绘之华,才人学人之诗屈指难悉,而诗人之诗则千百中不得什一焉"。万氏说:"余此论盖为仲则数峰发也",并说"仲则深韪余言"②。数峰是何青的字,亦仲则诗友,安徽歙县人,这是又一个"天才英俊"而"数奇不遇"的诗人。③

说黄仲则的诗是"诗人之诗",从而将其与"学人之诗"、"才人之诗"区别开来,实是论评《两当轩诗》时十分重要的一辨。诗人之诗的特点在于以情胜。徒以才胜而乏深厚绵邈的情致,势必"艳之以藻绘之华"而流于轻媚;虽有精思而情不足以托之,唯赖学问语考据学来相济,难免显得枯硬而乏韵致。有其情且有其才,诗方能动人。黄仲则向被视为天才,然其诗之所以超轶时辈,正在于他哀乐过人,情思绵密,触怀抽思,骋情深微。唯其如此而才又

---

① 《读唐人愁诗戏作三首》,见《剑南诗稿》卷七十九。
② 万黍维此序见《两当轩全集》附录第四。按黍维名应馨,江苏宜兴人,乾隆五十四年(1789)进士,官广东知县。
③ 何青著有《遂初堂诗集》二卷。王昶《蒲褐山房诗话》谓其"数奇不遇,淹于盐荚,近始鸣琴花县,世论惜之"。所谓"鸣琴花县"者,以从军绩功官广东澄海知县,然未久罹大案成伊犁。

足以承托之,故真挚深沉的情思益显澜翻笔底,撼人心弦。首先着眼于情,而后赏辨其才,始不至于若张维屏在《国朝诗人征略》中说的那样带神诡色彩①,也不会只赞赏仲则的前后《观潮行》的气势,或只击节其采石赋《太白楼诗》的风采。

黄仲则哀乐过人的情思,关于感伤时世方面,前节论述中已可看出。这里略就他亲友聚散中的悲欢,以及颤动在心灵深处看似细微而实则甚为浓重的思绪,作些补叙。

先说表现心灵颤动的诗。其代表作无疑当推《癸巳除夕偶成》。癸巳为乾隆三十八年,时诗人虚龄二十五岁。诗的第一首云:

> 千家笑语漏迟迟,忧思潜从物外知。
> 悄立市桥人不识,一星如月看多时。

诗不仅如常见的写愁诗那样抒述了人皆"笑语"我独忧苦,而尤为警动的是从第二句中透发了无所不在、无时不在地裹胁绕缠着心灵的"忧思"的苦涩。"潜从物外",岂能排解?后两句以不写写之,不言怅惘而已怅惘莫名,一种茫然、慨然、悚然的情思弥漫纸上。"一星如月"地凝对,实系心无所托、目无所归意象,其"看多时"的视线何尝注于这"一星"上了?以手法而言这诗诚有一种"四两拨千斤"之妙。但若不是积郁满怀,思如茧缚,是不可能如此一波三折地看似轻巧而实则深沉之至的。像这样的以无语立对星月,转见浓郁情怀的诗在诗集中屡见,如《夜读邵先生诗》的"忽得南沙故人纸,一庭春月立多时"的伤悼老师,"思亲北斗阑干夜,耿耿星杓欲化箕"(《赠明分司春岩》)的苦念老母等皆是。

---

① 张氏于《诗人征略》中引录其《听松庐文钞》的文字云:"古今诗人有为大造清淑灵秀之气特钟而不可学而至者,其天才乎?""如芳兰独秀于湘水之上,如飞仙独立于阆风之巅。夫是之谓天才,夫是之谓仙才!自古一代无几人,近求之百余年以来,其惟黄仲则乎。"

黄仲则有不少诗还以淡语、自譬自解语写情而显出其心之哀乐难辨、悲欢难言。他的"除夕"、"元夜"之吟最多这种百感交集的抒述,如《壬辰除夕》:"无多骨肉话依依,珍重相看灯烛辉。饮为病游千里减,瘦因吟过万山归。老亲白发欣簪胜,稚子红炉笑作围。屏却百忧成一笑,去年孤泪此时挥。"《庚子元夜独坐偶成》:"年年今夕兴飞腾,似此凄清得未曾。强作欢颜亲渐觉,偏多醉语仆堪憎。云知放夜开千叠,月为愁心晕一层。窃笑微闻小儿女,阿爷何事不看灯。"全系眼前事、心中情,以白描勾勒出之,读来却酸辛入骨。这种择取身边事、家常语来写情看似不经意,然因其感触深微、情溢于词,所以往往名句迭出。如《都门秋思》四首之三的结句"全家都在风声里,九月衣裳未剪裁"的流传人口,显然是因其语极平易却情极真挚,读之只觉一股凄楚寒苦情扑面而来,并非徒以运笔轻捷灵动而已。

《两当轩诗》的情浓感人还常见于以飘然决绝语来抉出"微躯不自惜,破胆与谁尝"(《烈士行》)这样的吞声之哭。从表象上看,这类诗似与"一星如月看多时"的愁肠百结、寂然默对不同,但是由于这种决绝情绪是来自"禁方一卷世不存,地上多是强死人"(《望鹊山》)的痛切感受,同样是无可排解的郁闷的喷发,所以语绝而不失之虚浮,意逸而益见其沉痛。这可以举《绮怀》组诗的最后一首为例:

> 露槛星房各悄然,江湖秋枕当游仙。
> 有情皓月怜孤影,无赖闲花照独眠。
> 结束铅华归少作,屏除丝竹入中年。
> 茫茫来日愁如海,寄语羲和快着鞭。

时日苦短、岁月倏忽的感叹是诗人们赋愁篇什中常见之义。黄仲则在此却决然地以来日苦长而"寄语羲和快着鞭"! 对于一个"慨然有用世之志"的,曾一再以"贵贱异缯锦,各出桑蚕身。

同生而异造,赋命安可论?惟当自努力,弗使机生尘。"(《杂咏》之十六)的富具人定胜天精神以相自勉的才士来说,这是一种怎样复杂情怀的倾吐?显然不应轻率地以自暴自弃、消极离世来看待之。黄仲则这类诗乃是他长期胶着于追求与幻灭相续,希望与失望交替的境地中的心理活动反应,所以,既非"游仙",亦非"绮怀"。此种盘转于复杂心理活动中的情思在《夜起》中也很清晰:"忧本难忘忿讵蠲?宝刀闲拍未成眠。君平与世原交弃,叔夜于仙已绝缘。入梦敢忘舟在壑?浮名拚换酒如泉。祖郎自爱中宵舞,不为闻鸡要着鞭。"可以毫不夸张地说,两当轩主人在表现那个时代的进退失据、"百法欠妥帖"的知识分子迷惘困惑、忧愤悲慨的心境时,其具体而微,曲尽其情在当时没有可匹敌的。黄仲则诗的出言吐语,真真是情在笔先,语未竟而情已不可堪矣。

至于写亲友聚散的悲欢诗的情致浓郁深厚、具体真切那就更不待言了。他很少有虚情语,即某些诗人摇笔即来的那种敷衍语。为免冗赘,略举数例。《寒夜检邵叔宀师遗笔》:"三年谁与共心丧,旧物摩挲泪几行?夜冷有风开绛幄,水深无梦到尘梁。残煤半落加餐字,细楷曾传养病方。料得夜台闻太息,此时忆我定彷徨。"哀悼之情与身世之感相交糅,五六两句不止是如坐春风的回顾,当年师恩的体贴入微,一片关切之心跃动纸上,恩逾深,情逾哀也。在哀哭凯龙川的诗中也同样可以感受到这种深情。黄诗写恋慈亲、别妻儿的诗更觉朴实真切,纯以情行。如《别老母》:"搴帏拜母河梁去,白发愁看泪眼枯。惨惨柴门风雪夜,此时有子不如无。"《别内》:"几回契阔喜生还,人老凄风苦雨间。今夜别君无一语,但看堂上有衰颜。"虽似常情,而写来别有深厚感人处。

正因为诗以情胜,所以不仅景语皆情语,而且理语含情致。理而有情,其理自随情深而逾密,这从前边的论列中已可体察。即以

"茫茫来日愁如海,寄语羲和快着鞭"而言,决绝语中岂非正寓大议论?但读之不觉得有袒筋露骨的枯槁感。这里想着重提一下像《新安程孝子行》、《恼花篇》一类长篇歌行,《新安程孝子行》这种题目最易写成迂腐的封建说教,可是在黄仲则手中却别出心裁。他并不黏贴在"割肌疗亲"上就事论事,而是拈定"百无可冀冀一济,一发尚欲回千钧"的至情至性,低徊宛转地描写程孝子的焦虑心竭为母病的情状,记叙充满了感情。而诗人的"世人薄天性,剿说摇其唇"的议论,他的去其愚而取其"纯"的态度,就在一段段情语中托出。理从情出,理自不枵,即使这样陈旧的题目竟也写得很感人,足见其一斑了。

再谈景语皆情语。不妨以著称于世的《笥河先生偕宴太白楼醉中作歌》为例,因为凡论两当轩者几乎都艳称此诗的。这首诗通篇以景由情见来行笔:"青山对面客起舞,彼此青莲一抔土。若论七尺归蓬蒿,此楼作客山是主。若论醉月来江滨,此楼作主山作宾。"景皆为情所遣。于是景与情,也与理融成了物我难分的一片。黄仲则的写黄山、写岳麓、写九华、写旅程所经一切山山水水,都是如此手笔。他的诗极少纯系描摹雄山柔水的形态,凡山水之奇气秀色莫不渗透诗人的感情色彩。"无处无我旧吟魂",他笔下的峰岭溪涧,全乃"吟魂"借以寄身之所,真所谓是"坐来云我共悠悠"(《黄鹤楼》)。

论至此,可以以一语概括之:"春鸟秋虫自作声"的《两当轩》诗,原是"三生难化心成石,九死空尝胆作丸"(《杂感》四首之四)的诗人的一脉痴情、怨情、愤情所化成。

第四节　黄仲则诗文化渊源辨

最后还需要探究一番黄仲则的艺术渊源。悲慨而不萧飒,俊逸中见辛辣的《两当轩诗》,诚然不是绝无师承。问题在于应怎样来认定他的艺术风貌的师承性。

黄仲则生活的乾隆朝，诗坛上正是门户纷立、各主一说，宗唐宗宋、相互辩难的年代。对此，坚持"春鸟秋虫自作声"的诗人是很不以为然的。他的诗艺观相当集中地表现在《桂未谷明经以旧藏"山谷诗孙"铜印见赠》一诗中。原来黄仲则按谱系乃北宋大诗人黄庭坚后裔。清人毛庆善、季锡畴所纂《黄仲则先生年谱》云："系出宋秘书丞文节公，世居江西清江之荷湖。明永乐间有松轩先生名遵者任武进县学教谕，因家焉。"①如此诗祖诗孙，一时传为美谈，桂馥以"山谷诗孙"铜印相赠，其事亦甚韵。黄仲则在长诗开首先对桂馥的治印艺事加以赞赏，接着对这纽铜印作了"精绝审是泼蜡为"的鉴别，辨认其所自出。仲则兼精篆刻，汪启淑《印人传》的《鹿菲子小传》说他"兼长鉴古，以其余技旁通篆刻，文秀中含苍劲；间仿翻沙法制铜印，直逼汉人气韵"，"有《西蠡印稿》若干卷"。所以诗的前八句极为本色当行地就印论印。

紧承铜印渊源之后，黄仲则就"诗孙"印文借题发挥，一转而纵论诗的门户派别之弊：

　　…………
　　鸾翔虬结一入手，我欲拜赐心然疑。
　　我祖诗可祖天下，凡能诗者宜当之。
　　若资华胄便窃据，不患造物嗔我私？
　　虽然一语敢相质，斯道不绝危累棋。
　　文章千古一元气，支分派别徒费词。
　　几人眼光认针芥，学者蚁附缘条枝。
　　雄深一变为恒玎，精华已竭存糟醨。
　　康庄不由入鼠穴，细寻牛毛披茧丝。

---

① 转引自《两当轩全集》附录三。洪亮吉所撰《行状》载述略异，云："系出宋秘书丞庭坚，自宋南渡时由鄱阳迁武进，遂为武进人。"

> 强将谱系溷初祖,九原可作夫谁欺?
> 摩围派衍源屡竭,皖公云封人莫窥。
> 我生衰门更才劣,岂有笔力能振支?
> 但将此印印家集,一编世守侪尊彝。……

综其诗意,清楚地表述了:一,自己无意捐"我祖"的招牌。"若资华胄便窃据"两句颇具幽默味,这在另一首《翁覃溪先生以先文节公像属题》诗里早已有过申述:"赋诗还画九顿首,莫乞余慧张衰门。愿从大匠请绳墨,华胄敢恃图中人?"不管翁、桂等人是否有意或明言相劝黄仲则去"继承"山谷诗法以"张衰门",他的态度是明确的。仲则显然不愿假"祖"余焰来"僭王称霸"。非常值得注意的是翁方纲等当时执诗界牛耳者是宋诗派中人,黄诗在结尾处说得明白:"北平学士(覃溪)今巨手,后先心印无差池。"诗人他绝无趋承迎合之意,直言"一编世守侪尊彝":作为"家集",把黄山谷诗如同传家古物般世守而已。语极峭峻。其二,力主"文章千古一元气"之说,此即"春鸟秋虫自作声"的理论概念。在这样一首诗中强调的"元气",当是引述曹丕《典论·论文》中的语意:"文以气为主,气之清浊有体,不可力强而致。譬诸音乐,曲度虽均,节奏同检,至于引气不齐,巧拙有素,虽在父兄,不能以移子弟。"重点则在各自赋禀相异"不可力强而致"。他强调此"元气"除了否定"乞余慧"、"假余焰"之外,更重要的无疑在于抨击"支分派别"、"蚁附缘条枝"的风气。其三,对"支分派别"的诗坛现状所呈现的饾饤文字,造毫无生气的假古董的可笑,作了突出的嘲讽,鄙之为"康庄不由入鼠穴"。在黄仲则看来,"精华已竭存糟醨"全是这些标榜宗唐宗宋而眼光走了神的诗匠拌扯前人的罪过。不能说诗人在此没有具体指对。其时以饾饤充"雄浑",乃至"错把钞书当作诗"(袁枚《论诗绝句》语)的大有人在。

在师承问题上黄仲则主张师其精神,重在变化的观念,从他留存的片断诗评中也可看到。《两当轩全集》卷二十辑存有七则诗

评,几乎贯穿着一个"变"字一个"化"字。如:

> 杜固诗之祖,而李东川实可谓祖所自出。……篇幅虽少,而浑然元气已成大观矣。
>
> 阮亭云:欧阳文忠公七言长句高处直追昌黎,自王介甫辈皆不及也。愚谓欧王异派,各有佳处,不能较优劣也。
>
> 王诗得辛味居多,其沉雄处要不减前人。
>
> 二晁宗苏参黄。其沉峻刻炼处又公然有离立之势。……人多谓附苏而传,讵知有非苏亦传者耶?

最耐人寻味的是他还主张"以岑嘉州与李昌谷、温飞卿三家汇刻,似近无理,然能读之烂熟,试令出笔,定有绝妙过人处,亦惟解人能知之也"。这"似近无理"而实属悟知的观念,其要旨正在变化而自出精神这一点。

事实上,"作诗辛苦谁传此,一卷空宵手自摩"的黄仲则诗,在对前人师法这问题上确是博取精粹、不名一家,富具"离立之势"而绝不墨守泥古。其长篇五七言古风,既有李青莲之豪宕腾挪,又存韩昌黎的盘转古硬。而豪宕跳荡中流转以低徊哀苦之情,古朴瘦硬间又不时有疏快俊逸之味,这又是离立于李白韩愈者。他的前后《观潮行》、《泥涂叹》、《恼花篇》等篇可以为证。至若七言律,则清丽绵邈处富具李商隐韵致,瘦劲峭拔处又得黄庭坚意味。他的《绮怀》、《感旧杂诗》四律以及如《和毕中丞悼亡诗》皆有玉溪生风致。然而"何须更说蓬山远,一角屏山便不逢";"似此星辰非昨夜,为谁风露立中宵"的苦涩味已转较义山为浓,更不必说"寄语羲和快着鞭","禹疏不到相离水,娲补难平有恨天"(《和毕中丞悼亡诗》之二)这样的情思了。仲则七言律中有大量类似"添君风雪三更梦,老我江湖十载灯","急雪溪山同寂寞,孤舟天地入清贫"(《三叠夜坐韵》)这样的章法,有大量以数字为偶、色彩相对的用笔,显然学的是黄山谷路子。只是较之山谷又老辣不足而清俊有余。此外,他有时会学李贺的诗风,如《中元》诗等。看来,黄仲则善于相题命笔,以"意"所需而错落假借各种笔法。而由于身世遭逢,他尤辨味于"辛",所以,即使风神摇曳的七言绝句也独多酸辛之调,这又恰恰是两当轩所自有之声情。

缘此,对翁方纲《悔存诗钞序》中所谓:"稚存评其诗出于太白,然此或人多知之者,吾是以不具论"之说须加辨析。翁氏这么一说,仲则诗出太白似成定论,近时学者也沿袭未已,并列举《太白墓》七古,认定"我所师者非公谁"一句即黄氏自白,"已经明白表态了"①。在探索一个诗人的艺术风格以及师承渊源时,不是以他的全部诗作为辨认依据,仅从一千数百首诗中拈举个别篇章来论证,是不慎重的,以偏概全,难见周密。何况《太白墓》诗的"我所师者非公谁"这一句还须细致体味其意之所在。这诗开篇是"束发读君诗,今来展君墓",一起手不仅缴足题面,而且把自己与李白从感情上沟通这一点暗暗点出。这感情沟通,或者说黄仲则想借此发抒的是怎样的情意呢?"有才如君不免死"、"当时有君无著处,即今遗躅犹相思。"就是说,所感是有才而不遇,所愤乃生难逢时。年轻落魄的诗人说他很赞赏李白的不遇之后能"乾坤无事入怀抱,只有求仙与饮酒"地旷达啸傲。于是他接之以"终嫌此老太愤激,我所师者非公谁?"前句是说杜甫。十分清楚,这里只是一种自我宽解以求摆落忧思的话,师李白是为驱愤懑。而事实上,终黄仲则一生,其精神世界从未如李白那样旷达(就算谪仙是如此)过。"仙佛茫茫两未成,只知独夜不平鸣",他其实倒是从未中止过如杜甫的"太愤激"的!

所以,以此诗此句来论定"他的诗是从李白学习而来","写诗以李白为师"云云,都不免是隔膜之谈。黄诗即使有李青莲风味,

---

① 陈友琴《略论清代名家黄仲则的诗》,载《河北师范学院学报》1980年第1期。

也只是在二十岁前后一段时间里,在诗人后十年颠沛流离生涯的吟唱中则愈益稀淡了这种韵致。翁方纲等人的品藻黄仲则每每无视其"春鸟秋虫自作声"的个性特点。曲为其说地泯灭着诗人的独具精神处,实不足以信据。

在人生道路上"野性"难羁的黄仲则,其诗歌创作也决然不会只去印合前人的履痕。这在当时自然会招致一些非议。如张维屏就指出过有一种不满论调:"或曰仲则诗诚工矣,然超逸有余而博大似未足也。"张氏认为这是"以多用书多数典而后为博","以袭杜韩之貌,学明七子之声而后为大"的迂阔眼光在作祟。这或许是嘉道以还的议论。在仲则生前,已有人不喜欢他的诗。如张埙(字商言,号瘦铜)在《竹叶庵诗钞》中有《论诗四绝》,是与翁方纲的论诗之作。第四首说:"昨见黄生仲则诗,欲删遗稿泪先垂。生相轻薄死珍重,豪气哀情两不知。"自注云:"仲则存时,予颇不惬其诗。"而张瘦铜与翁方纲一样是学宋诗,而且专走山谷、后山一路。此中也透露一点消息,可见黄仲则在当时诗坛上既不随时流,自然也不被一些人所接受。

黄仲则在《写怀》诗里说了"自作声"之诗在某些人眼中的看法。诗云:

> 望古心长入世疏,鲁戈难返岁云徂。
> 好名尚有无穷世,力学真愁不尽书。
> 华思半经消月露,绮怀微懒注虫鱼。
> 如何辛苦为诗后,转盼前人总不如。

如果以"前人"为模式而绳衡"自作声",那只能或"使四季万物皆作莺声","或使四季万物皆作蛩声",将成怎样格局呢?所以,从某种意义讲,唯其"转盼前人总不如",所以在"时际升平,辞多愉悦;异时讽诵,了无动人"的乾隆诗坛,《两当轩诗》才得以既不"涂泽为工",又不"小慧自喜"而"蹊径别辟,门庭较广";才得以"托体较高,步趋不易"①,造就成"才雄气劲无诡词"、"狂澜力挽惊当时"②的一代名家。

---

① 汪辟疆师《近代诗派与地域》序论中语,原载金陵大学《文艺丛刊》,单行本。今收入《汪辟疆文集》第二七五—三二四页。
② 陆嵩《书两当轩诗后》,《意苕山馆诗稿》卷三。

第四编　风雨飘摇时的苍茫心态
——晚近诗潮

引　言

　　自乾隆朝末,延至嘉庆、道光之际,诗人潮涌、诗集充栋,人有以"恒河沙数"相喻,诚不夸张。仅以洪亮吉《北江诗话》卷一评点的"当代"诗家即达一百零四人;张问陶《岁暮怀人作论诗绝句》一次就论了十六家;郭麐《病起怀人》所怀交游诗侣前后涉及约五十位,这还是只就各自诗歌生涯的活动圈子内所熟知者举论之,并且是当时颇有知名度的诗人。龚咏樵在《藏园诗话》中说到:"唐以前诗文集,今存者百仅一耳。宋元则渐多矣。自明洎今,更汗牛充栋,已苦其繁。近人刻集复怀铅握椠,茫茫不绝,究之能传者几人?"言之极有理。诗人诗集的愈见浩瀚,是时代太近未经历史淘洗的必然现象。而嘉庆朝前后,特别蜂拥情状,当与科举恢复"试帖诗"这指挥棒有关,同时,也与朝野文化界的"奖掖"风气、雅集活动的高涨和频繁分不开。

　　与整个社会的政治、经济状态相观照,诗界的繁荣是虚浮的、病态的。虚浮,主要就诗界的乌纱气而言,凡达官巨宦、缙绅官吏,人各有集,并不是诗的福音;病态,是说吏治愈趋腐败,人心愈见险恶,才人无所施其志、用其才,类皆以诗为身心所寄、为心血事业的趋势愈见严重。从这个角度言之,病态在诗,似又不尽为患。嘉道之际既已行将面临"国家不幸诗家幸"的历史格局,那末,蚌病成珠的景象岂能不再次焕现?

然而,游离历史发展的规律,不从特定的社会时空背景切入,理论必陷进误区。"国家不幸诗家幸"不应该被用作历史循环论的武器。这里的"不幸"和"幸"即使不去辨析有着赵翼的多少感叹和反讽,就是仅从其本来意义言,那也只能制约在封建历史的大时空运行过程中。在这过程里,"诗家"和"国家"在总体上是忧乐同步的,诗人的忧患意识相副着"国家"的存亡属性,他们面对的是足能胜任的忧患选择。封建历史的大轮,运转至清代嘉、道时期,爱新觉罗氏王朝的面临溃败,已绝非封建范畴内易姓改代陈例可比拟。这是即将来临的一次从历史意义上带有根本性的新陈代谢,它将结束封建的历史,至少从政权的形态和框架上将被时代之轮碾垮(须知即使是形态和框架的被摧毁也是数千年始有的历史性的一次伟举)。"国家"与"诗家"之间的"幸"与"不幸"的旧说,既已无法涵盖新的时势内容,也不足以阐释诗文化的心脉走向,按理说,"国家"与"诗家"应该在新的意义上同步呈象的,然而千百年的封建文化的基本育成,文化人不可能如此迅捷地反应或颖悟过来。对"国家"与"王朝"、与"民族"之间的复合概念的根深柢固的胶结,他们尚未具有足够的剥离能力。"国家"的黑暗和衰朽,在"诗家"心中,主要当然是指真正的诗人,是深感不幸的,但这不幸感总与王朝兴亡事胶合一起,他们不可能同步意识到"国家"的倾垮是万幸事。于是,这一整个历史时期,即从嘉庆末年起到光、宣朝清室的倾圮,虽然不乏忧国忧民的诗人,可是历史的要求与文化的某种惯性惰力之间构成的反差,已使得"国家不幸诗家幸"这一名言,失却了经典性,涣散掉它的精华内涵。正如逊清的遗老不能比拟于清初的遗民,从前者的心魂中归结不出人格的自我完善性一样;晚清诗人的"哀其不幸,怒其不争"的愤激,以至在心绪深层时有"盗贼本王臣"之类同情或理解,可是他们命定不能成为掘墓人,以解救自己。

这不是对"古人"的历史苛求,却是历史苛待着这一大批悲哀的诗人。

所以,如果说,在封建社会的史程运行中,"国家不幸诗家幸",是一种规律性现象,也是构成诗史的光辉连缀的话,那么,当这个以一家一姓的统治为标志的封建历史即将终结的前夜,正转化为国家有幸,而诗家大不幸的态势。此处所谓"大不幸",不仅是指诗人们生前际遇的悲凉或痛苦,更主要的是说他们的诗的历史生命力的获得也已处于不幸之境。

历史的研究,不应该类同于古玩的珍藏和鉴赏。荣古虐今的观念同样不该见之于对距今一百五十年前的史事的研究领域,尤其是就以五七言古近体为形态的诗史而言。历经清代中期的诗的本体抒情特性的召唤复归以及围绕这一命题的诸多论争,传统诗歌实已完成了其生命力的最后一次自振,但又终究是很脆弱有限的一振。从那之后的一个多甲子时间里,尽管仍涌现不少优秀的诗人和出色的作品,然而强弩之末的趋势已不可逆转。特别是,作为心灵的载体,诗的形式固然继续在负担起它的职能,时势、人心,从各个层面上多有灵动和精警的甚而震撼共鸣的表见,然而上述"皮之不存,毛将焉附"的惶惑和迷茫,致命地戕伤着诗的功能,神魂不旺,心力难振。

事实上,作为文化的某一形态,特别是与语言这个文化特性最强的基因紧密构合的文学体裁,虽则它不尽与社会历史齐步行进并变异;但当社会发生本质性变化,人们的思维方式到生活形态,整个社会结构均发生巨大变革时,它不可能凝固不化,不卸下历史的任务。所以,任何诗的改良改革,依旧在五七言为主体的外壳之内进行,不可能激活其原生力的再次振起。诗,已完成了文化发展中曾经担负的重要角色的使命。当然,这是指今人概念中新、旧有别的旧体诗。

所以,清代诗史进入嘉庆朝后半期,已衰势难挽,不可能还有"中兴"景观的重现。在诗的领域内,即使龚自珍的"箫心剑气"的激荡,也只是痛切地感受自他的前辈的苦郁以及自身的压抑而吹奏出"万马齐喑"中的一组哀歌,其颓唐、迷惘和失落感不可能减轻于其前辈,何况他于诗无心专力,谈不上也不可企盼有质的新变。

鸦片战争起始的一系列外侮的刺激,诗的生命力也随着"天下兴亡,匹夫有责"的心潮得到一次新的张扬。这可谓是清代诗歌的一个光辉的结篇,本原意义上的爱国主义推助着诗从内容到形态再次表现出其功能表现力。但是,无奈这好景未长,由于清政府的老朽无能、颟顸腐败很快导致有识之士陷入更为严酷的痛苦,失望的悲怆淹没着报国的赤忱,诗人们最后一阵热情被戕害殆尽。随即是太平天国发其端的全面撼动王朝的基石,诗人们跌落到较之进退维谷更为苦闷的梦游般心境,那种无可选择的身心难以自主的大不幸真正降临。诗,则在这样的心灵崎岖之路上,完成了它最后一次有价值的载运使命。

清代后期,特别是清末的诗史历程,如果不是这样地去认识,如果认为晚清诗歌仍是灿烂满目,而且诗学造诣臻于绝高妙之境地,那么,怎样回答这样一个严峻的问题:新文化运动风雷荡涤式地横扫旧文学,是否是破坏性的造孽?旧文学形体包括诗歌在内怎么就这样脆弱,一阵狂飙即让出了阵地?诗史研究者不应在历史性的关键问题上持二元背悖形态的理论,新旧诗歌史的论著不能也不该各自按照自己的偏嗜去阐释历史。新诗史学者高度肯定"五四"新诗运动的功绩,旧体诗史研究者又极度热情地赞称晚清诗歌尤其是"同光体"的高度成就,对这差不多同一时空、对立阵营的诗歌现象的认识,难道能允许这样的形态合理存在,并各安其所?

晚清诗史的研探,除了继续作为心灵史程的辨认外,是有责任从诗的思潮,尤其是语言形态上多加辨析。新诗既不全是从旧体诗蜕变而出,也不是全属西方诗歌的横向移植。民族的文化心理,民族的语言，不可能呈断裂状的更变。新诗初创时期的健将如胡适、刘大白、俞平伯等初始之作，均有明显的旧体诗词痕迹，有的还有意用传统形式以白话口语写之。至于新文化运动大师中如鲁迅、茅盾、郁达夫、瞿秋白等等的精擅于五七言诗体，更说明旧体诗的完成历史使命并非等于生命、功能的结束、告终！既然是一场真正意义上的文化革命，新文化革命，大面积的除旧创新，弃旧图新是必须的，同时，仍有生命力的事物也终竟会承衍延续着。

旧体诗史的研究，具体地说清诗后期作为传统诗歌的最后一个历史阶段（从整体诗史言是一个很小的时空阶段），一个处于新旧交替前夜的诗歌史阶段的研究，应该多关注些五七言体句式口语化现象。"白话文言"形态，从特定意义上说也是更接近社会现实生活，更抒情化的表现，同时无疑又是对诗的贵族化的反拨，因而，这仍是诗文化范畴的命题。

当然，这一切均不必也不能夸大其辞，五七言体的口语白话现象，只是文化历史的一种必然趋势的基因反映，它不可能更变历史发展的走向，成为另一种新诗。

新旧体诗间存在因变关系与否？此事体大，应由"诗歌史论"专题研讨，作为断代诗史承担不了此大命题的完成，然而诗史又绝不能回避它，从史实角度该有所献添，尽管只能是粗略的。

本编即拟从清代后期诗歌的心灵载运历程，同步涉及诗体语言形态诸现象，以收束全书。

第一章　昏沉时世中的悲怆诗群

　　曾经被法式善称为"三君",并作"三君咏"的王昙、孙原湘、舒位,历来有"后三家"之号,进而又概言之为"乾隆后三家"以对应于袁枚、赵翼、蒋士铨的"前三家"。其实王昙等人,包括彭兆荪、郭麐,均系嘉道间名诗人,他们的主要创作活动应在十九世纪的前三十年。这是一批与龚自珍紧相交接,并直接发生过影响的人物,在他们身上集中体现了清代诗歌衰势期的征兆,而且从封建士人的角度言,大抵是际遇坎坷、悲慨凄清地度过一生。按年龄计,王昙、孙原湘均略大于张问陶,而且还都"立雪"袁门,曾称为随园门下。之所以与张船山先后交叉,除了便于述说,以张氏续于"性灵"同路而有异于门弟子外,主要的是这些诗人除孙原湘境遇较好外,全都深沉地背负着痛苦的压抑,而且对现实的黑暗有着更具体的认识。郭麐在《灵芬馆杂著三编》卷八《祭陈曼生文》中一段说论,可作为这一层面上的才人对现实愤怒控诉的典型认识,正是这类呐喊似的声音,加深着稍后的龚自珍一代人对世道的憬悟。郭氏的话是这样的:

> 呜呼曼生,天不可信,神不可恃!残民者生,佑民者死;养人者穷,或不能自存自养者以遗子孙!此昔人所云云,尝谓愤激之太过,而不知其实有至理!于君之亡,更无疑矣。……君之所存,志大难遂,欲举世无失职之人,欲奇才无不遇之喟,欲吾党皆相知,欲所知无穷士……游谈者藉其声华,枯槁者资其膏润,乃欿然而自歉,意以为款洽之不尽。呜呼,士生今世,较古愈穷,征聘已绝于邦伯,羔雁不下于王公……

陈曼生名鸿寿(1768—1822),字子恭,曼生为其号。浙江钱塘(今杭州)人。嘉庆六年(1801)拔贡,官南河海防同知。此人与从弟陈文述齐名,著有《种榆仙馆诗集》,而尤以在溧阳任上从宜兴紫砂壶工艺人学得制壶,亲笔书刻,"曼生壶"名扬四海。陈氏其人该怎样评价是一回事,他以七品之官好友重士,幕养过不少寒士则是事实。郭氏在道光二年(1822)借祭陈曼生而大吐块垒,将"残民者生,佑民者死"作为现实的"至理"予以抨击,实在是"士"之阶层愈趋两极分化,是非、善恶、才与不才全被彻底搅混、颠倒的痛苦感受的发泄。

王昙、舒位等正是不同程度地陷于此种境地的不幸者,而王昙的成为肮脏官场的牺牲品,尤属可悲,于是转演成所谓的"怪"诗人。

第一节 王昙的"杀花"之哭

王昙(1760—1817),曾名良士,字仲瞿,号蠡舟,又号昭明阁外史。浙江秀水(今嘉兴)人。乾隆五十九年(1794)举人。为人奇气放纵,少时有游侠风,与江湖人物相混迹;略无城府,终于为其座主、左都御史吴省钦所误,潦倒悲郁一生。关于王昙这一节被人出卖的事,龚自珍《王仲瞿墓表铭》讲得最清楚:

> 乾隆末,左都御史某公,与大学士和珅有连,然非暗于机者。窥和珅且败,不能决然舍去,不得已,乃托于骎颠。川、楚匪起,疏军事,则荐其门生王昙能作掌中雷,落万夫胆。自珅之诛也,新政肃然,比珅者皆诏狱缘坐。某公既先以言事骎避官,保躬纵。

龚自珍对这位忘年交的评价和认识是:

> 其为文也,一往三复,情繁而声长;其为学也,溺于史,人

所不经意,累累心口间;其为文也,喜胪史;其为人也,幽如闭如,寒夜屏人语,絮絮如老妪,匪但平易近人而已。其一切奇怪不可迩之状,皆贫病怨恨,不得已诈而遁焉者也。

王昙的遭遇几乎是义和团事件的一种前奏缩影,当然他只是个人的不幸,而被利用作保车之卒则类同。《灵芬馆诗话续编》所说:王昙本是桑悦、徐渭一流人物,结果挫顿不振,"水心论陈同甫曰:'若同甫终身不偶,则为狼疾人矣',伤哉斯言!"王氏命运相同,见之伤心而丧气。他的诗不怕被人讥为粗犷,十足表现出心魂的病态状,慷慨悲歌,敢笑敢骂,十足的"狂语惊人"。《落花诗》三诗,《耐冷谭》作者宋咸熙已说是"全为自己写照"[1]:

三十韶华栩栩过,杀花声里坐销磨。
百年流水随春去,一代红颜奈老何!
天上好风君子少,世间无福美人多。
西窗一种凄凉事,灯火更深月照他。

如此飘零怨也迟,斜阳背照未残时!
勾留几世东皇债,冷落终年后土祠。
陇水人吹三弄笛,孤山魂葬半坟诗。
寒鸦齿冷秋烟笑,死若能香那得知。

年来心事更乖违,说要归时怎不归?

---

[1] 按宋咸熙与王昙乃同时人。宋咸熙(1766—1834后),字德恢,号小茗,浙江仁和(今杭州)人,宋大樽子。著有《思茗斋集》十二卷,《耐冷谭》为诗话笔记之属。宋氏评王昙诗云:"秀水王仲瞿孝廉,脱略势利,狂语惊人,人终莫测其底蕴。尝读《落花诗》三首,全为自己写照,而格高韵远,人共谓其胜于唐六如也。"据《粤雅堂丛书》本《烟霞万古楼诗选》,收《落花诗》仅二首,且各句字语亦与《耐冷谭》略异。意其《落花》之咏或不止此数。

春老肯教分手别,山空只好背人飞。
风姨面冷吹红雨,月姊心香鉴白衣。
千里湖沙千里月,琵琶此曲是明妃。

诗写尽一种被扼杀的心态。"世间无福美人多"则翻进"红颜薄命"之说,道出一种人世间规律。王昙的思维活动常常突破成规模式,如说张良是"英雄为报一家仇,何苦漂流万人血",说秦始皇事业中"长城直与禹同功",说伍员所过的昭关是"此关送尽吹箫客,前路重开乞食天"①。特别是他愤慨于"补天文字女娲穷"②的现实,故对失败者、对悲剧性人物独多敬颂。其最为人称道的代表作《住谷城之明日,谨以斗酒、牛膏、合琵琶三十二弦侑祭于西楚霸王之墓》,就是这类性质的作品,前人徒赏其怪险,或嫌之以粗豪,均未得其心。此种诗篇,形式格调已退居次要,一以情心弛张为要,尽管仍在格律形态中,但已获有相当的反常规的自由度:

江东馀子老王郎,来抱琵琶哭大王。
如我文章遭鬼击,嗟渠身手竟天亡。
谁删本纪翻迁史?误读兵书负项梁。
留部瓠芦汉书在,英雄成败太凄凉。

秦人天下楚人弓,枉把头颅赠马童。
天意何曾袒刘季,大王失计恋江东。
早摧函谷称西帝,何必鸿门杀沛公?
徒纵咸阳三月火,让他娄敬说关中。

---

① 见《留侯祠》、《海上杂诗》等。
② 《书洪稚存太史〈大江东去〉词后》,中四句云:"除死头颅孤注掷,补天文字女娲穷。身从魑魅荒山后,人与辛苏辣味同。"

> 黄土心香一掬尘,英雄儿女我沾巾。
> 生能白版为天子,死剩乌江一美人。
> 壁里沙虫亲子弟,烹来功狗旧君臣。
> 戚姬脂粉虞姬血,一样君恩不庇身。①

王昙无疑仍是一介书生,所谓狂生也还只是用语言来一狂的书生,所以,任何奇谈怪想均不外萤之火爝之光,无术补天。但似他这一流人物"寒夜屏人"时,神思古今,尽力挣脱传统的禁锢心神的思维框架,当是从麻木、盲目状态中的某种复苏。虽然离开文化觉醒之路尚远,却是投出了一块块醒石。龚自珍思维空间的有所拓宽,王昙等各自都具有程度不等的先导性启示意义。

第二节 孙原湘的"自救"诗心

在"后三家"或称"江左三君"中,孙原湘一生较为清稳。登第后不久即托病引退,力求跳脱漩涡急流,颇似随园。

孙原湘(1760—1829),字子潇,号长真,晚号心青。先世本安徽休宁籍,迁居江苏昭文(今常熟)已四世。嘉庆十年(1805)进士,改庶吉士,充编修官。假归期满,赴京程中,"得恇忡疾"(李兆洛《墓志铭》),遂不出仕。后曾主毓文、紫琅等书院讲席,优游以终。孙原湘显然是个聪明人,家赀又富足,遂以清雅形态作逃世人。著有《天真阁集》五十四卷,《外集》六卷。

孙原湘少时以诗得乡邑前辈吴蔚光(1743—1803)赏识,蔚光字哲甫,一字执虚,号竹桥、湖田外史。乾隆四十五年(1780)进士,官礼部主事,著有《素修堂诗集》三十一卷等。吴氏也是个通

---

① 《粤雅堂丛书》本《仲瞿诗录》所存此题三首,与《诗选》本亦有异同处。

籍未久即归乡里者,先世亦系歙人。其人诗风清丽,与黄仲则称至交①。孙原湘受其影响不小,后又为袁枚所称誉,诗名遂振。

　　孙原湘的诗,张维屏《听松庐诗话》说得较准:"子潇诗有两种,一种以空灵胜,运思清而能入,用笔活而能出,妙处在人意中,又往往出人意外;一种以精切胜,咏古必切其人,论事必得其要。"他是性灵派传人之一,诗主性情,有关这方面的论述甚多。性灵诗,到张问陶、孙原湘这一批,专长于抒述人生具体感受,甚至看似生活琐事却被抽绎出一种情趣的感悟。船山较多咀嚼失落、凄怆心绪,孙原湘则略专意于闲淡情韵的悟入,各自心境、处境有异之故。唯其如此,到晚年他对张船山诗太以波峭、锋锐地抒性情转觉不以为然,其《偶阅张船山、彭甘亭两家集,船山字字性灵,而不耐颠扑,甘亭高华典实而未脱斧凿痕。两君皆予友也,非敢为琅琊之毁,千秋公论,固如斯尔》一诗可以为证。其实这正表明孙原湘在优裕的生活环境中,名士气、才子气渐为缙绅气所淡化。这样,他的性情诗气度格局自显得流利而软甜,骨力略逊。如诗集卷二十八《情尘》一首:

　　　　瑟瑟情尘若散沙,无端种核又生芽。
　　　　人当临去看都好,事属将来愿总赊。
　　　　病久几曾轻对月,愁多早已怕看花。
　　　　天生一种闲惆怅,才欲删除转更加。

　　感受普通,却能微细具体道出。可是闲淡得几已无有辨味处。孙原湘这类似乎应称之为"性灵试帖"之作,后期甚多。不能不说

---

① 《素修堂诗集》存见《梦黄秀才景仁》等诗十数首。其《闻黄仲则殁于山西诗以哭之》有"纵使千秋重文苑,何堪四海失诗人"句;《又书仲则诗后》又云:"千秋多逸气,一往有深情。厚逊庸人福,荣称没世名。"吴氏于嘉庆四年(1799)所著《两当轩诗钞序》还以黄仲则与孙子潇并提,比较异同,以为孙氏"近所为诗,渐变而和平,有春之气";"仲则秋声也,如霁晓孤吹,如霜夜闻钟"云云。

此亦病态之一种:于湖山一角,专写情诗,才思全洒落于妙句佳词好偶对中。"四面不容无月到,一生常得对山眠",他在《内子思结一廛于湖上属余赋其意》诗中所结撰的这个境界,就是生活的全部理想。

这与他有一位擅于诗的夫人席佩兰极有关系。席佩兰,字道华,一字韵芬,著有《长真阁诗稿》。常熟席家系由苏州洞庭分支于此的巨贾大族①。孙、席夫妇生活绝不如有的论者说的清贫得很,"图书渐富钗环减"固然不是穷,"赤手为炊才见巧"也不是在写穷,这是孙原湘对妻子的赞美,不能用以为据的。

孙原湘学诗最早的启蒙师是席氏,《天真阁自序》说:"原湘十二三时,不知何谓诗也。自丙申(按即乾隆四十一年,1776)冬,佩兰归予,始学为诗。"席佩兰的诗婉转清润,写伉俪情独见绵邈,而且不迂腐,在当时闺阁女子中属很不容易的表现。如《望外逾期不归》:

> 记得扁舟放桨迟,殷勤问取早归时。
> 忽看红树青山影,已负黄花白酒期。
> 情重料非言惝恍,愁多莫是病支离。
> 一缄手寄难凭准,岂是桥头卖卜知。

孙子潇的一大段生活就是陶醉在这样的甜蜜情怀里,自构一种"神仙眷属"的心境。试看《内子就医吴门,泊舟虎丘山塘,得"游能起疾胜求医"七字,属为足成之》:

> 清秋淡荡与人期,九里香中一棹移。
> 眠亦对山如读画,游能起疾胜求医。
> 随心得句平奇好,沿路看花去住宜。
> 我自吹箫卿写韵,寻常家事道旁疑。

---

① 从吴伟业、朱彝尊为席启寓等人所撰《墓志铭》到钱泳《履园丛话》有关绍述,可理出自吴县洞庭东山迁常熟一支世系,兹从略。

这是自足心态的优雅写照。在当时,"我自吹箫卿写韵"式的爱情生活的追求已成风气,王昙和妻子金五云亦诗画漫游,一舟轻放,人目金氏为"奇妇",但生活处境上王、金伉俪远不如孙、席眷属。诚然,此类夫妇间的互尊互爱的文化结构,正也体现着社会生活在发生演化。

第三节 "郁怒"的舒位《瓶水斋诗》

"江左三君"中,舒位诗历来评价甚高。《瓶水斋诗集》刊刻时,赵翼以八十岁老人在《序》中称其:"开径如凿山破,下语如铸铁成。""岂唯畏友,兼籍师资!"在无数褒贬间杂,誉多于訾的评骘中,龚自珍只用"郁怒"二字论之;值得玩味的是在《乾嘉诗坛点将录》中舒位给自己点的"将"是"没羽箭"。是《水浒》中的张清之所以绰号"没羽箭",是因为他用的杀伤性武器是"飞石"。舒位显然以"顽石"自居诗坛,其自《赞》词中特地用了:"似我者拙,学我者死,一一击走十五子。"自信、自豪,又有一股苍凉感慨味,他并不想自树旗纛,形成追随者群体,显然觉得做个诗人在当时是悲哀事。舒位其人在诗史上的认识意义似正应由此切入,不然,仍是追究其风格渊源出自唐宋某诗人而别成一家云云,已毫无意义。诗,到了舒位的时代,技艺手法以及学养根柢都已臻于烂熟程度,审美特征的差异全看个性渗入多少而始得标定,诗的价值亦每由此而见及。所以,若不体会其《自序》中的"飞鸟之身,候虫之口,见岁若月,视后若今。天空海阔,山虚水深"的凄然诗心,不可能辨认舒位,甚而不能辨识这一历史时期(即"候虫"之"候")的所有诗人。至于说《瓶水斋诗集》中有不少咒骂白莲、天理教等起义,诬蔑黔中少数民族的武装斗争等,那是他一代诗人题中应有之"义",犹如"行万里路",写得大批山水纪游之作一样,不必持之以为或贬或褒的依据。

舒位(1765—1816),字立人,号铁云。原籍直隶大兴(今属北京),出生在苏州。少时随父宦游广西永福,读书于官署后铁云山,故取以为号。十六岁随父出镇南关迎安南贡使,赋《铜柱诗》五律二首,名始大噪。乾隆五十三年(1788)恩科举人,旋入河间太守王朝梧幕,并相依去贵州,时值苗族和白莲教南北起义。后以母老为请辞归,在江浙一带坐馆糊口。舒位原也是以功名为追求的举子,九次赴京城试礼部,竟均落第,从而出路堵塞,清贫终生。他的《瓶水斋诗集》共十七卷,又《别集》二卷,另有二卷《诗话》以及《乾嘉诗坛点将录》等。他兼能词曲,有《青灯词》以及《卓女当垆》等杂剧四种,总名《瓶笙馆修箫谱》。

龚自珍为什么认为舒位诗是"郁怒"? 在所有评论中只有龚氏拈出这二个字指称《瓶水斋诗》,他是从何着眼的呢? 究其实,是对世事的太也颠倒、昏沉所激起的心绪的郁勃愤怒情,贯串着其诗集的大部作品。可视为总目的是卷八《向读文选诗,爱此数家,不知其人可乎? 因论其世,凡作者十人诗九首》中的第四首《咏陶渊明》:

> 云浮鸟倦早怀田,乡里儿来巧作缘。
> 仕宦中朝如酒醉,英雄末路以诗传。
> 五株柳树羲皇上,一水桃花魏晋前。
> 只有东坡闲不过,加餐遍和义熙年。

"仕宦"、"英雄"一联是诗之心骨所在,论古人之世,实即讽自身所处之现实。这是一种天理不公的格局,昏聩之徒踞于中朝,"英雄末路"只能"以诗传"! 这种反差令人无法接受,能不郁怒?

必须指出的是,陶潜是"隐逸之宗",在南宋时曾被提出来与诸葛武侯并论[①],到舒位这时代,陶潜再次作为"英雄"论定,已是

---

① 见辛弃疾《稼轩长短句》中《贺新郎》、《水龙吟》诸阕,以及陈亮等论评。

热门话题。龚自珍《己亥杂诗》中三首论陶之作的"江湖侠骨恐无多","陶潜酷似卧龙豪"云云,也即以"英雄"论陶潜。只是舒位在此还有一层他自己的感受,那就是当年苏轼尚有"闲"心遍和陶诗,"我"则连这一点闲情都被生活无情剥蚀了。隐逸,需要环境,舒位和他的一帮寒士深感欲隐已无地!所以其朋友朱野云(1760—1834)是个画家,作了幅《拟陶诗屋图》,舒位为这个泰州画友题了二首绝句,诗人画师都表述了只能"拟"而事实已绝无条件:

> 飘泊张融岸上船,商量支遁买山钱。
> 除非一个陶元亮,想要归家便有田。

> 朱公从此拟陶公,三径斜阳画不红。
> 肯画桃花与流水,便应招我此图中。

画饼充饥!自我嘲弄。舒位当然未脱去封建士子的各种习气,出则仕、处则隐之类观念已成俗套。但是,封建秩序的混乱已到了使这批士人进无仕路,退无隐处,成了落花飘絮,随风而荡。这种画中求隐的构思背后正潜在有对现世人生的绝望感。

"郁怒",并不等于形之于色的愤怒。如著名长诗《杭州关纪事》写"见奴见吏如见鬼"的被敲榨勒索固然是怒诗,而另一类作品其实更见怒愤怨思,是一股回转潜旋于心灵深处的悲郁。诗人那秋虫般的啼鸣声,完全能让人感觉时代之"候"已是怎样肃杀和衰飒了,评价舒位的诗必不能轻忽这类作品。如卷七《卧闻蟋蟀偶成》:

> 夜梦既阑人语绝,一个秋虫初切切。
> 须臾同声一虫应,墙北墙南相掉舌。
> 两虫各据一墙根,若断若续无休歇。
> 我虽不辨虫所云,在虫自听当有说。

>譬如尔我竞谈论,虫若闻之亦不决。
>又思方言人人殊,中原伧父南蛮鴃。
>何此虫声清且幽?如是世间了无别!
>十年枉自注虫鱼,反复寻维愧格物。
>参军聊解蛮府嘲,诗人最忆《豳风》节。
>为渠一一记名称,更仆数之颇琐屑。
>或为莎鸡或促织,曰蛩曰蚻又蜻蛚。
>络纬啼来懒妇惊,鸳鸯飞去王孙别。
>不知谁造此等名,今昔相传互罗列。
>亦如吾侪名字外,山人居士纷标揭!
>此时虫声渐近阶,自櫺而帷而枕彻。
>静思凡物有本性,蚁爱趋膻蝇好热。
>兹虫独结清净缘,每向秋宵自鸣咽。
>传去三生玉女言,记来四句金刚偈。
>初听彼此似相呼,再听往还似相诘。
>千听万听逼耳根,但觉有声皆蟋蟀。
>忽然远唱一声鸡,四角悄然若乐阕。
>忆得此时青粉墙,霜花一寸开如雪。

是虫是人,亦虫亦人,一片秋声。结束处更以鸡唱、虫歇、霜花纠结的寒苦境界写之,寓言之味更浓冽。舒位诗素以七古最称豪雄健爽,此篇幽而不豪,爽利冷峭,语言又极明畅。《瓶水斋诗集》有大批寓言之作,为通常所言之咏物的变异体,如《蜘蛛蝴蝶篇》显然是指对险恶的人间世相,人皆处于杀机中:

>蜘蛛结网诱青虫,桃花飞入怨东风。
>蝴蝶寻花尾花往,打尽桃花同一网。
>蜘蛛不语蝴蝶愁,丝丝罗织桃花囚。
>桃花隔雾看蝴蝶,可似天女逢牵牛。

> 潇潇春雨当窗入，沾泥花片胭脂湿。
> 蝶纷蛐丝一劫灰，青虫自向墙根立。

长篇歌行《破被篇》是一代才士的形象写照，既是实物之咏，又见心绪之吐，洵为佳作：

> 读书万卷读不破，走入破被堆中卧。
> 鸡既鸣矣凡几声？虱其间者凡几个？
> 或曰屣可弃，我不忘其敝；
> 或曰衮可补，我非五杂组。
> 不相离别转相亲，我用我法横自陈。
> 芙蓉城里蒙头入，鹦鹉洲边伸脚出。
> 一年又一年，春秋冬夏无不然；
> 万里复万里，东西南北而已矣！
> 蜀锦重重无片段，吴锦团团逸其半。
> 参来罗汉五百尊，幻出观音十一面。
> 弹断铜琵琶，披出铁袈裟。
> 石破天惊逗秋雨，中有残梦恒河沙。
> 君不闻湖州唐六歌有口，又不见扬州朱八画有手。
> 唐犹及见未破时，朱独相怜已破后。
> 今兹襆被春明门，车如鸡栖马如狗。
> 黄竹箱中什袭藏，青苔榻上周旋久。
> 被兮被兮可奈何？世间破被有许多。
> 安得尽遣朱八作画唐六歌，我乃化为蝴蝶夜夜飞天魔！

诗中"唐六"是指唐以封，"朱八"即朱鹤年（野云）。朱氏后为作《破被图》并题二绝，为当时一段寒士佳话，也是郁闷情思的勃发。

舒位不是袁枚弟子，然其"我用我法"，"学我者死"的诗学观属于性灵一路。其诗集卷八《始读小仓山房全集各题其后》三首，

898

第一首题诗集说:

> 梦里花开折一枝,千言万语写相思。
> 前身定已窥中秘,后辈谁能替左司。
> 开拓诗城功自在,调和世味老难支。
> 若裁伪体耽佳句,愿铸黄金拜事之。

不卑不亢,论评公允。尤可贵的是他在嘉庆九年(1804)访随园作三律诗,其时袁枚卒已七年,反戈之声甚高,舒位则对随园的"等身诗卷"不否定,说:"身后文章不掩瑜!"这是需要一点骨力的。

第四节 郭麐的诗风及其诗学观·兼辨姚鼐的"桐城诗法"

嘉、道之际名盛于江淮、浙西间的郭麐,是清代后期一个寒士诗群的领袖,又是诗风趋于清灵、诗语日见平易的优秀诗人。

郭麐(1767—1831),字祥伯,号频伽,又号白眉生、复生,晚称复翁。江苏吴江人,后迁居浙江嘉善的魏塘,两地实只隔一汾湖而已。诸生。著有《灵芬馆诗集》十八卷,又有《诗话》、《杂著》、《爨余丛话》、《樗园消夏录》等多种论诗之作。兼擅词,有词集六卷、《词品》一卷。

郭祥伯少时即声名噪起,眉白如雪,人皆目为奇才,然而际遇坎壈,橐笔江湖为塾师为幕宾终身。关于郭氏由壮怀奇采而转趋枯槁状,冯登府《频伽郭君墓志铭》有段具体的载述:

> 余始见君于马君洵家,尔时齿方壮,意气伟然,极一时之盛;逾数年,又见于广陵,意少衰,而饮酒欢呼,狂故犹昔也。又逾数年,见于淮上,则以寓楼之灾,颓然生意尽矣。迨余自闽归,方赴官甬上,将行而君适至,又相见于马君家,饮少辄

醉,自伤垂老,相与赋诗郑重而别。

是无情的现实生活摧颓着他的心魂,世俗不容有个性者共存。冯氏《墓志》文中曾谈及他的性格:

> 少应省试及一应京兆试,辄不遇。三十后遂绝意举业,专力于诗古文词,其诗词尤纵才力所至,筵酒肥腻之习,蜕然出风露之表,已自行于世矣。性通爽豪隽,好饮,酒酣嬉讥骂,时露兀傲不平之气。不折身以市于贵势,每龃牙不合而去。顾家穷空,胥疏江湖,不能不与世俗游,卒谐于时好。晚而思与一二故人谋为买山娱老计,所得辄以施贫交,终未遂也。

郭祥伯自己在《灵芬馆杂著三编》卷八《祭铁门文》中也说道:"我粗疏而多忤。"迫于生计而扭曲情性去"谐于时好",实是大痛苦事,这也就是他所以要借《祭陈曼生文》等大吐块垒的原因。

郭氏的诗,王昶《湖海诗传·蒲褐山房诗话》所作之评语,不能据为定论。王昶说:"祥伯诗初效李长吉、沈下贤,稍变而入于苏黄。予题行卷云:'揽其词旨,哀怨为宗;玩其风华,清新是尚。如见卫叔宝、许元度一流人物。不患其过清而寒,过瘦而枯,过新而纤。如姬传仪部所云也。'"《湖海诗传》成于嘉庆八年(1803)。郭麐从姚鼐(姬传)学,以及与王昶有接触都是他三十岁前的事,故他们的评断不足以概括郭诗全貌真相①。

郭麐是个"不屑屑求肖于流派",独尚自出手眼的文学家。即以他与姚鼐的关系言,虽谊属师生,却绝不盲从。其对姚姬传持异议的文字甚多,每有"鄙意所不敢安"的表示,如《答钦吉堂书》即属其对桐城文派观点的一次反拨,他敢言"恨先师已往,不获问难"者:

---

① 阮元《揅经室三集》卷五《灵芬馆二集诗序》所论较王昶切实:"吴江郭君频伽……其为诗也,自抒其情与事,而灵气满天,奇香扑地,不屑屑求肖于流派,殆深于骚者乎?"

> 仆虽无似,曾受业于惜抱之门,获交于山人,而私心固陋,亦自有其僻侧之见。窃谓文章源流,古今无殊。有谓古文不得著一六朝人语,有谓古文当由宋人入手,仆皆不谓然。至于孙樵、刘蚵、陆龟蒙、罗隐诸人,皆一时豪杰之士,何可以小家轻之?其悯时愤世,勃郁奋怒,发而为奇怪瑰玮、偏宕敖僻之辞,乃亦其时使然!

至于姚鼐的诗,当时亦有"比兴往复,得风人之遗"的称誉。如王昶《诗话》说:"诗旨清隽,晚学玉局翁,尤多见道之语"。王豫《群雅集》谓:"惜抱标寄高洁,气韵自流。诗以《三昧集》为宗,古文得欧、曾之遗。"郭麐在《樗园销夏录》中记述姚氏诗学传授语曰:

> 吾师姚姬传先生以古文擅海内,诗亦兼备众长。七古沉雄廉悍,浩气孤行,无所依傍。七律初为盛唐,晚年喜称涪翁。尝谓麐曰:"竹垞晚年七律颇学山谷,枯瘠无味,意欲矫新城之习耳。乃其诗云:'江西诗派数流别,吾先无取黄涪翁。'此何为者耶?"又尝曰:"近日为诗当先学七子,得其典雅严重,但勿沿习皮毛,使人生厌。复参以宋人坡、谷诸家,学问宏大,自能别开生面。"

但祥伯在诗实践中全不附从其说,甚至在《销夏录》中斗胆评点之为:"《惜抱轩诗》如彝器法物,古色斑烂;未敢亵观,恨少适用。"

顺便说及,姚鼐以诗法教人一如其文法之授。其开始诚如吴汝纶《姚慕庭墓志铭》所描述:"方侍郎(指方苞)顾不为诗,至姚郎中乃以诗法教人,其徒方植之东树益推演姚氏绪论,自是桐城学诗者一以姚氏为归,视世所称诗家,若断渭野潦,不足当正流也。"姚鼐诗说其时仅在桐城子弟中影响深远,附文派以行,初无"桐城诗派"之名。后来曾国藩选《十八家诗钞》,定姚鼐之七律为"国朝第一家"，才声价扶摇直上。即使这样，姚门弟子仍意犹未惬，吴氏《与萧敬甫书》说："其七古，曾以为才气稍弱，然其雅洁奥衍，自是功深养到。刘（指刘大櫆）虽才若豪横，要时时有客气，亦间涉俗气，非姚敌也。"桐城护法人是直视姚鼐诗为举世之冠的，于是"桐城诗派"之说始立。究其底蕴，曾国藩之盛推姚惜抱，因其学本出桐城，援引之于诗界则为开"同光"新"江西"风，上溯其源以济于流，所以，宗"桐城"与尚"秀水"的本旨是一致无二的。沈曾植《惜抱轩诗集跋》言之最透彻："愚尝合先生诗与《籜石斋集》参互证成，私以为经纬唐、宋，调适苏、杜，正法眼藏，甚深妙谛，实参实悟，庶其在此。"桐城之有诗派的追认，实系"同光"诗人心香祭成，史实甚明。

郭麐的上述一段姚鼐诗说为后人辨认桐城诗颇资启示，他对《惜抱轩诗》的评骘也非随意戏语。至于在"尊师重道"的那个年代，他不逊之论无疑必被视为"狂悖"而多忤于时，备遭轻蔑。

对于诗，郭祥伯力主守持抒情个性的独立存在。他在《杂著续补》卷四《与汪楯庵论文书》中说：

> 一代有一代之作者，一人有一人之独至。气盛则沛，辞达则伟，简而不枯，腴而不华，无背于六经之旨，如是而已。

又如《江听香诗引》说：

> 夫人心不同，所遭亦异。
> 托物造端，唯其所适。
> 但论真赝，不问畛畦。

再如《友渔斋诗集序》说：

> 不欺其志，即可以不背于古。

"辞达"、"唯其所适"、"不欺其志"，构成了郭祥伯诗学观的基干，撑托起他的主体审美情趣。在《诗话》、《丛话》等著作中他持此诗学审美观,评论了数以百计的当代诗人,如前面提到《销夏录》评点只是一小部分。然而这篇评点文字既从一侧面具体表现了郭氏诗观,又提供着如他同时的潘德舆《养一斋诗集》中《取近人诗集纵观之戏为绝句》所说的"台阁名卿一范模,江湖名士众繁芜"的部分实况。因《樗园销夏录》不像《北江诗话》易觅,而且对比之下还可看到洪亮吉和郭麐的身分地位之异,眼光是如此有别。所以,洪北江的评点不录,以省篇幅,录存郭氏这一段以为文献之备。姚鼐一则列袁枚后,已见前,不重复。文云:

> 昔人评书论诗,多为形似之言,觉隽永可喜。余仿其意,取平生耳目所接先达故交,各为题目,虽不足为定评,亦聊示己意云尔:
>
> 随园诗如大海回澜,长河放溜;珠贝毕呈,泥沙杂下。(法)时帆诗如草衣木食,只合深山;偶逢世人,间作俗语。(张)船山诗如偃师眩人,顷刻百变;去其胶漆,未免嗒然。(王)铁夫诗如博力句卒,劲锐无前;缓带轻裘,雍容不足。(袁)湘眉诗如春兰早花,秋容独秀;雅树骨干,微伤婉弱。(尤)二娱诗如单椒秀泽,不屑附丽,少坡陁漫衍之观。(乐)莲裳诗如程尉治兵,严整斥侯,而士卒无佚乐之心。(刘)芙初诗如组练三千,军容壮丽,而乏苍头特起之师。(沈)瘦客诗如静女掩闺,对镜自惜,不知有门外事。(彭)甘亭诗如庆喜多闻,晚证无学;结集三乘,自合佛恉。(朱)铁门诗如家人子言,不求典要;欵悃委曲,适合人情。(汪)芝亭诗如雏莺出壳,新燕学飞;春风披拂,逸丽自喜。(黄)退庵诗如老宿谈禅,田农问稼,言言本色,不足为市朝人道;(徐)江庵诗如幽涧流泉,呜咽清听。独游诗如贫家好女,衣无纨绮,而潆然不杂尘垢。

郭氏的评点与北江不同处有二:一是语词实在,不徒讲藻饰,亦其"辞达"之旨的体现。二是士大夫圈外的诗人多。共同处是各偏重于乡邑,洪评多武进籍诗人,郭评则多吴江一带作者,交游所限也。

关于郭麐自身的诗作,其重要的表征也是"辞达"、"不欺志"。早年他好为艳情之写,此即张维屏、潘飞声的诗话中将之以配黄景仁、黄任、乐钧,以为"含情若柳,吹气如兰"者。事实是他三十岁以后专力于诗词,追求的固已非风华流丽,心态亦大变。为相副心态,以求"辞达",郭氏诗风日趋空灵中见平易,"言情"也转成"写心"。如《冷庐杂识》所摘引的《汶上道中却寄载园》的"岁月不多须爱惜,功名无定且文章";《寄寿生独游》的"狂因醉后轻言事,穷为愁多废著书";《梦中得句》的"忧果能埋何必地?人犹难问况于天";《雪持表弟至杭得家中书赋赠》的"此地逢君同是客,故乡如我已无家";《客中饮酒》的"身世不谐偏独醒,饥寒而外有奇穷"等等均为很典型的诗例。

郭麐诗的力求摆脱艰涩、高古、雅丽,并不只是为追求精瘦枯寒。事实上他的诗寒而不枯,清不见瘦。他是"唯其所适",辞达己心而已。抒情就是一切,作诗的目的就是快意。词语不应该成为束缚,更不应该成为匠心独注的痴迷。但是,这又不等于粗疏,不等于反格律,郭氏没有丢弃"才"与"情"、"才"与"学"的关系。他在《南雷〈明文案序〉书后》说过:"文之无情者,固不足以传,有其情而才与学不足以达之,则情虽至而文不至,鄙陋闒茸,岂足行远?譬如诗言格律,固不足以尽之,然废是则无以为诗。"所以,郭氏追求诗语平易又活泼有机趣有韵味,是深入浅出,是破除诗的玄学色调、贵族气味,他是在诗体格律内部进行一种新变。这就涉及到《灵芬馆诗》与"诚斋体"的关系问题。

杨万里的"诚斋体"自元明以来,始终被诗界大佬们视为鄙俚浅滑,不屑言之。即使在"宋诗"运动一次次高潮里,诚斋诗风一直被弃而不顾。谁要说"好诚斋诗",必讥之为"浅"而"不学",如果称某人诗如诚斋,无异是轻蔑、嘲弄!其实,杨万里是无愧"南宋四大家"之一称号的,他的"诚斋体"正是对江西诗派的一种枯梗奥涩风尚的补救和反讽。"诚斋体"的"活法"问题无需求之过深,简言之是济诗以活力机趣,语言提炼得更接近生活实况。所以,从某种意义上说,"诚斋体"使诗的语言从书面化愈趋严重的倾向中挽转以口语化,变凝滞为轻捷,变板实为灵颖。这无疑为以瑰玮求气象或以学问谋奥博的诗家大匠们所轻慢,鄙之以"薄"、"滑"、"俗"等等。自清代中叶以来,只有袁枚公开说他喜欢杨万里诗,而在实践中则郭麐是第一个取得成功者。这不是历史的简单重复。到清代嘉、道年间,郭祥伯的实践是对诗语言生命的一次召唤。其所具的意义是旧体诗人自觉不自觉地体验及诗的格律运载中存在的枯槁感、不能"唯其所适"感。但还应辨别的是,郭氏的诗语轻灵机活的实践,并非是"以文为诗"式的如钱载作品中表现的用虚词相衬形态,也不同有的诗人偶以所谓"凡近语"、"俚语"作为一时兴致所至的随意之写。《灵芬馆诗》后期作品中,这种语言表现是一贯的,并是严肃的实践行为。兹略录几首于下,如写亲情的《阿桐生日》:

> 客子归家百事惰,匆匆略遣一日过。
> 儿童年岁俱不知,但觉今年比前大。
> 今年住家一月余,稍稍熟习亲不疏。
> 阿茶早起索背书,阿楠最小欲挽须。
> 阿桐肩随阿姊后,读书不多略上口。
> 布衫曳地腰领宽,趋走已作儒生酸。
> 问渠生年才九岁,更知生日今朝是。
> 旁有吾妹为我言:"犹记八年前日事,
> 渠母生渠在外家,阿母走看啼哑哑。
> 明朝兄自淮阴回,尽室语笑争喧哗。
> 兄时作诗以志喜,但恨阿爷不见耳!

> 阿母听之悲喜半,愿尔生儿及我见!"
> 呜呼人事安可知,骨肉团圞异昔时。
> 诗成阿母那能听?弟妹闻之各泪垂。

又如《舟中杂诗》三首之第三,记写一种人与人之间的人情味:

> 客中无所亲,僮仆亦吾友。
> 一僮乃新来,相依未云久。
> 与谈家中事,渠亦未深剖。
> 与言客中愁,渠亦牛马走。
> 问之始一答,否即深闭口。
> 视其颜色间,离思亦时有。
> 问家有何人?有父亦有母。
> 不知一月来,定复念汝否?
> 雨余风色大,衣薄短见肘。
> 惜此人子身,天寒可无酒?

《下河熟》是写社会问题:

> 扬州苏州水接连,官塘纤路皆茫然。
> 村村杂树短于荠,安问高田与下田。
> 下河农夫大欢喜,七月早禾齐割矣。
> 已将二麦输田租,耷舍隆隆碾新米。
> 扬州禁米不出界,苏州有米不贱卖。
> 此时妒杀下河人,家家饭缶已尝新。
> 下河之熟尔休妒,年年放水官长怒。

即使是律诗也深情出以浅语,格律无害心声。如《灵芬馆诗三集》卷二悼诗友长洲尤维熊(1762—1809)的《作二诗以纪梦,当焚以告之》:

> 存殁惊呼一月强,忽从旅梦见容光。
> 喜言恶耗传讹极,亟出新诗共谈忙。
> 未必平生魂果是,可怜习气死难忘。
> 小寒山好知何处？兜率蓬莱各渺茫。

> 忆从袁浦初谈艺,别自京华始离群。
> 乡里由来足嘲谤,朱衮皆各断知闻。
> 人间世大还容我！海外山奇或着君。
> 同辈相过知不远,莫因猿鹤勒移文。

《秋葵将花,余又他出,不能无诗》则将其清灵幽淡的诗风很浓足地写出：

> 径曲篱疏好护持,扶头初见一枝枝。
> 骚人憔悴生何晚,寒女神仙嫁亦迟。
> 不分西风将梦断,要留淡月与心期。
> 临行岂惜千回绕,多恐寒螀瘦蝶知。

> 是花生命是秋心,待到将开恨不禁。
> 浅淡玉容刚病较,纷披珠露已寒侵。
> 四围窠石鸣虫乱,一面阑干夕照深。
> 合向海棠话肠断,更无红泪与沾襟。

郭麐以这样的手笔写小诗益见生趣益然,如《三月九日夜作》：

> 预恐老人起送我,下船隐约未三更。
> 三更四更不成梦,梦醒忽然闻橹声。

有事,有情,更有心理活动,自然平易中见细腻。《宝应道中》写景观之一小镜头亦妙,动态起于静势：

> 新绿蓑衣一剪齐,牧儿列坐柳阴低。

907

　　　　举头贪看客船上,不觉牸牛浮过溪。

　　前引例证已足可见出,郭祥伯诗清空而能不空枵,平易而又曲折道出胸臆间情意,确是使旧格律充溢起一股新活力。诗美不减,灵气入骨。过去囿于偏见,贬《灵芬馆诗》为不"沉博"、不"深厚",实是一种古板的诗学观的反映,很不合理。按习惯眼光而赏鉴他的那些无异于诗家常见的题材之作,也未能得其真佳处,至于以为他力不足以为长篇,那更属误解。《两生相逢行赠彭甘亭兆荪》既表现了寒士的生活情状、心态,又写出了他与彭兆荪之间的道义之交,文章知己情,一气浑成,正可佐证其笔力健举处原不逊于人。引之以作对郭麐诗的认识小结:

　　　　青天荡荡淮阴城,城中城外唯两生。
　　　　一生来吴淞,车脚偶转风中蓬;
　　　　一生弇山客,作客三年归不得。
　　　　吁嗟两生一城隔,一生不入一不出。
　　　　一生闭置新妇车,夜唯抱影日抱书。
　　　　偶然一落笔,惊走千蠹鱼。
　　　　一生自是悠悠者,肥肉大酒便结社。
　　　　有时精悍生眉间,有时蒲伏出胯下。
　　　　曈曈晓日城门开,千人万人纷往来。
　　　　两生白眼看不见,但闻鸦鹊浩浩声如雷。
　　　　何来故人忽传语,咫尺两生奈何许?
　　　　一生驰书若传箭,一生笑口如流电。
　　　　十年乡里各参商,岂意今朝乃相见。
　　　　呜呼!世间万事奇绝多,若此男儿那不长贫贱!
　　　　不用感慨多,但须痛饮为长歌。
　　　　歌成两地发高唱,自出金石相鸣和。
　　　　韩侯台下波粼粼,漂母祠前草没人。

英雄儿女今安在？天涯珍重双浮萍。
明朝一生挂帆去，便将入海寻烟雾。
从来国士说无双，斗大淮阳让君住！

在郭麐周围，团聚有一批寒士诗人，群以数十名，其中较有成就的有徐涛（1756—1790），号江庵，吴江人，著有《话雨楼诗》，并辑亡友诗为《碎金集》。师事郭祥伯之父。诗以幽折清深，吟苦味永见长，卒年仅三十五。朱春生（1760—1824），字铁门，亦系吴江人。著有《铁箫庵诗集》二卷，另辑有《吉光片羽集》，性寡合，所交唯郭麐、袁棠等。此外有郑璜（瘦山）等。祥伯弟郭凤，初为商人学徒，后攻文，亦以诗名。郭麐在高邮、宝应、淮安生活多年，吟事甚盛，其女婿夏宝晋即为高邮很有影响的诗人。①

第五节　彭兆荪的幽愤诗情

被龚自珍赞之为"清深"的彭兆荪，游历较广，中年后又治考订校雠之学，晚年潜心内典，在同辈诗人中以渊博称。又兼工骈俪文，为清后期四六文体一名家。

彭兆荪（1769—1822），字湘涵，号甘亭，江苏镇洋（今太仓）人。诸生，道光元年举孝廉方正，未赴卒。著有《小谟觞馆集》十七卷，诗占十卷。少年时随父宦山西，南归后拓笔依人，落魄名场，渐陷入空幻心境。张维屏《谈艺录》和《诗人征略》盛称其诗"沉博绝丽"，只能指对中年以前诗风，俟其"老未换青衿"时，则如郭曾炘《杂题国朝名家诗集后》所说："只有频伽共命禽。"心绪变而诗格亦异，"清深"二字亦即由此得。

---

① 夏宝晋（1790—1867），字玉延，号慈仲，嘉庆十八年（1813）举人，官山西朔州知州，晚主南通紫琅书院讲席，著有《冬生草堂诗录》等。《诗录》八卷，林则徐于卷首题四绝句，第三首有云："卷葹阁与谟觞馆，风雅飘零有替人。"

彭氏于诗自主意识甚强,且自负,在《近日刊诗集者纷纷,予心非之。而友人中有许出资以佐剞劂费者,恐异日不能坚持初志,料检之余,漫题四诗于后》中表现有不愿侧身于甚滥之诗界的心志,前三首写得很强项:

> 不求元晏先生序,不要东林佛院交。
> 只与同心二三子,一灯风雨省传钞。

> 厌谈风格分唐宋,亦薄空疏语性灵。
> 我似流莺随意啭,花前不管有人听。

> 便道诗工岂是才,任人嗤点任嘲诙。
> 此中不作坚城守,敌骑何妨八面来。

他前期诗有朔北雄劲气韵,如《夜起》:

> 手拓筹边楼四隅,黄花岭接小单于。
> 苍烟不动乱山睡,看仄一丸秦月孤。

> 羌笛惯飞边柳叶,霜笳能说落星心。
> 四更虎气出城角,风色怒来声满林。

有一股奇拗倔强的情味流贯句子间,造语绝无陈套。到晚年,心情陡变,《卖书行》中"径须急辨五亩区,去作识字耕田夫"的幽愤,已杀尽了"虎气","能说落星心"的奇想不可能再有。为生计飘泊四地,企盼的只是略见安定,《迁居》六首之第一首云:

> 阑风伏雨夜茫茫,八口移家上野航。
> 五亩园廛抛栗里,十年封券了巾箱。
> 可能春藿长充膳?略换秋茅好拒霜。
> 盼到纸窗梦屋底,一门团话小沧桑。

然而妻儿弱弟全赖其维持,除了"征衣频理"焉有别的出路?"后夜吟魂定何在"? 是这批江湖才士的惨淡心绪的吟哦声。他有首《晓起》诗似是写坐禅不寐,其实是长夜独思,呼吸着悲凉之气,境界极幽咽:

> 兔灯半盏宿火暖,翠羽花冠一声断。
> 微闻金井响辘轳,渐觉初阳晃朝眼。
> 散发不簪坐深室,手拓棂窗望萧瑟。
> 骨健全收朔气清,木枯净写天容出。
> 瓦沟一白何辉辉,冻雀啅枝噤不飞。
> 秋冬行罚古令垂,杀物都仗严霜威。
> 东关酸风何来速? 蔓草当阶色犹绿。

他静中参悟的是:霜威杀物愈来愈早,草犹绿时已遭殃! 木枯林寒,百鸟"噤不飞"! 可以肯定地说,彭兆荪的晚年学道,绝不只是潜究一己身心,而是深深埋藏苍茫无着的苦涩。从"冻雀啅枝噤不飞"的字里行间,岂不已感觉到"万马齐喑"的肃杀和沉闷的社会景观? 所以,龚自珍并非是横空出世的孤峰独峙,他原本属一脉时代崎岖横岭中的一峰,只是显得更野色苍茫的一峰!

彭兆荪也写有不少揭时弊、刺恶吏的作品,如《偏灾行》、《当关仆》、《长官寿》、《卖菜佣》等等。这在当时较正直、有风骨的诗人笔下大抵都有的关于现实的抒写,此或即杜甫"诗史"以及诗教"木铎"之义的传统承传表现,在诗歌史上诚源远流长,故凡此不需一一赘述。

第二章 "一箫一剑平生意"的龚自珍

第一节 龚自珍的诗史地位·兼说"清代诗史"与"近代诗歌"的叠合关系

龚自珍是鸦片战争前夜杰出的政论家和思想家,谭献《复堂类稿·文集》卷一《明诗》中说:"今海内多事,前五十年之文章,已可测识。盖贤者如汪容父、龚定庵、周保绪诸君子,智足以知微也。"谭献(1832—1901)是历经太平天国战争的晚清时期诸多离乱的文学家,其行年晚于龚自珍正好半个世纪。谭氏将龚定庵与汪中、周济并列,其着眼点是视此三人为学问家、古文家而目光犀利,思想锋锐,最能"知几其神"地敏具预感的大智者。"智足以知微"是个很高的也是公允的评价。只是各人所处时代背景有异,才性亦有差别,故影响力也不同。汪中尚属乾隆"盛世"中人,前于龚自珍五十年,其"狂野"的思维模式不可能超越时空的制约。周济则才气不若定庵雄放,文笔也未得犀利如定庵,与汪中后先其时而均多学者型气质。更须注意的是他们都没有沉浮中枢机要地的政治经历,思维空间难能如龚自珍那般展宽。因而是时代与阅历共相推促和鼓动起龚自珍激荡的心潮,造就着一个"几者动之微,吉之先见"的思想启蒙急先锋。

举凡思想家的"知几其神",其高于文学、学术领域的才高识"狂"之士,最集中的表现是不停留在感性的情绪体验而深切入事物的底蕴,抉示其"理"。思想家而兼有政论家才具者则又能将所悟知之"微",即某种"先兆"梳理条辨成文,以谋补政救弊,振颓起衰于溃散倾败之前。龚自珍就是如此地表现出其作为思想家兼政论家的才与识的。例如,与定庵订为忘年交,身世际遇曾引起定庵极大同情和感慨的王昙,他愤怼时世残酷与肮脏的感受只能到项羽墓前去哭祭宣泄,借古人之酒一浇胸间的块垒。据李伯元《南亭四话》等笔记说,王昙还曾写过一副对联"榜其门曰:'两口居碧水丹山,妻太聪明夫太怪;四围皆青磷白骨,人何寥落鬼何多!'"龚自珍狂怪行径较王昙有过之而无不及,但他不只止于郁勃情绪的发泄。他既是身同感受地指明"其一切奇怪不可迩之状,皆贫病怨恨,不得已诈而遁焉者也";又累积起从诸如舒位"郁勃"、彭兆荪"清深"诗情中所反映的"高材胜高第"的不合理事实,从罗聘的《鬼趣图》以及王昙楹联语"人何寥落鬼何多"所揭示的黑暗世情,再合之以一己的体验,最终上升为"声音笑貌类治世"而其底里是"左无才相,右无才史,阃无才将,庠序无才士",一群"百不才"对才士才民"督之缚之,以至于戮之"的"乱亦竟不远矣"的衰世实质的归结。《乙丙之际著议》、《明良论》、《尊隐》、《古史勾沉论》等等,龚定庵一系列大音谠论,无不是从前辈遭际及一己感受中条辨社会问题所得的思想精华的焕发。

　　作为杰出的思想家、政论家又是诗人的"这一个"龚自珍,无疑是不可分割的。然而,龚自珍在哲学思想史上的崇高地位又不能亦不应等于他在诗歌史上所处的位置。诗,是文化领域的层面之一,诗歌的发展史并非是一个孤立的运动系统,它与政治、经济、哲学思想、社会体制以至一切生活形态有着深层广远的关联。可是,诗还有其自身的特性和运行轨迹,既不全与思想政治诸种形态同步,又有其独具的价值取向。

　　自从由社会发展史的角度,划开 1840 年鸦片战争起始为中国近代史后,有清一代的二百七十年历史的后七十年成为有别封建时代的半封建半殖民属性阶段。于是,道光二十年(1840)到宣统三年(1911),这七十年间的历史有了概念的双重性叠合。从王朝统治的时空形态言,它仍是"清代"的整体史程的一部分,从社会性质讲它已转入另一个历史时期。这给文化研究特别是文学及其历史的研究带来了新的难度,而断代文体史的整合研讨面临的问题尤复杂。社会性质的转换,与文学的最直接的关系当是:心态的随着社会思潮的演化,以及表现题材的新变。问题的复杂也正恰好在这里。意识形态并不迅捷随同社会性质急起演变,何况几十年时间从历史长河角度言,石火电光,倏忽即逝,更何况这几十年仍处于封建王朝固有的框架和形态中运行。士大夫阶层的心态且不谈,即使处于下层的,包括山野之士也在绵延不断的烽火现实中凄惶失据,旧的习气未能卸脱,新的精神活力尚难获补,从整体上构成飞跃质变之势还需时间。文学表现尤其是最古老的文体之一的诗的创作现象,其作为心灵载体并没有醒目的创变;诗的文体本身即所谓"文本"形态及功能更无新的本质性的演变发展。作为断代文体史,这后续部分未见剧变性景象。诗,它正在等待一场历史性蜕变。

题材的新变则由于外侮和国内离乱的接踵而来,原先的生活秩序深遭扰乱,故有着重大发展。可是断代文体史虽则包容着对题材变化的审视,却并不就是以题材为研究对象的专题史,殆如"山水诗史"、"田园诗史"、"爱情诗史"。

所以,在诗领域,具体地说是指对五七言形态的古、近格律体范畴,作为以这一抒情载体在封建历史最后一个时期内的演变过程为研究对象的"清代诗史",与以社会属性发生转化的"近代"诗歌景观之间存在着分合、续断的特定关系。一方面是名随实至,"清代诗史"不可能也不应该到道光二十年(1840)横岭层断,呈断代文体史中再断其代的形相;另一方面它又无须亦无必要去承担社会性质变异阶段的该文体现象的全面审视,"清诗史"不应包纳概念相异的"近代诗史",同样是个名随实至的命题。不可截断,还不仅是名实问题的兼顾,更因为心灵活动没有断谷现象,各个特定阶层的诗人的心绪悸动远未平息。愈是清醒者愈感迷茫、困惑,愈觉前路难测而悲慨莫名,愈益自省渺小脆弱,看不到快慰前景。诗史应该完成对这种心绪的审视,以展示新旧时代交替之际"士"的心魂过渡景状。不应包纳,则既可免却庞大、繁重,而又难以兼善、协和的负荷,同时也省去对诗的本体功能以及审美形态的无须太多重复讨论的文字。诗的功能观、价值观、审美情趣以至风格个性的诸类命题,其实到嘉道年间已成为反复多次的旧话题。旧命题的一再回复、争辩,正是生命力衰竭的严重征兆,也是习惯思维僵硬的惰性表现。

正是从这样的意义上看,龚自珍的出现,就思想领域言,他是个启蒙者,是对中国社会必将发生巨大变化的朦胧的先知人。尽管他"落红不是无情物,化作春泥更护花"所要"护"的还是他所依附的封建政权,他呼吁的"与其赠来者以劲改革,孰若自改革"(《乙丙之际著议第七》)的目的仍是为当时之"一姓"的重振;然其"豫师来姓"的识见是敏锐的,沛然表现出一个勇敢的"知微"智士的气魄。但从诗的领域来说,龚自珍却表现为是个二元背反的审美情趣者。他一方面持诗歌抒情主体自立的审美观,是个讲个性、讲真情的诗人,并在创作实践中时时显出不耐格律束缚的冲突力。在他除了《己亥杂诗》之外的今存二百八十余首诗中,七言律诗只有二十首。五言律诗也只四十四首,加在一起仅占全部的四分之一左右,而且相当一些还是入直内阁时的酬和之作,有的则不严格协律。龚自珍显然觉得格律体不能自在载骋其情,故抒怀述志大抵运用"杂诗"形态。另一方面他却又不时有以奥僻遣句的逞才炫学倾向,其诗作所流露的士大夫气和名士颓退情调不止是内容,而且形之于诗的语言。这说明,文化的超越和自新比起思想政治的锐新要艰难、缓慢得多。

　　龚自珍在诗文化上反映出来的矛盾现象,何尝不证明着五七言诗形态的活力弹性的严重失落,与时代思潮间已缺乏同步适应性。事实上龚氏的诗在当时远不如其文影响大、评价高,这除了某些持传统诗观念者认为他诗"不入格"外①,也与情文不称、载体乏力有极大关系。诗,实在太"雅"化太士大夫化,积习难返。

　　于是,站在近代思想启蒙前沿大纛下的龚自珍,在诗实践中又生动地预示着此一抒情载体的历史使命将要完成,它也不可能通过"自改革"而不"赠来者以劲改革"。至于龚定庵诗到清末被以"操南音不忘其旧"为职志的"南社"诗人奉为典型,主要还是因其思想而"爱屋及乌"。然而,从何绍基赞定庵"诗为近代别开生面",是"赏识于弦外弦味外味"(《射鹰楼诗话》卷十转述)②,到柳亚子的"三百年来第一流,飞仙剑客古无俦。只愁孤负灵箫意,北驾南舣到白头"的"别好"之颂,又正好表明龚自珍无愧称清诗后期飞将军,其神思飞扬健举,已久为世所公认,多方接受。那位何绍基乃晚清"同光体"的先导,是与龚定庵同时的宋诗运动的代表人物,而柳亚子则是清末民初新旧诗交替时期具有"旧诗终废新诗张"的共识的名诗人。事实上,鲁迅的旧体诗也是明显受有龚定庵的影响的。

---

① 此类评述甚多,如谭献《复堂日记》谓其诗"跌宕旷邈,而豪不就律,终非当家"。谭复堂以为其诗不如词。李慈铭在《越缦堂日记·诗话》中也一再说定庵诗"亦以霸才行之,而不能成家"。
② 林昌彝此处在转述何绍基所说这番话的前后,须注意二点:一是"古文词奇崛渊雅,不可一世,余尝选其文入《近代十二家文钞》"。二是"诗亦奇境独辟,如千金骏马,不受绊缰,美人香草之词,传遍万口。善倚声"。林氏显然更多赞赏的乃定庵之文与长短句。

第二节　龚自珍诗的"箫心剑气"及其以"完"论诗

龚自珍(1792—1841),字璱人,号定庵。初名自暹,字爱吾,又更名巩祚、易简,字伯定,更号羽陵山民、羽琌等。浙江仁和(今杭州)人。道光九年(1829)进士,官内阁中书,迁礼部主事。龚自珍出生在官宦兼学者的清华门第,父亲龚丽正通史学,母亲段驯是个诗人,外祖父段玉裁则是著名的小学家,段注《说文》誉盛于世。段玉裁七十九岁时作的《与外孙龚自珍札》告诫说:"徽州有可师之程易田先生,其可友者,不知凡几也? 如此好师友,好资质,而不锐意读书,岂有待耶? 负此时光,秃翁如我者,终日读尚有济耶? 万季野之戒方灵皋曰:'勿读无益之书,勿作无用之文。'呜呼,尽之矣! 博闻强记,多识蓄德,努力为名儒,为名臣,勿愿为名士。何谓有用之书? 经史是也。"龚自珍时年二十二岁,老人的要求是严格的也极规范。事实上,经、史、子、集,自珍从小就广泛涉猎,可称博闻,而于文字学、金石学以至古佚书考订、佛家典籍、方舆地志,亦均作过研读,他本是个可以成为"名儒"、"魁儒"的人才。对于经学,他是从常州学派庄存与、刘逢禄等"今文经学"的"公羊学"入径的。"今文经学"有浓厚的经世致用、托古改制的倾向,龚自珍在这方面特有颖悟,所以,为"名臣"的理想原很强烈。可是,高才竟屡考不第! 嘉庆十五年(1810)他应顺天乡试只中副榜,十八年(1813)、二十一年(1816)两次再试,仍然名落孙山。他外祖父的训诫就在这个时候,很不满意其旁骛读无用书。二十三年(1818)恩科高中为"五经魁"的第四名举人。接着礼部会试又是屡不售,无奈而充内阁中书。直到道光九年(1829)第六次会试,中了第九十五名,殿试为三甲第十九名,连改庶吉士资格也没有,只能归班仍任内阁中书。这段经历使这个才高气傲,以狂著名的龚定庵具体感受到选才制度的令人压抑,"如此高材胜高第"! 他的反讽牢骚语并非无感而发。

这是个沉闷的时代,但又是近百年来思想禁锢随着王朝衰颓而钳制失控,思想较松动的时期。障之愈烈,一旦闸门稍开,郁积的漩流必汹涌涛起,具体表现则是放谈高论,意有所为的补弊救衰之士渐多,而压抑和反压抑矛盾冲激更是范铸出一批言行狂怪者,不驯之野气十足。龚自珍即属两面兼有的典型,不要说被他抨击、嘲骂的"百不才"之流积怨积怒于他,即使当年尚称"崖岸甚高"的老辈学者、文人都接受不了,要讽劝他收敛些,嘉庆二十二年(1817)王芑孙(铁夫)的《复龚璱人书》即为一例。王铁夫比龚自珍大三十七岁[①],写信时自珍还未入内阁任中书,但从信中已足见其不驯之甚。王氏说:

> 足下年甚少,才甚高,方当在侍具庆之年,行且排金门,上玉堂,和其声以鸣国家之盛,天下之字多矣,又奚取于至不祥者而以名之哉! 至于诗中伤时之语,骂座之言,涉目皆是,此大不可也。……凡立异未有能异,自高未有能高于人者,甚至上关朝廷,下及冠盖,口不择言,动与世忤,足下将持是安归乎? 足下病一世人乐为乡愿,夫乡愿不可为,怪魁亦不可为也。乡愿犹足以自存,怪魁将何所自处? ……海内高谈之士,如仲瞿、子居,皆颠沛以死。仆素卑近,未至如仲瞿、子居之惊世骇俗,已不为一世所取,坐老荒江老屋中。足下不可不鉴戒,而又纵其心以驾于仲瞿、子居之上乎?

[①] 王芑孙(1755—1817),字念丰,号德甫,更号惕甫,亦作铁夫,别署楞伽山人。长洲(今苏州)人。乾隆五十三年(1788)召试举人,授华亭教谕。著有《渊雅堂全集》五十八卷附二卷。此人为"洞庭太原王氏"第二十世子裔,即明代著名大僚及文学家王鏊之裔孙。为人性简傲,客游公卿间,不屑从谀。也曾屡困场屋,故肆力于诗古文。诗工五言古体,书法工绝,不亚刘石庵(墉),为乾嘉时期一大名士。

仲瞿即王昙,子居是"阳湖文派"的主将武进的恽敬①,著有《大云山房文集》。龚自珍对恽敬也很钦服,在《常州高材篇送丁若士》诗中称之为"奇才"。

从王铁夫的信,可以知道:龚自珍在当时有"怪魁"之目,伤时又骂座,"动与世忤",此其一;海内奇才大多"颠沛以死","纵其心"者必遭横逆,此其二。事实是龚自珍也未逃脱厄运,在《十月二十夜大风不寐起而书怀》诗中说:

> 贵人一夕下飞语,绝似风伯骄无垠。
> 平生进退两颠簸,诘屈内讼知缘因。
> 侧身天地本孤绝,矧乃气悍心肝淳。
> 敧斜谑浪震四坐,即此难免群公瞋。
> 名高谤作勿自例,愿以自讼上慰平生亲。

飞长流短,蜚语、谤语四起,其中包括后世成为疑案的"丁香花诗事",即关涉他与贝勒奕绘侧室顾太清的情事的罗织。在北京已无法站脚,他于道光十九年(1839)辞官离京,时年四十八岁,二年后即暴死于江苏丹阳。

"气悍心肝淳",龚氏自述个性特点很准确。唯其如此,所以他在那个世道成不了"名臣",又不甘自限于"名儒"之求,终于成为"名士"气十足的思想家,正好与其外祖段玉裁的期望背乖。"气悍",是意气飞扬踔厉,"心肝淳"是情思真纯诚挚。表现在诗实践中,前者即"剑气",后者即"箫心"。"剑气"是思想家的凌厉锋芒,"箫心"则是名士才人的凄情潜转。前者形狂,后者见痴。狂则文思霸悍,成"怪魁";痴则诗意骚雅,为"情种"。《定庵诗》包括三百十五首"一生历史之小影"(《饮冰室诗话》语)的《己亥

---

① 子居,恽敬(1757—1817)之字,敬号简堂,为"阳湖文派"宗主之一,与张惠言齐名。敬以正直称,官南昌府同知,改署吴城同知,嘉庆十九年(1814)被诬告罢黜。

杂诗》在内的全部作品,即由此奇丽瑰玮而又幽艳灵逸的"箫心剑气"组构而成。他的名篇《能令公少年行》、《自春徂秋,偶有所触,拉杂书之,漫不诠次得十五首》、《汉朝儒生行》等等以及空前规模的巨型组诗《己亥杂诗》中的大量佳构,或侧重"箫心",或多呈"剑气",或两者兼融于篇中,无不是定庵一片心魂的回荡激湍所致。

龚自珍忧思国情,怒自遭际,愤世嫉俗,缠绵所钟,似是始终处在其《忏心》诗所表现的心境中:

　　佛言劫火遇皆销,何物千年怒若潮?
　　经济文章磨白昼,幽光狂慧复中宵。
　　来何汹涌须挥剑,去尚缠绵可付箫。
　　心药心灵总心病,寓言决欲就灯烧。

存、亡、绝、续,各种心绪交织深陷于无法解脱、又难以解脱的矛盾中。白天与夜宵心境的反差,欲超脱又依恋的背悖,折磨着、缠绕着他。锐敏的心何不钝化?狂慧之性何不愚去?龚自珍几乎无时不在痛苦地咀嚼自己,意欲自救;然而"寓言"这高谈国事固忌讳处,痴绝情缘又难以明言抒露,真能"决欲就灯烧"?哪来"心药"?以"心"药"心","心病"势将愈重。龚自珍确是痛苦者,他的这类诗是充分载运着其病情缠绵的"心灵"的。《观心》诗的"烧香僧出定,哗梦鬼论文。幽绪不可食,新诗如乱云",以至"鲁阳戈纵挽,万虑亦纷纷"的状写一如《忏心》。这些均系其三十八岁时所作,实则可概见他一生的"心病"。

龚自珍曾一再焚诗,"春梦撩天笔一枝,梦中伤骨醒难支。今年烧梦先烧笔,检点青天白昼诗。"但烧了又写,断了又续,诗、梦两难驱,心境纠结不开。四十岁时所作的《能令公少年行》是定庵个性情怀最鲜明的体现。序曰:"龚子自祷祈之所言也,虽弗能遂,酒酣歌之,可以怡魂而泽颜焉。"是定庵式的心灵自娱自慰:

　　蹉跎乎公! 公今言愁愁无终。

公毋哀吟哑咤声沉空,酌我五石云母钟。
我能令公颜丹鬓绿而与年少争光风,听我歌此胜丝桐。
貂毫署年年甫中,著书先成不朽功,
名惊四海如云龙,攫拿不定光影同。
征文考献陈礼容,饮酒结客横才锋,
逃禅一意皈宗风,惜哉幽情丽想销难空。
一楼初上一阁逢,玉箫金琯东山东。
美人十五如花秾,湖波如镜能照容,
山痕宛宛能助长眉丰;
一索钿盒知心同,再索班管知才工,
珠明玉暖春朦胧,吴歈楚词兼国风,
深吟浅吟态不同,千篇背尽灯玲珑。
有时言寻缥缈之孤踪,春山不妒春裙红,
笛声叫起春波龙,湖波湖雨来空濛,
桃花乱打兰舟篷,烟新月旧长相从。
十年不见王与公,亦不见九州名流一刺通。
其南邻北舍谁与相过从?佝偻丈人石户农;
岭崎楚客,窈窕吴侬,
敲门借书者钓翁,探碑学拓者溪僮。
卖剑买琴,斗瓦输铜,
银针玉薤芝泥封,秦疏汉密齐梁工,
佉经梵刻著录重,千番百轴光熊熊,奇许相借错许攻。
应客有玄鹤,惊人无白骢,
相思相访溪凹与谷中,采茶采药三三两两逢,
高谈俊辩皆沉雄。
公等休矣吾方慵,天凉忽报芦花浓,
七十二峰峰峰生丹枫,紫蟹熟矣胡麻饛,门前钓榜催词筒。

> 余方左抽毫,右按谱,高吟角与宫,
> 三声两声桠唱终,吹入浩浩芦花风,仰视一白云卷空。
> 归来料理书灯红,茶烟欲散颊鬓浓,
> 秋肌出钏凉珑松,梦不堕少年烦恼丛。
> 东僧西僧一杵钟,披衣起展《华严筒》。
> 噫戏!少年万恨填心胸,消灾解难畴之功?
> 吉祥解脱文殊童,着我五十三参中,
> 莲邦纵使缘未通,他生且生兜率宫。

《能令公少年行》诚可谓封建时代隐逸文化的集大成之作。龚自珍将山林、湖海之隐,与书画金石之隐、茶烟清玩之隐、禅隐、"红袖添香夜读书"式的"神仙眷属"之隐,全都融会一气,千百年来一切逃世出俗、远避嚣尘的理想境界的积淀,在定庵笔底整合组构成另一个精神世界。这当然是乌托邦型的憧憬,同时更是心态失重后严重怅惘的变形自救,没有前景的心造幻影。愈是写得适意惬情,愈见苍凉;愈是显出飞扬飘逸之势,愈是幽凄。《能令公少年行》具有一种总结性意义,他归结了那个时代诗人文士们所能骋情神往的最为闲逸放松的心情,然而无异也宣告了这一切只能是空花浮梦,自己不戳破它只不过聊以自我"怡魂而泽颜"而已。现实已是任何一个层面的单种隐逸都不可能容许自置其境的。所以,龚定庵的横逸腾跃的笔花下面,实则脉跳的是一颗难以排解的郁苦之心。"寥落吾徒可奈何!青山青史两蹉跎。乾隆朝士不相识,无故飞扬入梦多",他在《寥落》中倾述的"两蹉跎"才是真实的,乾隆时代的"盛世"只能到梦中去羡慕了!

《己亥杂诗》实证着龚自珍的执着现世之心。一面是"少年击剑更吹箫,剑气箫心一例消",另一面则"我有阴符三百字,蜡丸难寄惜雄文",多么想追随林则徐去为一火鸦片献上奇策呵!一面说"少年揽辔澄清意,倦矣应怜缩手时",应该歇手收心了;另一面却疾呼:"国赋三升民一斗,屠牛那不胜栽禾!""观理自难观势易,弹丸累到十枚时!"民生凋敝,国势垂危! 他用诗之弦扣弹出了这一文体在那个时代的最为振聋发聩之音,从而,诗的载运心声,表现时世的功能也被发挥到一个极限:

> 九州生气恃风雷,万马齐喑究可哀。
> 我劝天公重抖擞,不拘一格降人材。

纵观诗史,遍览龚自珍全部诗作,凡诗所曾经表现有的雄浑苍茫、雅逸清幽、凄丽绮艳以至横放霸悍之审美境界,几乎都可从定庵诗中看到,被他熔铸成一条风景线,尽管他仍有自己的主色调。同样,凡封建士子的一切弱点也伴随着全部优秀品质在龚自珍的诗作中得以清晰辨察:

> 霜毫掷罢倚天寒,任作淋漓淡墨看。
> 何敢自矜医国手,药方只贩古时丹!

用得上"墨点无多泪点多"之说,龚自珍的"淋漓淡墨"是饱掺着眼泪的,是泪水化研的"淋漓"而"淡"之墨痕。他又是真诚的,这后两句足以证明他绝非狂妄之徒。清醒,自知,始能称真"智者"。

关于诗,龚自珍没有太多的议论,然而,他是坚持着诗的抒情个性这一生命要义的。如在《歌筵有乞书扇者》一诗说:

> 天教伪体领风花,一代人材有岁差。
> 我论文章恕中晚,略工感慨是名家。

很显然,这观念与前章提及的郭麐的文学观,以至再往前溯,与清代前、中期以来所有关于诗的明智、通达的认识是一脉相通的。

《书汤海秋诗集后》是龚自珍最明彻地言诗的一篇光彩文字:

> 人以诗名,诗尤以人名。唐大家若李、杜、韩及昌谷、玉溪;及宋、元,眉山、涪陵、遗山,当代吴娄东,皆诗与人为一,人外无诗,诗外无人,其面目也完。益阳汤鹏,海秋其字,有诗三

千余篇,芟而存之二千余篇,评者无虑数十家,最后嘱龚巩祚一言,巩祚亦一言而已,曰:完。何以谓之"完"也?海秋心迹尽在是,所欲言者在是,所不欲言而卒不能不言在是,所不欲言而竟不言,于所不言求其言亦在是。要不肯挦扯他人之言以为己言,任举一篇,无论识与不识,曰:此汤益阳之诗。

昔年郑板桥说:"吾文若传,便是清诗清文;若不传,将并不能为清诗清文也。何必侈言前古哉?"现今龚定庵又具体到"人外无诗,诗外无人"的"其面目也完"的"完"于心迹之说。应该说,诗的认识问题,到此已"完":一是诗论的完整性之"完"。它快刀斩乱麻地劈开一切枝节的纠葛,揭示了最本质的特质特性,却只用最简切的一个字。二是完结、终结之"完",清代的诗论理当至此完篇。如果说龚自珍确实被推誉并承认为近代文学的开山大师,那么,近代诗史的纲领应就是这个"完"字:"诗与人为一,人外无诗,诗外无人,其面目也完"之"完"。所以,诗美情趣的差异和自择,乃是合理事,如果又回归向宗唐、宗宋甚或宗尚汉魏、六朝等等,并再树旗帜,或标榜,或攻讦,则全属多余之举,形同画蛇添足。至于那些失却"诗与人为一"的面目之"完"的诗,目之为伪诗并不为过苛之举。唐、宋以及中古诗,应是作为唐诗学、宋诗学或中古诗学史的研讨对象,无须重新成为开派立宗的旗帜。对待晚近诗歌现象中类似这些问题理当较之对明代诗诸种弊病更严以绳尺,在这里不宜形成厚今薄古的法则。

龚自珍确是一代诗歌的殿后巨擘。

第三节　附论汤鹏与魏源

一　汤　鹏

关于汤鹏,《己亥杂诗》第廿九首龚自珍赠别时说:

> 觥觥益阳风骨奇,壮年自定千首诗。
> 勇于自信故英绝,胜彼优孟俯仰为。

在当时京苑诗人中汤鹏是个有风骨的才士,定庵诗友群中应数他个性最相近。

汤鹏(1801—1844),字海秋,湖南益阳人。道光三年(1823)进士,官御史,左迁户部郎中,卒时年仅四十四岁。著有《海秋诗集》二十六卷。汤氏个性和思想,王拯《户部江南司郎中汤君行状》说:"时天下学者多为训诂考订,或为文严矩法,君一皆厌苦之。又言,为天下者,贵能通万物之情,以定天下之务,若徒治天下事以吏胥之才,而待天下士以妾妇之道,恶在其为治者也。"其芒角逼显可见一斑。邵懿辰《汤海秋哀辞》和姚莹《汤海秋传》均载述有他弹劾宗室郡王载铨"为工部堂上官,奴视其属,出俚语骂詈"一事,缘此以遭斥,并罢御史职,汤氏强项之性如此。

汤鹏诗,兴酣落笔,诚如定庵所说:人外无诗,得一"完"字。如《今夕行》之写心,奇兀崛直,一如其人:

> 今夕何夕秋风发,川水欲冰山见骨。
> 老蝉啁啾著树干,瘦蝶伶俜扑窗突。
> 秋风于汝意云何?嗟我与汝本殊科。
> 墙上之蒿不可倚,茎枯叶脱无回波。

> 今夕何夕秋草凋,结根失所成蓬蒿。
> 阶下决明独颜色,庭前白菊孤丰标。
> 青袍腐生呵护汝,无那秋风复秋雨。
> 愿移太白阴崖颠,风雨不到长延伫。

> 今夕何夕秋月白,河汉迢迢情脉脉。
> 天上双星太缠绵,人间一剑独踯躅。

> 身无羽翼凌天阆,投壶玉女难依傍。
> 短飞龌龊勿复道,蟾蜍知我之心肠。

诗中流露的孤独又不愿攀附,追逐却多有颓丧的情韵,确无陈语熟调气息。

汤鹏有一首《山阳诗叟行》写他与著名诗话家潘德舆的交往,很真实具体地将一个学识渊博而落魄失意的诗学家形象刻划出来。诗很长,中如"独弦哀歌为我起","相视大笑非今狂",表明诗学观虽正统的《养一斋诗话》作者并不是很迂滞的人;但"雨声飕飕暑快人,烛华艳艳歌绕梁"的畅叙时,潘氏"叟亦因之删忌讳,以我诗句摧蝍蟪",把一个谨慎处世又很坚持己见的学者个性从不同侧面揭出。诗的序中记述有:"(潘)既又曰:诗,余事也,慎勿以此耗其用世之志"云云,既是潘四农对汤鹏的期望,也表现了其人对诗应起"挽回世运"的"诗教"作用确是已成定见。

潘德舆(1785—1839),字彦辅,号四农,江苏山阳(今淮安)人。道光八年(1828)举人,十五年(1835)大挑得安徽候补知县。著有《养一斋诗文集》二十五卷,《诗话》十卷,又《李杜诗话》三卷。四农在当时诗名很高,以朴学淳行称,可是一生应乡举十二次、礼部试六次,遭际甚坎坷。这是个诗主"质实",又力倡"厚"之审美观的比较传统的诗论家。创作以五古为高,唯"温柔敦厚"之旨甚浓重。汤鹏说:"叟之用心苦日月,惜哉不上白玉堂",真是可悲。

二　魏　源

与龚自珍齐名的魏源虽不以诗专称,但在国势艰难之际是个较早召唤诗的"沉雄"之气,以副时代之情的诗人和学者。

魏源(1794—1857),字默深,一作默生。湖南邵阳人。道光二十五年(1845)进士,历官高邮知州。有《古微堂诗钞》五卷、《清夜斋诗集》等,又成《古诗微》二十二卷。魏源的学术思想以致用为本,其《海国图志》、《皇清经世文编》最著名,诗名为学术所掩。《射鹰楼诗话》作者林昌彝对魏氏诗评价极高,以为"雄浩奔轶"、"坚苍遒劲"、"近代与顾亭林为近。虽粗服乱头,不加修饰,而气韵自然,非时髦所能躔步也"。

所谓"粗服乱头,不加修饰",这一诗论诗评用语,在鸦片战争时期再次见之于诗话,已有着新的潜在意义。它实际上表示着特定诗体在新的历史阶段呈现有相当普遍的两难现象:诗的词语千百年来的雅化走向,与诗的语词充分达意的要求,已难两兼。面对史所未有过的空前的社会问题,包括真正的外族入侵,一系列闻所少闻、见所未见的事物,原有的诗的体格、韵调、情味模式,尤其是修辞、词汇全都出现不胜负荷的疲乏感和不相副、不适应性。"粗服乱头"正是雅饬习惯的视觉感,"不加修饰"是无心修饰,无暇修饰,更是不能修饰。修饰,就会达意乏力。诗的修辞,包括用典,与抒情达意有着不统一和别扭感。于是,"粗服乱头"现象在此后一段时期里屡见不鲜,习惯于传统视听者的感觉是粗拙、生硬;倘若多加修饰呢,那一定又陷入新的陈熟、模式化。"旧瓶新酒"的难以协调性已露其端倪。

魏源只是这种两难现象初始呈露的一个。如《都中吟》组诗中的抨击时政,就远不及他写山水的《天台石梁雨后观瀑歌》、《洞庭吟》等那样得心应手,诗语运用自然圆转。"雍正圆明制未悉","乾嘉终岁始驻园",倘只看前一句就似乎达意又觉未尽达意。诸如此类,随处能见。林昌彝从"意"的角度盛推魏源,而从"辞"的角度以及"体格"(林氏是宗唐派)上看,则不免觉得"粗服乱头"了。魏源的诗和林昌彝的评论,恰好提供了上述认识意义。

魏源的《江口晤林少穆制府》写在林则徐遣戍新疆途经镇江时。林把自己搜集到的《四洲志》材料交给魏,盼其完成《海国图志》之编,两人对床夜话,感慨万端。诗表现了两位爱国的政治家、思想家之间的真挚情谊和相通的心意:

> 万感苍茫日,相逢一语无。
> 风雷增蠖屈,岁月笑龙屠。
> 方术三年艾,河山两戒图。
> 乘槎天上事,商略到鸥凫。时林公属撰《海国图志》。

> 聚散凭今夕,欢愁并一身。
> 与君宵对榻,三度两翻萍。
> 去国桃千树,忧时突再薪。
> 不辞京口月,肝胆醉轮囷。

时世促激起诗家们再次对"世道"的关注,从而对偏取"学"和"法"的批评。魏源在《诗比兴笺序》中说:

> 自昭明《文选》专取藻翰,李善《选注》专诂名象,不问诗人所言何志,而诗教一散;自钟嵘、司空图、严沧浪有《诗品》、《诗话》之学,专揣于音节风调,不问诗人所言何志?而诗教再散!

虽不免有矫枉过正之处,但急于纠"畸于虚而言之无物,畸于实而言无心得"(《国朝古文类钞序》)之弊,是那个时势背景下有识者的必然行为。所以"忧勤惕厉"、"愁苦之词易好"等命题再次重提。这种重复性属于按照新的思维形态进行改造,为新的目的服务。因此,它没有泥古色彩。魏源在《简学斋诗集序》中指出:

> 昔人有言:"欢娱之词难工,愁苦之词易好。"使李、杜但在天宝以前,除《清平调》及《何将军山林》外,亦无以鸣豫而鼓盛。故诗人之境,类多萧瑟嵯峨,而《三百篇》皆仁贤发愤之所作焉。

诗史的研究,总带上研究者的时代精神的属性;怎样认识诗史上诗人创作实践现象,不可能不带主观的择选视点,没有侧重也就没有全面。魏源强调"发愤",强调"萧瑟",是乱世的智者之论。

从龚自珍、魏源所处的时代起,除了"发愤",还有什么"欢娱"可言?

第三章　鸦片战争时期的忧愤心史

第一节　林昌彝《射鹰楼诗话》及张际亮、朱琦等的爱国诗篇

从道光二十年（1840）鸦片战争爆发，到光绪二十六年（1900）八国联军侵华的"庚子事变"，恰好时跨一个甲子，整整六十年。这是中华民族真正严峻地面临着民族存亡危机的历史时期。外"夷"的坚兵利甲紧随鸦片烟毒的攻心蚀骨，疯狂凌逼腐朽颟顸的清政府割地赔款，蓄意肢解分占华夏版图。于是，包括台阁"清流"在内的朝野志士仁人无不被荒谬的时世和惨酷的现实所激愤。悲慨、苍凉和狂怒之气，急漩于九州大地。

民族的爱国的赤忱血性之情在中国历史上又一次汹涌高涨。这种民族爱国情心，就其内涵来说，具有更高层面的名实一致性。特别是民族自尊和自救观念，较之历史上曾经多次激发过的民族意识来，显得更为发展、进化，获具整体意义。但是在这民族爱国情绪中，又有其新的历史背景前的复杂性。既有救亡图存，维新革旧，以谋现有政权的"中兴"的一面，更有对自身依附的统治秩序丧失权威感和可信赖感，陷入迷茫不知何所归属的心境。这种爱新觉罗家族统治下的负面层次中的一部分则又有激活起满、汉之间民族意识的反差性。凡此之类的民族爱国的复合情心，经历一场烽火遍地的太平天国战争，愈见其分化，心灵之潮的涌动走向更为清晰分明。

但是不管怎样,当英帝国主义的炮舰在广州口岸外轰来第一炮时,民族的爱国的自危、自尊和自救、自卫的热血流向毕竟是通同的。

民族爱国情性的具有撇开两厢、中路集合以求同存异的凝聚力,不只是种规律现象,而且应该说是本质力量的特性表现。鸦片战争时期的广大诗界的同仇敌忾正是这伟力的又一次体现,各种诗派诗风的群体和个人从各自审美情趣的精神别墅里高歌低吟着一个基本旋律,南北东西数以千计的诗人投入了多音部合唱。外侮,激活了诗情,淡化和泯灭着艺术审美的歧异。

一 林昌彝的《射鹰楼诗话》

最堪作为当时基本旋律的代表的,莫过于林昌彝的《射鹰楼诗话》。"射鹰","射英"的谐音,这二字可说是写在当时诗坛大纛上的标识,倾吐了成千上万诗人胸中共积的块垒,是他们守持的共识。

所以,林昌彝这部诗话与他的《海天琴思录》及《续录》不同,已不是一般意义的诗论著作,它更多地暂置文本不顾而专探诗的社会功能、载录特定历史条件下诗人应具的诗心。因而,《射鹰楼诗话》不仅由于其录存大量的有关鸦片战争之诗及本事,具有诗史价值,更为重要的是它体现了诗的时代精神,可视为鸦片战争时期诗界共识的纲领。

林昌彝(1803—1876),字蕙常,号芗溪,又有茶叟、五虎山人等称号。福建侯官(今福州)人。道光十九年(1839)举人。除诗话著作外,尚有《衣𬮱山房诗集》等。他是林则徐族弟,八上公车不遇。因宅近乌石山,山为英人所占据,意愤怒而欲杀之,故名其楼为"射鹰"。林氏长于经学,训诂考据尤所精擅,论诗原较板实,并受闽地崇唐、尚"明七子"之风影响。但时势将他推到诗坛视野的前沿,以其撰写《平夷十六策》、《破逆志》等"救世"、"有用"(林则徐语)①之书的手眼来审视诗的功能。这就将"诗教"中的某些旨意,转化为有关民族民众利益服务。诗应"为时"、"为事"而作的功能要求更多地摆脱了所谓"敦人伦"、"厚风俗"的羁缚,诗的"关系"说始得以合理归位。

《射鹰楼诗话》的要义大多借古今人诗作具体发挥,很少纯理论阐述。试略具二例:

> 儒者虽穷而在下,不可无先忧后乐之意。范文正公为秀才时,便以天下为己任;即少陵之广厦,白傅之长裘,是不可不有其志也。古来名臣皆能副此语。程子所言一命之士,苟存心于爱物,于人必有所济;若身居高位,而无益民物,则当引身而退,毋致贻讥恋栈。常熟蒋伯生大令因培咏木棉绝句,末联云:"堪笑烛天光万丈,何曾衣被到苍生?"按木棉花为粤产,其絮不能织布,大令诗,深得规讽之旨。

> 英逆之变,主和议者是诚何心?余尝见和约一册,不觉发为之指。陆渭南《书志》诗云:"肝心独不化,凝结变金铁。铸为上方剑,衅以佞臣血。"读此诗,真使我胆心变成金铁也!

这都是足能代表当时爱国者的心志,对"英逆"和"身居高位而无益民物"的昏聩大吏的愤怒,有其普遍意义。但林昌彝又不是个狂躁之辈,他清醒地知道书生是无力的。在前二段话之前,即在《诗话》卷一首条就讲了这样一番话:

---

① 林则徐此语见致林昌彝书,为道光三十年(1850)秋所作,载于《射鹰楼诗话》卷首。语云:"大著《平夷十六策》及《破逆志》四卷,真救世之书,为有用之作。其间规画周详,可称尽善,此百战百胜之长策,与弟意极合。弟在粤东时,五围夷鬼,三夺夷船,其两次夷船退出外港,不敢对阵,皆此法也。"对《诗话》,林则徐誉为"采择极博,论断极精,时出至言,阅者感悟,直如清夜钟声,使人梦觉,真足以主持风化,不胜佩服之至"。

> 余家有书屋,东北其户,屋有楼,楼对乌石山积翠寺,寺为饥鹰所穴。余目击心伤,思操强弓毒矢以射之。又恐镞镞虚发,唯有张我弓而挟我矢而已。因绘《射鹰驱狼图》以见志,故名所居之楼曰"射鹰楼",题者甚众……狼能助鹰为虐,不可不驱,故并图之,阅者勿笑书生之荒于田猎也!

这真是沉痛而很无奈的表述。书生的"张我弓而挟我矢",无非只是手中之笔而已,无非只能"以见志"而已!然而"见志",毕竟是显示精神力量,所以,林昌彝不仅自己写自己画,而且大力搜集奋厉民心、表现苍生、褒赞英烈、感泣鬼神之诗,用心极其良苦。

唯有如此,林氏主张诗的切入"世道",表现苍生、抒写心灵,应该"品格多门"。这实际上是对某些人仍褊狭于唐宋门户的投以药石。例如《诗话》卷十六说:

> 潘四农论诗专取"质实"二字,亦有偏见。盖诗之品格多门,如雄浑、古逸、悲壮、幽雅、冲澹、清折、生辣、沉着、古朴、典雅、婉丽、清新、豪放、俊逸、清奇、妙悟诸品,皆各有所主,岂得以"质实"二字遂足以概乎诗,而其余可不必问耶? 不知质实易流于枯,质实易流于腐,质实易流于拙。盖质实为诸品之一品则可,谓质实用以概诸品则不可。盖质实为诸品中之一品则无流弊,若专言质实,流于枯,流于腐,流于拙,则其弊有不可胜言者!

林昌彝就潘德舆论诗主张加以辨认、纠偏,实际上是对"宗唐"的一种反思,正如他在《海天琴思录》①卷一中针对"宗宋"派的弊病,借赵执信《谈龙录》的话题予以批评一样,意在强调"品格

---

① 《海天琴思录》卷一这则论诗语云:"前明七子,规模汉、魏、盛唐,未免太似,故转授轻薄者以口实。然变而为抱苏守陆,斯取法愈卑矣。赵氏《谈龙录》云:'攻何、李、王、李者,曰彼特唐人之优孟衣冠也。余见攻之者所自为诗,盖皆宋人之优孟衣冠也。均优也,则从唐者胜矣。'余谓赵氏之论……"从文意可知,其倾向仍在"宗唐",只是反对专摹。重申"皆可学",力求"意"、"词"相符契并能得"神"而有所"变换"。所以说林氏此处实借赵秋谷之话题而已。

多门"的必要:

> 余谓赵氏之论,以何、李、王、李摹唐为较胜,然学诗实不论汉、魏、六朝、唐、宋,皆可学,特词与意之别耳。何、李、王、李,特词多意少,貌似神离,故目为优孟衣冠。近日学苏、黄而不能变换者,则苏、黄之优孟衣冠耳!

林昌彝是何绍基的门下士,然而他并不因为座师是学苏东坡的"宋诗"派健将,不去批评"抱苏守陆"风气,这均显出其人的识见不低。

事实上,被批评的现象固是陈谷子、老问题,他所申述的道理也已有前人说过很多遍。在新的世态面前,再次澄清此类糊涂诗论,强调多样化,是为了强其弓利其矢,以期充分地多方面地"射鹰"见志。

林昌彝的主张无疑是对的,而且史实证明,许多在当时诗誉甚高的名诗人,后世对他们的推崇或承认根本不是依据所学的是哪一家、诗风走哪一路,造就他们诗史地位的正是诗心对"世道"的投入。试以张际亮和朱琦为例。

二 张际亮与朱琦

张际亮(1799—1843),榜名亨辅,字亨甫,别号华胥大夫。福建建宁人。道光十五年(1835)举人。著有《松寥山人诗集》等。张氏负经济才,屡试春闱不第,曾充京中"清流"领袖黄爵滋幕宾。后为姚莹下狱事而奔走营救,病死京中。关于张际亮诗,誉之者以为与广东张维屏并驾齐驱,为"嘉道称诗者一大宗","一代奇才",其他作者"未能或之先"[①];诋之者如李慈铭《越缦堂日记》则说:"粗浮浅率,毫无真诣","时无英雄,遂令此辈掉鞅追逐,声闻过

---

① "一代奇才,久负盛名",为《筱园诗话》语。"嘉庆、道光以来作者,未能或之先"云云,均黄爵滋、姚莹《序》张氏诗中语。

情,良可哂也!"其实,姚莹在道光三年(1823)已评其诗"何李之流也,子才可及空同,若去其粗豪,则大复矣",又有人说他"诗近长吉"者,张际亮诗未脱尽模仿痕迹。"学"某家某派,很害了不少有才华的诗人。张际亮在晚清诗史上能有名家之称,最终还是由于他在鸦片战争前后对时势的心身投入。《射鹰楼诗话》卷二有段很说明问题的对话:

> 辛丑夏(按为道光二十一年,1841),亨甫招饮道山江城如画楼,与余多所唱和。尝问余曰:"吾诗视陆渭南何如,可与并传否?"余曰:"君诗五七律胜于渭南,但渭南五七古所以绝胜者,固由忠义之气盘郁于心耳。以足下之才,充其所学,亦渭南一劲敌也。"亨甫叹服。

张际亮于诗心中总有个古人的标准,少了点龚自珍所说的"人外无诗,诗外无人"的"完"的创作意识。林昌彝鼓励、强调以"忠义之气",即爱国精神,恰好从人与诗的完善性上切入。张际亮作于道光十二年(1832)的《浴日亭》,《诗话》全篇载录,赞之以"时英逆尚未中变,亨甫可谓深谋远虑,识在机先者矣"。张际亮的优秀之作《浴日亭》表现的是鸦片侵略:"飘风满楼橹,远近夷船繁。苍铜与黑铁,夷船皆以铜包其底,两旁列铁炮八十余尊,皆重千余斤。骄夺天吴魂。侧闻濠镜澳,盘踞如塞垣。毒土换黄金,千万去中原。"诗人是忧心如焚的。他如《传闻》三组,写浙江、福建、广东三省沿海的战事和惨景,《陈忠愍公死事诗》、《迁延》等均成传世名作。《迁延》第三首写浙东定海沿线战败、生命涂炭而扬威将军奕经驻兵苏州不前援,张际亮的诗情发挥到最佳境地,愤怒又沉痛:

> 百万金缯贿寇还,明州父老痛时艰。
> 捷书忽报中朝贺,优诏仍蒙上赏颁。
> 浪跋鲸鱼腥壁水,血分鸩鸟污珠鬟。

> 舟山鬼泣君知否？无数楼船瘴海间。

一旦真情托浮，诗心跳荡，"七子"诗风的讲究气势高华、声调响亮的长处也就相副相彰。人们读这样的诗既不是因其学"七子"而感动，当然更没有理由去指责粗率。

朱琦（1803—1861），字伯韩，号濂甫。广西桂林人。道光十五年（1835）进士，历官御史。著有《怡志堂诗初稿》八卷，一名《来鹤山房诗草》。朱琦为官以"直"称，诗则亦称道光、咸丰年间广西一大家，冠于同辈。其诗风格，前人诗话都说是"学韩而自开异境"者，何绍基曾对林昌彝说过"近海内能诗者，以伯韩为最"。朱琦又以工文称，文宗桐城。然而他在诗领域内所获得的影响远过其文，而且诗也并非以颂"祖宗之功德，备盛清之掌故"的四十章《新铙歌》得以名世。朱琦的被视为爱国诗人是他那一组《关将军挽歌》、《书林把总志事》、《朱副将歌》、《吴淞陈老将化成歌》、《定海知县殉难诗以哀之》等等专写"各海口死节及殉难诸君"。"表扬忠节，感泣鬼神"，林昌彝对此均极予表彰，并竭力推崇他的《感事诗》和《王刚节公家传书后》。"王刚节公"即与郑国鸿、葛云飞一起在定海壮烈牺牲的王锡朋。朱琦有《论诗五绝句》，其第三、四两首说："韩生画马真如马，永叔学韩不袭韩。面目各存神理得，惊人犹易惬心难。""愈少可珍思汉魏，虽多奚补远风骚。我知圣处真难到，虚掷黄金亦太劳。"他深知诗之"惬心"不易，是真有体会语，而《关将军挽歌》等是称得上神、理、情皆充沛自惬而又感人之作。如《朱副将战殁，他镇兵遂溃，诗以哀之》：

> 将军名桂其姓朱，胆大如斗腰围粗。
> 愿缚降王答鲛奴，临阵独骑生马驹。
> 宁波三镇新失利，大帅仓皇欲走避。
> 公横一矛踔帐前：此辈跳踉那足畏！
> 我有劲军人五百，自当一队往杀贼。

大儿善射身七尺,小儿英英头虎额。
红毛叫啸总戎走,峨峨舟山弃不守。
枪急弓折万人呼,裹疮再战血模糊。
公拔靴刀自刺死,大儿相继毙一矢。
小者创甚卧草中,贼斫不死留孤忠。
是时我兵鸟兽散,月黑漫漫天不旦。
中丞下令断江皋,乱兵隔江不敢逃:
"敢有渡者腥吾刀!"

朱桂(亦作朱贵)是在浙东抗英战争中反攻镇海之役失利后,孤军死守浙东慈溪大宝山的英雄。父子血战,悲壮之极。而参赞大臣文蔚、浙江提督余步云等的懦怯不前,浙江巡抚刘韵珂的截断退路,丑恶祸国形象在血火映照下也纤毫毕现。"愈少可珍"、"虽多奚补",朱琦这类叙事诗诚属汗牛充栋的文字中少而弥珍者。

当时,大臣中如邓廷桢(1775—1846)、林则徐(1785—1850)、黄爵滋(1793—1853)等,以及地方州县官吏姚莹(1785—1853)、陆嵩(1791—1860),还有鲁一同(1804—1863)、黄燮清(1805—1864)等名诗人,无不以心载录了壮烈又痛苦的见闻与感受。有的则曾全身心投入这场喋血战斗,是前线最具权威的见证人,其中贝青乔等则尤应专予表彰。

第二节 贝青乔的《半行庵诗存》和《咄咄吟》

贝青乔(1810—1863),字子木,号无咎,又号木居士。江苏吴县(今江苏吴县)人,诸生。著有《半行庵诗存稿》八卷。贝青乔出生于吴中新兴文化世族,其父贝廷煦(1784—1818),字春如,号梅泉,又号三泉;六叔贝廷点(1793—1847),字孝存,号若泉,又号六泉,均为著名文士诗人。堂兄贝墉(1780—1846),字既勤,号简香,是袁绶阶长婿,系一代著名藏书家①。青乔少时师从"吴中后七子"中的朱绶(1789—1840),朱绶字仲环,号酉生,著有《知止堂诗录》十二卷。于诗,贝青乔最服膺蒋士铨、黄景仁和舒位三家;行迹遍及南北,故取东坡"行程万里半天下"诗句自名其集。曾远去黔、滇,写有大量山水之作,佳篇迭出。

当时吴中有一个规模和影响均不小的诗人群体,贝青乔是其中骨干之一。他与诗人叶廷琯、张鸿基、江湜等均交往频密,而与张鸿基关系尤深。叶廷琯是个学者,著作极丰②。贝青乔有首《为叶丈廷琯题诗坛点将录》足资文献渊源之证和诗坛盛衰之状:

> 人才蔚起乾嘉会,盟主东南运不孤。
> 啸聚风云开笔阵,指挥坛坫下军符。
> 党分东厂翻新案,派衍西江列旧图。
> 回首词场成一喟,群英无复满江湖。

他与张鸿基的友谊见《怀张大鸿基》:

> 张也真吾友,奇怀郁未开。
> 狂招多口忌,贫炼一身才。
> 咳唾皆诗卷,淋漓有酒杯。
> 相思不相见,愁绝陇头梅。

张鸿基是《大涤山房诗》作者张吉安(1759—1829)之孙,字仪祖,号砚孙,江苏吴县人,著有《传砚堂诗录》。张氏才高命穷,一生落魄。鸦片战争前夜他写了不少忧时愤世之诗。叶廷琯《感逝集》说他:"性素豪放,抑郁无聊,纵酒消愁,渐成痼疾。殁于道光

---

① 贝氏族群行年均见载民国十年精抄本《吴中贝氏宗谱》。
② 叶廷琯(1792—1868),字紫阳,号调生,亦作苕生,又号爱棠,晚年号蜕翁、十如老人。系吴中叶氏白沙支第三十一世子裔,见《宗谱》。为杭州陈文述之婿。著有《楸花盦诗》二卷附一卷外集一卷、《吹网录》六卷、《鸥波渔话》六卷等。

二十年春,齿仅四十余。"当时他们的心绪,从贝青乔《秦淮赠鸿基》诗可见出:

> 风中玉笛雨中铃,十载江湖带雨听。
> 今夜联床寻旧梦,凉蟾吹影满秋屏。

> 金迷纸醉意阑珊,赌酒红桥水一湾。
> 如此烟波如此客,卷帘羞见六朝山。

任何风雅情兴均已颓然消去,此为正直忧国之士合理心绪,诗真切地表现了一代才人身上传统习气正被时代狂涛淘涮着。

贝青乔是忧民忧国的,这从《雨中作》的"饥色到目"、侧耳哀鸿、"嗷嗷四野"的记写;从《悲厂民》的载述道光十三年(1833)洪涝之灾,以及《流民谣》等诗作都能具体佐证。最使他痛苦的是清廷的无能祸国,《辛丑正月感事》写道:

> 登坛授钺壮南征,不信和戎早定盟!
> 海上鲸鲵犹跋浪,帐前戈甲自销兵。
> 羌酋唾手成三窟,壮士弯弓望四明。
> 独有筹边楼上客,偏教万里坏长城!

辛丑是道光二十一年(1841),贝青乔此诗写了大多数爱国者的悲慨。林则徐北戍经过吴门,贝氏在《林师则徐遣戍西口,道出吾苏,走送呈诗》中,盛颂林氏抚吴时的爱民功绩,故而"昨日闻公至,浑舍争来窥。挽船塞河汊,攀辕拥路歧。遮留三昼夜,罔顾官限迟!"写出气氛,写尽民心,并愤怒言道:"岛烟流大毒,一炬良所宜。何为窒吏议,递职投边陲?"诗人最后有两句极深挚诗语,动情地倾吐着民众对林则徐的爱戴,同时也是对清廷的抗议:"我知万家梦,今夕先公驰!"

正当"又惊闽浙军书来,厦门甬江两不守"之际,贝青乔在"唐衢有泪不敢哭,痛饮一醉求模糊",并对妻子说"汝饥汝寒且勿言,世上疮痍纷满目"(《杂歌九章》)后,终于从军去浙东前线。《将从军之甬东纪别》是组极悲凉又悲壮的诗:"沽酒烹野菜"的告别四邻;"十年结发情,忍遽弃之走"的夫妻话别;"阿父促儿走,谓儿计非左。区区愁战死,死绥亦得所"的堂上辞行;"少女强解事,谓姊无烦忧。明年破敌返,看父当封侯"的父女分手,结句以娇痴小女的天真衬出凄怆的情境。其"国危从军图"的种种心态和愿望全表现得淋漓尽致,一片真性情,流动纸上。

浙东前线生涯造就了他一百二十首绝句组成的《咄咄吟》,诗各有注,以明本事,是一组战事记事诗,王韬在《瀛壖杂志》中称为:"跌宕有奇气,忠义激发,溢于言表。"

前线握大权的将帅之偷生怕死和昏聩无能,令贝青乔丧气痛心之极。《咄咄吟》犹如耻辱之柱,钉上了一张张丑恶之皮。如揭露将领自身就是大烟鬼的:

　　瘾到材官定若僧,当前一任泰山崩。
　　铅丸如雨烟如墨,尸卧穹庐吸一灯。

写军队指挥官装神弄鬼,以儿戏应对敌人的枪林弹雨的:

　　天魔群舞骇心魂,儿戏从来笑棘门。
　　漫说狄家铜面具,良宵飞骑夺昆仑。

对阵是穷凶极恶的外"夷",营盘内则是群魔乱舞的景象,悲惨的只能是孤军提旅、装备拙陋的英勇将士。在《咄咄吟》的咄咄怪事之怒斥外,《军中杂诔诗》则唱出了贝青乔的满腔哀痛情,十八首绝句首首泣感天地。如悼念游击黄泰力竭自刎于围阵中:

　　几个将军肯断头?英风独不负兜鍪。
　　突锋冒烬捐躯易,难在靴刀奋一抽。

写守备王国英被擒不屈死,犹误传为降敌:

　　矢尽弩空一死绥,何图屈膝起群疑。

归元双目犹含怒,想见衔须饮刃时。

贝青乔在第十七首写出前线的一种历史真相,沉慨无比:

唱彻临江节士歌,歌声流愤满关河。
如何为国捐躯者,只是聋丞醉尉多!

聋丞用汉代许姓廉直小吏耳聋的典,醉尉则是李广故事中尽责的灞陵尉典故的借用。

贝青乔在从前线乱军中脱身时,幸得当地民众救援,《过长溪寺投岭下农家宿》等即记此情事。诗人在途经杭州取道回家程中,专门到岳飞坟前哭祭了一次,《谒岳鄂王墓感题》云:

泪洒南枝恨莫伸,荒茔讳指贾宜人。
中朝纵道和为福,可惜金缯百万缗。

历史真难预料,当年南宋的"中朝"以"和为福",岳飞遭害。那时苟安构和的对方是金国,现今是金之后裔的清王朝,又以"和为福"谋求苟安,构和的对立一方已是外"夷"。酷烈的现实中反弹出历史带有血腥味的幽默,才人们惊悚而茫然了。

贝青乔在诗史上的地位不只因其有部《咄咄吟》,他的一生心灵的沉吟,完整地具备一个时代的诗人的认识价值。正如他在《自编军中记事诗二卷为〈咄咄吟〉,朋旧多题赠之作,赋此为答》所反映的:蒿目苍生,"纸上谈兵",将士志懈,王权腐朽,这一切诗人全凭一副忠肝义胆,形诸笔端,而且是不惜罹狱,甘当先烂的出头之椽的:

渴毫狂吸墨池倾,洒遍蛮云总不平。
蒿目陈陶多少恨,翻教诗史浪传名。

谈到奇兵满纸多,居然十万剑横磨。
一从身入青油幕,其奈穰苴古法何!

炮云三载结边愁,大纛临风带血收。
重见吴姬村店里,太平军士满垆头。

底用名山贮石函,筹边策备此中参。
倘教诗狱乌台起,臣轼何妨窜海南。

《半行庵诗存稿》和《咄咄吟》已非一般的未脱风雅习气的诗集,从一定程度上说,贝青乔的诗具有战斗的投枪和匕首作用,较之不痛不痒的程式化的诗文字来,光辉得多。

第三节 从姚燮到张维屏

一 姚燮的诗·附徐时栋

在浙东前线身临目击战事的浙籍诗人首推姚燮。

姚燮(1805—1864),字梅伯,号复庄,又号大梅山民、二石生、野桥、疏影词史、东海生、复翁、复道人等。浙江镇海人。道光十四年(1834)举人,十八年(1838)由誊录官改选知县。著有《复庄诗问》三十四卷等,《诗问》又名《大梅山馆诗集》。姚燮是个全面多能的文学家,诗、词、曲、骈文兼工,俱称名家,兼能绘事,又有《红楼梦》之评点笔记之著。

姚燮诗被谭献称为"浙东一巨手"。《艺苑丛话》并认为其才学足以"凌铄龚、魏",然而世人崇拜龚定庵、魏默深"而无一人知有姚氏者",深为不平。王韬《瀛舟笔谈》认为其所作"诗骨雄健,文笔清新",陈文述看到他少时之作品就已目为"诗中之神"。

姚燮是"枕湖诗社"、"红犀馆诗社"等浙东诗群的领袖,与叶元堦(1804—1838)兄弟、厉志(1783—1843)最为投契齐名。叶元堦字心水,号赤堇,著有《赤堇遗稿》等,与兄弟叶元墀、叶元尧、叶元垲等又有《叶氏一家言》之辑。厉志字心甫,号骇谷,定海人,著有《白华山人诗钞》、《诗说》。叶、厉都是当时著名诗人。

复庄诗今存三千五百多首,内容丰富而复杂,除一部分关注民生疾苦的作品外,以山水诗尤为出色,写四明山、普陀山景观的组诗是山水诗史瑰玮的一页。其诗在第一次鸦片战争前后显得苍凉抑塞,他亲自身临战火的险境,故感受特深。《闻皋儿在城中阻夷军,不得出,同弟向长春门冒刃入城至寓馆觅得之,薄暮始乘间出城》诗写一支侵略军的暴行;《客有述三总兵定海殉难事,哀之以诗》的赞民族英雄们的誓死浴血精神,都是力作。《诸将五章》谴责投降分子:"割地难言尺土轻,未闻犬马解输诚!""敢来内地窥天府,谁遣中官饷虏兵?"《捉夫谣》是反映侵略军在居民中拉夫、绑票敲诈罪行:

> 城鬼捉夫如捉囚,手裂大布蒙夫头,银铛锁禁钉室幽。
> 铁钉插壁夫难逃,板床尘腻牛血腥,碧灯射隙闻鬼嗥。
> 当官当夫给钱票,鬼来捉夫要钱赎。
> 朝出担水三千斤,莫缚囚床一杯粥。
> 夫家无钱来赎夫,囚门顿首号妻孥。
> 阴风掠衣头发乱,飞虫啮领刀割肤,谁来怜尔喉涎枯!

在《冬日杂诗八章》、《后倪村》等诗中写出了浙东城乡"冢碣森乱松,夹路互眠倒";"城下民所居,十户九遭毁";"高者新死坟,下者废余垒"的一片破败惨象。《闻定海城陷五章》悲愤填膺,其二、其五曰:

> 蛮雨濡军帻,狞飙拉将旗。
> 饮泥怜久饿,摩壁誓同危。
> 路绝晨嘶马,云昏夕堕鸱。
> 衔恩持死力,力尽死何辞?

> 覆有前车鉴,民遗地一空。
> 守难群力借,弃与敝襦同。
> 鬼恣跳梁瞰,天愁撒手穷。
> 群公膺上爵,何以问孤衷?

姚燮诗有种沉压的力度,音若钟撞木柱,密聚凝重,但不枯涩。写在道光二十一年(1841)前后的几卷诗,这种风格尤其浓烈。

徐时栋的《烟屿楼诗集》也是浙人诗在当时很突出的一家。

徐时栋(1814—1873),字定宇,一字同叔,学者称柳泉先生。浙江鄞县人。道光二十六年(1846)举人,官内阁中书。诗有十八卷。徐氏是经史学者,为全祖望再传弟子。他的《拟新乐府》二卷十二首咏军中吏事和前线见闻,为重要战史文献式的作品,时人认为"以古语写今事,情景如绘"。《大将》、《诸将》七律亦其时名篇,唯古奥清藻,未脱学人诗风调。《大将》八首之五,悼定海三总兵诗较佳:

> 飞炮如雷晓夜喧,羽书历历望兵援。
> 帐中四面歌声惨,海外孤城士气冤。
> 犹使解扬来诳宋,可怜先轸竟归元。
> 江心古寺招魂奠,何日奇功慰九原?

在表现鸦片战争时期直至此后中法、中日之战的诗歌,如此类词难胜意的现象仍占多数,前文提到的诗体的疲劳反应是明显的。典实的使用也确已呈现效应迟钝,力不从心。

二 张 维 屏

广东在嘉道年间,诗坛较前阶段尤为兴盛,所谓岭南诗风的"雄直"之气愈见发展并丰富,张维屏则是此时期的一个代表人物。

张维屏(1780—1859),字子树,号南山,又号松心子、珠海老渔。广东番禺人。道光二年(1822)进士,历任黄梅、广济知县,并代理过江西南康知府。十六年(1836)辞归,筑听松园,潜心著作,后又任过学海堂山长,门下从游之诗人甚众。他于诗学最大的贡献是辑成《国朝诗人征略》六十卷《二编》六十四卷,为清代诗史的重要文献。自著有《听松庐诗钞》十六卷、《松心诗录》十卷,此外又有《诗话》笔记多种。

张维屏早年与黄培芳、谭敬昭称"粤东三子",交接及翁方纲督学广东之时,颇受熏陶。谭敬昭(1774—1830),字子晋,一字康侯,广东阳春人,嘉庆二十二年(1817)进士,官户部主事。著有《听云楼诗集》,诗受黎简赏识,唯较多拟古。黄培芳(1779—1859),字子实,一字香石,号粤岳山人。香山(今中山)人。嘉庆九年(1804)副贡,官陵水教谕。著有《岭海楼诗钞》、《香石诗话》等。诗秀健冲和,得山水清音。三家诗早年多闲雅优游之作,张维屏尤以绮丽风调称。迨后期,目睹时弊积重,张氏诗转多高昂,风格也变为质朴。

鸦片战争时期,张维屏诗以长篇《三元里》最为世所推誉,此外还有《三将军歌》等,也深得诗界同道赞称。《三元里》写"千众万众同时来","乡民合力强徒摧",男女老少,奋抗英军。诗人深被感动、激奋,"人心合处天心到",他认为是能战胜"所恃唯枪炮"的"夷兵"的。然而激奋之情最终又落入迷茫和怨愤,"不解何由巨网开?枯鱼竟得悠然逝!"抗战的以失败告终,已是"犁锄在手皆兵器"的"人心"无法挽回的格局,所以,其时的诗人没有一个能昂奋始终。张维屏的《雨前》写于道光二十二年(1842)八月《南京条约》消息传来后:

> 雨前桑土要绸缪,城下寻盟古所羞。
> 共望海滨擒颉利,翻令江上见蚩尤!
> 人当发奋思尝胆,事到难言怕转喉。
> 为语忠良勤翊翼,早筹全策固金瓯。

领联失望,颈联则丧气之极。人到无话可讲时还能怎样?所以,结联实乃无力的呻吟,只是空话而已了。这可作为整个鸦片战争时期,甚至整整一甲子间诗界的疲于心力,萎顿于愤怨情中的结篇缩影看。

与张维屏《雨前》可以一起对看的陆嵩的《金陵》诗,进一步证实着诗界的整体悲哀:

崔巍雉堞尚前朝,形胜东南第一标。
惊见羽书传昨夜,忽闻和议出崇朝。
秦淮花柳添憔悴,玄武旌旗空寂寥。
往事何人更愤切?不堪呜咽独江潮。

曾经愤切、愤起过的诗人们又复沉进呜咽声浪去。陆嵩较张维屏更有直接体验,他是当年在镇江前线呆过的诗人。陆嵩(1791—1860),字希孙,号方山。江苏元和(今苏州)人。著有《意苕山馆诗稿》十六卷。他是以贡生选为镇江府训导,是个教育官员,在那里任职二十几年,两遭兵火之灾。英军威胁南京,舰进江上时,陆嵩还在丹阳想组织一小支义军抗侮的,结果《南京条约》签订,他之愤慨可以想象。三年后他路经南京,写下了《金陵》一诗,真正是"不堪呜咽"!

诗人们在呜咽声中进入了一个屈辱的历史时期,紧接着一场更为猛烈的风暴又将他们抛进愈益唏嘘,形若梦游无主的渊谷。这一辈不幸的诗人!

第四章　太平天国时期的幽苦诗心

第一节　进退失据的心灵——
　　　　陆嵩、李映棻诗例说

耻辱的《南京条约》签订后不到十年,爆发了太平天国起义。从咸丰元年(1851)起,战事延绵十数载。刚被一场华夷之战的屈辱失败推向"事到难言"、"不堪呜咽"之心境的封建文化育成的文士们,又复被"王贼"、"忠逆"的冲突刺激起既倒的心澜,面对一场空前的精神危机。

对于现实,对于政体及官吏的腐败和民生的凋敝,诗人们其实是非常清楚的。就以上一章结束处提到的陆嵩来说,他在《杂感》诗中明确说过:"盗兵原赤子。"他的《米船谣》、《捕蝗歌》,对大官小吏的贼民行为痛加斥责,特别是后一首,说县官们凶狠远过飞蝗,《望雨》诗沉痛唱出:

　　空听朝朝岸水声,脂膏已竭痛民生。
　　何人手把经纶挽,不使云雷万里行?

但是"经纶"之手在哪里? 谁能挽回脂膏已竭的民生呢? 他和他的那一代文人是回答不了,也回答不好的。

应该说,对于王朝政权以及所属的统治机器,他们并不存幻想,所以,对太平天国起义既震惊又不意外。有相当一部分没有直接受到农民军打击的,甚至还比较清醒、客观,在他们眼中,"兵"

和"匪"常常觉得实在没多大差别,害民程度分不清。最有趣也最有代表性的是在湖北武汉、襄樊一线督粮运饷与太平军作战的李映棻的《石琴诗钞》,这位诗人用最明白不过的语言表达了上述看法。这是一个名不见载录的诗人①,但却深具代表性,诗也很出色。

李映棻(1810—1863),字香雪,四川宜宾人。道光二十四年(1844)三甲第四十四名进士,分发江苏,先任沛县知县,后改南汇县,道光三十年调湖北。太平军起,胡林翼招入幕下,官候补粮道,后升迁为襄阳道。胡氏极器重他②,迨胡卒于军中,李氏亦积劳引退,旋卒。著有《石琴诗钞》十二卷。据卷五《磨铁心得》一编的《自识》说:"楚北军兴历四年矣,余改官楚北亦历三载矣。武昌三陷,余亲见者再;汉阳四陷,余亲见者三。"他是正当太平军风扫残叶般横扫长江沿线的官方见证人,其立场自绝无疑问。可是本着"时事如此,余何为不日作诗"的心旨的李映棻却以整整数卷的诗客观地记载着这段历史的事实,抒发着他这一辈人的看法。略举

---

① 李映棻其人其诗,文献不载,唯《雪桥诗话三集》卷十二提及,杨钟羲谓:"宜宾李香雪太守映棻,尝入胡文忠幕府典章奏。王子寿序其《石琴诗钞》称为'惊逸雄放'。《兴献原》云:'议礼诸臣无父子,明伦大典出君王。'《乌江项王祠》云:'我最快心三月火,公能忍手一杯羹。'皆见神锋。《书吴三桂传》:'生不敢叛睿亲王,死不敢谒庄烈帝。负尽新朝旧国恩,可怜空作圆圆婿。死不能尚可喜,生不能御李闯王,可怜有玷董香光。山海关,子绝父;平西府,父绝子。一片石,死之生;五华山,生之死。淮阴老思作帝王,秦庭哭原为歌妓。可怜遗臭二百年,贰臣传中不收此。'亦西堂乐府之亚也。"

② 胡林翼《石琴诗钞序》中有云:"戎州李香雪都转与余同有事楚北者五年。以时之多虞,戎马之不息,民困之棘而军储之阙也,凡减漕厘饷,捐输察吏诸大政,余辄与君密筹之。君擘画周详,经制远大,多启余所未及知者。余以谓君才志翘出,若唐刘晏、韩滉、杨炎之伦,而不知君为诗人也。余督师驻军于外,留台之政,一以任君。羽书交驰,繁重琐细,日数十百事,君指挥安详,案无留滞,余得以无忧,则君之功为多。"又云:"余虽不能序君之诗,然不能不探君之素抱,以谂后之读君诗者也。"胡氏此序作于咸丰十一年(1861),载同治三年(1864)刻本《石琴诗钞》卷首。

几例,看看他是怎样表述"篚剩千村雪,车蹂一路春"的。这两句诗见于他的《道逢征楚官兵》一诗,针对的是如蝗如虎的官勇的烧杀抢掠。又《禽言》曰:

> 提葫芦。
> 兵勇凶淫贼所无。
> 野外早惊无妇女,军中大半有妻孥。
> 提葫芦!

再如《兵差行》:

> 赤紧赤紧,兵差过境。
> 上站传牌到,下站供张谨。
> 县官一夜不得寝,出郊迎候望引颈。(一解)
>
> 下马问供馈,入门责薪刍。
> 得鸡索凫,得马索夫。
> 拔剑斫柱大声呼:折干馈赆不可无!
> 鞭挞丁役缚吏徒,呵叱县官如家奴。
> 县官骛逃县吏逋。(三解)
>
> 明晨吏报,兵差过净;
> 县官侦之,房屋拆尽。
> 库藏垫空,仓储无赆。
> 如洪水冲,如烈火烬。
> 累民累官,比贼尤甚。
> 县官悲号,仅馀性命。
> 哭诉大府,大府不应。
> 不曰军士横,犹曰县官吝,办差不善已撤任。(十解)

这位四川籍诗人真有点蜀人特有的幽默。如他从"民歌我父

母,贼亦人儿孙"的观念出发,写"亦人儿孙"之所以为"贼",全是给富人给官吏逼的。《穷人会》组诗是罕见的写实之作:

穷人会,穷人之命不如富人贵。
以命拚富人,富人畏不畏?(一解)

贼之未来,富人称骨贷肉;
贼之既来,富人埋金窖粟。
穷人曰:嘻,今而后可以唯吾所欲。(二解)

朝来处处穷团起,科敛富人财不已。
今日扰东乡,明日扰西里。
富人惜命兼惜财,眉睫之间变生矣。(三解)

里胥惊走报县官,县官曰:
嗟尔穷人富人胡不各相安?绳之以法!
穷人拔刀怒桓桓,谓此富人鹰犬,非吾穷人屏翰。
火官之屋,毁官之车。
官匍伏走,穷人逐之,且争攫其衣冠。(四解)

富人亦官民,穷人亦官民。
官何恶于穷民,而何爱于富人;
又何恩于富人,而何仇于穷人?
穷人曰:富人有钱故官与之亲。
噫吁戏,此则在乎!官之自信者真不然。
吾恐富人尽变为穷人,而穷人且尽变为红巾!

《石琴诗钞》的诗从题材、风格言,不尽一端。但这位人们陌生的士大夫诗人用一系列诗篇证明着:太平天国这场战争是历史的必然,穷人造反是天经地义、合情合理事,而官府、军队的虎狼之性是已不可改造了的!可以认为,李映棻的心情不是个别的、孤立的,只是别的诗人没有这胆识,不肯放下作诗的架子而已。

然而,这一切又不等于文人们、诗人们,概言之是封建属性的知识之士们真的站到了"红巾"和"穷民"一边,来反对清王朝。他们揭示真相,是起"木铎"作用,以希警戒、惊醒。悲剧就在这里。他们迷茫、失望,在没有殃及池鱼到自己头上时,就或者早早退出宦途,找各种理由,如李映棻;或者把希望寄之于不可知的今后,具体一点的则是寄望于儿孙,如陆嵩在"自怜多病仍为客,已是长贫更被兵"时,"唯余一事成吾乐,四岁孙能辨四声"(《春日偶成》)!陆嵩之孙子就是陆润庠,后来在同治十三年(1874)一甲一名高中状元。

至于遭到太平军直接打击,即或没遭甚打击,但陷入战火离乱的,那几乎是潜意识完全支配着情绪,莫不站在对立面,顽强地敌视着。而背后又严重感到失落依赖,无所附着,于是由凄惶、悲苦、彷徨,直至一颗心始终或悬于紧张危绝之境,或坠入空梦如幻的寒窖。

那一班鸦片战争时期过来的诗人,大多经历着太平天国时期的血火淬砺。这场战争将他们推入无法排解的痛苦中,可是从逆效应上又冲刷着彼辈心魂上的封建依附的惰性,使之更具有幻灭感。如果说,这幻灭感是新生前的阵痛之一种,那么,他们的代价还是有历史意义的。由此而言,他们诗中表现的心灵活动是值得审视的。

下文兹就郑珍、金和、江湜三家诗分别述论之。清末民初每有举此三家并言,或以为诗艺为晚清之巨擘,或以为诗情苦涩,读之不欢。本章仅着重举之为例以见彼辈之离乱心绪。

第二节　郑珍的离乱心歌

郑珍是晚近经学大师，师从程恩泽，与何绍基之诗同属宗宋一路，曾国藩等均赞之为诗笔横绝，"似为本朝所无"。其诗多有写得奥衍僻涩，但亦有晓畅秀拔一面，而后者每属离乱情心的抒写。

郑珍（1806—1864），字子尹，号柴翁，别号五尺道人、子午山孩、且同亭长，而"巢经巢主"之称最为人熟知。贵州遵义人。道光十七年（1837）举人，官荔波教谕。有《巢经巢诗钞》前集九卷，后集六卷，另有《外集》、《遗诗》、《逸诗》若干。郑珍以文字、音韵之学最为世推崇。为近代黔省第一学术大师。才力学力俱足，故溢而为诗，宏肆精深，兴到时，顷刻千言，长篇巨制，气势隽伟。然因其家境较清寒，学力得自刻苦，又长期处于僻远地区，官职微卑，所以，他诗中很少纱帽气、缙绅气[①]。虽也以学济诗，但与清玩式的"学人诗"不一样，不属炫学逞才习气。他的"古色斑斓，如观三代彝鼎"的倾向中没有生硬雕琢、拼凑成篇现象。

关于郑珍的诗，其亲戚唐炯《巢经巢遗稿序》说得较具体："凡所遭际，山川之险阻，跋涉之窘艰，友朋之聚散，室家之流离，与夫盗贼纵横，官吏割剥，人民涂炭，一见之于诗。可骇可愕，可歌可泣，而波澜壮阔，旨趣深厚，不知为坡谷，为少陵，而自成为子尹之诗，足贵也。"

太平军兴时，郑珍正值中年，教官之职时任时罢，他的心力也正用在著作上。本来战火尚远，但心理上却有种威胁感。《送唐子方方伯奉命安抚湖北兼寄王子寿主事》一诗是送唐树义赴湖北

[①] 张之洞评郑珍诗语适可证此面貌，张氏《小泃巢日记》云："时如林箐隘谷中，见日光炯碎；又如深山炼气服食之士，被薜衣萝，终有山鬼气味，令人不欢。"又于《广雅散金》校语中说《巢经巢集》："读之如餐谏果，饮苦茗，令人少欢惊。"

任,郑珍已想象武汉的惨状:"鬼哭熊红城,血沸鹦鹉洲。哀哉亿万家,积尸成陵丘。"此时为咸丰三年(1853)夏,正是李映棻所说拉锯进出武汉城之际。郑珍其实没有感性认识,他内心只是祈求安定。贵州虽未有大动荡,可是"本省各处地方光景,并是潜伏变端,有触即发。富儿不知死活,尚尔百计营谋。吾侪穷子,欲曲突徙薪,束手无计,只得纵浪大化之中,如海天一叶,任其波荡,会有止泊处也"。此是咸丰四年(1854)郑珍写给胡长新的信中的话,与《甲寅元日》"遐方且喜辛盘在,隐虑空令白发生"的句意是一致的。可就在这一年八月,贵州桐梓农民起义,打的旗号是假借南明弘光名义。郑珍有《闻八月初六日桐梓九坝贼入据其城》诗:

> 贼期闻远近,邑宰坐睢盱。
> 乃以一中县,取之三百徒。
> 残明何足假?幺麽尔真愚。
> 垂老惊奇变,哀时只痛呼。

同时有《弆谷》、《移书》等诗,述说坚壁清野式的避难他地。沉着冷静,细致从容,临危而仍不慌乱,一个酷爱自己事业的经师学者气度依然如故,略无浮躁跳踉举止。《移书》诗显得心思缜密之极:

> 家书数十箧,箧箧丹漆明。
> 平生无长物,独此富百城。
> 祠屋筑基下,堂箱接前荣。
> 万卷辉其中,俗见颇眼惊。
> 狂寇起仓卒,土贼因肆行。
> 处处闻夜劫,搜掘若鸟耕。
> 顾此古先籍,四壁粲纵横。
> 安见非慢藏,不如显与呈。
> 米楼据谷口,上下空不扃。

> 移之妥帖置,尽去镭与縢。
> 示以无用物,着手冷如冰。
> 自料非人图,万一运所丁。
> 梁上亦君子,何必仇六经?
> 南中少藏画,苦聚神所凭。
> 前时作复壁,亦恐殃池濒。
> 继乃就石窌,复虞湿与倾。
> 何若洞心腹,万事格以诚。
> 影山盛珍秘,弄室闻南征。
> 存否知若何?贼垒未遽平。
> 聊以保吾巢,呵护凡百灵。

真正的书生,书乃其生命重要组合部分。对书有情若痴,是文化心态的深层酵化。没有经历过"书劫"的论者,很难理解此诗的意义,不易把握诗人纯真执着的心绪密织的情怀。郑珍在平静自如娓娓吐露内心活动的文字中,他的个性特点已鲜明表现。

对时局,他是明白的,毫无迂腐处,《四月望设位山堂,奠子方,酹以诗四首》之二云:

> 太息庸臣丧国威,年来中外事全非。
> 鬻官捐俸筹兵饷,琴问虞歌对贼围。
> 束手空令忠骨弃,肆凶唯见逆旗飞。
> 江公死后吾公死,更有何人继指挥。

这是祭唐树义,唐氏在湖北黄冈一战而溃,投水自杀。郑珍很沉痛,也很消沉,"寂寞苍山风月夜,梦魂相遇话时忧"。知己死去,他决意"放怀世故苦流涕,挥手人间甘读书",以遣一生。《愁》一首写避地无计,以静处自遣:

> 亦思权避地,可以息惊魂。
> 自顾无资斧,空知守墓门。

>　　儿痴唯熟睡,婢慢只多言。
>　　愁绝时西望,连山杀气昏。

颈联以小儿痴睡、婢女话多之不知愁反衬,别有一番情味。《十月望莫九茎自郡至山中,始知邵亭数月在围城,寄之五首》,从莫友芝(邵亭)的行迹中得到一种境同心通的安慰;更坚定其"益知天未丧斯文"的"平生耻作违心事,婴命区区系彼苍"的心意。其第一首云:

>　　消息难真自乱初,人传汝去独山居。
>　　岂知烽火连三月,犹在囚城守一庐。
>　　覆被可怜新习勇,劫灰不到苦收书。
>　　茫茫天意吾能解,纪事围中正要渠。

　　郑珍这十年左右中的诗与世情固多切合,如《经死哀》、《南乡哀》等组诗七首,深刻反映了黔地民间的悲惨生活,对"若图作鬼即宽减"的敲骨吸髓的严酷情景均有记述;同时又最富人情转侧之味,《挈家之荔波学官避乱纪事八十韵》、《避乱纪事九十韵》等长诗也曲尽其情,跌宕起伏,记事弛张有致。

　　总的说,郑珍在这历史阶段的诗写出一个穷儒卑官所忧唯在"斯文"之丧,因为事实上对他来说,全部财富以寄栖精神的唯箧中书与手中笔,身外之他物并不多。这类诗"白战"手法最突出,自然流转,信口侃侃,与另一些艰涩之作不同。但即使这类"白战"为多的诗,仍不失其清折峭劲的基本风格。

　　前人曾对将郑珍、江湜等列入"同光体"很不以为然。林庚白《丽白楼诗话》上编说:"珍、湜实当咸同之世,不得列为同光。"这是从时限上看,郑珍卒于同治三年(1864),其实还应从诗情上考辨,《巢经巢诗》大多写身边情事、感受,苦寒之味为多而有一种亲切感。毋论长篇组诗《题自作禹门山砦图》、《三月初四携家自郡归……读元遗山学东坡移居诗感次其韵》等,或小诗《中秋送瓜词六首》之类,无不是凡近亲情和乡里俚俗之写,既没有乡宦空架子,又无叹老嗟卑的矫情酸寒。诚如其在《论诗示诸生,时代者将至》中所说:"言必是我言,字是古人字","羊质而虎皮,虽巧肖仍伪"。他在"入品花"必先"枝干异"、"万蕊味"皆似"蜂酿蜜"的基础上,追求的是不"随俗"的"真",即在人品和学问的相济中融入心灵,获得"我"之诗。

与郑珍同时同乡又是亲戚、同学的莫友芝、黎庶昌,后亦皆为一代名人,为晚近黔省才杰。

莫友芝(1811—1871),字子偲,号邵亭,贵州独山人。道光十一年(1831)举人,有《邵亭诗钞》六卷,《遗诗》八卷,又编成《黔诗纪略》等。专治经学,尤精版本目录源流,与郑珍同出程恩泽门下,后为曾国藩幕宾。诗风不尚流美,质朴而奥衍,与郑珍齐名一时。黎庶昌(1837—1897)则后来成为学术家、外交家,并专攻古文。

第三节 金和的"秋蟪"之唱

金和的《秋蟪吟馆诗钞》问世较晚,但经梁启超在《诗钞序》等篇什中盛推为"求诸有清一代未睹其偶"云云后,声名噪起,继之则胡适亦因金和《儒林外史跋》而独赏其诗文。对此,胡先骕等极力攻评,在《评胡适〈五十年之文学〉》一文中,胡先骕说:"吾以为金氏之诗,岂但轻薄,直是刻毒。"他又在《评金亚匏〈秋蟪吟馆诗〉》专论中评定为"非但不足以方大家,且去名家尚远也"。

对金和诗褒贬悬殊,表现在怎样看待其诗的诗情和诗语两个方面,双方持论交错,标准不同。梁启超等的赞赏偏多于语言的"以文为诗",视之为"中国有诗以来一种大解放",此说当然言过其实。胡先骕等则在两个方面均不满,就诗情看"悖温柔敦厚之教",就语言讲"太欠剪裁,不中法度","口吻轻薄"则与"王次回

《疑雨集》相伯仲",等等。迨至近几十年,金和诗题材忌讳成为最突出的问题,选家或论者要么不选不论,要么选论其前期反映鸦片战争情事之作,对后来的诗则批判几句打发掉。其实,如前文所说,鸦片战争阶段的诗人继续在世的无不经历太平天国时期,也无不有敌视天国的诗作。抹杀或回避这一大批作品,与努力从天国阵营中寻觅一些韵语,都不是诗史家应持的态度。金和的《秋蟪吟馆诗》如果抽空敌视以至咒骂太平天国的篇什,就失去了他作为有个性的诗人的存在条件。《石遗室诗话》说金氏的诗有一种"沉痛惨淡阴黑气象",这"阴黑气象"确是其诗的个性特征。金和诗的"阴黑"色调是真实的,有相当的代表性。他不过以横溢之才、犀利之语写出了一己的经历和感受。至于这种"阴黑"的心理属性则是一目了然的,也是他那个层面的诗人必然持有的。

金和(1818—1885),字弓叔,一字亚匏,江苏上元(今南京)人。贡生。太平军攻克南京时,金和才三十六岁,举家在城。金和谋与清军联络,为内应,数次潜出南京城,而清军将帅均纳其计却无意于行,终于事未济而泄露,金氏仅以身免。后家属虽也次第逃出,但老少颇有丧亡。金和何以如此激烈反起义军,全系所谓"六世名族"的惯性滑行和建功立业的传统观念的支配。结果,慑于全盛时期天国军事威力的怯懦腐败的将帅们又不领这一忠肝义胆之情,说透了,金亚匏也是个悲剧性角色。所以,尽管"时论壮之",其终仍以幕僚而老死。

在道光二十二年(1842)英国侵略军进犯长江,占镇江,逼金陵,签《南京条约》时,金和有《围城纪事六咏》:《守阵》、《避城》、《募兵》、《警奸》、《盟夷》、《说鬼》。《守阵》表现城门戒严,民众惊恐,关吏则乘火打劫,"老翁腰间被劫财",很生动地写出了跑反痛苦情景。《避城》写妇女悲惨地先藏匿以避劫难,或"膝前有女年十三,中夜急嫁西家男"。《募兵》表现城防荒疏,兵力不足,招各色人等充数,主其事者大抵是"迂书生"。《警奸》写反奸细中的闹剧和丑剧。《盟夷》揭了伊里布、耆英等大臣的皮,"白金二千一百万,三年分偿先削券",卖国殃民,无耻之尤。《说鬼》是精神胜利法的表现,揶揄洋人,从形相上丑化之。写《六咏》时金和二十五岁,感时伤世,才气甚横,已露其擅长"时政纪事"和"政治抒情"诗的端倪,也说明他有用世之心,不是个只知风雅的公子哥儿。

太平军破南京后,其诗风愈显张扬犷悍,不受法度羁绊而只图锋锐,淋漓尽致。这除了个性之外,与其身处激烈的军事斗争漩涡,不可能从容不迫极有关。所以,不顾时空条件,不问环境、处境、心境,要求金和也像郑珍那样的"哀矜惨怛",有所剪裁,是不合理的,也是旧时论诗的一种通病。

这时期金和诗多为人称道的是《兰陵女儿行》,此外还有《烈女行纪黄婉梨事》,均为长篇歌行,而前者尤皇皇巨什。诗都反映了清军将领的跋扈荒淫。金和似乎只要不合他所守持的礼法、王道观念的,无不振笔直书。《原盗一百六十七韵》、《痛定篇》等等一边记叙一边咒骂的作品,亦如前述,他是自以"史笔"相任的。有的篇章很能表现他那一群的心态,如《五月七日母命出城避贼》,所谓"忠孝不能两全"的情绪在一个混乱年代可悲地又被再现:

　　老母传示纸三寸,欹侧淡墨十数言。
　　谓"闻迩日贼促战,千家万家人出门。
　　尔独何为恋虎口?六世名族唯尔存!
　　身是妇人当死耳,此时言义休言恩。
　　尔去将情告诸帅,况尔有口兵能论"。
　　背人读罢火其纸,才欲痛哭声先吞。
　　中夜起坐不能寐,十指尽秃余咬痕。
　　在家何曾得见母,母教诚是儿智昏。
　　宿将南来过两月,胡至今日军犹屯?
　　或者条侯太持重,不识此贼原游魂。

> 倘以里言走相告,未必幕府如帝阍。
> 藉手庶几万分一,还我甘旨鸡与豚。
> 甘作罪人背母去,廿金馈贼吾其奔。

平心而言,此诗不仅真实地记叙了其卧底外通的过程,而且心理活动的表现也颇生动。《自秣陵关买舟冒雨至七桥瓮马总戎龙营求见》则戳破了"未必幕府如帝阍"的幻想:"请战都非大帅意!"真是兜头一盆冷水。《初六日将辞诸营而去》极写其六魂无主,心头空空的情绪:

> 旁观不觉举棋频,枭鸟声多渐惹嗔。
> 吾舌能令金马泣,军心只似木鸡驯。
> 侯嬴有剑难从死,伍员无箫欲救贫。
> 徒嫌北堂占鹊报,猜儿已作后军人。

这些日子他天天有诗,以当日记,是彼辈"因风随处答虫鸣",犹如落叶飘零般形象的载录。

金和有首很见特点的诗《断指生歌》,写一个不愿为天朝服务的书法家,被断了指,所谓"乃知世有铁男子","笔锋不畏刀锋多"。金氏极力赞颂断指生指断后的字是"墨花带血光陆离",精神之光四扬。但从整体上说,这一代书生其实缺乏自择之路的,不管从哪方面的自择都无勇气,"因风随处"的惯性已成痼疾,一旦失却依附,也就失了心魂,"失心"症是普遍的。同治六年(1867)他的座主凤安死后,在离广东潮州北返时,写了《拜凤光禄祠告归三首》,其第三首正是失依无靠心态的吐露:

> 大星落地后,吾道一时非。
> 曲少钟期识,春催杜宇归。
> 千秋公竟往,四海客无依。
> 岘首碑前拜,伤心泪满衣。

于是,只有将自己的思维空间往古代推去,从心游百代、梦魂与接的境界中,宣泄一点感慨,收拾心底的怅惘,如《登木末亭怀古》:

碧萝祠宇袅茶烟,曾此行吟有谪仙。
自着锦袍上天去,鸟啼花落一千年。

金和这一代沦于低层面的诗人才士,大抵沿着这样的心迹走完一生的。

第四节 江湜的"风兰"心音

如果说,金和是太平天国前期被卷入风暴中心的南京地区诗界一名典型人物的话,那末,江湜是后期在苏、杭主战场上遭受战火创痛的诗人中足称卓特的一个。江湜的十九卷《伏敔堂诗录》并不以反映或诅咒农民革命战争为主要内容,尽管其父母与妹子在苏州城破时相继"尽节"。江湜的诗以"阅透人情"而又令人"所听话言",深刻而不全自觉地吐尽末世之"士"的心音,诗的作为抒情载体的功能被他认识和发挥到极致。

江湜(1818—1866),字持正,更字弢叔,别署龙湫院行者。江苏长洲(今吴县)人。家世文学,曾祖以下三代均仅为诸生。屡试不第,唱着"科举法不变,吾其死山茨"(《送人应礼部试》)的愤歌,江湜开始作幕生涯。咸丰七年(1857),四十岁,其表叔彭蕴章为其援例由诸生捐了个从九品"分浙试用"的差使,在杭州都转盐运使营务处掌文书。时正值太平军二破杭州,江湜差一点死在乱军中。三年后,苏州破,其父江文凤(号补松,1795—1860)被刃伤死,母严氏及一妹投水死。咸丰十一年(1861)江湜第三次入闽做塾师。同治三年(1864)被委为长林场盐课大使,次年调杭州佐治海运,过了一年即病卒。

江湜很自尊,诗人李联琇(号小湖,1820—1878)任江苏学政时曾邀他回乡应试,被拒绝。在《柬小湖》诗中表示"实不敢援朋友之爱滥窃品题",并例举乡先辈如名诗人黄景仁、彭兆荪不屈志节受援,说"聊学二子全吾真",坚守"持身清白"的原则。

在"官不过七品,寿不越五旬"的江湜后半生中,纳赀捐官和父母之亡强烈刺激着他"出处都难容我辈"的心灵。前者觉得是耻辱,后者则仇视太平天国军事政权。同时又觉得父母及妹子之死又与他这个捐来的"虮虱官"、"奴样官"有关,家有朝廷"命官"么!所以,其内心怨苦之至,诚如其弟江澄的诗概括的:"吾兄不尽误儒冠,误在家贫买一官。本却无心求闻达,何尝救得是饥寒?"

"失身充贱官"后的江湜,对世情看得更透,首先是对这个专制政体,有很深邃的认识。作于道光二十一年(1841)的《偶书二首》是他早年代表作:

> 某氏一家督,自诩善持筹。
> 不分异子姓,唯任老苍头。
> 凡事有成规,记注牛毛稠。
> 辗转用牵挛,关白到膏油。
> 虽率众臧获,举动无专谋。
> 委任既太轻,责效难独优。
> 窃恐外侮至,无能为分忧。
> 呜呼一家权,岂可一人收?
> 但求主威伸,亦思孤立否?
> "古称善御马,非在羁络周。
> 苟能揽其辔,奚患倾吾辀?"
> 獭多终乱鱼,鹰多必戕鸟。
> 食于民者多,何由民不扰?
> 未能澄其源,化以不贪宝。

> 庶几塞其流，沙汰使加少。
> 既多权日分，牵掣愈不了。
> 因之形迹间，规避益加巧。
> 上下相欺凌，百弊不可考。
> 于政既无益，于民日凋耗。
> 中医不服药，此语通治道。

这显然是在讽刺封建集权的专横和窳败。正是从此观念出发，他既仇恨"不共戴天"的太平军，又在许多作品中反复说道："唯民生有欲，性善自蚩蚩。一旦乐为盗，不知谁使之？"(《独坐》)"吞贫恃富豪，没利劫孤幼。饕吏所迫驱，黠民随指镞。因穷取死罪，冒险觅生窦。……"(《泉州》)

江湜似已预见这个王朝的前景，咸丰八年(1858)元月，他辗转浙江山道中时写了一组二十首的绝句，其中第十八首曰：

> 眼前物理费寻思，野店门前倚树时。
> 千岁老樟枯死尽，寄生小草不曾知。

"天下关心事，山中袖手看"，"览史今犹古，当歌惨不欢"，此乃《山中》小诗之语。问题在于同样是"寄生小草"的他，只能"梦醒布衾底"，真正出路是找不到的。《诗录》卷三《风兰》的咏物之篇，概括了他这一类处于民主革命前半个世纪的沉沦下僚的寒士精神面貌和全部形象：

> 深山有阴谷，千古无太阳。
> 寒气透石骨，生兰一寸长。
> 根危缀悬崖，瘠小寒欲僵。
> 如何亦出山，来登君子堂？
> 本无土膏分，盆盎培他芳。
> 独为倒悬花，开作风檐香。
> 尔根何不植？尔叶何不扬？

> 尔花又琐细,空以芳名彰。
> 赋予有偏薄,天道原难详。
> 所贵保幽姿,不希萧艾光。
> 终缘出山误,物性乖其常。
> 吾知世有人,对尔行自伤。

"终缘出山误",当然已不是历史上常见的清高隐逸思想,洁身自好只是别无他途的自爱心态。从江湜的诗中能看到龚自珍类似的心绪和意理,他们是紧相衔接的二代人。

《伏敔堂诗录》在诗的主张上,主"力扫肥皮厚肉流",而追求"冲寒须信有精神",见其《元日》等诗中。他认为诗应该"自写亲身新乱离,杜陵应怪不相师。数篇脱手凭人看,如此遭逢如此诗"(《录近诗因书四绝句》)。他反对:一是"官样"诗,《书意》说:"在俗声华心已死,逢时文字笔无神"。二是"仿古"诗,在与陆雪亭论诗时说:"近人浪作诗,以古障眼目。徒看山外山,更住屋下屋。五六百年来,作者少先觉","变古乃代雄,誓不为臣仆"!

在诗的语言上,《小湖以诗见问,戏答一首》表述了他的追求:

> 词曰诗者情而已,情不足者乃说理。
> 理又不足征典故,虽得佳篇非正体。
> 一切文字皆贵真,真情作诗感得人。
> 后人有情亦被感,我情那不传千春?
> 君诗恐是情不深,真气隔塞劳苦吟。
> 何如学我作浅语,一使老妪皆知音。
> 读上句时下句晓,读到全篇全了了。
> 却仍百读不生厌,使人难学方见宝。
>   …………

江湜绝对不是说不要继承,"写时却忆学时苦",关键在"惯通众体用我法"! 所以,"浅语"不是白开水,是百炼返朴,自然有味,"百读不生厌"。这无疑已证明将江湜划入"同光体"是一种误解。要说渊源,江湜诗是更近"诚斋体"。钱钟书《谈艺录》说得好:"至作诗学诚斋,几乎出蓝乱真者,七百年来唯有江弢叔。"他比郭祥伯的《灵芬馆诗》在这一点上更有发展。关于这方面的问题,已在前面章节多有论说,可不重复。只补充一句,江弢也不是为学"诚斋体"而近似"诚斋体"的,所以能出蓝乱真。

"诗已新传变徵声",他在《此日》诗中预言了诗的发展必然趋势。所以,江湜对自己又很自信,早在咸丰元年(1851)的《近年》诗中就写道:

> 近年手创一编诗,脱略前人某在斯。
> 意匠已成新架屋,心花那傍旧开枝。
> 漫愁位置无多地,未碍流传到后时。
> 要向书坊陈起说,不须过虑代刊之。

至此,郑珍、金和、江湜三家诗,虽则由于各自的个性、学养、际遇、心态以及审美情趣有差别,所以诗的风格或清晰,或清犷,或清劲;但他们在贴近人间世的人生经历,真切抒写一己感受而又语多清浅、平易这些方面却表现有共同的倾向,尽管程度各有不同。在咸丰、同治之际,这类较多用白描清浅手笔曲尽现实生活情状和内心体验的诗,应该说是新旧交替时代的值得注意和研探的走向。至于这一辈人的心态,则似都写进江湜的《梦归》诗里了:

> 不知此去返江乡,千里须经几战场?
> 野是荒田稍村落,市犹焦土未垣墙。
> 叩门访旧应迷路,出郭闲行有废梁。
> 幸是梦归非实历,真归争免断人肠?

第五章　结篇　诗史帷幕的双向垂落
——"同光体"与"诗界革命"

清代诗史在"同光体"和"诗界革命"两股诗潮的回荡中落下帷幕。说这帷幕垂落于两股诗潮的回荡过程中,那是因为"近代诗史"并未到此结篇。"同光体"的主要诗人陈三立(1852—1937)和诗论家陈衍(1856—1937),以及与陈衍一起标举"同光体"之帜并实际上成为领袖之一的郑孝胥(1860—1938)等的创作活动固然远未告终,以陈衍《石遗室诗话》、《近代诗钞》为代表的"同光体"诗学理论并由之鼓动的诗派高潮,事实上也在逊清以后始具体构成。陈衍的《诗话》最早发表在《庸言杂志》是民国二年(1913),《近代诗钞》则出版于民国十二年(1923)。而曾经是"诗界革命"的健将之一的梁启超(1873—1929)后来诗风亦趋合于宗宋诗的"同光体"。

本来"同光体"和"诗界革命"这两个诗群只是诗审美情趣的趋异,并非是政治观念的歧立。陈三立和黄遵宪等都是"戊戌百日维新"的参与者或支持人。俟爱新觉罗王朝覆亡后,"同光"诗人大部分成为逊清遗老,康、梁则沦为保皇党。

"同光体"之名称初见之陈衍写于光绪二十七年(1901)的《沈乙庵诗序》。据他说还在光绪十年(1884)前后郑孝胥已与其用了这名词,这当然早于"诗界革命"活动。其实以宗宋诗,而且主要是宗法黄庭坚所代表的"江西诗派"为旨意的"同光"诗风,早在咸同年间即已由曾国藩(1811—1872)集其大成、推其盛。

曾国藩是个政治家,说他"余事为诗"是不错的,但诗与文又均是羽翼所谓"中兴"的功业,是他整个事业的一个部分更是事实。对此,金天羽《答苏戡先生书》说得很确切:"曾文正以回天之手,未试诸功业,而先以诗教振一朝之坠绪,毅然宗师昌黎、山谷,天下向风。"陈衍《近代诗钞序》则从权重位高的角度明确标定了曾氏在诗界的作用:"有清二百余载,以高位主持诗教者,在康熙曰王文简,在乾隆曰沈文悫,在道光、咸丰则祁文端、曾文正也。"祁文端即祁隽藻(1793—1866),他字叔颖,又字实甫,号春圃,山西寿阳人,嘉庆十九年(1814)进士,官至体仁阁大学士,著有《馒欱亭集》。祁隽藻在"高位主持诗教"的链条中只是很软薄的一环,这与其所处的疲软的时势和一己的功业有关;但他是育成和积储"宋诗派"人才的不可或缺的中介,作用与程恩泽同。程恩泽(1785—1837),字云芬,号春海,安徽歙县人。嘉庆十六年(1811)进士,官至户部侍郎。程氏是个学者,博通考据,尤熟许慎《说文》系统的文字之学。诗宗韩、黄,人比拟于钱载之造诣,又拔识多士,在当时与阮元并称"儒林祭酒"。但他死得早,又似无意于"文苑"的开派立宗。其门下何绍基、郑珍均享盛名,何绍基(1799—1873)尤以书法蜚声四海,其《东洲草堂诗钞》多达三十卷,恣肆笔横,专学苏东坡。程恩泽师生是学人,为后来的"同光体"诗群标榜"诗人学人二而一"主张所极为推尊的渊源先辈。

　　清代诗史清晰地表明,每当国势称盛时,必有"高位主持诗教者"出,而且均能"一尊"以左右或严重影响诗界。曾国藩是"同治"中兴的大帅,虽然这"中兴"有着那么可叹的虚幻色彩,但曾氏的势力是巨大的,于是,"其门生属吏遍天下,承流响化,莫不瓣香双井(即黄山谷)、希踪二陈(陈师道、陈与义)"。(由云龙《定庵诗话》)清代诗歌最终仍由挟官位之力以胜匹夫的格局为收束。

　　曾国藩诗文均师法桐城。姚鼐与秀水钱载均是清中叶好尚黄山谷诗风的诗人,只是姚氏在诗方面的影响远不如钱箨石,桐城之诗是借桐城之文而行的,前已论及。曾国藩是姚鼐诗的推崇最力也最起效应的一个。晚清"宋诗派"就在曾大帅手上合流而成势头很大的潮流。

"同光体"理论有"三元"之说,即"上元开元,中元元和,下元元祐"。开元、元和在唐代,开元有杜甫,元和有韩愈;元祐为北宋末,有黄庭坚。至于沈曾植后来又易"开元"为"元嘉",济入谢灵运诗风,姑不谈它。关于"三元"之说,陈衍申明是承之于曾国藩的,《石遗室诗话》说:"顾道咸以来,程春海、何子贞、曾涤生、郑子尹诸先生之为诗,欲取道元和、北宋,进规开元,以得其精神结构所在,不屑貌为盛唐以称雄。""同光体"的前后脉络,至此应很明了。"不屑貌为盛唐",就是变"唐"的宋诗风调,以宗法"一祖三宗"的"江西诗派"为目标的诗学观也极清楚。当然,"同光体"有其内部复杂状态,《石遗室诗话》卷三从风格上有两大系列的评述,先师汪辟疆教授的《近代诗派与地域》、《光宣诗坛点将录》均有不同角度的分析和评点。

"同光体"诗人在清末堪称名家,而且诗艺确实高的有范当世(1854—1904),他谱名铸,字无错,后改字肯堂。江苏南通人,贡生。著有《范伯子诗集》十九卷。少负隽才,与张謇、朱铭盘有"通州三生"之称,与弟范钟、范铠又称"三范"。范伯子为桐城姚浚昌(慕庭)之婿。浚昌是姚莹子,以宦家子参曾国藩幕。伯子的妻舅兄弟姚永朴、姚永概均为桐城文派嫡传,其继室姚蕴素为女诗人。范伯子又曾为李鸿章幕宾,落魄不得志,流徙江湖,客死旅邸。际遇和心境,加之个人情性,伯子诗寒苦特甚,与"同光体"别的诗人大多瘦硬奥涩又总带点缙绅、学人味不同,诗的风格亦偏近苏轼、王安石。陈衍《诗话》说其"诗境几于荆天棘地,不啻东野之诗囚也","读之往往使人不欢"。试录二首以示例,《落照》:

> 落照原能媲旭辉,车声人迹尽稀微。
> 可怜步步为深黑,始信苍茫有不归。

《光绪三十年中秋月》可说是中秋咏月诗中最丧气的一首:

忆余瘦削不成影,见汝盈盈在上头。
一世闺人齐下拜,八方园实竞前投。
移灯读曲行行怨,倚杖看云片片愁。
病久可胜寒彻骨,颓然掩袂若为秋。

范伯子的诗再次说明,任何一派诗论诗法都无法改变派中人的心绪,以谋一统。反过来说,诗心支配着诗学观,逸致之思与怆楚凄惶各自有异,形态上的宗宋宗唐和实际情怀不能混为一谈。即以陈三立而言,他在"戊戌政变"失败后,心情幽郁,诗情深沉,实无心思专求拗折和选用冷僻字词,如光绪二十八年(1902)写的《黄公度京卿由海南人境庐寄书并附近诗感赋》就是著名诗例:

天荒地变吾仍在,花冷山深汝奈何?
万里书疑随雁鹜,几年梦欲饱蛟鼍。
孤吟自媚空阶夜,残泪犹翻大海波。
谁信钟声隔人境,还分新月到岩阿。

兹略说"诗界革命"。

以黄遵宪为代表的晚清"诗界革命",按《饮冰室诗话》所述是发轫于光绪二十二、二十三年(1896—1897)间。梁启超说:"当时所谓新诗者,颇喜捋扯新名词以自表异,丙申、丁酉间吾党数子皆好作此体,提倡之者为夏穗卿,而复生亦綦嗜之。"夏穗卿是夏曾佑(1863—1924),复生则是谭嗣同(1865—1898)的字。事实上,黄遵宪在同治七年(1868)写的《杂感》中已申称:"我手写我口,古岂能拘章?即今流俗语,我若登简编。五千年后人,惊为古斓斑。"所以,作为一种诗的观念的变更,"诗界革命"的肇始人应是黄遵宪。他有大量的创作实践,又有较成系统的理论阐述。

黄遵宪(1848—1905),字公度,别号观日道人、东海公、公之它、拜鹃人等等。广东嘉应州(今梅州)人。光绪二年(1876)举人,历官湖南按察使,并出任驻日参赞、驻美国旧金山总领事等职,著有《人境庐诗草》十一卷、《日本杂事诗》二卷。

作为一种文化现象,"诗界革命"从本质上说乃是前所未有的宽阔的中西文化交流和冲突的产物。这"革命"当然只是改良而已。黄氏出生在南中国首先被外国战炮轰开大门的广东,入仕后又出使东洋和西洋,思想体系属于君主立宪的变法改良派。所以,他启窦的"诗界革命"正是顺应时代的主动选择。黄遵宪是那个时代具备诗文化改良的主客观条件的人物。

黄氏早就有志"别创诗界",自期成为诗界的"华盛顿、哲非逊、富兰克林"(《与邱菽园书》)。他在《杂感》、《日本杂事诗序》、《山歌题记》、《人境庐诗草自序》、《酬曾重伯编修》、《梅水诗传序》等文字里集中表现了自己的诗歌观念。他原就有很深厚的封建文化教养,所以改良的起点只能是吸取传统的合理因素,为"我"所用。在《诗草自序》中黄遵宪有段精辟的话:

> 士生古人之后,古人之诗号专门家者,无虑百数十家,欲弃去古人之糟粕,而不为古人所束缚,诚戛戛乎其难。虽然,仆尝以为诗之外有事,诗之中有人;今之世异于古,今之人亦何必与古人同。

此番意思前人已多有讲过,但出之黄氏口,那传统的既成为沉重包袱,想卸脱它又至难不易的苦衷很清楚。黄氏是觉醒较早的一个,"何必与古人同"的勇气让人感到从传统包袱下挣脱出来的时日确已不远。这是接力棒已传到最后冲刺前的一棒了。

黄遵宪诗观念上的勇气来自他对孔孟儒教的哲学判断的思想力量。在《与梁启超书》中说:"儒教不过九流之一,可议者尚多。公见之所及,昌言排击之,无害也,孟子亦尚有可疑者!"在《感怀》诗中又痛诋"世儒"只会"昂头道皇古,抵掌说平治。上言三代隆,下言百世俟。中言今日乱,痛哭继流涕"。淋漓尽致地抉露了纸上谈兵、酸腐复古的形相。黄氏疾呼"识时贵知今,通情贵阅世"!抨击"万头趋科名,一一相媚悦"的丑态。他爽朗提出,那套"六经学所无,不敢入诗篇。古人弃糟粕,见之口流涎"的"诗法"必须弃去,"古文与今言,旷若设疆圉"的这堵墙应该拆除,文体必待解放。这就是"我手写我口"的所以提出。

尽管实践总比理论要步履艰迟,《人境庐诗》在"古文与今言"的拆墙努力上仍较多停在新名词的运用,但这也是一种进步。《石遗室诗话》说:"中国与欧、美诸洲交通以来,持英镑与敦槃者不绝于道。而能以诗鸣者,唯黄公度。其关于外邦名迹之作,颇为夥熙。"介绍,是第一步工作,不可少的。

但也应该看到,旧瓶新酒总不易协调,《今别离》的分咏汽船、汽车、电信、照明,事在当时是新事,诗语则未脱乐府旧腔。至若《锡兰岛卧佛》等介绍了新观感和域外人文,读起来仍有种以"新学"入诗,是学人诗新版本的感觉。于是,人们往往赞赏其新奇,一当选诗时则仍多录其传统形态浓重的那类佳作。

凡此之类,包括视听适应性在内的困难问题,都需要五七言形式的旧体诗有足够时间和充分实践去改造、去调整、去出新。然而,历史已不能等待,在黄遵宪去世后六年,辛亥革命起,又六年左右,真正意义上的新文化运动风卷云涌而来,诗文化领域内也随之出现弃旧图新的巨变。清代诗歌的演化路程终究成为一段掀了过去的历史。

重要参考书目

一 史 部

明史	张廷玉等撰	中华书局 1974 年版
献征录	焦竑编	上海书店 1987 年影本
甲申朝事小记	抱阳生编著	书目文献出版社 1987 年版
明季稗史初编		商务印书馆民国二十五年万有文库版
明季北略	计六奇撰	中华书局 1984 年版
明季南略	计六奇撰	中华书局 1984 年版
罪惟录	查继佐撰	浙江古籍出版社 1986 年版
爝火录	李天根撰	浙江古籍出版社 1986 年版
明末忠烈纪实	徐秉义撰	浙江古籍出版社 1987 年版
南渡录	李清撰	浙江古籍出版社 1988 年版
国寿录	查继佐撰	中华书局上海编辑所 1959 年版
小腆纪年	徐鼒撰	清咸丰刊本
小腆纪传·补遗	徐鼒撰	清光绪刊本
明遗民录	孙静庵撰	浙江古籍出版社 1985 年版
清史列传	不著编纂人	中华书局 1987 年版点校本
清史稿	赵尔巽等编	中华书局 1977 年标点本
国朝耆献类征初编	李桓编	光绪十六年刊本
碑传集	钱仪吉编	上海古籍出版社 1987 年

		《清代碑传全集》版
续碑传集	缪荃孙编	（同上）
碑传集补	闵尔昌编	（同上）
碑传三编	汪兆镛编	（同上）
国朝先正事略	李元度撰	四部备要本
鹤征录	李集等撰	清同治十一年刊本
鹤征后录	李富孙撰	清同治十一年刊本
清代学者像传合集	叶衍兰	
	叶恭绰编	上海古籍出版社1989年版
明清进士题名碑录索引	朱保炯等编	上海古籍出版社1980年版
国朝汉学师承记	江藩撰	中华书局1983年版
毗陵名人小传稿	张惟骧撰	1944年排印本
桐城耆旧传	马其昶撰	黄山书社1990年版

二　谱乘、年表

（兴化）李氏世谱	李竹溪续纂	民国十七年师俭堂刊本
龙山查氏宗谱	查氏公修	清光绪木活字排印本
海宁陈氏宗谱	陈氏公修	民国木活字本
吴越钱氏京江分支宗谱	钱乃勤修	民国十年刊本
平阳汪氏迁杭支谱	汪氏公修	清道光刻本
毗陵吕氏族谱	吕洪盛等修	清光绪四年刊本
（宜兴）亳里陈氏家乘（残本）		清末刊本
宜兴上阳徐氏家乘		民国壬午追远堂辑刊本
（吴县）太原家谱	叶耀元纂	清宣统三年木活字本

吴中贝氏家谱	贝传礼等修撰	民国十年精抄本
吴中叶氏族谱	叶德辉等纂	宣统三年活字本民国元年增补版
娄关蒋氏本支录右编	蒋锡宝等纂辑	清光绪三十一年刊本
唯亭顾氏家谱	顾光昌等重修	清光绪十年至二十九年刻本
历代名人年谱	吴荣光编	上海书店1989年版
顾亭林先生年谱	张穆编	丛书集成本
阎潜邱先生年谱	张穆编	丛书集成本
方以智年谱	任道斌编	安徽教育出版社1983年版
吴梅村年谱	冯其庸 叶君远编	江苏古籍出版社1990年版
查继佐 查慎行年谱	沈起 陈敬璋撰	中华书局1992年点校版
王夫之年谱	王之春撰	中华书局1989年点校版
易堂九子年谱	邱国坤撰	江西高校出版社1990年版
甲行日注	叶绍袁撰	岳麓书社1986年点校本
邢孟贞年谱	汤之仍编	清刊本《石臼集》附载
万年少年谱	罗振玉编	永丰乡人杂著本
白耷山人年谱	张相文编	《阎古古全集》附载
傅青主年谱	丁宝铨编	《霜红龛集》附载
施愚山年谱	施念曾编	黄山书社《施愚山集》附载
王巢松年谱	王抃自撰	吴中文献小丛书本
朱竹垞年谱	杨谦编	天风阁丛书《曝书亭词》附载
王士禛年谱	谱主自撰 惠栋补	中华书局1992年点校本
孔尚任年谱	袁世硕编	齐鲁书社1987年版
赵执信年谱	李森文编	齐鲁书社1989年版

973

扬州八怪年谱(上)	王鲁豫等撰	江苏美术出版社 1990 年版
厉樊榭先生年谱	朱文藻撰	《樊榭山房集》附载
袁枚年谱	傅毓衡编	安徽教育出版社 1986 年版
瓯北先生年谱	赵廷英等编	《瓯北集》附载
黄仲则先生年谱	毛庆善	
	季锡畴编	《两当轩集》附载
阮元年谱	张鉴编	中华书局 1993 年版
定庵先生年谱	吴昌绶编	《龚自珍全集》附载
疑年录汇编	张惟骧辑	1925 年刊本
疑年偶录	汪宗衍编	大东图书公司 1988 年版
释氏疑年录	陈垣撰	中华书局 1964 年版
毗陵名人疑年录	张惟骧撰	1944 年排印本
明清江苏文人年表	张慧剑编撰	上海古籍出版社 1986 年版
历代人物年里碑传综表	姜亮夫纂	中华书局 1959 年版

三 总集、丛刻、选集

明诗综	朱彝尊辑编	清康熙刊本
皇明诗选	陈子龙等编	华东师范大学出版社 1991 年影印本
明诗纪事	陈田辑	万有文库本
天启崇祯两朝遗诗	陈济生辑	中华书局 1960 年影印本
明遗民诗	卓尔堪辑	中华书局 1961 年版
诗观初·二集	邓汉仪辑	清康熙慎墨堂刊本
国朝杭郡诗辑	吴颢编	清嘉庆五年刊本
国朝正雅集	符葆森辑	清咸丰七年刊本
国朝文汇	沈粹芬等辑	清宣统二年国学扶轮社石印本

晚晴簃诗汇	徐世昌辑	中国书店1988年影印本
清诗铎	张应昌辑	中华书局1960年版
国朝全蜀诗钞	孙桐生辑	巴蜀书社1985年影印本
江苏诗征	王豫辑	清道光焦山诗征阁刊本
湖海诗传	王昶辑	万有文库本
白山诗介	铁保辑	清嘉庆六年刊本
淮海英灵集	阮元辑	丛书集成初编本
松陵文录	凌淦辑	清同治十三年刊本
岭南三大家诗选	王隼辑	清同治重刊本
长留集	刘廷玑	
	孔尚任自选	中国书店1991年"海王邨古籍丛刊"本
清诗别裁集	沈德潜编	中华书局1975年影印本
昭代丛书	张潮　杨复吉	
	沈楙悳编纂	上海古籍出版社1990年影印本
辽海丛书	金毓黻主编	辽沈书社1985年版
山右丛书初编		山西人民出版社1986年版
随园三十八种		清光绪十八年勤裕堂排印本
海陵丛刻	韩国钧辑	民国排印本
清诗纪事初编	邓之诚撰	上海古籍出版社1984年新一版
清诗纪事	钱仲联主编	江苏古籍出版社1987—1989年版
清画家诗史	李浚之编	中国书店1990年版
藏书纪事诗	叶昌炽撰	上海古籍出版社1989年补正本

四　别　集

文徵明集	文徵明撰	上海古籍出版社1987年辑校本

沧溟先生集	李攀龙撰	上海古籍出版社 1992 年点校本
弇州山人四部稿	王世贞撰	明万历间世经堂刊本
隐秀轩集	钟惺撰	上海古籍出版社 1992 年点校本
谭友夏合集	谭元春撰	明崇祯六年刊本
袁宏道集笺校	袁宏道撰	
	钱伯城笺校	上海古籍出版社 1981 年版
珂雪斋集	袁中道撰	上海古籍出版社 1989 年版
珂雪斋近集		上海书店 1982 年重印本
陈确集	陈确撰	中华书局 1979 年版
陈子龙文集		华东师范大学出版社 1988 年影印本
陈子龙诗集		上海古籍出版社 1983 年点校本
九籥集	宋懋澄撰	中国社会科学出版社 1984 年版
张苍水集	张煌言撰	上海古籍出版社 1985 年版

（以上明代别集）

林茂之诗选	林古度撰	清康熙庚寅歙人精刊本
牧斋初学集	钱谦益撰	上海古籍出版社 1985 年点校本
牧斋有学集	钱谦益撰	四部丛刊本
石臼前后集	邢昉撰	光绪壬辰仿初刻重刊本
戆叟诗钞附补遗	纪映钟撰	丛书集成初编本
五湖游稿	余怀撰	清康熙刊本
吴梅村全集	吴伟业撰	上海古籍出版社 1990 年点校本
黄宗羲全集	黄宗羲撰	浙江古籍出版社 1985 年点校本
嵞山集	方文撰	上海古籍出版社 1979 年影印原刊本
赖古堂集	周亮工撰	上海古籍出版社 1979 年影印原刊本
顾亭林诗集汇注	顾炎武撰	

	王蘧常辑注	上海古籍出版社 1983 年版
顾亭林诗文集		中华书局 1959 年版
归庄集	归庄撰	上海古籍出版社 1984 年版
居易堂集	徐枋撰	四部丛刊三编本
定山堂诗集	龚鼎孳撰	清光绪癸未圣彝书屋刊本
霜红龛集	傅山撰	山西人民出版社 1985 年影印本
海右陈人集	程先贞撰	上海古籍出版社 1981 年影印原刊本
偶更堂集	徐作肃撰	上海古籍出版社 1982 年影印原刊本
吴嘉纪诗笺校	吴嘉纪撰	
	杨积庆笺校	上海古籍出版社 1980 年版
方拱乾诗集	方拱乾撰	黑龙江教育出版社 1992 年整理本
王船山诗文集	王夫之撰	中华书局 1984 年版
施愚山集	施闰章撰	黄山书社 1992 年点校本
溉堂集	孙枝蔚撰	上海古籍出版社 1979 年影印原刊本
江泠阁诗集文集	冷士嵋撰	清道光重刊本
杲堂诗文集	李邺嗣撰	浙江古籍出版社 1988 年点校本
丰草庵集	董说撰	嘉业堂刊本
杜茶村诗钞	杜濬撰	清乾隆癸亥刊本
田间诗集	钱澄之撰	清宣统二年刊本
桐引楼诗	黄云撰	清康熙间刊本
黄叶邨庄诗集	吴之振撰	清光绪己卯重印本
雪翁诗集	魏耕撰	浙江古籍出版社 1985 年版
曝书亭全集	朱彝尊撰	四部备要本
安雅堂诗集	宋琬撰	四部备要本

莲洋诗钞	吴雯撰	四部备要本
张康侯诗钞	张晋撰	兰州大学出版社 1989 年校点本 丛书集成初编本
秋笳集	吴兆骞撰	上海古籍出版社 1993 年校点本
隰西草堂集	万寿祺撰	文海出版社《徐州二遗民集》本
白耷山人集	阎尔梅撰	文海出版社《徐州二遗民集》本
聪山集	申涵光撰	清初刊本
带经堂全集	王士禛撰	清康熙庚寅刊本
渔洋山人精华录		四部丛刊初编本
饴山堂诗文集	赵执信撰	四部备要本
翁山诗外	屈大均撰	康熙刊本
翁山文外		民国庚申刘氏嘉业堂刊本
独漉堂集	陈恭尹撰	中山大学出版社 1988 年校点本
六莹堂集	梁佩兰撰	中山大学出版社 1992 年校点本
柿叶庵诗选	张盖撰	丛书集成初编本
东江诗钞	唐孙华撰	上海古籍出版社 1979 年影印原刊本
百尺梧桐阁集	汪懋麟撰	上海古籍出版社 1980 年影印原刊本
百尺梧桐阁遗稿	汪懋麟撰	上海古籍出版社 1980 年影印原刊本
芦中集	王揆撰	上海古籍出版社 1981 年影印原刊本
敬业堂诗集	查慎行撰	四部备要本
依归草	张符骧撰	《海陵丛刻》本
绵津山人诗集	宋荦撰	清康熙刊本
已畦集	叶燮撰	清乾隆癸未重刊本
孔尚任诗文集	孔尚任撰	中华书局 1962 年版

邵子湘全集	邵长蘅撰	清康熙青门草堂刊本
蓄斋集	黄中坚撰	光绪棣华堂刊本
居业堂文集	王源撰	丛书集成初编本
冰庵诗钞	王吉武撰	清乾隆五年刊本
楼村诗集	王式丹撰	道光丙申刊本
冬心先生集	金农撰	上海古籍出版社 1979 年影印雍正原刊本
雷溪草堂诗集	马长海撰	吴兴嘉业堂刊本
个道人遗墨	丁有煜撰	1923 年南通排印本
茶坪诗钞	徐永宣撰	1923 年排印本
新罗山人集	华嵒撰	古今图书馆石印本
沙河逸老小稿	马曰琯撰	丛书集成初编本
南斋集	马曰璐撰	丛书集成初编本
抱经堂文集	卢文弨撰	丛书集成初编本
笥河文集	朱筠撰	丛书集成初编本
紫幢轩诗集	文昭撰	清刊本
归愚诗钞	沈德潜撰	乾隆教忠堂刊本
樊榭山房集	厉鹗撰	上海古籍出版社 1992 年点校本
思复堂文集	邵廷采撰	浙江古籍出版社 1987 年校点本
南宋杂事诗	沈嘉辙厉鹗等撰	浙江古籍出版社 1987 年校点本
春凫小稿	符曾撰	乾隆刊本
小仓山房诗文集	袁枚撰	四部备要本
瓯北集	赵翼撰	清嘉庆壬申年刊本
瓯北诗钞		万有文库本
童山诗集	李调元撰	清嘉庆十四年刊本
忠雅堂集	蒋士铨撰	清道光癸卯重刊本
梦楼诗集	王文治撰	清乾隆食旧堂刊本

鲒埼亭集	全祖望撰	四部丛刊初编本
铜鼓书堂遗稿	查礼撰	清乾隆五十三年刊本
春融堂集	王昶撰	清嘉庆王氏塾南书舍刊本
竹叶庵文集	张埙撰	清乾隆刊本
两当轩集	黄景仁撰	上海古籍出版社1983年版
述学内外编	汪中撰	四部丛刊初编本1983年点校本
容甫遗诗	汪中撰	清光绪乙酉木活字本
洪北江诗文集	洪亮吉撰	四部丛刊初编本
孙渊如诗文集	孙星衍撰	四部丛刊初编本
童山文集	李调元撰	丛书集成初编本
潜研堂文集	钱大昕撰	万有文库本
西沚居士集	王鸣盛撰	清道光三年刊本
道腴堂诗编	鲍皋撰	清乾隆刊本
望溪文集	方苞撰	四部备要本
刘大櫆集	刘大櫆撰	上海古籍出版社1990年点校本
惜抱轩全集	姚鼐撰	四部备要本
朱杜溪先生集	朱书撰	清道光三十年刊本
文史通义	章学诚撰	清道光年间刊本
道古堂诗文集	杭世骏撰	乾隆刊本
郑板桥集	郑燮撰	上海古籍出版社1979年新一版
石笥山房诗文集	胡天游撰	道光二十六年刊本
箨石斋诗集	钱载撰	清乾隆刊本
素修堂诗集	吴蔚光	清嘉庆辛未年刊本
梅庵诗钞	铁保撰	清嘉庆乙丑刊本
五百四峰堂诗钞、续钞	黎简撰	清嘉庆间刊本
存素堂诗初、二集	法式善撰	清嘉庆丁卯刊本、众香亭刊本
红杏山房集	宋湘撰	中山大学出版社1988年校辑本

船山诗草	张问陶撰	中华书局1986年版
丁辛老屋集	王又曾撰	清乾隆新安刊本
复初斋诗文集	翁方纲撰	清光绪刊本
天真阁集	孙原湘撰	清道光刊本
有正味斋全集	吴锡麒撰	清嘉庆刊本
亦有生斋诗文集	赵怀玉撰	清嘉庆刊本
揅经室集	阮元著	丛书集成初编本
芙蓉山馆诗钞	杨芳灿撰	清嘉庆刊本
韫山堂诗集	管世铭撰	清光绪廿年重刊本
大云山房全集	恽敬撰	四部备要本
铁箫庵文集	朱春生撰	清道光刊本
瓶水斋诗集	舒位撰	清光绪十二年刊本
烟霞万古楼诗选	王昙撰	丛书集成初编本
仲瞿诗录	王昙撰	丛书集成初编本
碧城仙馆诗钞	陈文述撰	丛书集成初编本
颐道堂集	陈文述撰	清道光戊子刊本
月山诗集	恒仁撰	丛书集成初编本
延芬室稿	永忠撰	抄本
神清室诗稿	永𢙇撰	嘉庆十四年重刻本
懋斋诗钞	敦敏撰	上海古籍出版社1984年影印本
四松堂集	敦诚撰	上海古籍出版社1984年影印本
香苏山馆今体诗钞	吴嵩梁撰	清道光刊本
小谟觞馆诗文集	彭兆荪撰	清刊本
红豆树馆诗稿	陶梁撰	清咸丰刊本
云左山房诗钞	林则徐撰	清光绪林氏刊本
二娱小庐诗钞	尤维熊撰	清嘉庆壬申刊本
灵芬馆诗集二集三集四集	郭麐撰	清嘉庆至道光续刊本

灵芬馆杂著	郭麐撰	清道光刊本
介存斋诗	周济撰	清道光三年刊本
龚自珍全集	龚自珍撰	中华书局1959年版
魏源集	魏源撰	中华书局1976年版
意苕山馆诗稿	陆嵩撰	清光绪北京刊本
小蓬海遗诗	翁雒撰	丛书集成初编本
张亨甫诗文集	张际亮撰	清同治孔氏刊本
沈四山人诗录	沈谨学撰	丛书集成初编本
石琴诗钞	李映棻撰	清同治甲子年刊
林昌彝诗文集	林昌彝撰	上海古籍出版社1989年标点本
烟屿楼诗集	徐时栋撰	清同治六年刊本
半行庵诗存稿	贝青乔撰	清同治五年刊本
复庄诗问	姚燮撰	上海古籍出版社1988年点校本
伏敔堂诗录	江湜撰	清同治元年刊本
古红梅阁遗稿	刘履芬撰	清光绪六年刊本
秋蟪吟馆诗钞	金和撰	北京中国书店重印本
巢经巢集	郑珍撰	四部备要本
小松圆阁杂著	程庭鹭撰	清同治二年刊本
听松庐诗钞	张维屏撰	清道光乙酉刊本
甘泉乡人稿	钱泰吉撰	清咸丰四年刊本
曾文正公诗文集	曾国藩撰	万有文库本
复堂类稿	谭献撰	清光绪乙卯刊本
复堂日记		清光绪丁亥刊本
寒松阁诗文集·疑年赓录	张鸣珂撰	清光绪十年至三十年刊本
范伯子先生全集	范当世撰	北京中国书店重印本
人境庐诗草笺注	黄遵宪撰 钱仲联笺注	上海古籍出版社1981年版

散原精舍诗	陈三立撰	清宣统二年上海商务印书馆排印本

(以上清代别集,大抵以本书入章节之研究对象为限。)

附录:尺牍新钞·藏弆集(尺牍新钞二集)·结邻集(尺牍新钞三集) 周亮工编　民国廿五年上海杂志公司"中国文学珍本丛书"本

五　笔记、诗话

今世说	王晫撰	古典文学出版社 1957 年版
板桥杂记	余怀撰	江苏文艺出版社 1987 年版
北游录	谈迁撰	中华书局 1981 年版
觚賸	钮琇撰	上海古籍出版社 1986 年版
书影	周亮工撰	古典文学出版社 1957 年版
香祖笔记	王士禛撰	上海古籍出版社 1982 年版
池北偶谈	王士禛撰	中华书局 1982 年版
分甘馀话	王士禛撰	中华书局 1989 年版
古夫于亭杂录	王士禛撰	中华书局 1988 年版
不下带编·巾箱说	金埴撰	中华书局 1982 年版
读书堂西征随笔	汪景祺撰	上海书店 1984 年版
柳南随笔·续笔	王应奎撰	中华书局 1983 年版
巢林笔谈	龚炜撰	中华书局 1981 年版
檐曝杂记	赵翼撰	中华书局 1982 年版
竹叶亭杂记	姚元之撰	中华书局 1982 年版
藤阴杂记	戴璐撰	北京古籍出版社 1982 年版
陶庐杂录	法式善撰	中华书局 1957 年版
啸亭杂录	昭梿撰	江苏广陵古籍刻印社 1984 年《笔记小说大观》本

茶馀客话	阮葵生撰	江苏广陵古籍刻印社 1984 年《笔记小说大观》本
冷庐杂录	陆以湉撰	江苏广陵古籍刻印社 1984 年《笔记小说大观》本
初月楼闲见录	吴德旋撰	江苏广陵古籍刻印社 1984 年《笔记小说大观》本
广阳杂记	刘献廷撰	中华书局 1957 年版
履园丛话	钱泳撰	中华书局 1979 年版
梦厂杂著	俞蛟撰	上海古籍出版社 1988 年版
扬州画舫录	李斗撰	江苏广陵古籍刻印社 1984—1990 年版
郎潜纪闻初笔二笔三笔四笔	陈康祺撰	中华书局 1984 年版（《四笔》1990 年版）
蕉轩随录续录	方濬师撰	清同治、光绪年间二次刻本
浪迹丛谈续谈三谈	梁章钜撰	中华书局 1981 年版
两般秋雨盦随笔	梁绍壬撰	上海古籍出版社 1982 年版
听雨楼随笔	王培荀撰	巴蜀书社 1987 年版
乡园忆旧录	王培荀撰	齐鲁书社 1993 年版
交翠轩笔记	沈涛撰	上海古籍出版社 1985 年影印本
庸闲斋笔记	陈其元撰	中华书局 1989 年版
蕉廊脞录	吴庆坻撰	中华书局 1990 年版
熙朝新语	余金撰	上海古籍出版社 1983 年版
儒林琐记·雨窗消意录	朱克敬撰	岳麓书社 1983 年版
墨馀录	毛祥麟撰	上海古籍出版社 1985 年版
新世说	易宗夔撰	上海古籍出版社 1982 年影印本
霞外攟屑	平步青撰	上海古籍出版社 1982 年版

永宪录	萧奭撰	中华书局 1959 年版
清秘述闻三种	法式善等撰	中华书局 1982 年版
枢垣记略	梁章钜 朱智撰	中华书局 1984 年版
丹午笔记·吴城日记·五石脂	顾公燮　佚名 陈去病撰	江苏古籍出版社 1985 年版
吴门表隐	顾震涛撰	江苏古籍出版社 1986 年版
锦里新编	张邦伸撰	巴蜀书社 1984 年版
养吉斋丛录	吴振棫撰	浙江古籍出版社 1985 年版
国朝诗人征略	张维屏纂	清道光十年刊本
国朝诗人征略二编	张维屏纂	清道光二十二年刊本
清代闺阁诗人征略	施淑仪撰	上海书店 1987 年影印本
清诗话	丁福保辑	上海古籍出版社 1963 年版
清诗话续篇	郭绍虞编选	上海古籍出版社 1983 年版
静志居诗话	朱彝尊撰	人民文学出版社 1990 年版
带经堂诗话	王士禛撰 张宗柟纂	人民文学出版社 1963 年版
薑斋诗话笺注	王夫之撰 戴鸿森笺注	人民文学出版社 1981 年版
谈龙录注释	赵执信撰 赵蔚芝等注	齐鲁书社 1986 年版
谈龙录·石洲诗话		人民文学出版社 1981 年版
原诗·一瓢诗话·说诗晬语	叶燮　薛雪 沈德潜撰	人民文学出版社 1979 年版
随园诗话	袁枚撰	人民文学出版社 1960 年版
瓯北诗话	赵翼撰	人民文学出版社 1963 年版

北江诗话	洪亮吉撰	人民文学出版社 1983 年版
灵芬馆诗话·爨馀丛话·樗园消夏录	郭麐撰	嘉庆十二年刊《全集》本
香石诗话	黄培芳撰	上海书店 1985 年影印本
蒲褐山房诗话新编	王昶撰	齐鲁书社 1988 年辑校本
射鹰楼诗话	林昌彝撰	上海古籍出版社 1988 年点校本
海天琴思录·续录	林昌彝撰	上海古籍出版社 1988 年点校本
饮冰室诗话	梁启超撰	人民文学出版社 1959 年版
雪桥诗话·续集·三集·馀集	杨钟羲撰	"嘉业堂丛书"本北京古籍出版社 1989—1992 年标点本
石遗室诗话	陈衍撰	民国十八年铅印本
万首论诗绝句	郭绍虞等编	人民文学出版社 1991 年版
今传是楼诗话	王揖唐撰	《大公报》社出版部民国二十二年版
三百年来诗坛人物评点小传汇录	杨杨编校	中州古籍出版社 1986 年版

六　近人论著

李审言文集	李详撰	江苏古籍出版社 1989 版
章太炎全集		上海人民出版社 1985 年版
汪辟疆文集		上海古籍出版社 1988 年版
励耘书屋丛刻	陈垣撰	北京师范大学出版社 1982 年版
柳诒征史学论文集·续集		上海古籍出版社 1991 版

明清史论著集刊	孟森撰	中华书局1959年版
明清史论著集刊续编	孟森撰	中华书局1986年版
骨董琐记	邓之诚撰	中国书店1991年版
中华二千年史	邓之诚撰	中华书局1983年版
国史旧闻	陈登原撰	中华书局1980年版
陈寅恪史学论文选集	陈寅恪撰	上海古籍出版社1992年版
柳如是别传	陈寅恪撰	上海古籍出版社1980年版
清代科举考试述录	商衍鎏撰	三联书店1958年版
谈艺录	钱钟书撰	中华书局1984年版
管锥编	钱钟书撰	中华书局1979年版
明清之际党社运动考	谢国桢撰	中华书局1982年版
清初流人开发东北史	谢国桢撰	开明书店民国三十七年版
明季滇黔佛教考	陈垣撰	中华书局1962年版
探微集	郑天挺撰	中华书局1980年版
史学丛考	柴德赓撰	中华书局1982年版
前尘梦影新录	黄裳撰	齐鲁书社1989年版
金陵五记	黄裳撰	江苏人民出版社1982年版
银鱼集	黄裳撰	三联书店1985年版
翠墨集	黄裳撰	三联书店1985年版
长短集	陈友琴撰	浙江人民出版社1980年版
晚晴轩文集	陈友琴撰	巴蜀书社1985年版
冰茧盦丛稿	缪钺撰	上海古籍出版社1985年版
梦苕庵清代文学论集	钱仲联撰	齐鲁书社1983年版

（部分引用书目已见附注者以及地志参考目从略）

后　记

　　此书稿成于 1992 年秋,因故悬搁整五载。兹蒙黄文吉教授引荐,有幸得以付梓,诚为快事。缘原稿追回时已破损不堪卒读,仅赖一份讹误满纸之初校样。于是重行核检所有引用文献以校正一过,并增注补证或考辨三百余则,详列重要参考书目约四百种。适值目翳未开,力疾以赴,转睛又对明月中秋矣。

　　我之好读清人别集,始于四十年前负笈南雍时。唯甘抛心力为三千灵鬼传存驻于纸端之心魂,则乃近十数年间事。以深感爱新觉罗氏王朝统治下之士人实大不幸也。然自省学殖浅陋,而积存之图籍文献复几经聚散,由是每苦于心有所余而力常不济。矧清代别集浩瀚若烟海,董理整合正多不知何从措手之惑。故初衷亦仅祈粗加梳理、略成框架而已,深入研求,愿俟来日。拙著之谫陋不当处,敬请方家教正。

　　十年前届知命之龄日,曾发心愿成有清一代诗、文、词三史。今二史草就,清文之探则已难作奢望焉。

严迪昌　谨识于吴门
时为 1997 年 9 月

后记之二

在学术著作市场日渐逼仄之时,浙江古籍出版社欣然接收这部原非属热门卖点的《清诗史》,予以出版,正是既多谢,亦多感慨。

拙著成稿,屈指正好十阅春秋,踯躅于两岸之间则各去五年。其人也运命多舛,其书亦不外乎此。今得以在大陆圆梦,略充流通渠道,可得同道友朋多所教益,则喟叹之余,又不能不窃以为幸。

清诗浩瀚,讹误陈说固多,未解悬案尤夥,整合梳理本难一次性完成。矧作为一部诗史,过多庞杂,亦非合适事。故成稿以来,填补遗阙之想时有浮起,读书有得则每成个案之文,所涉多为雍、乾年间地域性诗群,并大抵以人文生态为审辨视角,探索所谓"盛世"诗人悲慨寂寥之心。但虑及若加增补,则本书易动筋骨,伤前后章节文气贯联,所以未予添补。俟他日在精力许可时再另成外编。

此次耗于校正勘误之功则甚大,所有引述以及例证,均重新核之文献,台北版所有离奇错排之字亦一并改及。多位同道至交为此书的出版给予的支持与关爱,我铭心难忘。

严 迪 昌

2002 年 3 月